HEYNE <

Das Buch

»Cedric ergriff ihre Hand, führte sie auf die Tanzfläche und zog sie in seine Arme. Er fühlte sich so stark, männlich und gut an. Seine Dominanz wirkte so herrlich natürlich und selbstverständlich, dass seine sanfte Art, mit ihr zu tanzen, dem nicht widersprach. Sein Gesicht zeigte keinerlei Strenge, seine Stimme klang weich, tief und sanft, wenn er redete, und seine Berührungen während des Tanzes erfolgten so behutsam, dass Emma weiche Knie bekam.«

Lieferbare Titel

Die Zähmung der Wildkatze
Unterwerfung aus Liebe

Jazz Winter

Absolute Hingabe

Erotischer Roman

WILHELM HEYNE VERLAG
MÜNCHEN

Sämtliche Personen in diesem Roman
sind frei erfunden.

MIX
Papier aus verantwortungsvollen Quellen
FSC® C014496

Verlagsgruppe Random House FSC® N001967
Das für dieses Buch verwendete FSC®-zertifizierte
Papier *Holmen Book Cream* liefert
Holmen Paper, Hallstavik, Schweden.

Vollständige Taschenbuchausgabe 07/2014

Printed in Germany 2014
Umschlaggestaltung: Andrea Gunschera
unter Verwendung von Coverfotos:
Istockphoto (yurok), Shutterstock (Olly)
Satz: KompetenzCenter, Mönchengladbach
Druck und Bindung: GGP Media GmbH, Pößneck
ISBN: 978-3-453-54574-8

www.heyne.de

Was wir aus Liebe tun, tun wir im höchsten Maße freiwillig!
(Thomas von Aquin)

1

Emma befand sich mitten im Raum. Ihre Handgelenke mit Manschetten versehen, hing sie an einer dicken Eisenkette, sodass gerade noch ihre gestreckten zierlichen Füße den Boden fanden. Ständig bemüht darum, stillzustehen, die Schwingungen aufzufangen, die durch ihren Körper bebten, tippelte sie auf Zehenspitzen, um das Gleichgewicht zu behalten. Sir Ruben war seit zwei Jahren ihr Dominus. Sie hatten sich auf einer Szeneparty durch Zufall getroffen. Die Tatsache, dass er Chef der Abteilung war, in der sie als Sekretärin arbeitete, überwanden sie schnell. In der Firma nannte sie ihn Mister Eastwick, und während der Spiele sprach sie ihn mit Sir Ruben an. Ihre Beziehung ging nie über BDSM hinaus und wurde auch nicht von inniger heißer Liebe getragen, sondern lediglich von Zuneigung, Absprache und Vertrauen. Er wusste nicht, dass er ihr erster Dominus war. Vielleicht hatte er es geahnt, aber sprach niemals darüber, und sie erzählte es ihm auch nicht. Sie redeten überhaupt kaum miteinander, aber das machte Sir Ruben für Emma unberechenbar. Sie würde nie wissen, was in seinem Kopf vorging, welche Gemeinheiten er plante und welche Leidenschaften sie als nächstes für ihn befriedigen würde.

Emma legte den Kopf in ihren Nacken und spürte die weichen, gelockten Spitzen ihres blonden Haares an ihrem Rücken kitzeln. Dieses Mal war Sir Ruben nicht allein gekommen. Der Mann in der Ecke saß still auf einem Stuhl und beobachtete sie durch dunkelgrüne Augen. Er trug das Haar halblang, stufig geschnitten, sodass ihm ständig eine dunkle Haarsträhne in die Stirn fiel, die er mit einer legeren Handbewegung wieder zurückstrich. Emma war nicht gut darin, Größe und Gewicht eines Mannes einzuschätzen, doch sie war sicher, dass er zwei Köpfe größer war als sie. Sein athletischer Körper steckte in Jeans, einem enganliegenden schwarzen Longsleeve, dessen Ärmel er hochgeschoben trug. Sein Name war Cedric Seymour. Sir Ruben hatte ihr gleich zu Beginn erklärt, dass sie seinen besten Freund Master Cedric zu betiteln hatte, wenn es ihr erlaubt war, mit ihm zu sprechen. Cedric war stumm geblieben, hatte sie nur mit diesen ungewöhnlich dunklen grünen Augen neugierig betrachtet.

Immer wieder warf sie einen Blick in die Ecke, doch das Licht in diesem kargen Raum schaffte es nicht bis dorthin, verbarg den Fremden im Schatten, was Emma ein nervöses Kribbeln unter der Haut bescherte. Sir Ruben umrundete sie mit absichtlich lauten Schritten, und sie wehrte sich gegen die Versuchung, sich auf Zehenspitzen stetig zu ihm umzudrehen. Er trug wie immer seine dunkelbraune Lederhose, die an den Seiten mit Schnüren versehen war, darüber ein weißes, weitgeschnittenes Hemd ohne Knopfleiste und mit breiten Manschetten, die er bis zu den Ellbogen hochgekrempelt hatte. An den Handgelenken befanden sich die zu der Hose passenden Lederstulpen, auf denen kleine Nieten die Initialen R.E. aufwiesen, und die Füße steckten in schweren Armeestiefeln. Anders als im Büro, kämmte er sich das kurze dunkelblonde Haar mit Haaröl zurück. Es glänzte, wenn das Licht darauf fiel, und sah aus, als wäre er gerade erst aus der Dusche gekommen. Ein kurz gestutzter, dunkelblonder Bart umrahmte seine Lippen. Eigentlich mochte Emma an Männern lieber eine glattrasierte Haut, doch sie war seine Sklavin und er hatte in der ersten Nacht deutlich klargestellt, dass sie keinerlei Wünsche zu äußern habe. Optisch gab der kurze Bart ihm ein wildes, verwegenes Aussehen, doch wenn er sie fordernd küsste, kratzten die Stoppeln und hinterließen ein wundes Gefühl auf ihrem Gesicht. Der Mann in der Ecke war rasiert, was seine Gesichtszüge weich und jugendlich aussehen ließ. Als Sir Ruben seinen Freund vorgestellt hatte, war es Emma, als würde ihr Herz doppelt so schnell schlagen. Cedric war gut aussehend, mit markanter Kinnpartie und einem kleinen Grübchen direkt unter der Unterlippe. Um seine dichten, dunklen Wimpern würde ihn jede Frau beneiden, und wenn er lächelte, entblößte er perfekte weiße Zähne, und das Strahlen ließ seine grünen Augen funkeln. Ebenso aufregend empfand sie seinen Mund. Sinnlichere Lippen hatte sie noch nie an einem Mann gesehen.

Angst befiel sie, als Sir Ruben ihr eröffnete, sie dieses Mal nicht allein zu benutzen, doch als Cedrics Lächeln sie umfing, beruhigte Emma sich wieder. Er war anders, das spürte sie.

Sir Ruben gab Emma einen Stoß, sodass ihr Körper ins Pendeln geriet. Er lachte höhnisch.

»Wie lange wartest du schon hier, Sklavin?«

Emma verbarg das Lächeln, indem sie ihren Kopf zu ihrem rechten Oberarm drehte.

»Ich weiß es nicht, Sir.«

Heute war sie früher in den Club gekommen und hatte einen der Hausdiener gebeten, sie entsprechend zu fesseln, damit Ruben sie so vorfinden würde.

»Ein hübscher Einfall und so souverän. Das habe ich dir gar nicht zugetraut. Du konntest es wohl kaum abwarten, dass ich erscheine und mich an dir bediene.«

»Sir, es soll ein Geschenk sein.«

Die Demütigung in seinen Worten ignorierte sie. Ruben zog die Stirn in Falten und glättete sie wieder, als hätte er ein wenig Zeit benötigt, zu begreifen, was sie gemeint hatte.

»Zwei Jahre dienst du mir jetzt schon?«

»Ja, Sir.«

Er rieb sich über den Kinnbart. Emma unterdrückte ein Kichern, denn seine Art in Sessions zu reden, besaß teilweise etwas Episches, was er im Büro nie tat.

»Dann werde ich mir wohl heute etwas Besonderes für dich einfallen lassen.«

Seine schweren Schritte führten ihn zur Tür, wo sein Lederkoffer stand, den er immer mit sich trug, wenn er den Club besuchte. Darin bewahrte er seine Spielzeuge auf. Emma versuchte, über seine Schulter zu blicken und herauszufinden, für welches Schlagwerkzeug er sich entscheiden würde, doch sein breiter Rücken versperrte ihr die Sicht. Ruben hockte vor dem geöffneten Koffer und gab einen langgezogenen unschlüssigen Laut von sich. Sein Kopf drehte sich zu Cedric.

»Möchtest du den Vortritt? Wenn du es willst, überlasse ich dir das erste Mal.«

Der Freund antwortete nicht, und da er im Schatten saß, konnte sie auch keine Gestik ausmachen.

»Also gut, dann beginne ich. Wenn dir danach ist, kannst du jederzeit ins Geschehen eingreifen.«

Emmas Herz klopfte wilder, denn die Aussicht, dass Cedric zusehen würde, sie vielleicht sogar berühren könnte, ließ die Spannung im Raum steigen. Er würde sich nehmen, wonach ihm war, und sie würde nicht wissen, was es wäre, bevor er es nicht tat. Rubens Unberechenbarkeit war ein lustvolles Elixier, doch die Anwesenheit des Fremden und die Ungewissheit, welche Neigungen ihm zu eigen waren, brachten eine frische Würze. Sie keuchte leise, schloss die Augen.

»In all der Zeit habe ich niemals ein Werkzeug auf deiner Haut tanzen lassen. Was wird es wohl sein?«

Es klang, als hätte Ruben die Fragen ziellos in den Raum geworfen. An niemanden gerichtet.

»Antworte, Sklavin!«

»Ich weiß es nicht, Sir.«

»Dann werde ich dir auf die Sprünge helfen. Es ist lang, aus Leder und schmerzhaft.«

Emma sog tief den Atem in ihre Lungen, und das Zittern ihres Körpers nahm umgehend zu.

»Die Peitsche, Sir.«

»Eine gute Antwort.«

»Aber, Sir, wir haben darüber gesprochen …«

Er ging nicht drauf ein, ließ das Leder laut durch die Luft knallen und genoss ihre Angst. Emma zuckte zusammen und stieß einen leisen Laut voller Entsetzen aus.

»Haben wir das?«

»Ja, Sir … Sie haben es versprochen.«

Sir Ruben trat näher an sie heran, berührte mit dem Knauf der Peitsche ihren Rücken und spürte dem Beben nach, das sie durchfloss.

»Und warum habe ich es dir versprochen?«

»Weil ich nicht in der Lage bin, Schmerzen gut zu ertragen, Sir.«

»Heute ist ein ganz besonderer Tag, und den Rohrstock vor einiger Zeit hast du tapfer hingenommen.«

»Sir, ich ertrage die Peitsche nicht.«

»Hast du sie je ausprobiert?«

Es war die Angst davor, wie tief sich das Lederende in ihre Haut beißen könnte. Die Panik, wie viel Kraft er aufwendete, um sie zum Schreien zu bringen. Das Geräusch allein jagte ihr einen Schreck ein und hallte in ihrem Kopf wider. Mit groben Fingern griff Sir Ruben in ihre blonden Locken und riss Emmas Kopf weit in den Nacken.

»Hatte ich dir nicht gesagt, dass ich über meine Entscheidungen nicht diskutiere?«

»Ja, Sir, das haben Sie.«

Er ließ sie los und gab ihr einen weiteren Stoß. Sie wirkte wie ein menschliches Pendel an der Kette und war bemüht, ihre Atmung wieder unter Kontrolle zu bekommen.

»Es gibt für alles ein erstes Mal.«

»Es ist aber ein Tabu.«

»Tz, Tabu … Tabus sind nur Grenzen, die man erweitern kann.«

Was war heute in Ruben gefahren? Lag es an der Anwesenheit seines Freundes, dass er sich benahm, als stünde er in einem Wettkampf? War es ein schlechter Tag im Büro gewesen? Oder wollte er sich selbst etwas beweisen?

»Bitte, Sir … ich kann nicht.«

Ihre Stimme klang wie ein jämmerliches Wimmern, und das demütigte sie, nicht nur vor Cedric, sondern auch vor sich selbst.

»Stell dich nicht so an. Du hast schon schlimmere Leiden ertragen. Was habe ich dich über Schmerz gelehrt?«

»Ich ertrage ihn für Sie, Sir.«

»Und?«

»Weil es Sie befriedigt, mich leiden zu sehen, Sir.«

Ruben trat einige Schritte vor ihr zurück, rollte provokant langsam die Lederpeitsche zusammen, um sie dann wieder zu entrollen.

»Dreh mir deine hübsche Rückansicht zu.«

Emma zögerte. Das Zittern in ihr machte es schwer, sich auf den Zehenspitzen im Gleichgewicht zu halten. Im Augenwinkel erkannte sie, dass Cedric seinen Körper vorbeugte.

Ein ersticktes Wimmern drang von ihren Lippen, obwohl das Leder noch nicht ihre Haut berührt hatte.

»Die Angst vor mir steht dir gut.«

Sie konnte nicht antworten, versteifte sich in Erwartung des ersten Hiebs und schloss die Augen. Ihre Hände in den Gelenkmanschetten ballten sich zu Fäusten, und jeder Muskel in ihrem Körper spannte sich. Der Stuhl in der dunklen Ecke wurde bewegt, und Cedrics Schritte kamen näher. Ruben lachte kalt und ließ die Peitsche ein weiteres Mal knallen. Sie hörte, wie er abermals ausholte. Emma presste die Lippen fest zusammen vor Panik. Ein dumpfes Geräusch ertönte hinter ihr. Es klang wie ein Schlag, doch das war es nicht. Cedric hielt Rubens Arm fest, denn ihr Herr war im Begriff gewesen sie zu peitschen.

»Sie wirkt nicht, als sei sie dazu bereit, Ruben.«

Cedrics Stimme klang tief und weich. Skepsis schwang in seinen Worten und überraschte nicht nur Emma.

»Ach was, sie stellt sich immer so an.«

»Das sieht nicht danach aus.«

»Willst du mir die Stimmung verderben, Cedric?«

»Ich will nicht, dass du meinetwegen ihre Tabus brichst. Das ist nicht nötig.«

Cedric blieb hinter Emma stehen, und als er ihre Taille sanft umfasste, überzog die Berührung ihren Körper mit einer wohligen Gänsehaut.

»Du sagtest, sie sei erfahren. Ich glaube, dass du dich irrst.«

Langsam drehte er sie zu sich um, schob seine Fingerspitzen unter ihr Kinn.

»Sieh mich an, Emma. Sag mir die Wahrheit. Er ist dein Erster, nicht wahr?«

»Ja, Master Cedric.«

An Sir Rubens Gesichtsausdruck sah sie die Überraschung. Er hatte es nicht gewusst, nicht einmal geahnt. Er warf wütend die Peitsche von sich und wandte sich knurrend ab.

»Warum hast du das nie erwähnt?«

Cedric schmunzelte und rollte mit den Augen, eine Geste, die zeigte, dass er nichts anderes von seinem Freund erwartet hatte.

»Sie haben mich nie gefragt, Sir.«

Cedrics grüne Augen bohrten sich in sie, als er sie eingehend betrachtete, wie ein Objekt, das man genau studierte. Plötzlich landete seine flache Hand in ihrem Gesicht. Ihre Wange brannte, als hätte Feuer sie geküsst.

»Das ist für deine Unehrlichkeit.«

Emma erstarrte. Die Linke strafte er ebenfalls mit einer heftigen Ohrfeige, und sie spürte, wie sich die Abdrücke hitzig färbten.

»Und die war für deine Streitsucht.«

»Aber ich habe nicht streiten wollen!«

»Du hast sie schlecht erzogen, mein Freund.«

Cedric löste die Verankerung der Eisenkette. Er ließ ihr kaum Zeit, sich von dem Schreck seiner Ohrfeigen zu erholen. Als er ihren Körper über sein aufgestelltes rechtes Knie beugte, ahnte sie, was er tun würde. Seine Fingerspitzen streichelten über ihre Hinterbacken, sanft und weich. Dann packte er zu, grob und fest. Er begann mit leichtem Tätscheln, verteilt auf beide Rundungen, die er stetig steigerte. Leichte Klatscher wuchsen zu Hieben, die ihr deutlich seine Kraft demonstrierten. Sie keuchte, stöhnte, und als er harte, heftige Schläge auf ihrem Hintern verteilte, schrie sie auf. Die Hitze auf ihrem Po intensivierte sich mit jedem Hieb, der darauf landete, und hinterließ ein Brennen, das langsam zu einem Schmerz heranwuchs, den sie noch nicht erlebt hatte. Cedric hielt inne, umschloss mit einer Hand ihre Kehle und hob ihr Gesicht. Sein Kopf beugte sich zu ihr hinab.

»Es tut mir genauso weh wie dir, Emma.«

Die Erheiterung in seiner Stimme sagte ihr, dass es ihm gefiel, aber dass auch seine Hand brannte. Weitere Schläge folgten und lösten eine Barriere tief in ihrem Bewusstsein. Hitzewellen drangen durch ihren Körper, sammelten sich in ihrem Unterleib und verursachten ein solch lustvolles Pochen in ihrer Scham, dass ihre Schreie sich zu Lustlauten verwandelten. Er berührte die stark geröteten Stellen, die sich unter dem zärtlichen Streicheln wie tausend Nadelstiche anfühlten. Erst jetzt spürte Emma, dass ihr Tränen über die Wangen liefen und von ihrem Kinn zu Boden tropften. Cedrics Fingerkuppen glitten in ihrer Pofalte tiefer, bis er ihre Nässe erfühlte. Er drang zwischen ihre geschwollenen Schamlippen, tastete zu ihrem Eingang und schob ihr ein Fingerpaar tief in den Leib. Emma keuchte, halb vor Entsetzen über die eigene Erregung, halb vor Erleichterung endlich Fülle zu spüren. Ihr Hintern glühte, und ihr Unterleib stand lichterloh in Flammen für sein Fingerspiel. Besitzergreifend schob er die Fingerspitzen tiefer in sie, schob sie in einem viel zu schnellen Rhythmus ein und aus. Immer mehr Nässe drang aus ihrer Scham, und die Lust stieg in einem solch rasanten Tempo an, dass Emma glaubte, die Besinnung zu verlieren.

»Komm für mich, Emma, du hast es dir verdient.«

Sie explodierte, wegen seiner geflüsterten Worte, die warm und seidig durch ihr Haar flossen, wegen seiner Erlaubnis, wegen seiner heftigen Finger, und schrie die Erlösung aus sich heraus. Zuckend umschlossen ihre intimen Muskeln ihn, und der Höhepunkt schien kein Ende zu nehmen. Er trieb sie weiter, forderte noch mehr von ihr, und ihre Schreie hallten von den Wänden des Raums wider. Als Cedric von Emma abließ, lag sie wie ein zitterndes Stück Lustfleisch am Boden, fühlte nichts mehr, außer dem energischen Zucken ihrer Muskeln, dem dumpfen Pochen in ihrem Schoß und dem Pulsieren ihrer Klitoris. Aus dem Augenwinkel sah sie, wie Cedric Ruben zufrieden lächelnd auf die Schulter klopfte.

»Jetzt bist du dran.«

Sir Ruben schluckte und berührte die ausgeprägte Beule in seinem Schritt. Es hatte ihn über die Maßen erregt, seinem Freund zuzusehen. Er leckte sich über die Lippen und ging hinter Emma auf die Knie und öffnete seine Hose. Wie im Nebel bekam Emma nur Teile davon mit. Ruben rollte sich ein Kondom über, positionierte ihren Unterleib und stieß hart und besitzergreifend in sie. Überrascht hob er seine Augenbrauen.

»Ich kann ihren Orgasmus noch immer fühlen. Wow.«

Er nahm sie grob wie nie zuvor. Sein Schwanz bohrte sich in ihren Leib, und seine Hände, die sich in ihre weichen Hüften gruben, rissen sie den Stößen entgegen. Langsam kam Emma zu sich, fühlte seinen festen Schaft in ihr arbeiten, doch viel schlimmer als dieser Schmerz war das geräuschvolle Aufprallen seiner Hüften an ihren Hinterbacken. Das wunde Brennen zuckte wie elektrische Impulse durch ihren Körper und erinnerte sie an Cedrics Hand, die ihr die Schläge verabreicht hatte. Daran würde sie wohl eine ganze Weile denken. Ruben kam mit einem tiefen Knurren und presste sie fest an seine Brust. Danach stieß er sie höhnisch lachend zu Boden, presste den rechten Stiefel zwischen ihre nackten Brüste.

»Küss die Stiefel und bedanke dich.«

Sie gehorchte zögernd, legte ihre Lippen auf die Schuhspitze und hob ihren Blick zu seinem Gesicht.

»Danke, Sir Ruben.«

Er ließ sie sein Gewicht spüren, als stünde er kurz davor, sie wie eine Made zu zertreten. Schwungvoll wandte er sich ab, blieb neben Cedric stehen und grinste zufrieden.

»Du bist dran.«

Erwartungsvoll blickte Emma in Cedrics Richtung. Ihr Herz hämmerte in ihrer Brust. Sie wollte, dass er sie benutzte, wie es Sir Ruben getan hatte. Sie wünschte sich so sehr, ihn in sich zu spüren, seine Lust zu erleben und seine Dominanz zu ertragen. Ihr Blick flehte ihn an, sie zu nehmen, doch zu ihrer Überraschung schüttelte er den Kopf.

»Mir reicht es.«

Als könnte er sehen, was die Worte in ihr auslösten, als hätte er genau das auch beabsichtigt, wurde das Lächeln auf seinem Gesicht breiter. Emma fühlte sich, als ob das Nichts sie verschlucken wollte. Master Cedric verschmähte sie, nachdem er sie so heftig hatte kommen lassen. Sie vergrub ihr gerötetes Gesicht in ihrer rechten Armbeuge. Seine Schritte entfernten sich. Die Tür öffnete und schloss sich geräuschvoll. Master Cedric war gegangen und sie war mit Sir Ruben allein.

2

Cedric saß an der Bar und trank einen Scotch. Von der anderen Seite der Theke lächelte ihm eine Devote zu, doch er reagierte nicht auf sie. Mit enttäuschter Mimik drehte sie sich auf ihrem Barhocker ab, glitt vom Lederpolster und verschwand in einem der Spielzimmer. Er hob sein Glas. Es war lange her, seit er hier gewesen war. Aus beruflichen Gründen lebte und arbeitete er in einer anderen Stadt, praktisch in einem anderen Bundesstaat. Dennoch musste er zugeben, dass er New York in der ganzen Zeit kein Stück vermisst hatte. Er genoss die Wärme von Miami Beach City, die noble Gegend in der er wohnte, sein schickes, helles Apartment in der Stadt mit herrlichem Blick auf das türkisgrüne Meer. Nicht eine Sekunde hatte Cedric es bereut, aus seiner Heimatstadt in den sonnigen Staat Florida umzusiedeln. Dass er zurückgekehrt war, lag an einer Einladung, die Ruben ihm mit der Bitte geschickt hatte, ein paar Tage früher als die anderen Gäste anzureisen. Ob Emma Bescheid wusste? Cedric schüttelte den Kopf und dachte darüber nach, was vor einer halben Stunde im Spielzimmer geschehen war. Sein Freund hatte ihm Emma als schüchtern, scheu und zerbrechlich beschrieben. Das passte jedoch nicht zu der Frau, die Ruben ihm als seine Spielgefährtin vorgestellt hatte. Warum war Cedric ihre Unerfahrenheit aufgefallen, aber Ruben überrascht, was Emma zwei Jahre verschwiegen hatte? Cedric schnaubte. Er selbst pflegte seine Kontakte mit devoten Frauen, die sich zu Sessions mit ihm trafen. Ihm war es wichtig, sie zu kennen. Er musste sie einschätzen können, um ihre Grenzen auszuweiten, doch niemals würde er ein von ihnen gesetztes Tabu überschreiten. Was war bloß in Ruben gefahren? Hatte er Cedric beweisen wollen, wie hervorragend er Emma beherrschte? Seufzend leerte Cedric seinen Scotch und bestellte ein Glas Wasser.

Ruben wirkte erschöpft, sein Gesicht gerötet von Anstrengung und verebbender Lust, als er an die Bar kam.

»Du hast sie gut in Stimmung gebracht. Das hat mir gefehlt. Wir zwei, eine Sklavin.«

Ruben hob einen Finger, und der Barkeeper stellte ihm ebenfalls ein Glas Wasser hin.

»Ruben, du bist oberflächlich geworden. Was sollte das eben? Wenn sie ein Tabu festsetzt, hast du es zu respektieren. Du kannst dich nicht über ihren Kopf hinwegsetzen. Das hat nichts mit Lust am Schmerz zu tun.«

»Du verstehst das falsch. Man muss sie manchmal zu ihrem Glück zwingen.«

Cedric schwieg über die seltsame Antwort seines besten Freundes und betrachtete Rubens aufgewühltes, glänzendes Gesicht.

»Emma ist ein wenig widerspenstig, wenn es darum geht, Dinge von ihr zu fordern. Aber sie verfügt über Potential.«

»Potential wozu?«

Ruben klang, als hätte er größere Pläne, was Emma betraf.

»Ich habe ihr Lektüre zu lesen aufgegeben, und sie war sehr angetan von der Geschichte der O.«

Cedric lachte, nahm einen Schluck Wasser. Er kannte Rubens Besessenheit mit diesem Buch und schien daraus einen Schluss zu ziehen.

»Es ist ein Klassiker und gehört zur anerkannten Weltliteratur! Ich kenne Vanillas, die das Buch ebenso gut fanden.«

Ruben ignorierte seinen Einwand, blickte über Cedrics Schulter und hob die Hand.

»Emma, wir sind hier. Komm und setz dich zu uns.«

Als Cedric in Emmas Richtung blickte, sah er deutlich Überraschung in ihrem Gesicht, als wäre sie es nicht gewohnt, nach einem Spiel mit ihrem Herrn zu reden und zu trinken. Zögerlich schlüpfte sie aus dem Ärmel ihrer Jacke, die sie gerade im Begriff war überzuziehen, und näherte sich den beiden Männern.

»Ich dachte, wir wären fertig, Mister Eastwick.«

Ruben zog Emma näher heran.

»Was möchtest du trinken?«

»Nichts, danke.«

Ihre Augen senkten sich sofort, als Cedric ihren Blick suchte. Emma war es tatsächlich nicht gewohnt, sich nach einer Session mit Ruben auszutauschen. Was tat dieser Mann? Cedric glitt von seinem Barhocker und bot ihn ihr an.

»Setz dich, Emma.«

Als hätte Cedric ihren Gehorsam eingefordert, nahm sie sofort darauf Platz. Er hob kurz seine Augenbrauen und erwiderte den Blickkontakt seines Freundes. Ruben schien über ihre Unterwürfigkeit mehr als zufrieden.

»Cedric scheint dich mächtig beeindruckt zu haben.«

Sie schwieg. War sie doch zurückhaltend und schüchtern, wie Ruben sie beschrieben hatte, oder lag es an seiner Anwesenheit?

»Du fürchtest dich also vor der Peitsche?«

Cedrics sanft ausgesprochene Frage ließ sie zusammenzucken. Emma hob kurz ihren Kopf, blickte jedoch über seine Schulter, mied den direkten Augenkontakt. Er schob seine Fingerspitzen unter ihr Kinn und wartete geduldig solange, bis sie ihn endlich ansah.

»Es ist nicht so schlimm, wie du denkst. Deine Gedanken blockieren deinen Genuss. Aber man kann es dir nicht vorwerfen. Du bist noch sehr unerfahren.«

»Woher wissen Sie, wie schlimm die Peitsche wirklich ist?«

Seine Stimme senkte sich zu einem Flüstern, das sinnlich unter ihre Haut kroch.

»Weil ich weiß, wie sie sich anfühlt.«

Emma Augen weiteten sich.

»Aber Sie sind doch ...«

»Ich muss doch wissen, was meine Sklavin fühlt, damit ich weiß, welche Art von Lederbissen ihr den größten Lustschmerz schenkt.«

Das Grün seiner Augen wirkte noch dunkler, noch tiefer, und sie starrte wie gebannt hinein. Blinzelnd löste sie sich von dem Anblick und räusperte sich.

»Ich habe kein Bedürfnis danach, es zu erfahren.«

»Das wird sich ändern, dafür werde ich sorgen!«

Als Ruben sich in die Unterhaltung einmischte, zogen sich Emmas Augenbrauen kurz wie zornig zusammen, doch sie erwiderte nichts, während ihr Herr auflachte und sich Cedric zuwandte.

»Warum weiß ich von dieser Geschichte nichts? Du hast dich peitschen lassen? Von wem?«

»Einer Freundin.«

»Kenne ich sie?«

Cedric löste seinen Blick von Emma und sah amüsiert in Rubens erheitertes Gesicht.

»Du solltest die Erfahrung auch einmal machen. Du würdest deine Gespielinnen mit anderen Augen betrachten.«

»Nein, danke, ich stehe lieber auf der anderen Seite der Peitsche.«

Emma legte die Hände flach auf die blankgeputzte Theke

und starrte auf ihre Fingernägel. Ihre Finger waren lang und zierlich, die Nägel ein wenig länger und glänzten von einem einfachen Klarlack.

»Ich möchte nicht unhöflich sein, aber warum sitze ich hier, Mister Eastwick?«

Prüfend wandte sich Cedric ihr wieder zu. Sie sprach ihren Herrn förmlich an, doch anders als während der Session. War das eine Abmachung, um Spiel und Nichtspiel voneinander abzugrenzen?

»Emma, ich muss dir etwas sagen.«

Diesmal hob Ruben ihr Kinn zu sich empor.

»Ich werde heiraten und kann nicht länger dein Herr sein.«

»Ich verstehe.«

»Aber ich fühle mich für dich verantwortlich und will dich in guten Händen wissen. Jetzt, da ich weiß, wie unerfahren du bist, gedenke ich dich zur Erziehung in das Haus eines Freundes zu schicken. Danach werde ich dich Master Cedric übereignen.«

Emma schluckte hörbar, ihre Hände ballten sich zu Fäusten.

»Ich möchte nicht, dass du in falsche Hände gerätst. Cedric wird dir ein guter Herr sein, wenn du die Ausbildung abgeschlossen hast.«

»Moment mal, Ruben, wovon zum Teufel redest du?«

Er lächelte Cedric an, der lautstark protestierte.

»Ich habe dich gebeten, früher zu kommen, weil ich dir Emma geben will. Sie soll deine O sein.«

»Wie bitte?«

Die Fassungslosigkeit in Emmas Stimme brachte die Gespräche anderer Gäste des Clubs zum Stillstand.

»Hast du noch alle Tassen im Schrank? Ich bin keine Ware, die du nach Gebrauch einfach weiterreichen kannst. Ich bin kein Wanderpokal, den jeder einmal anfassen darf. Was denkst du dir eigentlich? Was glaubst du eigentlich, wer ich bin?«

Sie rutschte vom Barhocker und fuchtelte wild mit den Händen in der Luft. Cedric glaubte, jeden Moment würde Emma ausholen, um Ruben zu ohrfeigen. Ihr Zorn war leidenschaftlich und ungebremst, ebenso war er überraschend explosiv.

»Ich bin nicht dein Eigentum, falls du das geglaubt hast. Wir hatten Sex, wir haben uns zu Sessions getroffen, nicht mehr und nicht weniger. Ich wüsste nicht, wann ich dir das Recht zugestanden habe, über mich frei zu verfügen. Eine O? Ich bin ein lebender, atmender Mensch, eine Frau mit einem Leben außerhalb dieses Clubs. Ich arbeite und liebe meinen Beruf, ich habe Freunde, und ich habe einen Hund. Ich bin keine fiktive Romanfigur, die ein Autor nach Herzenslust durch die Hölle von Lust und Schmerz geschickt hat.«

Sie stand jetzt so dicht vor Ruben, dass sie sich sogar auf ihre Zehen erhob, um noch besser in sein überraschtes Gesicht sehen zu können.

»Ich werde mich niemals einem Mann so ausliefern wie in dieser Geschichte. Was deine Heirat betrifft: Viel Glück, aber selbst du hättest mich nicht zu einer O gemacht. Du bist verrückt, du bist vollkommen verrückt.«

Gerade als Cedric dachte, sie würde sich umdrehen und aus dem Raum rauschen, schallte die Ohrfeige so heftig in Rubens Gesicht, dass erneut alle Gespräche um sie herum verstummten. Als Emma sich zu Cedric umdrehte, lag eine Art Bedauern in ihren hübschen Gesichtszügen, und er erkannte sofort, dass sie glaubte, er hätte von Rubens Plänen gewusst. Er schüttelte lächelnd den Kopf und ließ sie gehen.

»Eine O, hm?«

Lachend griff Cedric nach seinem Glas und trank es leer.

»Darf es noch etwas sein, meine Herren?«

»Zwei Scotch auf Eis. Mein Freund muss die bittere Erkenntnis verdauen, dass er seine Sklavin völlig falsch eingeschätzt hat und das seit gut zwei Jahren.«

Ruben setzte sich steif auf den Barhocker neben Cedric. Emmas Handabdruck auf seiner Wange färbte sich zu einem knalligen Rot.

»Das genießt du jetzt, nicht wahr?«

»Genuss finde ich in anderen Dingen. Bei dir ist es eher Schadenfreude. Warum erkenne ich auf einen Blick, was du nach zwei Jahren nicht weißt? Zwei Jahre, Ruben! Sie wirkt auf mich wie eine blutige Anfängerin. Hast du nie mit ihr gesprochen?«

»Das war nie nötig. Meist ist sie nach dem Spiel unter die Dusche, und dann ist sie gegangen.«

»Woher zum Teufel kennst du sie eigentlich?«

»Sie ist eine Sekretärin in meiner Abteilung, warum?«

»Ich hoffe, du hast deine Kelly besser im Blick und kennst sie.«

»Ja, das tue ich, das ist auch der Grund, warum ich heute zum letzten Mal eine Session absolviert habe.«

»Das klingt endgültig.«

»Ist es auch, und ich meine es ernst. Kelly weiß nichts hiervon, und sie würde mich nicht heiraten, wenn sie davon erfahren würde. Sie hält sogar kleine Fesselspiele schon für pervers, also kannst du dir denken, was sie sagen würde, wenn ich mich ihr gegenüber als BDSMler oute.«

»Soll das ein Scherz sein? Ist das der Grund, warum du mir Emma vererben wolltest?«

»Unter anderem. Kelly ist in der Vergangenheit oft hintergangen worden und sehr skeptisch, daher war es mir ein

Anliegen, die Sache mit Emma endgültig zu beenden. Aber ich fühle mich nicht gut bei dem Gedanken, dass sie auf eigene Faust nach einem neuen Dominus sucht. Deshalb dachte ich an dich.«

Cedric zog die Augenbrauen zusammen.

»Warte, du willst einfach so aufhören? Von heute auf morgen?«

»Absolut.«

Cedric lachte laut auf und senkte seinen Kopf, doch der Mann neben ihm meinte es ernst.

»Ruben, du kannst deine Neigungen nicht ausschalten, als würdest du ein Gerät betätigen. Früher oder später wird sich dein Wunsch danach so energisch melden, dazu bist du schon zu lange dabei. Liebe ist etwas wunderbares, aber einem Partner solche persönlichen Seiten zu verschweigen und ihn im Unwissen darüber zu lassen, ist falsch. Wenn sie dich liebt, wird sie auch diese Seite an dir lieben lernen. Ruben, du kannst nicht einfach damit aufhören und so tun, als wäre deine Ehe in Watte gepackt. Das funktioniert auf Dauer nicht.«

»Du musst es ja wissen. Du warst schon wie oft verheiratet? Oh ja, nicht ein einziges Mal.«

Der Sarkasmus glitt an Cedric ab. Ruben lehnte sich über die Theke.

»Eine Ehe ist eine Kette von Kompromissen, die man aus Liebe eingeht. Ich kann nicht von Kelly erwarten, dass sie meine Neigungen toleriert. Ich liebe sie, also muss ich sexuelle Einschränkungen hinnehmen.«

»Hinnehmen? Das ist keine Einschränkung, du verschweigst ihr damit einen Großteil dessen, was dich ausmacht, Ruben. Du verleugnest dich damit vor dir selbst. Wie lange, glaubst du, wird das gut gehen?«

»Oh, jetzt komm mir nicht mit Ehrlichkeit. Das hat damit

nichts zu tun. Es gibt Dinge, die man vor der Geliebten verschweigt, um sie nicht zu verletzen.«

»Du sagst, sie ist bereits skeptisch wegen ihrer Vergangenheit. Wie willst du ohne Ehrlichkeit ihr bedingungsloses Vertrauen gewinnen, Ruben?«

»Sie vertraut mir, und das werde ich nicht mit einer solchen Bürde auf ihren Schultern zerstören. Ich kann mich beherrschen und trotzdem glücklich werden.«

Cedric widersprach ihm nicht, denn Ruben war überzeugt, auch wenn sein Plan nie aufgehen würde.

»Also was denkst du?«

»Über was?«

»Über Emma! Sie gefällt dir doch, oder etwa nicht?«

»Ruben, machst du Scherze? Hast du eben nicht gehört, was sie gesagt hat? Sie ist keine O, und sie ist bei Weitem nicht die zerbrechliche, naive, kleine Sklavin, die du in ihr sehen willst. Sie weiß, worauf sie sich eingelassen hat, und sie weiß, was sie nicht will. Ich werde garantiert nicht ihr Sir Steven und sie wird keine O. Was geht eigentlich in deinem Kopf vor? Was ist in dem letzten Jahr passiert? Ich habe das Gefühl, ich kenne dich überhaupt nicht mehr.«

»Cedric, ich gebe zu, dass ich dich damit überfalle. Und ich kenne deine Vorlieben. Ich meinte es ernst, als ich den Vorschlag mit der Erziehung erwähnte.«

»Ruben, sperr deine Ohren auf, du kannst nichts verschenken, das dir nicht gehört. Emma war deine Gefährtin für diesen Club, für die Stunden, in denen ihr euch getroffen habt. Du hast sie gehen lassen, weil du heiratest, um ein Leben voller Vanillaträume zu führen. Bitte, aber du kannst ihr nicht vorgreifen und ihr Leben bestimmen, oder wer und was nach dir kommen soll. Und ich lasse mich nicht vor deinen Karren spannen, Ruben. Emma ist gegangen, und sie war sauer, falls es dir entfallen ist. Ihr Handabdruck leuchtet in deinem Gesicht. Ich kann sie verstehen, und ich kann nicht glauben, dass du so blind bist und deine Ohren auf Durchzug gestellt hast.«

Er packte die Schultern seines Freundes und sah ihm direkt in die Augen.

»Du hast dich in eine Idee verrannt. Lass es gut sein.«

Cedric verabschiedete sich von Ruben.

»Wir sehen uns morgen auf deiner Hochzeit.«

Als er in sein Hotel zurückkehrte und die Tür hinter sich schloss, blickte er sich im Raum um. Das Mondlicht schien durch die Fenster, und noch immer beherrschte Emma seine Gedanken. Es imponierte ihm, wie sie reagiert hatte. Trotz ihrer Unerfahrenheit als Devote, besaß sie eine deutliche Stimme, ein gesundes Selbstbewusstsein und einen starken Willen. Doch warum ließ ihn die Idee nicht mehr los, sie beherrschen zu wollen? Nicht im üblichen Sinne, wie er es gewohnt war. Etwas in ihm wollte mehr von ihr als nur die Hingabe und Gefügigkeit für eine Session. Es war absurd, unmöglich und verrückt. Cedric setzte sich in einen der gemütlichen hohen Sessel und starrte die Schatten an der Wand an. Dass er überhaupt einen Gedanken daran verschwendete, sah ihm nicht ähnlich. War es wirklich so unmöglich?

3

Ein leises Knurren weckte sie aus ihrem Tiefschlaf, gefolgt davon, dass ihr Kopf eine Etage tiefer auf das Bett sank. Wenn Buddy Hunger bekam, kannte er selbst an einem Sonntagmorgen keine Gnade für sein Frauchen, das liebend gern länger geschlafen hätte. Kläffend wedelte der kleine Rüde mit seinem Ringelschwanz und hielt das Kopfkissen im Maul, als Emma ihr rechtes Augenlid anhob.

»Du bist wirklich aufdringlich.«

Buddy bellte, senkte seinen Oberkörper zur Spielaufforderung und sah sie mit seinem typischen Mopsknautschgesicht erwartungsfroh an. Als Emma sich immer noch nicht bewegte, biss er in die Ecke ihres Bettlakens und zerrte mit Leibeskräften daran.

»Okay, schon gut. Ich steh ja auf. Du bist ja schlimmer als ein Pascha.«

Lächelnd tätschelte sie seinen Kopf und hob ihn vom Bett. Während sie verschlafen in die Küche ging, tänzelte der beige Mops mit dem schwarzen Charaktergesicht um ihre Beine herum und brachte sie fast zu Fall. Der Timer ihres Kaffeeautomaten meldete sich mit einem leisen Piepton, nachdem sie Buddys Napf mit Futter gefüllt hatte. Wie jeden Morgen griff sie nach ihrer Lieblingsmopstasse, goss sich von dem frischen Kaffee ein und wanderte ins Wohnzimmer ihres kleinen gemütlichen Apartments. Sie schob ein paar Hundespielzeuge beiseite, stellte die Tasse auf den Tisch und ließ sich seufzend auf das Sofa sinken. Sofort schrie sie leise auf. Ihr Hintern war noch immer wund, und der dumpfe Schmerz pulsierte unter der geschundenen Haut.

»Aua.«

Cedric hatte einen bleibenden Eindruck auf ihrem Po hinterlassen und nicht nur dort. Emmas Gedanken kehrten zu den Geschehnissen des Abends zurück. Sie versuchte, eine halbwegs bequeme Sitzstellung zu finden und legte sich schlussendlich auf den Bauch, umschloss mit beiden Händen die Tasse und blickte gedankenverloren zu Boden. Vor ihrem geistigen Auge tauchten Cedrics grüne Augen auf, sein herzliches, warmes Lächeln und das markante, hübsche Gesicht. In ihrem Kopf hallten Rubens Worte nach, die das köstliche Gefühl, an Cedric zu denken, verdarben. Er hatte zwar so getan, als habe er nichts von Rubens Idee gewusst, aber sie waren Freunde und nachdem sie Ruben Eastwick lautstark klargemacht hatte, was sie von ihm und seiner bescheuerten Idee hielt, hatte Cedric geschwiegen. Was dachten sich diese Kerle eigentlich? Wieder stieg die Wut in ihr hoch. Sie war devot, aber nicht doof. Der Gedanke, sich einem fremden Mann vollkommen zu übereignen, damit er mit ihr und ihrem Körper tun und lassen konnte, was er wollte, war absurd. Ruben Eastwick war der erste Dom, mit dem Emma sich eingelassen hatte, und Cedrics kurzer aber wirkungsvoller Eingriff in die Session bewies, wie wenige Erfahrungen sie gemacht hatte. Sein Kennerblick hatte es sofort erkannt, was ihr bewusst machte, dass Ruben entweder zu überheblich war oder eben ein Dom, dem gleichgültig gewesen war, mit wem er seine Neigungen austobte. Cedric war so anders gewesen. Einerseits erschreckte sie das, andererseits reizte der Gedanke, ihn wiederzusehen. Was hatte Ruben noch gesagt? Weil Cedric nur mit erfahrenen Submissiven spielte, wollte er sie zur Erziehung und Ausbildung irgendwohin schicken? Emma atmete tief durch und versuchte, die Gänsehaut in ihrem Nacken fortzujagen. Sie wischte den Gedanken an die Geschichte der O beiseite, denn in ihrem Kopf sah sie sich bereits in der Villa von Roissy in Ketten und dem typischen Kleid, jedem Mann dort ausgeliefert, dem es gefiel, sie zu quälen.

»Ruben ist doch ehrlich nicht richtig im Kopf.«

Buddy hob seinen Kopf neben dem Sofa und gab einen leisen Laut von sich, als würde er ihre Aussage bestätigen.

»Hat er nicht gesagt, dass er heute heiratet?«

Der Mops legte seinen Kopf schief und sah sie aufmerksam an.

»Wo ist die Zeitung, Buddy?«

Sofort sprang der kleine Hund auf und rannte zur Tür, bellte im Wohnungsflur, und seine kleinen Tippelschritte kehrten zu ihr zurück. Wedelnd schüttelte er die Zeitung in seinem Maul. Emma griff nach dem rechte Ende, das aus seiner Schnauze blitzte.

»Meins!«

Sofort ließ Buddy seine Beute los und holte sich das Lob ab.

»Guter Junge.«

Hastig schlug Emma die Seiten auf, blätterte bis sie zu den Anzeigen kam, die allerlei Termine für den heutigen Tag auflisteten.

»Miss Kelly Thomson und Mister Ruben Eastwick trauen sich.«

Die Annonce war riesengroß, pompös aufgemacht, und ebenso schien auch die Hochzeit jeglichen Schnickschnack zu beinhalten. Der Sektempfang war längst vorbei, und auch die kirchliche Trauung war fast vorüber. Emma blickte auf die Mopsuhr an der Wand, und ein gemeines Lächeln glitt über ihre Lippen. Buddy kläffte.

»Quatsch, natürlich werde ich der Braut kein Wort sagen. Aber ich werde trotzdem hingehen.«

Buddy schüttelte sich das Fell aus und nieste.

»Wieso nicht? Er hat es verdient. Das wird ihn ordentlich ins Schwitzen bringen, wenn plötzlich seine ehemalige Sklavin auf seiner Hochzeit auftaucht und seiner Braut die Hand schüttelt.«

Die Adresse, wo die Hochzeitsfeier stattfand, war ebenfalls in der Anzeige abgedruckt. Eine große Anzeige bedeutete eine große Feier, also würde Emma kaum auffallen und sich unter die Gäste mischen können.

»Sieh mich nicht so an. Er war gemein, und ich finde, ein bisschen heiße Kohlen hat dieser Kerl verdient.«

Buddy legte sich leise maulend flach auf den Boden, den Knautschzonenkopf auf seine Vorderpfoten gelegt. Er sah nicht danach aus, als wäre er für diese Idee zu begeistern.

»Aber zuerst drehen wir beide eine Runde und bringen Joe das Frühstück vorbei.«

Damit war Buddy einverstanden, sprang erneut auf und rannte zur Tür. Emma zog eine wadenlange Strickjacke über, klemmte sich ein eingepacktes Sandwich unter den Arm, balancierte den Kaffeebecher auf einer Hand und hielt zwischen ihren Zähnen die Morgenzeitung, während sie die dünne Lederleine an Buddys Halsband befestigte. Gerade zog sie ihre Tür zu, als Sonya, die Nachbarin, direkt gegenüber mit ihrem Sohn aus der Wohnung trat.

»Oh, hallo, Emma. Guten Morgen, Buddy.«

Die blonde Kellnerin trug ihre schwarze Arbeitsuniform und beugte sich zu Buddy hinunter, um seinen Kopf zu streicheln.

»Hi, Sonya. Musst du heute arbeiten?«

»Leider, dabei habe ich Max versprochen, mit ihm in den Zoo zu gehen.«

Der Junge war acht und sah angesäuert zu Boden.

»Hey, kannst du nicht vielleicht mit ihm …«

Max hob erwartungsfroh den Kopf und setzte einen ähnlichen Bettelblick auf, wie Buddy es tat, wenn er das Wort *Leckerli* hörte. Es war verdammt schwer, einem solchen Gesichtsausdruck zu widerstehen.

»Tut mir leid, Max, ich kann heute nicht. Ich gehe auf eine Hochzeit. Ich wollte vorher nur kurz mit Buddy um den Block.«

»Oh, wer heiratet denn? Jemand, den ich kenne?«

»Nur ein Arbeitskollege.«

»Na, dann viel Spaß. Komm Max, wir müssen los.«

Sonya zog ihren murrenden Sohn hinter sich her. Die alleinerziehende Mutter war vor einem Jahr in der Hoffnung auf einen besseren Job aus einer Kleinstadt in der Nähe von Detroit hergezogen. Sie fand eine Anstellung in einem noblen Restaurant, und der Küchenchef mochte Kinder, deswegen konnte Sonya Max mit zur Arbeit nehmen. Die beiden verließen das Apartmentgebäude und verschwanden in der Menschenmenge, die in Richtung Stadt strömte. Emma hob Buddy unter ihren freien Arm und schob sich durch die Menschen in entgegengesetzter Richtung. Als sie die Kreuzung erreichte, setzte sie den Hund wieder ab und lächelte.

»Guten Morgen, Joe. Wie wird das Wetter heute?«

Der Obdachlose saß immer mit seiner Sammelbüchse hier an der Ecke. Joe war ein Kriegsveteran, der einen Arm im Kampf verloren hatte. Das erste Mal war Emma ihm begegnet, als sie vor zweieinhalb Jahren des Jobs wegen aus Jersey hergezogen war. Sie hatte ihn freundlich nach dem Weg gefragt, und so waren sie ins Gespräch gekommen.

»Guten Morgen, Emma. Nun, ich würde sagen, es bleibt sonnig.«

Joe war der perfekte Wetterfrosch, und jedes Mal behielt er recht, was das Wetter von New York betraf. Sie gab ihm die geschlossene Thermotasse und reichte ihm das eingepackte Sandwich.

»Danke, Gott segne dich dafür.«

»Nicht dafür, Joe.«

Joe stellte seine Büchse auf den Boden, zwackte ein Stück des Schinkens ab und fütterte es an Buddy.

»Lass das, er hat schon gefrühstückt, du nicht. Lass es dir schmecken, wir sehen uns morgen.«

»Ich wünsch dir einen schönen Tag, Emma.«

»Ich dir auch.«

Sie ging weiter, damit Buddy die Nachrichten der Nachbarhunde erschnuppern und seine Geschäfte erledigen konnte. Nach dem Spaziergang stieg sie unter die Dusche, während sich der kleine Mops zu einem Schläfchen in seine Kuschelhöhle zurückzog. Emma zog sich ihr rotes, knielanges Lieblingskleid über, die dazu passenden roten Riemchenpumps an und schminkte sich dezent. Bevor sie ging, griff sie nach dem dünnen Chiffonschal, der perfekt zu ihrem Sommerkleid passte, und verabschiedete sich von Buddy, der kurz den Kopf aus seiner plüschigen Schlosshöhle streckte.

»Bis später.«

Auf dem Weg zur Hauptstraße gingen Emma tausend Gedanken durch den Kopf, und einen Moment dachte sie darüber nach, sich bei der Braut als Rubens Sklavin vorzustellen. Nein, das wäre wirklich gemein und würde der Frau den schönsten Tag ihres Lebens ruinieren. Ruben hatte einen Arschtritt verdient, aber nicht seine Braut. Grinsend stieg Emma in eines der New Yorker Taxis, nannte dem Fahrer die Adresse. Ihre Anwesenheit würde reichen. Die Angst davor, was sie tun könnte, würde Ruben einen ordentlichen Dämpfer verpassen, und Emma würde es genießen. Ja, das hatte er wirklich verdient.

Das Haus war weiß und hellblau dekoriert, als Emma durch den offenen Eingang trat. Überall verteilten sich die edel gekleideten Hochzeitsgäste in den Räumen, und im hinteren Teil befand sich ein riesiger Garten, in dem die eigentliche Feier stattfand. Emma griff wie selbstverständlich nach einem Glas Sekt, das ein hellblau gekleideter Kellner auf einem Tablett vorbeitrug. Sie war noch nie in Rubens Haus gewesen und war erstaunt, wie riesig es war. Von seinem Abteilungsleitergehalt konnte er sich das nicht leisten. Wieder einmal wurde ihr bewusst, wie wenig sie über den Mann wusste, der bis gestern ihr Dominus war und weiterhin ihr Vorgesetzter bleiben würde. Die kleinen Blumenmädchen in ihren weißen Rüschenkleidchen spielten Fangen und rannten einander kichernd hinterher. Eine Frau in einem dunkelgrünen Samtkostüm ermahnte eines der Mädchen aufzupassen, dass es nicht hinfiel und das Kleid schmutzig machte. Es war nicht sicher, welchen der kichernden Zwerge sie damit gemeint hatte. Emma schlenderte durch den hübsch geschmückten Garten auf der Suche nach dem Brautpaar. Die mittig auf dem Tanzparkett platzierte mehrstöckige Torte war angeschnitten, und die Braut verteilte geduldig die Kuchenstücke an ihre Gäste.

Emma hätte Ruben fast nicht wiedererkannt, in seinem schicken weißen Frack und dem Zylinder, der ihm ständig vom Kopf zu rutschen drohte. Er drehte sich zu seiner Frau und lächelte verliebt. Emma trat näher, zögerte dann jedoch. Das Brautpaar wirkte so glücklich, und für den Bruchteil eines Augenblicks überkam Emma das schlechte Gewissen. Was zum Teufel machte sie hier eigentlich? Als Ruben sie entdeckte, stand sie stocksteif da und starrte ihn an. Das Stirnrunzeln in seinem Gesicht wurde stärker, dann trat Entsetzen in seine Augen, und ein Schweißfilm glänzte auf seiner Stirn. Ruben sagte kurz etwas zu seiner Braut und kam mit energischen Schritten näher. Emma suchte einen Fluchtweg, doch dann besann sie sich wieder, warum sie hergekommen war. Sie schlug einen Bogen um Ruben und beeilte sich, der Braut näherzukommen. Nachdem sie sich einen der kleinen Kuchenteller vom Tisch genommen hatte, blieb sie vor Mrs. Kelly Eastwick stehen und lächelte.

»Herzlichen Glückwunsch.«

Überrascht sah die hübsche Rothaarige Emma an.

»Sie sehen toll aus. Das Kleid ist wie für Sie gemacht.«

Und das war es in der Tat. Die weiße Wildseide betonte ihre schlanke Figur und bewegte sich sanft mit jeder Bewegung. Auf ihren zarten Schultern hielten hellblaue Bänder das Oberteil, und winzige Blüten hoben sich als Stickerei an ihrem Ausschnitt empor. Ihr Haar war nicht mit einem Schleier verdeckt, sondern mit weißen und hellblauen Bändern durchwoben, die mit einer kleinen, glitzernden Krone verbunden waren. Die Braut sah umwerfend schön aus.

»Vielen Dank. Ähm, kennen wir uns?«

Emma schüttelte den Kopf und lächelte noch immer.

»Nein, ich bin …«

Sie hielt inne und suchte Rubens Blick, der wieder neben seiner Braut aufgetaucht war.

»Sie ist, äh, eine Arbeitskollegin.«

Ruben wischte sich mit der flachen Hand über die Stirn und sah nervös in Emmas Gesicht.

»Richtig, wir sind Arbeitskollegen, und er ist mein …«

Jetzt zögerte sie es absichtlich hinaus und genoss Rubens Nervosität.

»Abteilungsleiter.«

»Ah, das ist schön. Ich bin Kelly.«

»Emma Perkins.«

»Freut mich, Sie kennenzulernen, Emma. Ich wünsche Ihnen viel Spaß auf der Feier.«

»Und ich wünsche Ihnen …«

Wieder huschte ihr Blick zu Ruben hinüber, dem mittlerweile der Hemdkragen zu eng geworden schien.

»Alles Glück auf dieser Welt.«

Kelly seufzte gerührt über die liebenswürdigen Wünsche und gab Emma ein Stück Torte auf den Teller. Emma drehte sich langsam um und ging, wissend, dass sich Rubens Blick in ihren Rücken bohrte. Sie hatte, wofür sie hergekommen war. Ohne den Kuchen anzurühren, ließ sie ihren Blick über die lachenden Gäste gleiten und fühlte sich nicht dazugehörig. Ein wenig schämte sie sich sogar dafür, auf dieser Feier hereingeplatzt zu sein. Aber Rubens Anblick war die Reise wert gewesen. Emma stellte den unberührten Teller auf einem Tisch ab und war im Begriff den Garten zu verlassen, als ein Ruck an ihrem Schal sie zurückhielt.

»Hast du deine Rache genossen?«

Die Stimme war ihr bekannt. Für einen Moment schloss Emma die Augen. Ihn hatte sie vollkommen vergessen. Natürlich war der beste Freund des Bräutigams auf der Hochzeitsfeier. Ein wohliges Kribbeln breitete sich in Emmas Nacken aus, als sie sich zu Cedric umdrehte und die Wärme seines Lächelns umfing sie.

»Willst du etwa schon gehen und ihn erlösen? Er hat noch ein wenig mehr Qualen verdient.«

Er griff nach dem Kuchenteller, den sie abgestellt hatte, und hielt ihn Emma entgegen.

»Ich würde ihn nicht so leicht davonkommen lassen.«

Cedric drehte sich seitlich zu ihr, bot ihr seinen Arm an

und schmunzelte verschwörerisch. Hatte er doch nichts von Rubens Plänen gewusst? Emma zögerte und musterte den hübschen Mann, dessen Körperduft ihr köstlich in die Nase stieg. Oh Gott, er roch einfach verdammt gut. Er hob seine rechte Augenbraue wie eine nonverbale Aufforderung. Emma streckte ihre Hand nach dem Teller aus, zögerte erneut.

»Ich bin nicht eingeladen und sollte jetzt besser gehen.«

»Meine offizielle Hochzeitsbegleitung ist mir irgendwo abhanden gekommen.«

Mit einem enttäuschten Seufzen wandte er sich wieder zu Emma.

»Sie ist ein Dreikäsehoch, ungefähr zehn, und trägt eine Zahnspange. Ein weiteres Gespräch über ihr Puppenhaus ertrage ich nicht. Bitte rette mich.«

Emma lachte auf und schüttelte ihren Kopf.

»Bitte?«

Mit einem tiefen Atemzug nahm sie ihm den Teller aus der Hand und hakte sich bei ihm unter. Etwas an seiner Art verwirrte sie, und in dem Moment, als er ihr einen Stuhl zurecht rückte, wusste sie auch wieder, was es war. Cedric benahm sich in keinster Weise dominant, dabei spürte sie an ihrem Hintern noch deutlich seine Spuren. Sie verzog ein wenig ihr Gesicht, als sie sich setzte, doch er schien es gar nicht mitbekommen zu haben, zog einen weiteren Stuhl heran und setzte sich neben sie. Das dumpfe Pochen ihres Gesäßes machte sie nervös, noch viel mehr allerdings seine Nähe. Mit den Fingern berührte er ihren Chiffonschal und ließ ihn über seine Hand gleiten. Die Gestik wirkte nachdenklich und beiläufig, hinterließ aber in Emma einen wohligen Schauder, als hätte er ihre Haut direkt berührt.

»Erzähl mir etwas über dich, du kommst nicht von hier, oder?«

4

Sie war in Glassboro, New Jersey geboren und hatte ihre Kindheit auf etlichen Armeestützpunkten in den Staaten verbracht. Von seinem letzten Einsatz im Irak war ihr Vater nicht mehr heimgekehrt. Ihre Mutter hatte sie im Alter von zehn Jahren verloren, während der Geburt ihrer kleinen Schwester, die ebenfalls nicht überlebte. Nach dem Tod ihres Vaters musste sie laut Statuten den Stützpunkt verlassen und zog nach New York.

Emma war überrascht, wie interessiert Cedric ihr Gesicht betrachtete, während er sie ausfragte. Sein Interesse an ihr verwirrte sie, vor dem Hintergrundwissen, was er war. Im Garten wurden von den Kellnern die ersten Fackeln entzündet und Lampions aufgehängt, was dem Ambiente eine herrlich romantische Note gab. Emma beobachtete lächelnd das tanzende Brautpaar und war sich gar nicht bewusst, dass Rubens Blick immer noch nervös wirkte, wenn er in ihre Richtung sah. Cedric lachte leise auf.

»Was ist so lustig?«

»Ruben hat noch immer Angst, du könntest ihn vor seiner Braut und der Familie bloßstellen. Ich frage mich, was in der Zeit, seit ich nicht mehr hier lebe, mit ihm passiert ist.«

»Du lebst nicht in New York?«

»Nein, ich lebe und arbeite seit einem Jahr in Miami Beach City, ein hübsches Fleckchen Erde. Der Geruch von Meerwasser, die Sonne, die Strände.«

Ob er wohl am ganzen Körper so gebräunt war? Emma schmunzelte über diesen Gedanken, und es reizte sie, es herauszufinden. Cedric war so vollkommen anders als Ruben, der selbst in der Firma seine Dominanz wie einen Schild vor sich hertrug. Cedric hingegen war sich seiner selbst absolut bewusst, wirkte selbstsicher, gefestigt, doch er schien es unnötig zu finden, sich entsprechend seiner Neigung zu verhalten. Eine Haarsträhne fiel ihm ins Gesicht und Emma war versucht, sie fortzustreicheln, doch beherrschte sich. Fast wäre ihr ein leises Seufzen entschlüpft, als er es mit einer legeren und scheinbar unbewussten Handbewegung selbst tat. Er wirkte dabei umwerfend anziehend. Ein langsamer Song wurde von der Band angespielt.

»Möchtest du tanzen?«

Die Aussicht darauf, ihm noch näher zu sein und ihn an sich zu spüren, ließ Emma nicht lange zögern. Cedric ergriff ihre Hand, führte sie auf die Tanzfläche und zog sie in seine Arme. Er fühlte sich stark, männlich und gut an. Seine Dominanz wirkte so herrlich natürlich und selbstverständlich, dass seine sanfte Art, mit ihr zu tanzen, dem nicht widersprach. Sein Gesicht zeigte keinerlei Strenge, seine Stimme klang weich, tief und sanft, wenn er redete, und seine Berührungen während des Tanzes erfolgten so behutsam, dass Emma weiche Knie bekam. Cedric schmiegte seine Wange an ihre Schläfe.

»Ich würde dir gerne eine Frage stellen.«

»Du hast mich so ausgequetscht, dass ich nicht mehr weiß, was ich dir schon alles erzählt habe.«

»Ich würde gerne wissen, wie du zum BDSM gekommen bist.«

Emma versteifte sich in seinen Armen und schluckte. Wie automatisch senkte sich ihr Blick, doch Cedric wusste es zu verhindern, hob ihr Kinn an und wartete solange, bis sie ihn wieder ansah.

»Es war Neugier, nicht mehr und nicht weniger.«

Die Frage erschien ihr persönlich und intim. Danach hatte nie jemand gefragt, auch Ruben nicht. Eigentlich hatte sie überhaupt noch nie darüber geredet. Cedric wusste mittlerweile so viel über sie, über ihr Leben, dass es lächerlich war, sich nun scheu zu verhalten. Er hatte am Abend zuvor mit ihr gespielt, wenn auch nur kurz, und wusste, was sie war. Warum fiel es ihr nun so schwer, ihm eine Antwort zu geben? Es war doch ganz einfach. Cedric bewegte sich mit ihr langsam über das Parkett, zog sie enger an sich, bis ihr Kopf auf seiner Brust lag und sie seinen gleichmäßigen Herzschlag hörte.

»Also gut, dann muss ich raten. Du bist in der Armee aufgewachsen, und nach dem Tod deiner Mutter warst du mit deinem Vater allein. Wenn er zu Hause war, hat er dich streng nach der Disziplin eines Soldaten aufgezogen, weil du ein Mädchen warst und er es nicht besser wusste.«

Emma kicherte an seiner Brust und schüttelte den Kopf.

»Ich war seine Prinzessin, und er hat rein gar nichts damit zu tun. Mein Vater hat niemals die Hand gegen mich erhoben, egal was ich angestellt habe. Er hat mir nie den Hosenboden stramm gezogen oder mir irgendwelche Strafen gegeben. Meine Nanny hat es einmal so formuliert: Mister Perkins, Sir, Sie sind in der Lage ein ganzes Bataillon mit Unnachgiebigkeit, Strenge und Disziplin zu führen, Sir, aber ihre Tochter kann sie mit einem Lächeln um den kleinen Finger wickeln.«

Die Nachahmung der burschikosen Stimmlage der Kinderfrau entlockte Cedric ein Lachen.

»Sie klingt streng. Ist sie der Grund?«

»Nein, sie konnte meinem charmanten Lächeln auch nicht immer widerstehen.«

»Also gut, nächster Versuch: Dein erster Freund war ein Idiot und hat dich zum Verkehr gezwungen, was dich erregte und sich im späteren Verlauf deines Lebens auf deine Sexualität auswirkte.«

»Dass er ein Idiot war, kann ich nicht abstreiten, aber nein, er war sehr vorsichtig beim Ersten Mal, und es war auch nicht ganz so enttäuschend wie bei anderen.«

»Und warum ist er dir als Idiot im Kopf geblieben?«

»Weil er sich von seinen Freunden anstiften ließ, die Fahne des Stützpunkts zu klauen und sich dabei erwischen zu lassen.«

»Ja, das klingt idiotisch.«

Cedric blieb stehen, und Emma hob überrascht ihren Kopf. Das Lied war zu Ende, und eine schnellere Nummer wurde gespielt. Cedrics Hand in ihrer fühlte sich gut und warm an, als er sie mit sich zog. Spazierend entfernten sie sich von den anderen Gästen, und sie ging schweigend neben ihm her.

»Ich versuche es ein letztes Mal: Du bist in Wirklichkeit total schüchtern und naiv und brauchst einen Mann an deiner Seite, der dir über die Straße hilft. Ruben war zur Stelle und hat dich einfach in den Club geschleift, dich festgebunden und missbraucht.«

Ausgelassen lachend boxte sie ihm in die Schulter.

»Ich bin nicht schüchtern, und ich bin auch nicht naiv.«

»Dann bist du verunsichert.«

Sie dachte einen längeren Moment darüber nach.

»Du verunsicherst mich.«

»Ich?«

Er wirkte bei diesem Wort so unschuldig und überrascht, dass sie wieder lachen musste. Doch insgeheim hätte sie den letzten Satz gern ungeschehen gemacht. Dazu war es allerdings zu spät.

»Warum verunsichere ich dich? Es war offensichtlich für mich, dass du noch nicht viele Erfahrungen mit deiner eigenen Neigung gemacht hast. Aber es lag mir fern, dich um deine Selbstsicherheit zu bringen.«

»Das ist es auch nicht. Ich meine, das gestern …«

Sie presste die Lippen fest aufeinander und wich seinem neugierigen Blick aus. Warum musste sie ausgerechnet jetzt damit anfangen? Plötzlich wirkte er alarmiert.

»Emma, wenn ich gestern zu weit gegangen bin, hättest du etwas sagen sollen. Es tut mir leid, wenn ich vielleicht ein Tabu überschritten habe. Das wollte ich nicht. Du hättest nur dein Codewort nutzen müssen, und ich hätte sofort aufgehört.«

Perplex hob sie ihr Gesicht zu ihm empor. Seine Hände lagen sanft auf ihren Schultern, und die wohlige Wärme drang durch den dünnen Stoff ihres Kleides. Er wirkte nicht nur alarmiert, sondern war tatsächlich besorgt. Ihre Wangen glühten, und sie fühlte noch mehr Verwirrung als zuvor.

»Nein, du hast nichts falsch gemacht.«

»Was ist es dann? War es meine Anwesenheit? Oder war es das erste Mal, dass Ruben dich mit jemandem geteilt hat?«

»Warum stellst du mir all diese Fragen? Ruben hat mich nie gefragt, was ich von den Dingen gehalten habe, die zwischen uns geschehen sind. Warum interessiert dich das so?«

Cedric musterte sie eingehend.

»Er hat wirklich niemals mit dir gesprochen? Weder vorher noch nachher?«

Ihr Kopfschütteln löste ehrliches Entsetzen in ihm aus, und es spiegelte sich in seiner Mimik wider. Er wandte sich kurz ab und rieb sich mit einer Mischung aus Verärgerung und Fassungslosigkeit über das Gesicht. Seufzend schüttelte er den Kopf.

»Das kann ich gar nicht glauben. Mein bester Freund mutiert zu einem Dummdom?«

Der Begriff klang in ihren Ohren belustigend, doch sein Gesichtsausdruck wirkte alles andere als amüsiert.

»Was ist ein Dummdom?«

Schnaubend senkte er seinen Blick zu Boden und legte seine Hände an die Hüften. Seine Kieferknochen arbeiteten, und sein Mund verzog sich angewidert.

»Hab ich etwas Falsches gesagt oder etwas getan, was …«

»Nein, du hast nichts falsch gemacht. Du bist nur an einen Falschen geraten.«

In sich gekehrt, bewegte sich erneut sein Kopf zu einer verneinenden Geste.

»Ich fasse es nicht. Wie kann er so verantwortungslos sein?«

»Cedric, es tut mir leid, ich wollte nichts Schlechtes über Ruben sagen. Ich war mit den Sessions einverstanden, und er war ganz okay. Er war mein erster Dom, das hast du richtig erkannt, und es liegt vielleicht wirklich an meiner mangelnden Erfahrung, dass mich vieles verunsichert.«

Emma befürchtete, zwischen den beiden besten Freunden einen Bruch geschaffen zu haben, von dem sie nicht einmal wusste, wie das geschehen war. Cedric wirkte zornig auf Ruben. Emma fühlte sich schuldig, also versuchte sie sich an einer Art von Schadensbegrenzung.

»Jeder Mensch ist anders, und ich denke, das trifft auch auf dominante Männer zu. Ruben hat sicherlich andere Vorlieben. Ich fand es sehr reizvoll, dass er für mich unberechenbar geblieben ist. Natürlich habe ich mir manches Mal gewünscht, er würde nach den Spielen mit mir reden und mir vielleicht einiges erklären können, was ich gefühlt habe. Aber ich glaube, er dachte, dass ich wusste, was mich erwartete.«

»Das ist das Problem, Emma. Er hätte erkennen müssen, dass du völlig frisch warst.«

Er griff nach ihrem Gesicht und rieb zärtlich seine Daumenkuppen über ihre Wange. In seinen Augen lag Bedauern, und auch das machte sie konfus.

»Er bewegt sich nicht erst seit gestern in der Szene und sollte so viel Erfahrung besitzen, eine erfahrene Devote von einer blutigen Anfängerin zu unterscheiden.«

»Aber ich habe es ihm auch nicht gesagt. Wenn ich ehrlich bin, hat es mir sogar geschmeichelt, dass er mich behandelt hat wie eine, die schon lange dabei ist.«

Cedric musterte eine Weile schweigend ihr Gesicht, als wollte er sich jedes Detail darin genau einprägen.

»War es für dich erfüllend?«

»Ich verstehe nicht?«

»War jedes Spiel mit ihm das, was du dir gewünscht hast, und hat es all deine Bedürfnisse befriedigt?«

Bevor sie gleich antwortete, stoppte er sie, indem seine linke Daumenkuppe ihre Lippen wieder verschloss.

»Denk darüber nach. Ruf dir die Sessions wieder in dein Gedächtnis, und sei ehrlich zu dir selbst.«

Zwei Jahre waren eine lange Zeit, und vieles von ihren Ritualen war zur Selbstverständlichkeit geworden. Je länger Emma darüber nachdachte, wie Cedric es gefordert hatte, desto mehr Details kehrten in Gedanken zurück. Rubens schwerer Stiefel in ihrem Nacken, der sie zu Boden drückte. Das höhnische Lachen, wenn er ihr ins Gesicht spuckte und sie damit demütigte. Als er sie mit Eiswasser übergossen und dann für eine Stunde in der Pfütze hatte knien lassen. Je mehr ihr einfiel, desto tiefer bohrten sich Cedrics grüne Augen in ihre Seele. Sie hatte das Gefühl, als könnte er all die aufsteigenden Erinnerungen in ihr sehen. Cedric nickte, als wäre es tatsächlich so.

»Das habe ich mir gedacht. Du hast vieles hingenommen, weil du dachtest, es wäre eben so, nicht wahr?«

Emma nickte.

»Und du hast geglaubt, weil er der erfahrene Meister ist, wüsste er, was er tat, und du hättest keinerlei Mitspracherecht.«

»Ja.«

»Das ist falsch.«

Indem er diese Worte noch einmal wiederholte, zog er sie in seine Arme und hielt sie fest. Zuerst versteifte sie sich, weil sie nicht wusste, was das alles bedeutete. Die Unsicherheit in ihr wuchs, und doch war seine zärtliche Nähe wohltuend. Es hatte lange kein Mann seine Arme um sie geschlossen und sie an sich gedrückt. Gott, wie hatte sie das vermisst. Sein Kinn lag auf ihrem Kopf, und sie konnte seine Atemzüge hören.

»Du hast dich oft gedemütigt, erniedrigt und wertlos gefühlt, nicht weil es lustvoll war, sondern weil er dich so behandelt hat und du es nicht einzuordnen wusstest. Dir hat manchmal der Respekt gefehlt, und du hast dich nach einigen Spielen verloren gefühlt. Hab ich recht?«

Emma schwieg, aber es schien ihm Antwort genug zu sein. Wie konnte er all das wissen?

»Redest du mit deinen Gespielinnen?«

Er lachte, doch es klang freudlos.

»Selbstverständlich tue ich das.«

Für den Bruchteil einer Sekunde fühlte sie einen Stich in ihrem Herzen, zu wissen, dass es andere in Cedrics Leben gab. Dann schob sie den Gedanken beiseite, der so lächerlich war. Sie kannte ihn gerade mal wenige Stunden.

»Das gehört dazu, ich muss wissen, wie weit ich den Lustschmerz ausdehnen kann, um die inneren Barrieren zu lösen, damit sich meine Partnerin vertrauensvoll hingeben kann.

Ich bin nicht perfekt, begehe Fehler, aber ich muss darüber Bescheid wissen, um sie das nächste Mal zu verhindern. Doch es ist wichtig darüber zu sprechen, welche Lust und welche Neigungen mein Gegenüber besitzt, damit ein Spiel ihren Bedürfnissen entspricht. Es ist ein Geben und Nehmen, und ich trage die Verantwortung, dass es für sie und mich die Erfüllung bringt.«

Ihre Atemzüge beschleunigten sich, ihr Herzschlag trommelte in ihrer Brust, und seine Worte erreichten sensible Punkte in ihrem Bewusstsein, die danach flehten, dass er sie einmal, nur ein einziges Mal bespielte. Sie wollte wissen, wie er als Dominus mit seinen Gefährtinnen umging. Wie würde er sich auf sie einstellen? Was würde er mit ihr tun? Eine Gänsehaut rieselte ihren Rücken hinunter und entflammte etwas in ihrem Innern, das mehr war als bloße Neugier. Doch dann erinnerte sie sich an Rubens Worte. Cedric bevorzugte Erfahrung.

»Ich möchte etwas wissen.«

Er löste die Umarmung und sah sie geduldig an.

»Was reizt dich an erfahrenen Sklavinnen?«

»Sie wissen, was sie wollen, kennen ihre Grenzen und Tabus ganz genau und können sie mir auch benennen. Sie sind gefestigt und stehen dazu, was sie sind. Ich bin immer wieder beeindruckt, wie stolz und selbstsicher, wie stark und schön diese Frauen sind. Ich liebe den Anblick von Anmut, Stolz und absoluter Hingabe, die sie verkörpern und derer sie sich jede Sekunde einer Session deutlich bewusst sind.«

Cedric lächelte in Gedanken. Emma fühlte sich plötzlich so klein und unbedeutend, dass sie die Verletzung wie eine Wunde spürte.

»Es war eine dumme Frage. Entschuldige.«

Sie wandte sich ab und verbarg ihr Gesicht vor ihm. Der

Wunsch in ihr war mit jedem seiner sanften Worte gewachsen. Doch Cedrics Antwort bestätigte die Unmöglichkeit. Sie war nicht in der Lage, ihm zu sagen, welche Grenzen sie aufwies, welche Tabus sie festlegte. Emma war nicht einmal in der Lage, genau zu definieren, was sie reizte, welche Lüste sie hegte und welche Sehnsucht sie trieb. Sie war genau das, was Cedric in ihr sah: eine blutige Anfängerin ohne jegliche Kenntnis darüber, welche Art Frau sie wirklich war.

»Es gibt keine dummen Fragen, nicht bei einem solchen Thema, Emma.«

»Es waren erotische Träume und Fantasien.«

Langsam drehte sie sich wieder zu ihm um, benötigte aber einen Moment, um ihm in die Augen sehen zu können. Der plötzliche Themenwechsel schien ihn einen Augenblick zu überfordern.

»Die Antwort auf deine Frage, wie ich meine Neigung entdeckt habe. Ich habe davon geträumt, schon in meiner Jugend. Filme, in denen die Heldin von einem starken und furchtlosen Mann gepackt und geküsst wurde, auch wenn sie sich dagegen wehrte, ich habe sie verschlungen. Jeden Roman, der davon handelte, sogar Bilder, die diesen Moment suggerierten. Ich konnte gar nicht genug bekommen. Ich habe *Vom Winde verweht* gefühlte tausendmal gesehen, und immer wenn Red Butler Scarlett an sich reißt und sie zu diesem Abschiedskuss zwingt, überläuft mich eine Gänsehaut.«

Cedric hob amüsiert seine Augenbrauen.

»Meine Fantasie dreht diese Szene immer weiter, und so geht es mir mit vielen anderen. Der Gedanke, wie sich ein Mann nimmt, wonach ihm ist, sogar mit Gewalt, wenn es nötig ist, erregt mich. Ich will diese Frau sein, die man unterwirft, ohne zu wissen, was auf mich zukommt, und doch zu wissen, wie lustvoll und erlösend es sein kann. Ich habe so viele erotische Fantasien in meinem Kopf, dass ich explodiere. Als ich über BDSM gelesen habe, wusste ich, dass es genau das ist, was ich will.«

Ihre Wangen glühten, und die Hitze breitete sich in ihrem Körper aus, doch Cedric hatte sie gefragt, und sie wollte ihm die Antwort nicht schuldig sein.

»Ich weiß sehr wohl, dass ich BDSM aus Unerfahrenheit etwas zu romantisiert habe, aber jeder beginnt einmal, sich mit seinen eigenen Gefühlen und Wünschen auseinanderzusetzen. Es hat mich verdammt viel Mut gekostet, auf die erste Szene-Party zu gehen, von der ich aus der Zeitung wusste. Und da ich Ruben aus der Firma kannte … anfangs hatte ich ein komisches Gefühl, weil er auf der Arbeit so tat, als kenne er mich nicht. Doch daran gewöhnte ich mich, und du hast recht, es ist vieles passiert, das alles andere als lustvoll, erregend oder schön war. Aber ich wusste es nicht zu ändern. Es gibt niemanden, mit dem ich reden kann oder mit dem ich mich austauschen kann.«

»Was ist mit deinen Freunden?«

Emma schüttelte ihren Kopf.

»Es gibt nur Buddy, einen Mops, und mich in meinem Leben. Meine Nachbarin hat einen Sohn und arbeitet wie ein Pferd. Und Joe … er hat seine eigenen Probleme.«

Das klang furchtbar armselig, selbst in ihren Ohren. New York war groß und ihre eigene Welt wie ein Staubkörnchen darin. Sie zuckte zusammen, als Cedric sanft ihre Schultern berührte.

»Sieh mich an, Emma.«

Sie hob ihr Gesicht zu ihm empor.

»Wann hat dich ein Mann das letzte Mal nicht wie eine Sklavin behandelt?«

»Wie meinst du das?«

»Ich will von dir wissen, wann du das letzte Mal Sex ohne BDSM hattest.«

Jetzt brannte ihr Gesicht lichterloh, und ihr Kopf fühlte sich an wie leergefegt. Cedric schob seine Hände rechts und links in ihre blonden Locken, zog sie näher an sich und beugte sich zu ihr.

»Wie lange ist es her?«

Sein Atem flüsterte über ihre heißen Wangen, und seine sinnlichen Lippen waren ihren so nahe, dass sie sich danach sehnte, sie küssen zu dürfen.

»Zu lange.«

»Das dachte ich mir.«

Sie spürte den Kuss bis in ihre Zehenspitzen, und alles in ihr schien wie unter Strom zu stehen. Seine Zungenspitze verführte die ihre zu einem leidenschaftlichen Tanz. Emma hatte das Gefühl, sich in flüssiges Kerzenwachs zu verwandeln und dahinzuschmelzen. Er konnte so gut küssen, dass ihr ganzer Körper zu beben begann und kleine Hitzeblitze wie wild durch ihr Inneres schossen. Ihre Haut wurde zu einer einzigen erogenen Zone, voller Begehren berührt zu werden.

5

Cedric zog sie in das Gästezimmer auf der zweiten Etage, in das Ruben ihn seit seiner Ankunft einquartiert hatte, und schloss leise die Tür. Emma blinzelte, als er das Licht einschaltete, und bewunderte die geschmackvolle und gemütliche Einrichtung. Zwei dick gepolsterte Ohrensessel standen vor einem Kamin, dazwischen ein kleiner Glastisch mit einem begonnenen Schachspiel darauf. Emma zog es zu der Regalwand daneben, und sie berührte die aneinandergereihten Buchklassiker. Lächelnd nahm sie einen kleinen grünen Band an sich und ließ die Fingerspitzen über die eingeprägten Schriftzüge des Buchdeckels gleiten. Cedric beobachtete sie interessiert.

»Die Geschichte der O, Ruben hat es mir als erste Lektüre geschenkt.«

Schwungvoll drehte sie sich zu ihm um und sah ihn mit ernster Mimik an.

»Bist du ebenfalls der Meinung, dass ich wie sie sein kann und …«

Langsam kam er auf sie zu und nahm ihr das kleine Buch aus der Hand. Er stellte es zurück in die Lücke, die der Roman in der Regalwand hinterlassen hatte.

»Ich möchte, dass du all das vergisst.«

»Wie? Es beschäftigt mich ständig, besonders seit ich dir begegnet bin.«

Cedric erwiderte ihren Blickkontakt erneut.

»Was bist du in erster Linie?«

Emma verstand nicht, worauf er mit dieser Frage hinauswollte. Lächelnd wandte er sich von ihr ab, entzündete ein Streichholz und entflammte einige der Kerzen in dem Raum, beginnend mit den dicken Altarkerzen auf dem Kaminsims. Er schaltete die Deckenbeleuchtung aus, damit das Kerzenlicht den ganzen Raum in ein sanftes, weiches Licht tauchte. Emmas Herz schlug schneller. Cedric blieb hinter ihr stehen, und die Stille zwischen ihnen fühlte sich nicht unangenehm an. Gespannt wartete sie, was er als nächstes tun würde. Seine Hände berührten ihre Schultern, streichelten ihren Rücken hinab und kehrten zurück zum Anfangspunkt. Unendlich langsam öffnete er den Reißverschluss ihres Kleides.

»Du hast es vergessen.«

Noch immer verstand sie nicht, doch er schien keine Antwort zu fordern. Sein Atem floss über ihren nackten Rücken, je mehr Haut er entblößte. Sanft strich er den leichten Sommerstoff in Rot von ihren Schultern, bis das Kleid zu Boden glitt. Geschickt hakte er den trägerlosen BH auf, der neben dem Kleid landete.

»Es wird Zeit, dass du dich wieder wie eine Frau fühlst, begehrt für diese wunderschönen weiblichen Rundungen.«

Mit einem Arm um ihre schlanke Taille zog er ihren Rücken an seine Brust, strich hauchzart mit den Fingerspitzen die Kontur ihres Körpers nach, bis seine Kuppen gegen den Stoff ihres Slips stießen. Emma stand da wie gefesselt, doch nichts, was er tat oder sagte, legte ihr Fesseln an. Es war die Art, wie er sprach und seine Stimme in ihren Ohren, die tief maskulin und sanft zugleich klang. Ihre Hände hoben sich zu ihren Brüsten, um sie zu bedecken, denn es fühlte sich ungewohnt an, fast schon fremd, einfach als Frau begehrenswert zu sein. Zu lange war sie nur noch Sklavin gewesen und hatte geglaubt, außerhalb der Spiele würde nichts ihr Verlangen wecken oder befriedigen. Seine Fingerspitzen legten sich über ihre Hände, umfassten die Rundungen, die sie zu verstecken versuchte.

»Siehst du, was ich meine?«

Cedric löste sich von ihr, umrundete sie. Als er eine ihrer Hände sanft von ihrer Brust zog, um sie fest in seiner zu halten, bedeckte Emma mit dem Unterarm ihren Busen. Lächelnd zog er sie um den Ohrensessel, der vor ihr stand, und führte sie vor den Kamin. An den Schultern drehte er sie zu sich, trat einige Schritte rückwärts und setzte sich. Sein Blick streichelte über ihren Körper, und offene Bewunderung lag darin, als wäre sie das schönste Geschöpf, das er je gesehen hatte. Eigentlich sollten seine Augen ihr schmeicheln, doch sie fühlte sich entblößter, als sie es war.

»Du bist wunderschön, Emma, du weißt es nur nicht mehr oder hast es nie gewusst.«

Sofort schüttelte sie ihren Kopf, senkte den Blick und fixierte einen Punkt am Boden. Als Cedric ruckartig aufstand, hob sie erschrocken ihr Gesicht, folgte seinem Weg zum Bett, und ihre Augen weiteten sich, als er mit einem Standspiegel zurückkehrte. Er platzierte ihn vor dem Glastisch zwischen den Sesseln, richtete ihn aus, damit sie sich selbst ansehen konnte.

»Dein Selbstbewusstsein ziehst du aus den falschen Quellen.«

Wieder blieb Cedric hinter ihr stehen, und für einen kurzen Moment sah sie sein Gesicht im Spiegelbild, weigerte sich jedoch, sich selbst darin zu betrachten.

»Selbst ein Kompliment hast du nie gelernt, als das zu sehen, was es ist.«

Zarte Küsse an ihrem Hals bescherten ihr eine süße, wohlige Gänsehaut und schickten köstliche Hitzewellen durch ihren Körper.

»Es ist nichts anderes als ehrliche Bewunderung für deine Schönheit.«

Seine Hände lagen auf ihren. Die Fingerkuppen streichelten über die langen zarten Glieder ihrer Fingergelenke. Emma bemerkte nicht sofort, wie sie sich zu entspannen begann, und langsam lösten sich ihre Hände von ihren Brüsten. Er verschränkte seine Finger in ihren und zog sie sanft nach unten. Erst, als er sichergehen konnte, dass sie nicht wieder versuchen würde, ihren Körper zu verstecken, ging er in die Hocke. Behutsam streifte er ihren Slip von den Schenkeln. Emmas Atmung beschleunigte sich, noch immer wagte sie nicht, in den Spiegel zu blicken.

»Wir begehren, was wir sehen.«

Seine Fingerspitzen hoben ihr Kinn an, und sie erkannte sein Lächeln im Spiegelbild.

»Du solltest durch meine Augen sehen können, dann würdest du dich selbst begehren.«

Zum Beweis presste er ihr seine Hüften gegen den Rücken, und sie spürte deutlich, wie erregt er war. Ein leises Keuchen drang aus ihrem Mund, und zum ersten Mal riskierte sie einen längeren Blick auf sich selbst. Ihr Körper war schlank, aber nicht dünn. Ihre Brüste groß, dennoch fest, und ihre breiteren Hüften ließen ihre Taille schmaler wirken. Ihr Bauch war flach, aber weich. Sie fand ihre Haut viel zu hell, schon immer. In der direkten Sonne neigte sie zu schnell zu Sonnenbrand. Doch der Kontrast seiner gebräunten Hände auf ihrer hellen Haut wirkte fesselnd und faszinierend auf sie.

»Du bist schön, dessen solltest du dir immer bewusst sein.«

Sein Flüstern in ihrem Ohr durchrauschte sie wie ein elektrischer Impuls. Gebannt beobachtete Emma, wie Cedric ihre

Brustspitzen umkreiste und wie sie sich unter seinen Fingerspitzen aufrichteten. Sie spürte die Verbindung zwischen ihren sich erregt zusammenziehenden Brustwarzen und der zwischen ihren Schamlippen verborgenen Perle. Als er sanft zwickte, schoss ein Blitz direkt in ihre Klitoris und hinterließ ein sanftes Pulsieren in ihr. Emma seufzte lustvoll auf, behielt die Augen jedoch weiterhin auf ihrem Spiegelbild. Sie war nicht in der Lage, etwas anderes zu tun, als dazustehen und Cedric dabei zuzusehen, wie er sie verführte. Emma hätte nie gedacht, dass ihr eigener Anblick sie so erregen konnte. Seine linke Hand glitt tiefer, entflammte kleine Hitzekreise auf ihrem Bauch, und je näher Cedric ihrem Schoß kam, desto heftiger schlug ihr Herz. Zu fühlen und zu sehen, was er mit ihrem Körper anstellte, war überwältigend und gleichermaßen verrucht und lüstern. Auch Cedric beobachtete sich selbst und seine Hände. Die Fingerkuppen kraulten zart das kleine rasierte Dreieck aus goldenen Locken, das ihre Scham vor Blicken schützte. Er tastete tiefer. Emma zuckte zusammen, als er den Anfang ihrer Schamlippen streichelte, wo sich ihre Klitoris verbarg. Mit sanftem Druck presste er die Mittelfingerspitze tiefer und entlockte ihr ein Keuchen. Emmas Mund öffnete sich sinnlich, und ihre Wangen färbten sich in ein sanftes Rosa vor Erregung. Er schob sich tiefer in ihre Spalte, und die Länge seines Fingers berührte sie reibend, lustvoll gleitend. Während die Kuppe Emmas warme, feuchte Öffnung fand, rieb der Fingerballen über ihre Perle, die lustvoll pochte. Cedric vergrub seine Zähne zärtlich in ihrer Halsbeuge, entlockte ihrer Kehle ein bebendes Stöhnen. Jede Berührung, jeder Kuss auf ihrer Haut wirkte wie ein sich zusammenbrauender Sturm, in dessen Rauschen und Tosen er sie immer tiefer hineinzog. Emma lehnte ihren Kopf gegen seine Schulter und schloss die Augen.

Sofort richtete er ihr Kinn wieder gerade.

»Nein, sieh dich an, sieh zu, was ich tue.«

Es fühlte sich auf lustvolle Weise schmutzig an, seiner Bitte nachzukommen. Cedrics Finger zwischen ihren Schamlippen verteilte ihre nasse Lust, und das Pulsieren wuchs zu einer alles verschlingenden Gier. Ihre Hüften schoben sich wie ferngesteuert vor und zurück. Sie konnte in seinem Gesicht ablesen, wie erregend der Anblick auch für ihn war. Er rieb seinen Schoß an ihrem Rücken, während er mit dem Finger durch ihre immer feuchter werdende Spalte glitt. Seine Zunge leckte eine nasse Spur über ihre Schulter, empor zu einem sensiblen Punkt hinter ihrem Ohr. Der sanfte Biss in ihren Nacken schickte eine heiße Welle ihren Körper hinab, die sich in ihrem Schoß ballte. Keuchend drängte sie sich dem Fingerspiel entgegen, sah zu, wie ihre Hüften sich in weichen Wellen bewegten. Je mehr Blut sich in ihrer Scham sammelte und ihre Lippen anschwollen, desto sensibler fühlte sich sein Reizen an und desto mehr wuchs ihr Verlangen. Plötzlich stoppte Cedric und lächelte auf ihre Haut.

»Willst du mehr sehen?«

Wenn er sie nicht an der Taille umfasst hätte, wäre sie zusammengesunken. Nach Atem ringend, starrte sie ihn über das Spiegelbild an. Hitzeschauer durchfluteten ihren Körper. Als er sicher war, dass sie alleine stehen konnte, löste er sich von ihr. Cedric fegte mit einer Handbewegung das in der Partie festgefrorene Schachspiel zu Boden, hob den Glastisch hoch und stellte ihn hinter Emma. Sanft ergriff er ihre Schultern, zog sie rückwärts zum Tisch und drückte sie hinunter. Mit wild klopfendem Herzen setzte sie sich. Die Kälte jagte ihr einen Schreck ein, als ihr Hinterteil das kühle Glas berührte. Hinter ihr stehend, umschloss Cedric mit beiden Händen ihre zusammengepressten Knie. Wortlos wehrte sie sich, als sie ahnte, was er bezweckte. Schlussendlich ergab sie sich dem sanften Zwang, ihre Beine zu öffnen. Weit gespreizt war nun der Blick auf ihren geröteten, vor angestauter Lust glänzenden Schoß frei. Nicht einmal, wenn sie allein in ihrer Wohnung war, hatte sie sich selbst jemals so angesehen und betrachtet. Emma fühlte sich schamvoll entblößt wie nie zuvor. Cedric kniete sich zwischen ihre geöffneten Beine, ohne die Sicht zu versperren, und begann abermals, ihre Scham zu erkunden. Zuerst wollte Emma ihn bitten aufzuhören, fühlte, wie die Beschämung in ihrem Gesicht glühte. Sie sah zu, wie er das zusammengepresste Fingerpaar zwischen ihre Schamlippen drückte, die Nässe noch großzügiger mit reibenden Bewegungen verteilte und ihrer Gier Nahrung gab. Stöhnend bog sie ihren Kopf in den Nacken, um nicht länger diesem visuellen Reiz und der darin verborgenen Scham ausgesetzt zu sein. Cedric hielt inne, schob ihr eine Hand in den Nacken und zwang sie, ihn anzusehen.

»Ich will, dass du den Blick in den Spiegel lenkst. Sieh dir selbst dabei zu.«

Er drang mit den Fingern in sie ein. Emma riss vor Überraschung ihre Augen weit auf. Elektrisiert von seinem fordernden Augenausdruck, breitete sich eine weitere Gänsehaut auf ihrem Körper aus, bis ihre Brustwarzen sich vor Begierde fast schmerzhaft zusammenzogen. Er hielt ihren Nacken umschlossen und drehte ihr Gesicht dem Spiegel zu. Emmas Augen richteten sich auf die Hand zwischen ihren Schenkeln, und sie konnte jedes Detail genau sehen. Das Fingerpaar drängte tiefer, füllte ihren Schoß und dehnte ihn. Sogar das sanfte Zucken ihrer Klitoris war sichtbar. Es wirkte unwirklich, als würde sie einem anderen Pärchen beim Liebesspiel zusehen, doch sie spürte, was die Frau im Spiegelbild erlebte. Cedric drehte die Handfläche nach oben und schob die

Finger noch weiter in sie hinein, hielt sie dort und rieb mit der Daumenkuppe ihre geschwollene, zuckende Perle. Emma keuchte, war nicht mehr in der Lage, den Blick abzuwenden. Der Glanz ihres Geschlechtes schimmerte im Kerzenlicht. Cedric beugte sich über sie, wandte für einen kurzen Moment sein Gesicht zum Spiegel und lächelte verwegen. Sein heißer Atem traf auf heiße, pulsierende Seide. Ein spitzer Schrei löste sich aus Emmas Mund, als er ihre Klitoris mit der Zunge berührte. Begierig darum, nichts zu verpassen, starrte Emma in den Spiegel und sah zu, wie Cedric ihren Geschmack aufnahm, seine Zunge ihre Perle umkreiste und seine Lippen sich festsaugten. Er wechselte geschickt zwischen Lecken und Saugen. Das Zungenspiel besaß einen Rhythmus, der sie immer höher trug, immer weiter, bis ihr gesamter Körper entflammt war und zu brennen schien. Sein Fingerpaar begann, sich in ihr zu bewegen, reizte Stellen in ihrem Geschlecht, die Lustschauer durch sie hindurch jagten. Emma zog ihre Knie an, presste die Hände fest auf die gläserne Tischoberfläche und behielt ihre Augen auf das Spiegelbild gerichtet. Wie im Fieberrausch vernebelte sich ihr Blick, und ihr Stöhnen stieg zu einem langgezogenen, nicht enden wollenden Lustlaut an. Cedric stieß seine Finger in sie hinein, steigerte das Tempo, als ahnte er, was sie brauchte. Sein Mund saugte und lutschte, bis sie es kaum mehr aushielt. Als würden Stromstöße durch ihren Unterleib schießen, spürte sie den heranrollenden Höhepunkt und spannte ihre Muskeln. Schnell fuhr das Fingerpaar in ihr ein und aus, und als Cedrics Lippen ihre Klitoris saugten, kam sie heftiger als jemals zuvor in ihrem Leben. Es glich einer Explosion, als die erlösende Hitze sich in ihr ausbreitete, und jeder Muskel wurde davon ergriffen. Unkontrolliert zuckte sie wie unter Spasmen in Cedrics Armen und begleitete den Rhythmus mit einem heiseren, stöhnenden Laut.

Erst, als Emma die Fassung zurückerlangte, entzog Cedric ihr seine Finger, die minutenlang still tief in ihr den Muskelkontraktionen nachgespürt hatten. Er lächelte voller Verlangen. Als ihre Augen die seinen fanden, setzte ihr Herz einen Schlag aus. In diesem Moment hätte er alles von ihr verlangen können. Zitternd lag sie in seinen Armen und umschloss mit beiden Händen fast ehrfürchtig sein Gesicht. Überschwemmt von Gefühlen, konnte sie kaum in Worte fassen, was in ihr tobte. Cedric hob sie vom Tisch, trug sie zum Bett und legte sanft ihren Kopf auf eins der weichen, dicken Kissen. Schweigend und voller Bewunderung beobachtete sie, wie er sich auszog. Sie genoss den Anblick seines männlichen, durchtrainierten Körpers und die Erregung seines Geschlechtes. Er war so schön, dass sie ihn am liebsten gebeten hätte, dort stehenzubleiben. Cedric legte sich neben sie, streichelte zärtlich eine schweißnasse Haarsträhne aus ihrem Gesicht. Wortlos zog sie ihn über sich, öffnete ihre Schenkel und hob fordernd ihr Becken. In seinen grünen Augen funkelte Begierde, die sie erfüllen wollte. Als seine Lippen sich auf ihren Mund pressten, fühlte sie seine Eichel gegen ihren Schoß pressen. Emma stöhnte in seinen Mund, zog seine Hüften an sich, bis sie spürte, dass er in sie eindrang. Cedric stützte rechts und links von ihrem Kopf seine Hände auf das Bett, schob sich behutsam immer tiefer in sie hinein. Sein Gesicht verzog sich zu einer sinnlichen, lustvollen Grimasse, die sich in Emmas Gedanken brannte. Seine Stirn legte sich gegen die ihre, während er sich in ihr bewegte. Quälend beherrscht, gab er seinem eigenen Drang nach Erlösung nicht nach. Emma konnte die Anstrengung und den Kraftaufwand, den Cedric dazu benötigte, in seinen Augen sehen. Wenn sie hätte reden können, hätte sie ihn dazu ermuntert, sie hart und gnadenlos zu nehmen. Stattdessen grub sie ihm ihre Fingernägel in den Rücken, lauschte dem heißen Knurren seiner Kehle, als der Schmerz ihn überwältigte. Sie bog ihren Rücken durch, umklammerte seine Hüften mit ihren Schenkeln und trieb ihre Nägel tiefer in seine Haut. Seine Selbstbeherrschung schwand mit jedem Schmerz, den sie ihm schenkte, und die Botschaft ließ die Kraft in seinen Stößen steigen. Seine Augen fixierten ihren Blick, als würde er sie damit an sich fesseln wollen. Sie war nicht einmal in der Lage, ihre Lider zu schließen, aus Angst etwas zu verpassen. Emma hatte viel gesehen heute Nacht, und sie war süchtig nach mehr. Ihre Fingernägel kratzten seinen Rücken blutig und weckten die niederen, animalischen Instinkte in ihm. Eine Hand schloss sich um ihre Kehle, nahm ihr fast den letzten Rest Atem, mit dem sie rang, und seine Hüften klatschten gegen ihren Unterleib. Sein Gesicht verzerrte sich zu einer wütenden, gierigen Maske. Knurrend fletschte er die Zähne, und sein Schwanz drängte sich immer wieder und härter in ihr pochendes Fleisch, als wollte er noch tiefer in sie vorstoßen. Ein letztes Mal stemmte er seinen Körper gegen ihren, hielt inne, und sein Blick brannte sich in ihre Augen. Ein erlösender Schrei klang aus seiner Kehle, so ursprünglich und roh, dass er Emma mitriss. Ihre zuckenden Muskeln schlossen sich fest um seinen Schwanz, während sie sich einem weiteren Höhepunkt hingab. Im selben Moment entlud er sich tief in ihr.

Mit einem sanften Kuss löste er sich und drehte sich neben ihr auf den Rücken. Er rang ebenso wie Emma nach Atem, und ein leises Geräusch ließ sie aufhorchen. Überrascht betrachtete sie das Kondom in seiner Hand. Wann hatte er es angelegt? Der Blick in seine Augen ließ ihn auflachen, und seine Fürsorge berührte sie. Emma streichelte seine Brust, die von der Anstrengung sanft glänzte.

»Frag mich.«

Ihr nachdenklicher Gesichtsausdruck musste zu ihm gesprochen haben. Cedric strich Emma sanft das Haar über die Schulter und sah sie auffordernd an.

»Dir brennt eine Frage auf dem Herzen, also sag es mir.«

»Fehlt dir nichts, wenn du so wie eben mit einer Frau zusammen bist.«

Er hob leicht irritiert seine dunklen Augenbrauenbögen.

»Überrascht es dich etwa, dass ich auch Vanilla-Sex genießen kann?«

Ihr Nicken ließ das Lächeln auf seinem Gesicht noch breiter werden.

»Nicht alles in meinem Leben ist BDSM, und nicht jede Frau, die mich reizt, ist eine Devote. Es kann durchaus sehr befriedigend sein, mit einer Frau zu schlafen, ohne sie beherrschen zu wollen. Allerdings eine Sache lasse ich mir ungern aus der Hand nehmen: die Kontrolle.«

Emma lachte leise, wurde dann aber wieder ernst. In ihrem Kopf konzentrierte sich nur noch ein Verlangen, das so drängend wurde, dass sie es kaum auszusprechen wagte.

»Was noch?«

War ihr Gesicht tatsächlich so leicht zu lesen? Emma biss sich auf die Unterlippe, ließ jedoch zu, dass Cedric ihren Kopf wieder zu sich drehte.

»Sag mir, was dich beschäftigt.«

Sein Flüstern klang so weich und liebevoll, dass sie am liebsten dahingeschmolzen wäre.

»Ich … ich weiß, dass du die Erfahrung schätzt, und ich kann mir vorstellen, dass …«

»Emma, rede nicht um den heißen Brei. Sag es mir direkt.«

Seine Nähe und Wärme fühlten sich so gut an, dass eine Ablehnung sie in diesem Moment vollkommen zerstören würde.

»Ich möchte von dir unterworfen werden.«

Emma beobachtete das Funkeln in Cedrics Augen, befürchtete, er würde Nein sagen, doch er schwieg.

»Nur einmal. Ich kann kaum glauben, wie unterschiedlich du und Ruben seid. Du bist völlig anders als er, und ich fühle mich wohl bei dir. Nur einmal. Bitte.«

Sein Gesicht wirkte offen und ehrlich. Selbst ein Kopfschütteln hätte sie ihm nicht übel genommen, doch sie wusste, es hätte sie verletzt. Cedric betrachtete ihr Mienenspiel und lächelte. Fast hätte sie gebettelt, so unsicher fühlte Emma sich plötzlich. Cedric zog sie in seine Arme und hielt sie fest. Ein sanfter Kuss landete auf ihrer Stirn.

»Lass mich darüber nachdenken.«

Wie lange? Wann? Ihr Herz schlug so schnell, dass sie es kaum ertrug, diese Ungewissheit auch nur eine Minute länger hinzunehmen. Emma versuchte, die drängenden Fragen beiseitezuschieben, lauschte dem Schlagen seines Herzens und den gleichmäßigen Atemzügen. Ein leises, ungeduldiges Seufzen drang aus ihrem Mund, und Emma schloss ihre Augen. Die Schwere in ihr breitete sich aus, und die Erschöpfung legte sich wie eine Decke über sie. Cedric schenkte ihr ein Gefühl von Geborgenheit, etwas das sie lange vermisst hatte, ohne sich dessen bewusst zu sein.

Als der Morgen graute, kehrte Cedric frisch geduscht mit einem Handtuch um seine Hüften geschlungen aus dem angrenzenden Bad zurück. Für einen längeren Augenblick blieb er neben dem Bett stehen und musterte Emmas schlafenden Körper. Ein süßes Lächeln zeichnete sich auf ihrem Gesicht ab, und die blonden, dicken Locken lagen breit gefächert auf dem Kissen. Cedric neigte seinen Kopf zur Seite und berührte mit den Fingerspitzen ihre linke Wange. Mit einem tiefen, geräuschvollen Atemzug wandte er sich ab, setzte sich in einen der Sessel und starrte in den dunklen Kamin. Warum fühlte er sich für sie verantwortlich? Noch nie hatte ihn eine Anfängerin wirklich gereizt. Und warum breitete sich in ihm der Wunsch aus, die Fehler seines Freundes zu berichtigen? Als Emma ihn um eine Session bat, war er versucht gewesen abzulehnen. Doch ihr Anblick hatte ihn zögern lassen. In dieser Nacht war mehr geschehen als nur befriedigender Sex. Es war ihr nicht bewusst geworden, dass das Spiegelspiel mehr über sie verriet, als sie ahnte. Cedric stand auf und trat vor den Spiegel, betrachtete sich selbst darin, und doch rückten seine Gedanken einige Stunden zurück. Kaum dass sie sich einmal überwunden hatte, war sie nicht mehr in der Lage gewesen, nicht hinzusehen, sich selbst nicht in lustvoller Begierde zu betrachten und zuzusehen, wie er ihr Verlangen schürte. War es das erste Mal, dass man ihre voyeuristische Ader geweckt hatte? Es war offensichtlich, dass noch kein Mann sie vor einem Spiegel geliebt hatte. Ebenso hatte es Cedric überrascht, wie schwer es ihr trotz ihres Selbstbewusstseins gefallen war, sich wahrhaftig zu betrachten, sich vor den eigenen Augen zu entblößen und sich selbst einen freien Blick auf ihre volle Weiblichkeit zu schenken. Tatsächlich spielte Cedric mit dem Gedanken, doch ihn reizte nicht nur die Idee eines Spiels mit ihr. Ob Ruben mit seiner Vermutung vielleicht doch richtig lag?

Er blickte über den Rand des Standspiegels hinüber zu dem Bett. Ein kaum wahrnehmbares Nicken bewegte seinen Kopf. Cedric würde wohl die Wahrheit auf seine Weise herausfinden müssen.

6

»Sie ist noch hier? Bist du wahnsinnig, wenn Kelly herausbekommt ...«

Ruben starrte ihn an, als wäre Cedric nicht bei Trost. Trotz seiner gesenkten Stimme klang er fassungslos und gleichzeitig wütend. In Cedrics Mundwinkel zuckte ein gleichgültiges Lächeln, und er stellte Tassen, Teller und Frühstücksbrötchen auf ein Tablett.

»Kelly wird nichts erfahren. Wenn Emma dich wirklich hätte bloßstellen wollen, hätte sie auf deiner Hochzeitsfeier genug Gelegenheiten gehabt.«

»Könntest du bitte leiser sprechen.«

»Warum? Hast du Angst, dass deine kleine Ehegattin hinter dein schmutziges Geheimnis kommt? Ruben, ich sagte dir bereits, das wird nicht funktionieren.«

»Das musst du schon mir überlassen.«

»Nichts lieber als das, alter Freund. Aber wir beide sprechen uns noch.«

Diesmal warf Cedric seinem besten Freund einen Blick zu, der ihm deutlich zu verstehen gab, dass er wütend auf Ruben war.

»Dann rede, was ist los?«

»Emma hat mir interessante Dinge über dich erzählt. Dir ist der Begriff Dummdom geläufig? Was hast du dir eigentlich gedacht? Du redest nicht mit ihr, bespielst sie auf Gutdünken und interessierst dich keinen Deut dafür, was sie bewegt?«

»Verdammt, Cedric, ich sagte schon, dass ich nicht wusste, dass sie Frischfleisch war. Du weißt, dass meine Neigung unter anderem dahin geht, dass ich eine Devote wie ein Lustobjekt benutze. Woher hätte ich wissen sollen, dass sie keine Erfahrung hat?«

Cedric schnaubte.

»Indem du mit ihr gesprochen hättest. Zwei Jahre, Ruben. Du hast ihr einen völlig falschen Eindruck von BDSM vermittelt.«

Ruben stieß geräuschvoll seinen Atem aus.

»Sie hat nichts gesagt!«

»Und du hast nichts gemerkt. Wann, verdammt, bist du so selbstgerecht und überheblich geworden? Hast du eine Ahnung, wer sie ist, wonach sie sich sehnt und was ihre Begierden sind? Hat es dich je interessiert, ob deine Spielchen für sie lustvoll und erfüllend waren? Kannst du dir sicher sein, dass du allen ihren Neigungen gerecht geworden bist?«

Sein Freund stand da wie ein Schuljunge, der von seinem Mentor getadelt wurde. Cedric hob das Tablett an, hielt einen Moment inne und fixierte Rubens Gesicht.

»Vielleicht ist es gut, wenn du dich aus der Szene zurückziehst und dich auf deine Ehe konzentrierst, bevor du noch mehr Schaden anrichtest.«

Ruben schloss die Augen, wandte sein Gesicht zur Seite, als hätte er eine Ohrfeige erhalten. Cedric sah seinem Freund an, dass die Worte gesessen hatten und an Rubens ausgeprägtem Ego kratzten. Und er hatte jede einzelne Silbe davon genau so gemeint. Cedric kehrte in sein Gästezimmer zurück und stellte das Frühstückstablett auf den kleinen Nachtschrank. Er setzte sich auf die Bettkante und betrachtete Emma still. Noch immer zeichnete sich auf diesem hübschen, entspannten Gesicht ein Lächeln ab. Ob es immer so war, wenn sie schlief, oder ob ein süßer Traum dafür verantwortlich war, wusste er nicht, aber der Anblick war zu schön, um ihn nicht zu genießen. Sanft strich er mit den Fingerspitzen über ihre Wange, folgte der Linie ihres Nackens, die Wirbelsäule entlang, bis das Bettlaken, das sie bedeckte, seinen Weg beendete. Mit einem Seufzen breitete sich das Lächeln auf ihren vollen Lippen aus, als Emma langsam erwachte.

»Guten Morgen.«

Sie schlug ihre hübschen Augen auf und drehte sich auf den Rücken.

»Wie spät ist es?«

»Sieben.«

Stöhnend vergrub sie ihren Kopf unter einem Kissen und wimmerte kunstvoll.

»Ich muss um acht im Büro sein. Buddy jammert wahrscheinlich schon zu Hause, weil er fast verhungert ist, und Joe braucht seinen Morgenkaffee.«

»Dann gönn dir vorher eine Tasse, bevor du losziehst und deine Lieben versorgst.«

»Oh, nein.«

Sie erhob sich und sah aus, als wollte sie sich dringend rechtfertigen. Cedric schmunzelte und goss Kaffee in eine Tasse.

»Milch und Zucker? Nur Zucker? Nur Milch? Oder lieber ohne?«

»Buddy ist mein Hund und Joe ist … ein Freund. Mehr nicht.«

Cedric hob die Tasse und sah Emma an, als würde es ihn nicht interessieren, welche Wesen sich hinter den genannten Namen verbargen.

»Milch und Zucker, bitte.«

Sie klang ein wenig enttäuscht, nahm die Tasse entgegen

und trank. Mit einer eigenen Tasse in der Hand, schlug Cedric ein Bein unter und beobachtete sie schweigsam.

»Hast du dich entschieden, über … du weißt schon.«

Ihre Ungeduld war entzückend, und dennoch zwang Cedric sich dazu, ernst zu bleiben.

»Ich werde dir meine Entscheidung heute Nachmittag mitteilen.«

»Wann genau?«

Ein leises Lachen drang aus seiner Kehle, das er sich diesmal nicht verkneifen konnte.

»Bevor du gehst, möchte ich, dass du mir deine Telefonnummer aufschreibst.«

Er sah ihr an, wie schwer es ihr fiel, diese Ungewissheit erst einmal auf sich beruhen zu lassen. Cedric wusste, dass es ihr den ganzen Tag so ergehen würde, und der Gedanke daran gefiel ihm.

Emma stand auf, zog sich an und blieb in der Tür stehen.

»Ich möchte dich wirklich gern wiedersehen.«

Was bedeutete dieses Nicken? Warum sah er sie nicht an? *Bitte, ruf an und sag mir, dass du mich wiedersehen willst!* Leise schloss Emma die Tür hinter sich und lehnte ihren Rücken einen kurzen Moment dagegen. Sie wollte nicht gehen, ohne eine Entscheidung von ihm zu hören, denn das Gefühl, ihn verlassen zu müssen, vergrößerte die Leere in ihr. Sie kämpfte die Angst nieder, ihn nie wieder sehen zu dürfen, und schob diese Möglichkeit weit in den Hintergrund ihres Verstandes.

Ein Taxi brachte sie zu dem Apartmenthaus, in dem sie wohnte, doch als Emma die Tür aufschloss, fehlte etwas.

»Buddy? Wo bist du? Buddy? Komm schon, Junge, ich weiß, ich bin ein ganz furchtbares Frauchen und hab dich die ganze Nacht alleingelassen. Wo versteckst du dich?«

Sie suchte die Wohnung ab, aber von dem kleinen Mops war keine Spur.

»Shit!«

Sie verließ ihr Apartment panisch und gerade als sie gegen Sonyas Tür klopfen wollte, öffnete die Nachbarin und das fröhliche Bellen Buddys erschallte. Ein erleichterter Atemzug drang geräuschvoll aus Emmas Mund.

»Oh Gott, dachtest du etwa, er wäre weg? Ich dachte, so eine Hochzeit dauert lange, und Max fand es schade, wenn Buddy alleinbleibt. Also hab ich ihn herübergeholt. Er ist bereits gefüttert und Max hat auch schon eine Runde mit ihm gedreht.«

Emma fiel ihrer Nachbarin um den Hals und küsste ihre Wange.

»Du bist ein Schatz. Danke.«

»Hey, ich habe heute frei und Max würde sich freuen, wenn die kleine Knutschkugel uns in den Zoo begleiten würde.«

»Okay, dafür hast du was gut bei mir.«

»Wie war die Feier? Hast du jemanden kennengelernt?«

»Tut mir leid, aber ich bin spät dran. Ich erzähl es dir ein anderes Mal, okay? Kaffee, Torte und wir beide auf dem Dach?«

»Gute Idee. Viel Spaß auf der Arbeit.«

Emma beeilte sich mit der Katzenwäsche, zog sich um und eilte aus dem Haus. Sie trug zur Arbeit immer eine schwarze Stoffhose, weiße Bluse, schwarze Weste und einen Blazer. Damit wirkte sie elegant und professionell. Die meisten männlichen Kollegen starrten den anderen weiblichen Mitgliedern der Firma hinterher. In ihren kurzen Miniröcken, den engen Oberteilen und den hochhackigen Pumps, kamen sie Emma manchmal so vor, als seien sie entweder auf einer Modenschau oder auf Männerfang.

Ruben würde heute nicht im Büro sein, also war es weniger schlimm, fünf Minuten verspätet zur Arbeit zu erscheinen. Er hatte sich für einen Kurztrip mit seiner frisch angetrauten Braut drei Tage freigenommen.

»Drei Tage Hochzeitsreise? Himmel, dem würde ich was flüstern, wenn ich seine Frau wäre.«

Donna stand angelehnt an ihrem abgegrenzten Arbeitsplatz in dem Großraumbüro und genoss wie alle anderen Sekretärinnen, dass der Abteilungshäuptling nicht anwesend war. Die Erdbeerblondine mit dem Sechzigerjahre-Haarschnitt im knallroten, tief ausgeschnittenen Kleid feilte sich die ebenso knallroten, langen Fingernägel.

»Ob der immer so knauserig ist? Erst feiern sie diese pompöse Traumhochzeit, und dann fliegt er mit ihr nicht mal nach Europa. Tz, also echt, ich hätte ihm den Drei-Tage-Trip um die Ohren gehauen.«

»Sie ist sehr nett.«

»Du warst da?«

»Hm ja, sie ist vor allen Dingen ziemlich hübsch.«

»Er lädt dich ein und mich nicht? Tz, ich glaub es ja nicht. Was für ein Bastard. Wusstest du, dass ich eine Weile der Grund für seine Überstunden war? Ich meine, Ruben und ich, wir hatten was am Laufen, bevor er diese Schnalle kennenlernte.«

Emma zwang sich dazu, Donna nicht anzusehen. Die Erkenntnis, dass sie nicht die Einzige im Büro war, die etwas mit ihm gehabt hatte, schickte einen Kälteschauer über ihren Rücken. Doch nachzuhaken hätte Emma ungewollt geoutet. War Donna eine Sklavin? Sie riskierte noch einmal einen Blick auf die Blondine.

»Was? Du hast das nicht gewusst? Mister Saubermann, Ruben Eastwick, hatte fast jede hier im Büro, bis auf Mrs.

Taylor, die war ihm zu alt. Naja, du arbeitest noch nicht lange hier. Dass er dich noch nicht angebaggert hat … ah, natürlich, die Einladung! Er hat wohl doch ein Auge auf dich geworfen, Schätzchen. Sieh dich vor, sonst endest du noch als außereheliche Affäre.«

Donna kehrte zu ihrem Arbeitsplatz zurück. Es war seltsam, aber die Information über ihren Abteilungsleiter und ehemaligen Dom glitt an Emma ab wie der übliche Bürotratsch. Natürlich war es nicht schön zu wissen, dass er ein Schürzenjäger war wie viele in der Firma, doch es fühlte sich an, als hätte es sie wesentlich mehr treffen müssen. Emma griff in das Fach mit den zu schreibenden Briefen und spürte schnell, dass heute die Delete-Taste der Computertastatur zu ihrem scheinbar besten Freund wurde. Ständig blickte Emma auf ihr stummes Telefon und hielt es kaum aus, wie lange Cedric sich Zeit nahm. Auch wenn er Nachmittag gesagt hatte, sie blieb dieses Mal in der Mittagspause an ihrem Platz. Das Warten auf seinen Anruf machte sie mürbe, und immer wieder kontrollierte sie, ob ihr Telefon auch wirklich funktionierte. Die Konzentration auf ihre Arbeit war unmöglich, und mehrmals musste sie die getippten Briefe korrigieren. Der Feierabend rückte näher und Cedric hatte sich nicht wie versprochen gemeldet.

Als Emma nicht mehr damit rechnete, dass er anrufen würde, klingelte ihr Telefon und versetzte ihr einen solchen Schock, dass sie den Hörer erst beim dritten Läuten abhob.

»Emilia Perkins?«

»Du heißt Emilia?«

»Äh, ja, Emma ist eine Abkürzung. So nennt mich jeder.«

Cedrics Stimme ließ ihren Puls steigen. Sie schloss die Augen und presste die Lippen aufeinander, als wollte sie sich vor einem verbalen Angriff wappnen.

»Ich habe mich entschieden. Kennst du das Museum of Sex an der Ecke 27th Street und 5th Avenue?«

Jetzt lebte sie zwei Jahre hier und hatte keine Ahnung, dass New York ein Sexmuseum besaß.

»Wow, ich, äh, nein, kenne ich nicht, aber die Taxifahrer von New York schon, glaube ich.«

»Gut. Ich möchte, dass du Folgendes für mich tust.«

Sie zog ihren Notizblock aus der Tasche und lauschte Cedrics Anweisungen. Er hielt sich kurz und klang dabei sehr sachlich, als würde er eine Bestellung aufgeben. Der Inhalt seiner Anordnung allerdings klang schmutzig, frivol und spannend. Cedric verabschiedete sich und legte auf. Emma starrte minutenlang den Hörer in ihrer Hand an und bemerkte erst eine Weile danach, dass ihr Mund offen stand. Eine Gänsehaut bildete sich auf ihren Unterarmen und der restliche Arbeitstag verlief in einem Nebelschleier. Cedrics Worte klangen während der Heimfahrt in Emmas Ohren nach. Sie hörte sie, als sie die Wohnungstür aufschloss, sie hörte sie lauter als das Rauschen des Wassers, als sie unter die Dusche stieg, und sie hörte sie noch, als sie das Wasser abstellte. Wie unter Trance kehrte sie zum Kleiderschrank zurück.

Nur ein Mantel. Keine Unterwäsche, keine Strümpfe, kein Kleid. Der einzige Mantel in ihrem Schrank war ein royalblauer Regenmantel, der gerade einmal bis zu den Oberschenkeln reichte und glänzte wie Latex, im Schnitt ähnlich eines Trenchcoats mit großer Kapuze und einem Gürtel in der Taille. Eigentlich liebte sie den Kurzmantel abgöttisch, seit sie ihn das erste Mal im Schaufenster eines Secondhandshops in Soho entdeckt hatte. Das leuchtende Blau passte perfekt zu ihren blonden Locken, und sie hatte sogar die perfekten Schuhe in derselben Farbe gefunden. Aber jetzt? Sie würde auffallen wie ein kunterbunter Hund und die Tatsache, dass Cedric darauf bestand, dass sie darunter nackt zu sein hatte, ließ die Gänsehaut auf ihrem Körper wachsen. Emma legte den Mantel auf ihr Bett und stellte die passenden Riemchenpumps daneben. Allein die Farbe zog die Blicke anderer an, wenn Emma ihn trug, und sie spürte schon jetzt, wie sich diese Blicke diesmal in sie bohren würden. Ob Sonya einen Mantel besaß, der länger war? Selbst wenn, es würde Emma nicht weiterhelfen, denn die Nachbarin war mit Max und Buddy im Zoo. Sie hatte einen Ersatzschlüssel für Sonyas Wohnung, wie Sonya einen Schlüssel für Emmas Wohnung besaß, aber Emma würde niemals in den privaten Sachen anderer wühlen, selbst wenn sie die Erlaubnis besaß, sich zu leihen, was immer sie brauchte.

Der Wecker auf dem Nachttisch tickte lauter als sonst, wie ein Mahnzeichen, dass die Zeit knapper wurde. Mit der Hand berührte Emma den glatten, wasserundurchlässigen Stoff. Ob Cedric wusste, dass sie …? Sie lachte auf. Woher sollte er davon wissen? Sie konnte sich vorstellen, wie er sie ansehen würde, wenn ihm klar wurde, was er da wirklich von ihr verlangt hatte. Emma schwankte zwischen Reiz und Widerwillen. Sie hatte es gewollt! Sie hatte darum gebeten! Und jetzt war sie sich nicht sicher, ob sie die Konsequenzen überdacht hatte. Emma löste das Badetuch um ihren Körper und ließ es fallen. Der Blick in den Schrankspiegel war intensiver als sonst. Eine Konsequenz der Nacht mit Cedric. Emma drehte sich und betrachte ihren eigenen Körper eingehender, als sie es zuvor jemals getan hatte. *Wir begehren, was wir sehen!* Seine Worte drangen durch ihren Kopf, und in ihren Gedanken tauchte sein Gesicht wie ein Geist auf. Wenn es nur eine Nacht war, sie würde sich darauf einlassen. Der Wunsch, einmal von ihm unterworfen zu werden, war viel zu groß, um an der Kleinigkeit eines viel zu kurzen Mantels zu scheitern.

Emma schloss die Riemchen an ihren Fußgelenken, prüfte den Knoten in ihrer Taille, der den Kurzmantel zusammenhielt, und zupfte an dem Mantelsaum. Seine Worte hatten gezeigt, wie sehr Cedric sich von Ruben unterschied. Jetzt wollte sie alles wissen. Emma achtete nicht auf die Blicke, versuchte, nicht daran zu denken, dass die Menschen ahnen könnten, dass sie nackt war, und stieg in ein Taxi. An der Ecke der Fifth Avenue bezahlte sie den Fahrer und stieg aus, darauf bedacht, dass ihr Hintern vom kurzen Stoff bedeckt blieb. Ihr Blick suchte nach Cedric, den sie an einem der großen Schaufenster des grauen, zweistöckigen Gebäudes fand. Als er sich umdrehte, hoben sich seine Augenbrauen, und mit einem amüsierten Gesichtsausdruck ging er auf sie zu. Unter seinem langen, schwarzen Wollmantel trug er Jeans und ein weißes Longsleeve. Seine Hände steckten in Lederhandschuhen. Er strich sich eine Haarsträhne aus der Stirn und neigte den Kopf. In diesem Moment wirkte er unglaublich sexy auf sie und Emma hätte sich zu gern direkt in seine Arme gestürzt. Aber sie wusste, warum sie sich trafen, und vermied die allzu herzliche Geste, denn die Spannung in ihr stieg. Was würde geschehen? Was würde er verlangen? Wie würde er sie unterwerfen? Ihr Atem beschleunigte sich, als Cedric vor ihr stehen blieb und sie musterte.

»Interessante Farbe, das Blau steht dir gut.«

Er erwähnte mit keiner Silbe, wie kurz der Mantel war, noch wie ungewöhnlich sie aussah. Ein Regenmantel im Sommer bei strahlend blauem Himmel und keiner Wolke am Himmel. Seine Augen senkten sich zu ihren Füßen.

»Hübsche Schuhe.«

Dann drehte er sich ihr seitlich zu, streckte Emma den Ellbogen hin und lächelte.

»Wollen wir?«

Zögernd hakte sie sich bei ihm unter, im Glauben, er würde mit ihr die Ausstellung ansehen. Falsch gedacht. Das Museum bot nur den Treffpunkt. Stattdessen führte Cedric sie auf der Fifth Avenue in eine Edelboutique mit sündhaft teurer Unterwäsche und künstlich lächelnden Verkäuferinnen. Cedric wandte sich an eine Rothaarige, blickte auf das Namensschild an ihrer Bluse und lächelte freundlich.

»Ich suche eine Korsett für meine Begleitung, Tanya.«

»Wenn Sie mir bitte folgen möchten.«

Er zog Emma mit sich, hinter der Beraterin her, die im hinteren Teil des Ladens an einem Ständer stehen blieb.

»Haben Sie einen bestimmten Wunsch? Wir haben hier verschiedene Formen an Korsetts.«

Cedric erklärte ihr exakt, welche Art von Mieder er sich vorstellte. Ein Taillenkorsett, mit Rückenschnüren und Haken vorn, und zusätzlich wählte er die Farbe Blau. Tanya zeigte ihm mehrere Ausführungen, und er wählte sorgsam aus, warf immer wieder einen Blick auf Emma, die er nicht einmal um ihre Meinung bat. Zwei nahm er in die engere Auswahl und hielt sie abwechselnd an Emmas Körper.

»Zieh den Mantel aus.«

Seine sanften Worte trafen Emma so hart, dass sie keine Luft bekam. Mitten im Laden forderte er sie auf, sich nackt zu präsentieren. Sie wollte widersprechen, doch sein warmer, liebevoller Blick, auf ihr Gesicht gerichtet, verlangte Gehorsam. Erst jetzt begriff Emma, dass sie sich bereits in einem SM-Spiel befand. Hitze stieg ihr ins Gesicht, als sie sich der vollen Aufmerksamkeit der Verkäuferin bewusst wurde. Mit trommelndem Herzen nestelte sie umständlich an dem Knoten in ihrer Taille.

»Lass mich das machen.«

Ihr wurde schwindelig, und ihre Atemzüge wurden flacher.

Cedric knotete den Gürtel des Kurzmantels auf, ließ sich quälend lange Zeit damit, ihn zu öffnen, und schob das Kleidungsstück dann einfach über Emmas Schultern, bis es zu Boden fiel. Getuschel ertönte hinter ihr. Die anderen Verkäuferinnen des Ladens lachten leise, als Emma nackt dastand und sich in Grund und Boden schämte. Tanya räusperte sich und ging zur Tagesordnung über, als passierte Ähnliches alltäglich im Geschäft. Emma schloss die Augen, schluckte hart an ihrer Beschämung und spürte, wie Tränen unter ihren Lidern brannten. Die Verkäuferin legte ihr das gewählte Korsett an.

»Schnüren Sie es eng.«

»Wie Sie wünschen.«

Emmas Wangen glühten, als würde sie viel zu nah an einem Feuer stehen. Cedric griff nach ihrer Taille, um sie festzuhalten und ihr Standfestigkeit zu geben, während Tanya an ihr rüttelte und ruckte, bis ihr Körper fest eingeschnürt war. Emma begegnete Cedrics Blick. Gefesselt von seinem sanften Lächeln, entspannte sie. Als die Verkäuferin fertig war, trat er zurück und betrachtete Emma eingehend.

»Sehr schön.«

Ihre Brüste wirkten üppiger und ihre Hüften ausladender als zuvor. Es war schwer, tiefe Atemzüge zu nehmen, doch der Anblick war es wert. Cedric gab den Blick in den Spiegel vor ihr frei, und Emma stellte fasziniert fest, wie enorm sich ihre eigene Körperhaltung durch die Schnürung verändert hatte.

»Wir nehmen es.«

Die Verkäuferin führte Cedric und Emma zur Kasse.

»Stolz ist nicht nur ein Gefühl, Emma. Die Ästhetik einer aufrechten Körperhaltung ist pure Sinnlichkeit im Auge des Betrachters.«

Wie gebannt blickte sie auf seine sinnlichen Lippen und flüsterte die Worte, die sie sich gemerkt hatte.

»Und wir begehren, was wir sehen.«

Zufrieden nickte Cedric.

»Genau so ist es.«

Er hob den Mantel vom Boden und half Emma dabei, ihn anzuziehen. Cedric zahlte bar und gab Emma beim Verlassen des Ladens den Vortritt. Mit der Hand in ihrem Rücken, führte er sie die Straße entlang in ein kleines Bistro. Er schob ihr den Stuhl zurecht wie ein Gentleman, doch bevor sie ihre Hände über ihren Hintern gleiten ließ, um den Mantelstoff unter ihren Po zu streichen, beugte er sich über ihre Schulter.

»Ich möchte, dass du das Leder des Stuhlpolsters auf deiner nackten Haut spürst. Setz dich, Emma.«

Sie folgte der Anweisung und konnte kaum glauben, wie sanft er mit ihr sprach. In seiner Stimme lag kein Funke Strenge, aber die Forderungen waren eindeutig. Bisher hatte sie nicht gewagt, etwas von sich zu geben. Sie glaubte, er erwartete ihre Stille. Ein Ober kam und nahm Cedrics Bestellung auf. Zwei Kaffee, Milch und Zucker für die Dame, schwarz für ihn, und einen kleinen Salat mit Huhn. Er fragte sie nicht und schwieg, bis die Bestellung an ihren Tisch gebracht wurde. Cedric schob Emma den Salatteller zu, nahm einen Schluck seines Kaffees und lehnte sich zurück.

»Ich möchte, dass du mir genau zuhörst, während du isst. Es gibt einiges, das ich sagen möchte.«

Emma nahm die Gabel in die Hand und spießte ein Salatblatt auf.

»Ich fordere von dir drei Tage hintereinander. Da Ruben es versäumt hat, dir die Bandbreite der Szene zu zeigen, und du damit bisher nicht die Möglichkeit hattest, deine eigene Neigung gründlich zu erforschen, werde ich dir drei Nächte lang einen Einblick gewähren. Dennoch will ich, dass du darüber nachdenkst und mir deine Einwilligung gibst. Denn du wirst nicht nur sehen, sondern auch erleben.«

Sie schluckte ihren Bissen herunter, öffnete ihre Lippen und hielt dennoch inne.

»Du möchtest mich etwas fragen. Ich habe nicht von dir verlangt, zu schweigen.«

Sein Schmunzeln verriet, dass ihm gefiel, dass sie ihn fehlinterpretiert hatte.

»Du willst mir in drei Nächten alles zeigen?«

»Ich versuche dir einen Einblick zu gewähren, aber alles in dieser Kultur werde ich dir in so kurzer Zeit nicht zeigen können. Dafür ist BDSM eine zu große Gesellschaft. Es existieren so viele Subkulturen in der Szene, dass es kaum möglich sein wird, alles zusammenzufassen. Aber ich werde mich bemühen.«

Er stellte die Tasse auf den Unterteller und sah Emma an.

»Es werden nicht nur die Nächte sein.«

»Aber ich muss arbeiten und kann nicht einfach freinehmen.«

»Das wird nicht nötig sein. Was ich von dir will, sind drei Tage, in denen du mir absolut gehorchen wirst. Ich verlange deine Einwilligung, mir in dieser Zeit zur Verfügung zu stehen, meine Wünsche zu erfüllen und jegliche Anordnung genau auszuführen. Egal was ich von dir verlange, du wirst es tun.«

»Auch im Büro?«

Cedric nickte und fesselte ihren Blick noch immer an sich.

»Drei Tage hintereinander.«

Sie wollte sofort Ja sagen, doch das Ausmaß des verlangten Versprechens erkannte sie nur im Ansatz. Ihre Gedanken rotierten. Emma versuchte, sich vorzustellen, was für Dinge Cedric an ihrem Arbeitsplatz fordern könnte.

»Du wirst anziehen, was ich dir sage. Du wirst essen, wann und was ich dir vorschreibe. Du wirst Aufgaben erledigen, die ich dir auftrage, und du wirst mir darüber berichten, wenn ich dich abhole.«

Er zog ein kleines, schwarzes Notizbuch aus der Innenseite seines Mantels und legte es behutsam auf den Tisch.

»Öffne es.«

Emma schlug die erste Seite auf. Überrascht las sie das eine Wort, das Cedric in dicken, hübsch verschnörkelten Buchstaben auf die Innenseite des Einbands geschrieben hatte: *Strafbuch*.

»Darin wirst du jeden Fehler, jede versäumte Aufgabe und jede Zuwiderhandlung meiner Anordnungen notieren. Danach werde ich deine Strafe bemessen, die dich erwartet. Oder deine Belohnung, wenn du die Disziplin aufweist, alles nach meiner Zufriedenheit zu erledigen.«

Unter ihren Fingerspitzen fühlte sie die kleinen Einkerbungen seiner Handschrift.

»Nach Büroschluss werde ich dich abholen und dich deine Grenzen kennenlernen lassen. In den Nächten trägst du nur das Korsett, diese Schuhe und diesen Mantel.«

Aus der linken Manteltasche nahm er eine Maske aus schwarzer Spitze. Das zarte Visier würde ihre Augen bedecken, doch die Sehschlitze würden ihr die Sicht nicht nehmen.

»Neben der Maske wirst du ein Halsband tragen, und dieses Halsband werde ich dir erst anlegen, wenn du zugestimmt hast. Ist dieses Collier erst einmal um deinen Hals gelegt, werde auch nur ich es wieder entfernen. Es wird dich vorübergehend zu meiner Sklavin machen und dich als solche kennzeichnen. Du wirst es die drei Tage durchgehend tragen.«

»Aber das geht nicht, ich kann im Büro nicht …«

»Lass dir etwas einfallen. Ich sagte nicht, dass jeder es sehen muss.«

Cedric lächelte kühl und nahm einen Schluck aus seiner Tasse.

»Ich möchte, dass du genau über das Angebot und die Konsequenzen nachdenkst, ehe du mir eine Antwort gibst. Ich verlange nicht nur deinen Gehorsam, sondern deine absolute Hingabe. Dazu gehört, dass du mir vertraust. Denn ohne Vertrauen wird es mir nicht möglich sein, dich an deine Grenzen zu führen. Es wird nicht leicht werden, das verspreche ich dir, aber ich sorge dafür, dass dir weder körperlich noch seelisch Schaden zugefügt wird. Da auch ich deine Neigung erst erforschen muss, gewähre ich dir eine Möglichkeit, dich mir mitzuteilen, wenn wir an den Abenden unterwegs sind. Grün bedeutet, dass alles in Ordnung ist. Gelb wird mir signalisieren, dass du an eine Grenze gestoßen bist. Rot wird die Situation, in der du dich in dem Moment befindest, sofort abbrechen, doch es wird nichts an dem Spiel ändern. Ich werde dich immer wieder danach fragen. Ebenso möchte ich, dass dir bewusst ist: Wenn du dich dafür entscheidest, meine Sklavin zu sein, wirst du die vollen drei Tage beenden. Ich werde dir nicht die Gelegenheit geben, mittendrin deine Meinung zu ändern.«

Emma stocherte gedankenverloren in ihrem Salat.

»Darf ich fragen, was mich erwarten wird?«

Cedric schwieg einen längeren Moment.

»Ich werde deinen Exhibitionismus auf die Probe stellen. Deine voyeuristische Gier schüren. Deine devote Neigung testen. Deinen Gehorsam, deine Unterwerfung, deine Lust prüfen, indem ich dich zusehen, dich erleben und spüren lasse. Ich werde dich an Grenzen führen, die du nicht erahnst, und ich werde hart sein, dich über die Grenzen hinausführen, an deine Tabus.«

»Das bedeutet, dass ich auch mit anderen …?«

»Jedem, dem ich erlaube, dich zu berühren, dich zu benutzen und über dich zu verfügen, tut es durch mich.«

»Was ist mit Schmerzen? Wirst du ihnen erlauben, mich zu schlagen?«

»Nein, das Privileg gebührt mir allein. Das bedeutet auch, dass ich nicht darüber diskutiere, welche Strafen dich erwarten.«

»Auch die Peitsche?«

Ihre Stimme zitterte bei dem Gedanken, und sie sah Verwunderung in seinen Augen.

»Was ist das mit dir und der Peitsche? Warum verweigerst du dich dem? Es ist eine übliche BDSM-Züchtigung.«

»Ich hasse das Geräusch, und ich habe Angst, wie tief sie einschneiden könnte. Ich habe nichts gegen Striemen und blaue Flecke, ganz im Gegenteil. Manchmal dauerte es einige Tage, bis sie verheilt sind, und das Gefühl, die Bestrafung noch spüren zu können, ist erregend. Aber die Peitsche bereitet mir Angst.«

»Was noch? Wovor fürchtest du dich noch?«

»Gewalt. Das klingt absurd, weil ich devot bin und ein wenig masochistisch, aber mich erschreckt die Vorstellung, dass du einem Fremden erlaubst, mit mir zu machen, was er will, und er es übertreibt.«

»Erinnerst du dich, was ich zuvor sagte? Du musst mir vertrauen. Anders kann ich meiner Verantwortung für dich nicht gerecht werden. Wir brauchen einen gegenseitigen Vertrauensvorschuss für das, was wir vorhaben, und wir kennen uns erst eine kurze Zeit. Ebenso habe ich versprochen, dafür zu sorgen, dass dir keinerlei Schaden zugefügt wird.«

Emma legte die Stirn in Falten und rekonstruierte seine Erklärung. Es klang einleuchtend, dass sie ihm vertrauen musste, aber er sprach auch von sich. Sie hatte die Spiele bisher nur einseitig gesehen.

»Gegenseitiges Vertrauen?«

Emma schloss aus Cedrics Lächeln, dass sie eine typische Anfängerfrage gestellt hatte.

»Jeder Dominante, der sich mit fremden Devoten einlässt, steht praktisch mit einem Bein im Knast.«

Ihre Augen weiteten sich.

»Knast?«

»Natürlich. Was wir tun, beruht zwar auf gegenseitigem Einverständnis, aber es gibt schwarze Schafe und Möglichkeiten, dass man wegen Vergewaltigung, Freiheitsberaubung oder Körperverletzung angezeigt wird. Eine zurückgewiesene Devote, die sich in ihren Teilzeitdom verliebt hat und diese Liebe nicht erwidert wird. Ein submissiver Homosexueller, der sich weder zu BDSM noch zu seiner sexuellen Orientierung bekennt. Du kannst einem Menschen nur bis zur Stirn sehen, Emma. Was er sagt und was er wirklich denkt, sind oftmals zwei verschiedene Dinge. Es kann sich auch nur um eine missglückte Session handeln, oder dass vorher zu wenig Absprache gehalten wurde. Es kann so viel schiefgehen, und Menschen sind unberechenbar. Ich weiß nicht, wer du bist, Emma. Du könntest mich in den Knast bringen, also muss ich dir vertrauen, wenn ich diesen Weg mit dir gehen soll.«

»So habe ich das noch nie gesehen.«

»BDSM ist für viele nur eine Spielart, um frischen Wind in das Schlafzimmer wehen zu lassen. Aber es gibt viele, die diese Kultur ernsthaft betrachten und auch betreiben. Sessions, Spiele, Teilzeit oder auch Vollzeit, jeder sollte sich bewusst sein, welche große Verantwortung er trägt mit seiner Einwilligung.«

Cedric beugte sich über den Tisch und streichelte über Emmas rechte Wange.

»Keine Sorge, das ist bei weitem kein Anfängerding. Viele erfahrene BDSMler sind sich bis heute dieser Tragweite nicht ganz bewusst.«

»Aber hat eine Anklage denn vor Gericht Bestand? Wenn der Sex einvernehmlich war, dann steht doch Aussage gegen Aussage. Meist finden die Sessions nur unter den beiden statt.«

»Justitia ist vielleicht blind, aber eine in Tränen aufgelöste Sklavin im Zeugenstand, die mit dem Finger auf ihren ehemaligen Dom zeigt? Du weißt, was die Öffentlichkeit über uns denkt, und davon sind die Richter nicht ausgenommen. Wenn die Devote dann noch Striemen und Wunden der vergangenen Session aufweisen kann … Aber selbst wenn es nie zu einer Verurteilung kommt. Den Makel trägt der Angezeigte hierzulande sein Leben lang mit sich rum. Die Medien stürzen sich mit Freuden auf solche Geschichten.«

»Ist das schon vorgekommen?«

»Öfter, als man glauben mag. Aber es hält sich in Grenzen.«

»Okay, ich verspreche dir: Egal was du tun wirst, ich werde danach nicht zur Polizei rennen.«

Emma schmunzelte und betrachtete seine ernste Mimik.

»Kann ich das schriftlich haben?«

Das gemeinsame Lachen tat gut und nahm die Spannung, die sich durch das Gespräch aufgebaut hatte. Emma leerte ihre Tasse.

»Cedric, ich habe mir das gewünscht, und nach allem, was du gesagt hast, bin ich mir sicher, dass ich dir vertrauen kann. Allerdings kann ich nicht meine Hand dafür ins Feuer legen, dass ich dir nicht widerspreche oder dir keine Fragen stelle. Dein Erstaunen, dass Ruben mit mir nie über das Erlebte geredet hat, hat mir gezeigt, wie wenig ich weiß. Ich kenne weder meine Tabus noch meine Grenzen, und ich kann dir vertrauen, aber ich weiß nicht, wie weit du gehen willst, und du wirst es mir nicht verraten. Daher weiß ich auch nicht, wie weit mein Vertrauen reichen wird.«

»Das ist nur fair. Aber ich sehe, es hat sich schon etwas geändert. Dein Einwand ist gut und es macht mich stolz, dass meine Erklärungen in dir arbeiten. Ich kann kein blindes Vertrauen verlangen, weil du mich nicht kennst und auch nicht weißt, was auf dich zukommt. Ich will, dass du mir Fragen stellst, wenn dir danach ist. Es wird Momente geben, in denen ich dein Schweigen einfordere, doch du wirst den richtigen Zeitpunkt für deine Wissbegier finden.«

»Egal was ich dich fragen werde?«

»Ich verspreche dir, ich werde immer ehrlich sein. Ich möchte dein Vertrauen gewinnen, und ich will mich drauf verlassen können, dass du mir vertrauensvoll gehorchen wirst.«

Zweiundsiebzig Stunden, in denen sie ganz ihm gehören würde. Cedric hatte Emmas Leben auf den Kopf gestellt und sie nur durch die Gespräche bereits verändert.

»Gibt es noch etwas, das du mir erklären musst?«

Cedric neigte seinen Kopf und betrachtete sie erneut eingehend.

»Alles Weitere erfährst du, wenn du dich entschließt, meinen Bedingungen zuzustimmen.«

»Eins noch. Ich habe Verpflichtungen zu Hause. Ich kann Buddy schlecht drei Tage meiner Nachbarin überlassen, und es gibt da einen Mann, der … nun, er ist wirklich nur ein Freund, aber …«

»Nur ein Freund?«

»Joe ist ein Kriegsveteran und hat im Einsatz einen Arm

und beinahe sein Leben verloren. Niemand will ihm einen Job geben. Deswegen lebt er auf der Straße. Er bekommt jeden Morgen einen Kaffee und etwas zu essen von mir. Ich unterhalte mich gerne mit ihm. Er war der erste nette Mensch, den ich in New York getroffen habe.«

»Du bist wirklich nicht von hier.«

Cedric lachte sichtlich beeindruckt.

»An deinem Tagesablauf wird sich kaum etwas ändern. Ich werde weder von dir verlangen, dass du deinen Hund ins Tierheim gibst, noch Joe ab sofort ignorierst. Ich will dich, und ich will dich beherrschen.«

Seine Hand griff nach ihrem Gesicht.

»Du wirst drei Tage mir gehören, wenn du es mir gestattest. Du wirst mir alles offenbaren, was dich auszeichnet, und ich werde über dich verfügen, wie ich es für angemessen halte. Dein Körper wird nicht länger dir gehören. Du wirst ihn in meine Verantwortung legen. All dein Handeln und jede Bewegung, jedes Kleidungsstück und jeder Bissen, den du zu dir nimmst, wird von mir bestimmt sein. Jede Minute dieser drei Tage wird mich zu deinem Universum machen.«

In seiner Stimme lag so viel Wärme und Zuneigung, dass sie sich wie in Watte gehüllt fühlte. Zärtlich streichelten Cedrics Fingerspitzen über ihren Hals.

»Ich werde alles für dich sein.«

Seine Worte drangen tief in ihren Verstand, wuchsen in ihrem Bewusstsein zu einem unwiderruflichen und nicht mehr rückgängig zu machenden Verlangen heran. Er klang nicht überheblich, egozentrisch oder streng. Sein Flüstern war weich und tief. In einer anderen Situation und mit einem anderen Mann wäre sie aufgestanden und wohl davongerannt, doch Cedric übte eine unglaubliche Anziehungskraft aus, derer sie sich niemals entziehen konnte.

»Ich möchte dir gehören.«

Ihr Herz schlug so schnell, dass ihr schwindelig wurde. Cedric suchte ihren Blick, als müsste er sich davon überzeugen, dass sie meinte, was sie sagte.

»Bist du dir absolut sicher?«

Ein winziger Teil in ihr wollte Nein sagen, war aber nicht stark genug, ihr Nicken zu verhindern.

»Nicht absolut, aber ja, ich will dein sein, und ich will dieses Halsband tragen.«

Ihre Unsicherheit brachte ihn zum Schmunzeln, was ihr ein erleichtertes Seufzen entlockte. Cedric erhob sich von seinem Stuhl, umrundete den Tisch. Aus der linken Manteltasche beförderte er eine Schatulle auf den Tisch.

»Öffne sie.«

Emmas Hände zitterten so stark, dass sie kaum in der Lage war, die Schleife zu lösen. Erst Cedrics Hände auf ihren Schultern beruhigten sie. Langsam hob sie den Deckel ab und hielt den Atem an.

»Ich wusste nicht, dass es deine Lieblingsfarbe ist, allerdings fand ich es reizvoll, es an dir zu sehen.«

Das Leder glänzte neu und war ebenso blau wie ihr Regenmantel. Eine wohlige Gänsehaut strich über ihren Körper, und fast wären Emma Tränen in die Augen geschossen vor Rührung. Cedric entnahm der Schachtel das Band und legte es um ihren Hals. Es war ungewohnt, aber nicht unangenehm zu tragen, und der Gedanke, welche Symbolik es verkörperte, fühlte sich wie ein Auszeichnung an. Er schob zwei Finger unter das Leder um zu prüfen, dass es nicht zu eng saß, und nickte.

»Du wirst es durchgehend tragen, denn nur ich bin befugt, es dir wieder abzunehmen. Erst am Ende der drei Tage wird das geschehen.«

Emma berührte das Halsband und betrachtete ihr Spiegelbild im Fenster des Bistros. Schon jetzt bedauerte sie den Umstand, dass das Band ihr nur vorübergehend gehörte und sie jede Minute daran erinnern sollte, dass das Schmuckstück und die Trägerin Cedrics Besitz waren. Als er sich wieder ihr gegenüber gesetzt hatte, schob er seinen Zeigefinger in die breite Eisenöse des Halsbandes und zog sie darüber über den Tisch. Sein Gesicht war ihrem so nah, und es war ihm gleichgültig, wer sie beobachtete.

»Du bist mein Eigentum, und damit gehört auch deine Lust mir allein. Du wirst dich ohne meine ausdrückliche Anweisung nicht mehr selbst anfassen. Ohne mich wirst du dir keinen Höhepunkt verschaffen, außer ich gewähre es dir. Hast du mich verstanden, Sklavin?«

»Ja, Herr.«

Sie keuchte ihm sinnlich die Antwort entgegen. Als seine Lippen sich auf ihren Mund pressten, stöhnte sie so laut auf, dass sie glaubte, jeder im Lokal müsste es hören.

»Emma?«

Sie öffnete langsam ihre Augen und sah das Funkeln in diesem dunklen, grünen Meer, das sie völlig in den Bann zog.

»Ja, Herr?«

»Es ist nicht nötig, dass du mich Herr nennst. Mein Name wird für dich denselben Klang haben wie Meister, Sir, Gebieter oder Herr. Setz dich wieder.«

Emma kam der Aufforderung nach und senkte ihren Blick.

»Nein. Nicht so.«

Wieder stand er auf und zeigte ihr, was er meinte.

»Was sagte ich eben über Stolz und Sinnlichkeit?«

»Entschuldigung.«

Cedric zog ihre Schultern zurück, hob ihr Kinn an und beugte sich zu ihr hinab.

»Ich will deinen Stolz sehen. Du wirst niemandem direkt ins Gesicht sehen, doch dein Kopf bleibt hoch erhoben. Eleganz ist eine Schönheit, die du besitzt, und Anmut ist etwas, das ich gerne betrachte. Du wirst nie wieder deinen Kopf in meiner Gegenwart senken und deine Knie wirst du niemals ganz schließen, egal ob du stehst oder sitzt.«

Emma korrigierte ihre Haltung, öffnete ihr Schenkel ein klein wenig unter dem Tisch, und ein kühler Windhauch wehte unter den kurzen Mantel auf ihre Scham. Vor ihr öffnete Cedric das Strafbuch, blätterte die erste Seite auf und legte einen Kugelschreiber daneben.

»Ich werde unsere Rechnung begleichen und dir Gelegenheit geben, deinen ersten Fehler einzutragen. Danach wird für dich die Nacht mit mir beginnen. Wenn du fertig bist, leg deine Maske an.«

7

Emma klappte das Strafbuch zu, nachdem sie ihren ersten Eintrag getätigt hatte, und griff zu der Maske, die auf dem Tisch lag. Es war plötzlich vollkommen egal, wer sie ansah und sie dabei beobachtete, während sie das Visier über ihre Augen legte und am Hinterkopf zusammenband. Sie blieb sitzen, bis Cedric zurückkehrte.

»Bist du soweit?«

Ein wohliger, süßer Schauer rieselte ihren Rücken hinunter, als seine Stimme neben ihr ertönte.

»Ja … Cedric.«

Sie sprach seinen Namen langsam aus, ließ ihn in ihrem Mund zergehen und genoss den Klang. Dennoch war es seltsam, ihn weder Sir noch Master oder Herr zu rufen. Seinen Namen so bedacht auszusprechen, besaß viel Intimes. Ein Titel jedoch schaffte Distanz. Emma stand auf, glättete ihren Kurzmantel und erwiderte Cedrics Blick.

»Darf ich …«

»Natürlich.«

Sein Lächeln war sinnlich und scheinbar konnte er Emmas Gesichtszüge schon sehr gut deuten. Mit einer Hand in ihrem Rücken, führte Cedric sie aus dem Café hinaus.

»Ruben bestand auf eine förmliche Anrede, warum nicht du?«

Cedric hob die Hand, um ein Taxi heranzuwinken. Er zuckte mit den Schultern und öffnete die hintere Tür des Wagens.

»Ich finde es albern.«

Emma rutschte auf die Rückbank, korrigierte ihre Sitzhaltung von selbst und betrachtete Cedric erwartungsvoll.

»Albern? Warum ist das albern? Ruben sagte, es wäre eine Sache des Respekts.«

»Man hat mich in meinem Leben schon vieles genannt, aber ich bin weder ein Sir noch ein Marquis oder ein Meister. Und Respekt verschafft man sich meiner Meinung nach durch Taten, nicht über Titel.«

»Ruben hat dich als Master Cedric vorgestellt.«

Cedric nannte dem Fahrer die Adresse des *Exquisite* in Midtown West, dem BDSM Club, in dem Emma und er sich begegnet waren. Emmas Anspannung ließ nach. Ihr erster Weg in dieser Nacht mit Cedric führte sie also zurück in das Haus, das sie bereits kannte. Ob es Absicht war? Es schien ihm wichtig zu sein, dass sie sich wohlfühlte und ihr der Einstieg leichter fallen würde.

»Ruben nennt sich auch Sir. Nur bin ich mittlerweile nicht mehr so sicher, ob er sich diesen Titel auch wirklich verdient hat.«

Emma lachte leise auf.

»Dominante müssen sich nichts verdienen. Sie sagen, was sie wollen, und fertig.«

»Ist das so?«

Cedric betrachtete sie eingehend und hob seine geschwungenen Augenbrauen. Emmas Blick streifte den Rückspiegel. Die Augen des Fahrers richteten sich auf sie, und plötzlich wurde ihr bewusst, wie sie auf den Taxifahrer wirken musste. Halsband und Maske! Die Wärme von Cedrics Hand auf ihrem Knie kribbelte die Innenseiten ihrer Schenkel empor. Die Hand kroch unter den Kurzmantel. Emma hielt den Atem an, als seine Fingerspitzen ihren Schoß erkundeten.

Das war es also. Zugänglichkeit war ein Attribut der Art, wie sie mit leicht geöffneten Knien zu sitzen hatte. Seine Fingerkuppen waren feucht, noch nicht von ihr, aber es würde nicht lange dauern, bis auch ihre Lust sich darauf glänzend zeigte. Er schob die Finger tiefer.

Emmas Blick blieb an den Augen des Fahrers haften, die ständig in den Rückspiegel sahen. Cedrics Mittelfinger klopfte gegen ihre verborgene Klitoris, ließ ein leichtes Zucken durch ihren Körper dringen. Wusste der Taxifahrer, was auf dem Rücksitz passierte? Cedric presste sich zwischen ihre Schamlippen, rieb dort Kreise in den Spalt. Emma spürte, wie die Erregung Blut in ihren Schoß pumpte und dort ein drängendes Pulsieren entfachte. Seine Hand bedeckte ihre Scham, während ein Fingerpaar immer tiefer eintauchte, reibend, pressend, reizend.

Ein leises Keuchen drang aus Emmas Mund, und ihre Hände ballten sich rechts und links auf dem Sitz zu Fäusten. Sie konnte sich kaum von dem Blick in den Rückspiegel losreißen. Warum? Sie fühlte, wie sich ihre Wangen heiß vor Scham röteten. Die grauen Augen des Taxifahrers fesselten sie regelrecht. Wollte sie, dass er Bescheid wusste? Eine Gänsehaut kroch über ihren Körper. Cedrics Fingerkuppen massierten ihre feuchter werdende Öffnung, verrieben ihre warme Nässe, um noch tiefer von ihr Besitz zu ergreifen. Ein Laut schlüpfte ihr über die Lippen, den sie nicht mehr unterdrücken konnte. Aus dem Augenwinkel erkannte sie, wie Cedric unbeteiligt aus dem Seitenfenster blickte, als würde er die Fahrt und die bunten Lichter der nächtlichen Stadt genießen. Emmas Herz schlug heftiger, Hitzeschauer durchfluteten ihr Inneres, und je weiter Cedric sein heimliches Fingerspiel mit ihr trieb, desto fester fixierte sie den Blick des Fahrers. Es war ihr egal, wie jung oder alt er sein mochte, gleichgültig, woher er stammte oder welchen Namen er trug. Er war ein Fremder, der diesen intimen Augenblick mit ihr teilte, ob er davon wusste oder nicht. Lust pochte in ihrem Unterleib und entflammte zu einer Gier, die ihr ein Stöhnen entlockte. Fast rechnete sie damit, dass der Mann sein Taxi rechts ranfahren würde, um sie herauszuwerfen, doch er tat es nicht. Anhand seiner Unkonzentriertheit jedoch erkannte Emma, dass er begriff, was sich hinter seinem Rücken abspielte.

Sie öffnete ihre Schenkel ein Stück mehr. Nein, sehen konnte der Mann nichts, aber hören. Emma bog ihren Kopf in den Nacken und bewegte ihre Hüften auf dem Sitz. Ihre nackte Haut rieb über den rauen Bezugsstoff der Rückbank, als sie ihren Schoß Cedrics Spielrhythmus entgegendrängte. Er gab ihrer nonverbalen Forderung nicht nach, behielt dieses langsame Reiben, Eindringen und Lösen bei, ganz wie es ihm gefiel, während Emma auf dem Sitz dahinschmolz vor Lust. In ihr brannte die Gier nach Erlösung lichterloh, und die Hemmungen ebenso wie das schamvolle Gefühl fielen von ihr ab. Sie biss sich auf die Unterlippe, stöhnte, sah in den Rückspiegel, um sich zu versichern, dass der Fahrer sie ansah. Fast hätte er eine rote Ampel übersehen und bremste scharf. Emma konnte sich das amüsierte Lachen nicht verkneifen. Der Mann am Steuer stöhnte leise, glitt mit beiden Händen durch sein kurzes blondes Haar und schluckte geräuschvoll. Seine Nervosität, seine mangelnde Konzentration, es war ihr Werk und sie genoss es voll und ganz.

»Wie würde es dir gefallen, wenn ich ihm erlaube, dich in einer Seitenstraße auf der Motorhaube seines Taxis zu nehmen und sich an dir den Frust aus dem Leib zu vögeln, den du geweckt hast?«

Cedrics Worte ließen Bilder in ihrem Kopf aufsteigen, die sie an den Rand eines Höhepunktes katapultierten. Als der Fahrer sich umdrehte, zwischen ihre Beine starrte und keuchte, erschrak sie.

»Ich bin verheiratet, Mister.«

Doch seine Worte klangen unsicher und in seinen Augen funkelte die Erregung. Cedric suchte den Blick des Taxifahrers und zuckte mit den Schultern.

»Nun, es wird sich sicherlich etwas finden lassen, ohne dass Sie Ihre Frau betrügen.«

Kaum schaltete die Ampel um, trat der Fahrer aufs Gaspedal und riss das Lenkrad herum, um in eine Seitenstraße zu gelangen. Er schnallte sich ab und musterte Emma mit gierig lüsternem Blick.

»Ich will zusehen.«

Cedric antwortete nicht, sondern zog Emma über seinen Schoß, schob ihre Schenkel mit den Händen an ihren Knien auseinander und gewährte dem Mann einen direkten Blick auf ihr pochendes, heißes Geschlecht. Sie konnte sehen, wie er sich über die Lippen leckte. Der Versuch, die Beine zu schließen, würde fehlschlagen, denn Cedric hielt sie fest. Mit einem Arm um ihre Taille, presste er ihren Rücken gegen seine Brust, schob den Kurzmantel empor und vergrub seine Finger erneut in ihren feuchten Spalt. Emma hörte die Gürtelschnalle klirren, lauschte, wie der Fahrer keuchend seinen Reißverschluss öffnete und sah an den ruckartigen Bewegungen seines Oberkörpers, wie er an sich arbeitete. Ihre Wangen brannten, und die Offensichtlichkeit der Situation ließ sie fast den Verstand verlieren. Hin- und hergerissen zwischen Lust und Scham, schloss sie die Augen. Das Keuchen des Fremden mischte sich mit den kehligen, leisen Lauten aus ihrem eigenen Mund. Sie spürte seinen gierigen Blick zwischen ihren Schenkeln, und die Hitze drohte sie zu verschlingen. Alles in ihrem Kopf drehte sich. Der Protest gegen

Cedrics spontane Aktion rückte weit in ihr Bewusstsein zurück. Emma hörte die erstickten Laute des Fahrers, als er kam, sich in seiner Hand entlud und keuchend in den Sitz zurücksackte. Auch das Fingerspiel in ihrem Schoß endete abrupt, so als habe Cedric erreicht, was er erreichen wollte. Er ließ sie ohne Aussicht auf Erlösung neben sich auf den Sitz gleiten.

»Wenn Sie sich wieder in der Lage sehen, würde ich es begrüßen, wenn Sie uns an unseren Bestimmungsort bringen.«

»Natürlich, keine Frage, Mister.«

Der Fahrer schnallte sich an und fuhr los. Das Schweigen im Taxi klang in Emmas Ohren wie ein lautes Rauschen. Emma fühlte sich leer und schmutzig, konnte kaum fassen, was gerade geschehen war, wagte aber nicht, etwas zu sagen. Sie erreichten Midtown, und der Wagen hielt vor dem Eingang des Clubs. Der Fahrer lehnte die Bezahlung ab, was die Situation für Emma noch pikanter machte. Sie tastete nach der Maske, um sich zu vergewissern, dass das Visier nicht verrutscht war, und atmete erleichtert auf. Nein, dieser Mann würde sie nicht wiedererkennen, falls sie jemals wieder in sein Taxi steigen sollte. Als Emma spürte, wie ihre Knie zitterten, half Cedric ihr und legte seinen Arm um sie.

»Bist du okay?«

Einerseits wollte sie den Kopf schütteln, andererseits wollte sie nicken. Sie war so verwirrt, erregt und gleichzeitig abgestoßen von den Bilderfetzen in ihren Gedanken. Die Gefälligkeit im Taxi hatte die Fahrt bezahlt. Ihr anerzogener Anstand rang mit dem verruchten Gefühl in ihr, das keinesfalls unwillkommen war. Cedric konnte in ihrem Gesicht lesen wie in einem offenen Buch. Er lachte leise.

»Ich glaube, wir gönnen uns einen Drink.«

Wie oft war sie in den letzten zwei Jahren durch diese Tür

gegangen? Warum entdeckte sie das kleine Emblem über dem Eingang erst jetzt? In das Holz war eine Peitsche, die eine Gerte überkreuzte, geschnitzt.

»Ein Drink hört sich sehr gut an.«

Emma war froh, ihre Stimme wiedergefunden zu haben, auch wenn sie noch zittrig klang. Es war verrückt, aber seit wann standen die dunkelroten Samtsofas hier? Als Cedric sie zu einer der Sitzgarnituren führte, blickte Emma sich verwirrt um. Die Seidentapete an den Wänden zwischen den dunklen Holzpanelen trug winzige Vögel. Warum war ihr das zuvor nie aufgefallen? Ihr Blick schweifte zur Bar, wo Pärchen sich angeregt unterhielten und miteinander lachten. Cedric stellte zwei Gläser Rotwein auf den kleinen Tisch und setzte sich. Aus seinem Mantel zog er das Strafbuch und legte es leise vor sie hin. Zuerst reagierte Emma gar nicht, sondern blickte sich noch immer verstört und fasziniert um.

»Ist alles mit dir in Ordnung? Emma?«

Wie aus einer Trance zurückgekehrt, nahm sie Cedrics Blickkontakt auf.

»Äh, ja, ich denke schon. Ich weiß nicht, es ist seltsam.«

Dann erkannte sie das Strafbuch auf dem Tisch und ließ den Atem geräuschvoll aus ihren Lungen entweichen. Schmunzelnd korrigierte sie ihre Sitzhaltung, öffnete das Buch und trug den Fehler ein.

»Tut mir leid.«

Cedric ignorierte ihre Entschuldigung, als sei nichts geschehen.

»Was ist so seltsam?«

»Ich komme seit zwei Jahren her und habe das Gefühl, heute zum ersten Mal hier zu sein. Das klingt komisch, oder? Als ich Ruben auf der Party traf, war ich viel zu nervös, und danach bin ich nur hergekommen, um mich mit ihm zu treffen. Er hatte immer bereits einen der Spielräume gebucht, wenn ich kam, und danach bin ich gleich wieder gegangen. Ich sehe das alles hier zum ersten Mal.«

»Dann wird es Zeit, dass du dich genauer umsiehst. Entspann dich und lass es auf dich wirken.«

Er griff nach einem der Weingläser und nippte daran. Er stand auf, zog sich den Mantel aus und legte ihn über die Lehne, bevor er sich wieder setzte und zurücklehnte. Emmas Blick schweifte durch den Club. Manche Spielräume standen offen, obwohl sich dort BDSMler aufhielten, andere Türen waren verschlossen. Eine Treppe mit schmiedeeisernem Geländer führte eine Etage hinunter.

»Was ist dort?«

»Der Keller ist für jeden zugänglich. Wenn du möchtest, können wir hinuntergehen.«

»Was erwartet mich dort?«

Ihr skeptischer Unterton ließ ihn schmunzeln. Sie saß leicht vorgebeugt auf der Kante des Samtsofas, um ihr Strafbuch zu vervollständigen.

»Der Keller ist groß und für Vorführungen vor größeren Zuschauermengen geeignet. Manchmal sind mehrere Paare zugange, die es genießen, wenn man mitmacht oder zusieht. Es darf sich jeder austoben, der die öffentliche Aufmerksamkeit genießt.«

Emma schloss das Buch und schob es Cedric hin. Wieder glitt ihr Blick zu der Bar, während sie an ihrem Wein nippte. Auf dem Boden kniete ein junger, dünner Sklave an einer Leine neben dem Barhocker seiner Herrin, die sich angeregt mit dem Barkeeper unterhielt. Eine ältere Devote saß neben ihrem Herrn auf dem Hocker und lachte aus voller Kehle. Emmas Augen fixierten den Sklaven. Mit aufgerichtetem Oberkörper kreuzte er gehorsam die Hände auf dem Rücken, kniete geduldig und wartete. Der Anblick wurde kurz versperrt von einem Pärchen, das eng umschlungen vorüberging. Emma blickte ihnen nach. Ebenfalls ein Dominanter, der seine Sklavin in den Armen hielt. Sie wirkten vertraut und verliebt, während sie sich küssend durch den Raum bewegten.

Ein kleiner Klingelball rollte aus einem offenstehenden Spielzimmer und zog Emmas Aufmerksamkeit auf sich. Aus dem Raum kroch auf allen vieren eine junge Frau. Sie trug eine Katzenmaske, die ihre Augen verfremdete, Knieschoner, und schleifte einen an ihre eng geschnürte Korsage befestigten langen Katzenschwanz aus Plüsch hinter sich her. Verspielt und miauend, schlug sie mit der Hand nach dem Ball. Emma konnte ihre spitz gefeilten, bunt lackierten Fingernägel sehen. Ihre Netzstrümpfe waren an mehreren Stellen aufgerissen, und ihr Lippenstift war verschmiert. Durch das verspielte Gerangel der Katzenfrau landete der Klingelball vor Cedrics Füßen.

»Kitty, du sollst doch keine Gäste belästigen.«

Schnurrend strich die Katzenfrau an Cedrics Beinen entlang. Einerseits wirkte es lächerlich, dass eine erwachsene Frau sich wie eine Katze benahm, andererseits schien sie in der Rolle vollkommen aufzugehen. Cedric bückte sich nach dem Ball, ließ ihn in seiner Hand klingeln und schmunzelte. Die Katze neigte aufmerksam ihren Kopf, und der Ball flog wieder zurück in den Raum, aus dem er gekommen war. Sofort folgte die Frau dem Ball und miaute.

»Ich hoffe, mein kleines Spieltier hat Sie nicht unterbrochen.«

Der junge Mann in Jeans und T-Shirt sah Cedric entschuldigend an.

»Ganz im Gegenteil.«

Die Katzenfrau streckte neugierig ihren Kopf am Türrahmen hinaus und schnurrte leise. Ihr Herrchen streichelte ihren Kopf, und sie bog ihren Körper dicht an ihn.

»Haben Sie Lust mitzuspielen?«

Cedric blickte abwägend auf Emma. Würde er etwa verlangen, dass sie sich ebenso benahm? Wie ein Haustier? Sein Haustier? Er nahm sich für ihren Geschmack viel zu lange Zeit, darüber zu entscheiden.

»Ich denke, diesmal nicht, aber vielen Dank für das Angebot.«

Emma atmete tief durch und warf ihm einen dankbaren Blick zu.

»Vielleicht ein anderes Mal.«

Sofort hielt sie wieder den Atem an. Der junge Dom scheuchte die Katzenfrau zurück ins Spielzimmer und schloss die Tür hinter sich. Für einen Augenblick bohrte Emma ihren Blick in Cedrics Brust.

»Petplay ist wohl nicht nach deinem Geschmack?«

Sofort schüttelte Emma ihren Kopf.

»Nein, das ist es wirklich nicht. Magst du sowas?«

Noch immer fühlte es sich seltsam an, mit Cedric reden zu dürfen und ihm Fragen zu stellen, obwohl sie sich mitten in einer Art Spiel befanden.

»Ich mag Hunde.«

Cedric ließ sie einen Moment in der Luft hängen, ehe er fortfuhr.

»Aber ich bevorzuge die echten, mit Fell, Rute und nasser Hundenase.«

Vor Erleichterung vergaß sie ihre Haltung. Cedric schob ihr wortlos abermals das Buch zu. Sofort richtete sie ihren Körper auf, seufzte leise und notierte ihr Fehlverhalten. Cedric beobachtete sie schmunzelnd.

»Ich hoffe, ich kann mich darauf verlassen, dass du dich

korrigierst und die Fehler einträgst, wenn ich nicht dabei bin.«

Er klang so widersprüchlich weich und sanft, obwohl jedes Fehlverhalten eine Strafe nach sich zog, die er verabreichen würde, wie er es ihr versprochen hatte.

»Ich werde mich bemühen.«

»Das soll mir reichen.«

Cedric leerte sein Glas. Als Emma ihren Kopf hob, wurde sie Zeuge, wie ein Mann einen anderen am Tisch vorbeiführte. Der offensichtlich Dominante von beiden sah aus wie ein Bodybuilder, muskulös und vor Kraft strotzend. Der andere hingegen wirkte zierlich und feminin, war dünn und nackt. Emma musste zweimal hinsehen, um das Ding zwischen seinen Beinen zu erkennen.

»Was ist denn das?«

Sein weiches Geschlecht war in eine Art durchsichtige Plastikröhre verpackt und mit einem Schloss versehen. Direkt über der Eichel befand sich ein schmaler Schlitz. Um die Hoden lag ein breiter Eisenring, der mit der Röhre verbunden schien. Emma sah Cedric fragend an.

»Ein Keuschheitsgürtel für Männer. Er hindert den Devoten daran, sich selbst zu befriedigen. Jede noch so kleine Erregung wird von dem Kunststoff eingeschränkt und kann recht unangenehm werden. Es gibt Dominante, die ihre Sklaven damit keusch halten oder garantieren, dass sie während ihrer Abwesenheit gehorsam bleiben. Manche Submissive tragen ihn täglich, andere nur für gewisse Spiele. Manche werden wochen- oder monatelang keusch gehalten.«

Cedric legte ihr die Fingerspitzen unter das Kinn und zog ihren Kopf sanft von dem Anblick zu sich.

»Ich hoffe, eine solche Maßnahme wird in deinem Fall nicht notwendig werden.«

Sein Schmunzeln deutete einen Scherz an, aber seine Worte klangen ernst.

»Das hoffe ich auch, ähm, ich meine, nein, das ist nicht nötig. Ich weiß mich durchaus zu beherrschen. Du hast gesagt, dass meine Lust dir gehört, und das will ich auch.«

Emma war selbst überrascht, was sie da gerade von sich gegeben hatte, doch es entsprach der Wahrheit. Sein Blick fesselte sie und einmal mehr wurde sie sich des Halsbandes bewusst, das Cedric ihr umgelegt hatte und sie somit als sein Eigentum markiert hatte. Emma war nicht mehr in der Lage, etwas anderes als seine Augen wahrzunehmen, deswegen entging ihr auch die Ankunft eines anderen Pärchens. Alles um sie herum schien in einer Dunkelheit zu versinken. Nur das dunkle Grün war echt und real. Erst, als Cedric den Blickkontakt unterbrach, spürte Emma ein Gefühl von Panik in ihrer Brust. War das möglich? Noch nie war sie so gefesselt von einem Mann gewesen, der es schaffte, sie nur mit seinen Augen regelrecht an sich zu binden, und das ohne strenge Worte, ohne eine schmerzhafte Geste oder eine Drohung auf Strafe. Er war anders als das, was sie kannte, innerhalb und außerhalb des BDSM. Das ging viel zu schnell, deutlich zu schnell. Emma rang nach Atem und versuchte, die Fassung wiederzuerlangen.

»Emma, ich möchte, dass du jemanden kennenlernst.«

Sofort stand sie auf ihren Füßen, und erst da wurde sie sich der Anwesenheit des Paares bewusst. Die Frau war klein, mit drallen Kurven. Ihre üppigen Brüste wurden durch ein Korsett nach oben gedrückt und waren nur knapp bedeckt. Ihre ausladenden Hüften wurden durch die Schnürung noch deutlicher in Szene gerückt. Darüber trug sie einen weitfallenden Rock, der bis zur Hüfte geschlitzt war, und jeder Schritt entblößte die leicht gebräunte Haut ihrer Schenkel. Sie trug sehr hohe Schuhe, die mit dünnen Schnüren an ihren Waden befestigt waren.

»Das ist Mistress Sabin und ihr neuer Sklave Chris.«

Den Mann neben der Dominanten nahm Emma gar nicht wahr. Verglichen mit der Präsenz seiner Herrin war er so unscheinbar, dass er unsichtbar wirkte.

»Hallo, Emma.«

Ihre Stimme klang freundlich und nett, besaß überhaupt nichts Dominantes oder Strenges.

»Cedric, das Halsband ist ein Traum. Eine ungewöhnliche Farbe.«

»Passend zu der schönen Frau.«

»Du hattest schon immer einen feinsinnigen Geschmack.«

Plötzlich griff Mistress Sabin in das dicke, lockige Haar ihres Sklaven und zwang ihn dazu, Emma genau zu betrachten.

»Siehst du das?«

»Ja, Mistress.«

»Schau dir an, wie sie dasteht. Stolz, schön und elegant. Und du? Das ist der Grund, warum du dir dein Halsband verdienen musst, und ich bin aktuell wenig beeindruckt von deiner Vorstellung.«

Die Worte drangen scharf und kalt durch den Raum. Der Blick des Sklaven richtete sich auf das royalblaue Halsband um Emmas Kehle. Es war eigenartig, aber plötzlich fühlte Emma sich als etwas Besonderes in seiner Gegenwart.

»Du hast einen langen Weg vor dir, Sklave, bevor du deine Belohnungen erreicht hast. Zuerst das Halsband, dann die Manschetten und, wenn ich über dein Schicksal entschieden habe, vielleicht auch meine Tätowierung. Nimm dir ein Beispiel an Emma. Sie zeigt ihren Stolz, jemandem zu gehören.«

Mit jedem Wort der Domina hob sich Emmas Kinn ein

klein wenig mehr, ihre Schultern strafften sich ein Stückchen weiter und ihre ganze Haltung spannte sich. Mistress Sabin begleitete diese kleinen Veränderungen mit einem hauchzarten Lächeln auf ihren roten Lippen.

»Sie ist schön wie ein Göttin, nicht wahr, Sklave?«

Chris blickte fest auf Emmas Halsband, von allen Dingen auf der Welt das, was er am meisten begehrte.

»Nicht so schön wie du, Mistress.«

Cedric ergriff Emmas Hand und zog sie hinter dem Tisch hervor. Seine Hände lösten den Knoten in ihrer Taille. Als der Kurzmantel sich öffnete, hielt Emma ihn vorne zusammen. Aus einem Reflex heraus schlossen sich ihre Finger um den Stoff. Der Sklave grinste schief.

»Merk es dir. Jetzt ist keine Zeit für Notizen.«

Emma schluckte und wurde sich bewusst, dass sie einen Fehler begangen hatte, schloss für einen Moment die Augen und atmete tief durch.

»Tut mir leid.«

»Es ist nicht nötig, dass du dich jedes Mal entschuldigst. Merke dir die Fehler und trage sie später in dein Buch ein. Ich werde dann entscheiden, wann ich dich dafür züchtige.«

Heiße Wellen flossen durch ihren Körper, denn seine Worte klangen wie eine Drohung, aber seine Stimme behielt ihre Sanftheit bei. Cedric zog Emma den Mantel aus. Mistress Sabin berührte das Halsband, ließ ihre Fingerspitzen zwischen Emmas bloße Brüste gleiten, deren Spitzen sich bereits zusammengezogen hatten und ein wenig schmerzten.

»Wäre ich lesbisch, würde ich dich glatt bitten, sie mir für eine halbe Stunde zu überlassen.«

Mistress Sabins Finger glitten über den Stoff der Korsage tiefer. Cedric griff nach ihrer Hand, legte ihre Kuppen gegen seine Lippen und küsste sie.

»Später, Sabin.«

»Ich kann es kaum erwarten.«

Wie aus dem Nichts gab Sabin ihrem Sklaven eine Ohrfeige, dass sogar Emma zusammenzuckte. Unter Schock starrte Chris seine Herrin an.

»Ich bin so enttäuscht von dir. Du bist eine einzige Enttäuschung. Ich weiß nicht, was ich mir dachte, dich in mein Erziehungsprogramm zu nehmen. Du bist ein Wurm, nichtsnutzig, ungehorsam und unfähig.«

Sie griff ihm direkt in den Schritt und packte zu. Ihre roten Lippen flüsterten bedrohlich auf seinen Mund, der offen stand und einen keuchenden Laut ausstieß.

»Dein Schwanz ist wunderschön und wäre hervorragendes Material für einen Lustsklaven. Aber er ist nicht einmal hart. Das ist wirklich widerlich.«

Sie schloss ihre Hand fester um sein Glied und presste einen schmerzhaften Laut aus dem Sklaven.

»Wenn du dein Problem nicht schnell in den Griff bekommst, werde ich einen anderen Lustsklaven suchen, der meine süße, kleine Pussy verwöhnen darf. Und das willst du doch nicht, oder?«

Chris schüttelte mit schmerzhaft verzogenem Gesicht den Kopf.

»Nein, Mistress.«

»Gut, dann hätten wir das geklärt.«

Sie seufzte theatralisch und schubste ihn von sich. Das Schmunzeln, das sie Cedric schenkte, enthüllte ihre Verspieltheit und die nicht ganz ernst zu nehmenden Worte.

»Ich werde ihn später wohl einmal testen müssen. Ich hoffe sehr, er wird keine völlige Enttäuschung sein.«

Lächelnd entfernte sie sich mit ihm, und Emma wagte wieder zu atmen.

»Ich werde dich etwas herumführen.«

Seine Hand, die ihre umschloss, fühlte sich so vertraut an, wie es kaum sein konnte. Sie kannten sich so kurz, und trotzdem war bereits so viel mit ihr geschehen. Ihr Verstand war kaum in der Lage zu verarbeiten, welche Eindrücke Cedric in ihr hinterließ. Emma nahm die Einblicke in die offenen Räume zuerst kaum wahr. Kein Geräusch war in der Lage, ihre Aufmerksamkeit zu erregen, nicht einmal die Lustschreie der Devoten in den Zimmern konnten sie ablenken von dem Gefühl seiner Hand in ihrer, seiner Wärme und seinem Anblick. Erst, als sie das fauchende Geräusch einer Peitsche wahrnahm, zuckte sie zusammen. Ihre Augen durchsuchten den Raum, an dem Cedric stehengeblieben war. Die Frau trug eine dicke Eisenstange auf ihren schmalen Schultern, den Kopf und die Hände in an der Stange befestigten Eisenmanschetten gefesselt. Sie kniete am Boden und keuchte leise. Die Lederbisse hatten rote Striemen auf ihrer Haut hinterlassen, die vor Schweiß glänzte. Ihre Augen waren geschlossen, und sie erwartete den nächsten Hieb mit einem süßen Lächeln. Emma legte ihre Stirn in Falten, hielt den Atem an, als die Peitsche durch die Luft sauste und traf. Die Sklavin zuckte unter dem Schlag und schrie, doch sie wirkte weit weg, lächelte noch breiter, obwohl Tränen auf ihren Wangen glitzerten. Emma schreckte mit jedem Hieb zusammen, wie es die Sklavin tat, als könnte sie den Schmerz körperlich spüren. Aber das Gesicht der Frau schien entzückt und erregt zugleich. Die Peitsche hinterließ ein Muster auf dem Körper. Die Striemen färbten sich. Der Anblick war unerträglich. Emma wandte ihr Gesicht ab.

»Schmerz in pure Lust umzuwandeln, ist eine Kunst. Für eine masochistische Devote wirken die Hiebe wie Küsse, dringen in sie ein und bringen ihren Körper zum Summen.

Für sie ist es keine Strafe, sondern eine Befreiung. Sie löst sich aus sich selbst, betrachtet sich von außen und genießt den körperlichen Schmerz ebenso wie den sinnlichen Moment. Für manche ist es eine nahezu mystische, kosmische Erfahrung, als könnten sie die Magie in dem Augenblick greifen und vollkommenes Glück erleben.«

Cedrics Atem floss durch ihr Haar und kitzelte angenehm ihren Nacken. Das Leder schnalzte auf die Haut, und die Laute der Frau wurden heller. Es schmerzte in Emmas Ohren, und sie war versucht, ihre Hände darüberzulegen. Stattdessen bedeckte sie mit den Fingern ihren Mund, um nicht selbst aufzuschreien. Cedric griff nach ihrer Hand, zog sie an sich und küsste die Innenfläche.

»Für dich ist der Schmerz eine Erniedrigung, die dich reizt, nicht wahr?«

Sie schüttelte den Kopf, nickte, und schüttelte ihn wieder. Entsetzen kroch durch ihr Inneres, und sie hatte keine Antwort auf seine Frage. Sanft drehte Cedric sie zu sich um und wartete, bis Emma ihm ins Gesicht sah.

»Atme tief durch. Dann beantworte meine Frage.«

Emma dachte an die Hitze, die Cedric auf ihrem Hintern hinterlassen hatte. Dieses demütigende Gefühl und die Nadelstiche, die zu Tausenden unter ihrer Haut zu existieren schienen. Seine Handfläche, die ohne Vorwarnung zugeschlagen hatte. Und daran, wie Lust ihren Unterleib entflammt hatte. Erniedrigung und Demütigung! War es das, was sie erregte?

»Ich bin mir nicht sicher.«

Die Momente, in denen Ruben ihr Schmerzen bereitet hatte, waren nicht annähernd so intensiv und exquisit gewesen wie der Moment, als Cedric in das Spiel eingegriffen hatte. Lag es daran, dass es so direkt und persönlich gestaltet war, wie er sie mit der bloßen Hand auf nackter Haut gezüchtigt hatte? Oder lag es an dem Mann? Emma betrachtete eingehend Cedric Gesicht, der geduldig wartete.

»Ich weiß es nicht.«

Sie senkte über sich selbst enttäuscht den Kopf, besann sich sofort wieder und korrigierte ihre Haltung. Cedric zog sie an seine Brust und umarmte sie fest. Ein sinnliches Beben drang durch sie hindurch. Seine Nähe fühlte sich tröstlich und köstlich an.

»Ich bin so durcheinander. Das ist ein bisschen viel. Es ist ein Gefühl, als wüsste ich gar nichts mehr, und das macht mich vollkommen unsicher.«

»Das ist normal. In dir widerspricht sich jetzt alles und nichts. Und du denkst, dass du dich selbst nicht mehr kennst.«

»Woher weißt du das?«

Er lachte leise auf und löste sich nur ein klein wenig von ihr, um sie anzusehen.

»Ich habe auch einmal wie du ganz am Anfang gestanden und habe mich selbst nicht wiedererkannt. Aber genau das ist es, was ein Leben spannend macht. Sich immer wieder selbst zu überraschen und neue Dinge an sich zu entdecken.«

Aus seinem Mund klang es logisch und leicht, aber so fühlte es sich nicht an.

»Ich komme mir dumm vor.«

»Das solltest du nicht. Sieh dich um, egal ob devot oder dominant, sie alle haben einmal begonnen und fühlten sich genauso wie du jetzt.«

»Aber die Dominanten haben es einfacher. Sie sind von Natur aus so gestrickt, und für sie ist es leicht, andere zu beherrschen.«

»Glaubst du das tatsächlich?«

»Mir ist klar, dass ihre Rolle nicht einfach ist, schließlich tragen sie eine hohe Verantwortung, aber sich in ihre natürliche Rolle zu finden, muss ihnen selbstverständlich vorkommen.«

Cedric löste sich nun ganz aus der Umarmung und zog sie mit sich.

»Was ist dir als Erstes durch den Kopf gegangen, als du dir deiner devoten Neigung bewusst geworden bist?«

»Zurück ins Mittelalter? Entschuldige, das war ein dummer Scherz, aber so ähnlich. Ich habe mich geschämt.«

»Ging mir genauso.«

»Was?«

Dieser eine Satz aus seinem Mund brachte Emma dazu, umgehend stehenzubleiben. Sie starrte auf Cedrics Hinterkopf und glaubte, sich verhört zu haben. Er ging einfach weiter.

»Wie hast du dich gefühlt, nach deiner ersten Session?«

Noch immer fixierte sie ihn.

»Verwirrt.«

»Das war ich auch. Was hat dich dazu bewogen, es wieder zu tun?«

»Neugier. Und ich wollte wissen, ob es wirklich das war, was ich beim ersten Mal gefühlt habe.«

»Kann ich bestätigen.«

Endlich drehte Cedric sich zu ihr um.

»Und du bist immer wieder hingegangen, weil es dich erregt hat, weil es deine Träume in Realität umgewandelt hat, und du konntest kaum fassen, dass du dich entschieden hast, dieser Neigung nachzugeben, obwohl die Gesellschaft eine abwertende Meinung dazu hat. Du konntest nicht anders, es war wie eine Sucht, die Befriedigung benötigte. Manchmal konntest du es kaum erwarten, bis die nächste Session stattfand. Du hast dich danach gesehnt, hast intensiver davon geträumt und wolltest mehr. Innerlich hast du gekämpft, dich geschämt. Du hast versucht, wieder ein normales Leben ohne BDSM zu führen, hast versucht, die Erlebnisse zu verdrängen, und dem Wunsch nie wieder nachgeben zu wollen. Du hast dich schmutzig gefühlt, weil alle um dich herum es als pervers und widerwärtig betrachten. Das spürtest du, ohne dass du sie danach gefragt hättest. Ohne dass sie davon wussten, doch du hattest das Gefühl, gebrandmarkt zu sein. In dir ist etwas zerbrochen, das dir deine Unschuld von den Augen genommen hat und dir gezeigt hat, wer du wirklich bist.«

Seine Hände hielten ihr Gesicht, und Emma nickte immer wieder, weil jedes Wort, das über seine Lippen kam, der Wahrheit entsprach.

»Es war ein wenig wie bei einem Kind, dem man jahrelang erzählt, dass es den Weihnachtsmann gibt. Und dann entdeckt es, dass alles eine Lüge war. Du warst enttäuscht von dir selbst, weil deine Gefühle dem entgegenstanden, was eine Frau ausmachen sollte. Dein Wunsch, dich einem Mann zu unterwerfen, aus Lust und freiem Willen, hat dich immer wieder hierhergetrieben und dich mit einem schlechten Gewissen nach Hause begleitet. Aber du bist wieder hier, mit mir. Fühlst du noch immer das schlechte Gewissen?«

»Nein, es ist mir egal, was andere über mich denken möchten. Es ist mein Leben, und ich entscheide, wie ich es leben will.«

»Ich habe lange mit meinem schlechten Gewissen gerungen, bis ich an den Punkt, an dem du dich befindest, gelangt bin. Stolze, selbstbewusste Frauen zu erniedrigen, sie zu benutzen und sie zu demütigen, hat mir anfangs sehr zugesetzt, bis ich den tieferen Sinn dahinter begriffen habe. Sie ertragen es nicht, weil ich es so will, sondern weil sie es selbst wollen. Mit ihrem freien Willen zur Unterwerfung und ihrer absoluten Hingabe erregen sie meine Lust, und meine Lust befriedigt ihre Triebe. Geben und Nehmen. Lust schaffen und empfangen. Die gegenseitige Abhängigkeit zu begreifen, ist ein wichtiger Schritt, um zu erkennen, was du bist und wer du bist. Es ist leicht, so zu sein, wie andere dich haben wollen. Aber es ist schwierig, dazu zu stehen, wer du wirklich bist.«

Seine Lippen berührten ihren Mund, und stöhnend ließ Emma sich in diesen innigen Kuss fallen, den Cedric kurz darauf unterbrach. Ihr Herz wollte überschäumen, denn seine Ehrlichkeit, seine Worte waren so real und offen, dass sich eine wohlige Gänsehaut auf ihrem Körper ausbreitete.

»Ich habe mich nie jemandem offenbart. Ich hatte immer das Gefühl, es interessiert niemanden.«

Er lächelte.

»Das kommt noch.«

Cedric zog sie von dem Raum weg, der plötzlich so unwichtig in den Hintergrund gedrungen war, dass sie kaum mehr das Fauchen der Peitsche, vor der sie sich so fürchtete, wahrgenommen hatte. Das nächste Spielzimmer war leer, und Cedric schloss hinter ihnen die Tür. Emma sah den Tisch, der mitten im Raum stand, und die in den Ecken verteilten Sessel. Cedric blickte zur Decke empor und schaltete den Spot ein, dessen Licht auf den Tisch gerichtet war, löschte die übrigen Lichtquellen, bis der Rest des Raumes in der Dunkelheit verschwand. Er kehrte mit zwei Stühlen zurück und stellte sie vor den Tisch, achtete jedoch auf eine gewisse Distanz. Emma stand mitten in der Helligkeit des Spots. Cedric setzte sich, machte keine Anstalten, sie einzuladen, neben ihm Platz zu nehmen. Die Stille lag wie Blei im Raum, und sein Schweigen war kaum zu ertragen.

»Was soll ich tun?«

»Nichts.«

»Wirst du mir von deinem Anfang erzählen?«

»Später. Dies ist nicht der richtige Zeitpunkt, Emilia.«

Sein Blick streichelte sie, und dennoch breitete sich eine Unruhe in ihr aus. Was erwartete er? Cedric sah auf die Uhr an seinem Handgelenk, als genau in diesem Augenblick die Tür aufging.

8

Mistress Sabin schwebte in den Raum, gefolgt von ihrem Sklaven. Chris trug mittlerweile einige Striemen auf Rücken und Oberschenkel, ebenso eine Stahlkette mit breiten Gliedern und einem Vorhängeschloss um seinen Hals. Mit jedem Schritt, den Mistress Sabin näher kam, entblößte sich unter dem hochgeschlitzten Rock nackte, samtig schimmernde Haut. Ihr Haar glänzte wie schwarzer Lack und war zu einem hohen, strengen Zopf gebunden. Sie lächelte strahlend und berührte sanft Emmas rechte Wange.

»Schön, dich wiederzusehen, Emma. Ich kann mich einfach nicht an dir sattsehen. Du bist umwerfend. Cedric, du machst mich eifersüchtig.«

»Komm, Sabin, setz dich zu mir.«

Sie nahm neben ihm auf dem Stuhl Platz, schlug die Beine elegant übereinander, während ihr Sklave aufrecht und gerade neben der Tür des Spielzimmers stehengeblieben war. Er schien auf eine neue Anweisung zu warten. Emmas Herz pochte wilder, da sie nicht mehr mit Cedric allein war. Entgegen der Situation im Taxi, war dies hier offensichtlich verabredet gewesen und Teil seines Planes für heute Nacht. Mistress Sabin sprach von Eifersucht, die Emma nun selbst spürte, weil Cedric einen momentlang nur Augen für die Herrin hatte. Seine Augen funkelten, wenn er sie ansah, und der charmante Handkuss dauerte für Emmas Geschmack viel zu lange.

»Sklave!«

Chris setzte sich sofort in Bewegung.

»Bring mir den Rohrstock.«

Emma suchte an der Tischkante hinter ihr Halt. Panik kroch durch ihre Adern, weil sie glaubte, der Stock wäre für sie bestimmt. An der Wand hingen verschiedene Instrumente, die im Verborgenen blieben, da nur der Spot über dem Tisch hell leuchtete. Selbst die Stühle, die Cedric etwas weiter weg vom Tisch hingestellt hatte, standen im Halbschatten. Der Sklave kniete sich neben seine Meisterin und hob den mitgebrachten Rohrstock auf seinen Handtellern zu ihr empor. Mistress Sabin griff danach, bog ihn, um seine Elastizität zu prüfen und schmunzelte zufrieden.

»Möchtest du ihnen erläutern, was wir vorhaben?«

»Gerne, Sabin.«

Cedric stand auf und blieb wenige Schritte vor Emma stehen, die sofort ihre Haltung korrigierte. Zusehen war eine Sache, auch wenn Cedric gesagt hatte, dass sie nicht nur sehen, sondern fühlen würde. Der Rohrstock in der Hand der Domina machte sie nervös. Cedric schien es Emma ansehen zu können, trat näher und berührte ihr Gesicht.

»Du bist ein Werkzeug, das durch mich benutzt wird. Wie du mitbekommen hast, befindet sich ihr Sklave in der Ausbildung, und ich habe mich bereit erklärt, dabei zu helfen.«

Emma suchte seinen Blick, weil sie nicht verstand, was von ihr erwartet wurde, doch sie schwieg.

»Wie du siehst, trägt er noch kein Halsband, das ihn zu ihrem Besitz macht. Er befindet sich in Mistress Sabins Probezeit, in der sich beweisen muss, zu was er taugt. Und heute will sie testen, ob er sich als Lustsklave eignet.«

Langsam dämmerte Emma, was ihr bevorstand. Ihr Blick löste sich, wenn auch schwerlich, von Cedrics Gesicht. Ihre

Augen musterten den Sklaven, der neben seiner Herrin kniete. Dunkle, dichte Locken umrahmten sein feines, feminin anmutendes Gesicht. Die dunklen Augen verliehen ihm ein katzenhaftes Aussehen. Sein Körper war schlank und drahtig, nicht definiert wie Cedrics. Neben den üppigen, drallen Kurven der Mistress wirkte er dürr und schmal. Abrupt drehte Cedric Emmas Kopf wieder zu sich, hielt ihr Kinn umfasst und legte seine Stirn in Falten.

»Hörst du mir aufmerksam zu, Sklavin?«

»Ja, Herr ... äh, ich meine Cedric.«

»Gut. Ich werde Mistress Sabin erlauben, deinen Körper zu benutzen.«

Ein Ruck ging durch Emma. Auch wenn sie es bereits geahnt hatte, der Befehl klang härter als Cedric ihn ausgesprochen hatte. Cedric drängte Emma vor sich her, bis sie den Kopf des Tisches erreichte, hob sie sanft an und setzte sie auf die Kante. Seine Hände streichelten ihre Brüste und pressten damit ihren Rücken auf die Tischplatte. Ihre Beine hingen hinunter, und sie blinzelte in das Licht des Spots an der Raumdecke. Cedric kehrte mit Seilen zurück, knüpfte eine Schlinge um ihre Handgelenke und vertäute sie am anderen Ende der Platte mit den Tischbeinen. Die Haltung bog Emmas Rücken in ein leichtes Hohlkreuz, was Cedric nutzte, um eins der Seile um ihre Taille zu schlingen. Die beiden losen Enden verband er knapp oberhalb der Knie mit ihren Oberschenkeln. Er prüfte immer wieder den Sitz, achtete darauf, dass die Seile nicht in ihr Fleisch schnitten, und beendete sein Werk mit einem zufriedenen Blick. Ihre Beine lagen angewinkelt und gespreizt vor ihm, und er konnte ungehindert auf ihr rosiges Geschlecht sehen. Emma wagte kaum zu atmen, geschweige denn etwas zu sagen. Sie lauschte ihrem eigenen Herzschlag und dem Rauschen ihres Blutes durch die Adern.

»Kannst du mir eine Farbe nennen?«

Zuerst verstand sie nicht, was er wollte, dann fiel ihr wieder ein, dass er ihr einen Ampelcode gegeben hatte, um sich ihm mitzuteilen.

»Grün, Cedric.«

Er lächelte sanft, streichelte ihr über den Kopf und küsste flüchtig ihre Lippen. Sein Gesicht schwebte über ihr.

»Alles, was geschieht, geschieht nur durch mich. Jeder, der dich berührt, benutzt und gebraucht, tut es auf meinen Befehl und aus meinem Willen heraus. Vergiss das nicht.«

»Ja, Cedric.«

Emma hauchte die Worte tonlos, keuchte als er sich von ihr entfernte. Er lieferte sie aus, den Blicken und fremden Händen einer ihr unbekannten Lust, und sie spürte ein verräterisches Pochen in ihrem Unterleib. Mistress Sabins Absätze klackerten über den Steinboden und näherten sich ihr.

»Sklave, sieh sie dir an. Das ist Schönheit, wie ich sie sehen will.«

Zuerst berührten ihre Fingerspitzen fast ehrfürchtig Emmas Haut, die Innenseiten ihrer Schenkel, strichen ohne lange zu verweilen über ihren Schoß und glitten höher, als könnte sie nicht nur mit den Augen, sondern auch mit ihren Händen sehen. Kaum spürte Emma die Berührung an ihren Brustspitzen, zogen sie sich erregt zusammen und stellten sich auf. Mistress Sabin lehnte den Oberkörper über sie, streichelte Kreise über ihre überstreckten Arme.

»Du bist perfekt, meine Schöne.«

Ihre roten Lippen näherten sich Emma, pressten ihr einen festen Kuss auf den Mund, der nach Zimt und Schokolade schmeckte. Mistress Sabin drehte ihren Kopf in die Richtung, wo ihr Sklave stand.

»Sag mir, Sklave. Gefällt dir, was du siehst?«

Chris zögerte, als müsste er über die Antwort nachdenken. Nach den Komplimenten der Herrin, verletzte das Schweigen des Sklaven ein wenig.

»Ich habe dir eine einfache Frage gestellt.«

Diesmal klang sie deutlich barscher und der Sklave stammelte.

»Hm, ja, Mistress.«

»Hm ja? Was ist das für eine Antwort. Sieht sie nicht zum Anbeißen aus? Sie liegt da, willig, gefügig und demütig. Wartet darauf, dass man sie benutzt, und du zögerst? Ist sie nicht schön in ihrer stolzen, demütigen Haltung?«

»Ja, Mistress.«

Sie löste sich von Emma Anblick. Ihr Gesicht zeigte Unzufriedenheit, als sie zu ihrem Sklaven zurückkehrte. Emma drehte den Kopf, um zu sehen, was sie nun tat. Grob griff Mistress Sabin nach Chris' Hand und funkelte ihn wütend an.

»Fühlst du das? Ist das nicht genau das, was du dir in den devoten Träumen deines Sklavendaseins wünschst?«

Sie schob seine Finger zwischen ihre Beine.

»Da willst du hin, aber solange ich mir nicht sicher sein kann, dass du meine Lust erfüllst, wird das ein ewiger Traum bleiben, Sklave.«

Sie packte die Stahlkette um seinen Hals und zog ihn mit sich zurück zu Emma. Sie stellte ihn direkt vor sie, mit freiem Blick auf ihr Geschlecht. Emmas Wangen glühten vor Scham, als sein Blick sich gierig zwischen ihre Schenkel bohrte. Der Sklave zuckte nicht einmal mit der Wimper, als Cedrics Stimme den Raum durchdrang.

»Ich zähle bis, sagen wir, dreißig. Das gibt dir Zeit, dich vorzubereiten.«

Vorbereiten? Emmas Herz schlug härter in ihrer Brust und sie hob ihren Kopf um sich nach Cedric umzusehen.

»Bevor ich anfange zu zählen, werde ich das Spiel und seine Regeln erklären. Sklave, die Zeit, die ich benötige, um zu zählen, wird dir Gelegenheit geben hart zu werden. Schaffst du es nicht, wirst du gezüchtigt. Gelingt es dir, wartet die nächste Aufgabe auf dich. Du wirst meine Sklavin zum Höhepunkt bringen, indem du sie benutzt. Schaffst du es nicht, wird sie dich züchtigen. Gelingt es dir, wird sie dich danach auf ihren Knien mit dem Mund verwöhnen.«

Cedric kehrte zurück, betrachtete Emmas Gesicht, sichtlich amüsiert darüber, was er darin lesen konnte.

»Und du wirst sie züchtigen dürfen.«

Ein Schmunzeln glitt über seine sinnlichen Lippen, und er blickte bei dem Nachsatz in Emmas Augen, die panisch funkelten. Mistress Sabin lachte leise.

»Ein interessanter Wettbewerb.«

Emma hob ihren Kopf und sah zwischen ihren Beinen den Sklaven an. Er wurde bereits hart, nur durch den Anblick ihres Körpers. Sie rang nach Atem. Ein seltsamer Glanz lag in seinen Augen, und er lächelte schief. Lag es an der Aussicht, dass er schlagen durfte, wenn er das Ziel erreichte? Oder daran, dass Mistress Sabin ihn keusch hielt und er nun endlich all seine Lust an Emma austoben könnte? Sein Geschlecht wurde immer dicker, hob sich langsam in seinem Schoß, ohne dass er es berührt hatte. Mistress Sabin entging diese Tatsache ebenso wenig. Sie griff nach seinem Schaft.

»Interessanter Wettbewerb, in der Tat. Ich glaube, mein Sklave kann es kaum erwarten, dass wir beginnen. Jetzt gefällt sie dir plötzlich, nicht wahr?«

Chris knurrte durch seine zusammengebissenen Zähne und funkelte Emma gierig an. Sein Lächeln verdarb zu einem hämischen Grinsen, als hätte er nur auf eine solche Gelegenheit gewartet. Er erwiderte den Blick seiner Herrin.

»Für dich, Mistress, mache ich diese Schlampe fertig.«

Die schallende Ohrfeige erdete ihn sofort wieder. Seine Meisterin umschloss mit einer Hand sein Kinn und sah ihn böse an.

»Wenn du nicht willst, dass ich dir dein Maul mit Kernseife auswasche, wirst du deine Zunge im Zaum halten. Du bist ein Wurm, nichts weiter, und du befindest dich in der Probe.«

Sie drehte seinen Kopf wieder zu Emma.

»Sie ist mehr wert als du. Sieh sie dir genau an. Sie weiß, was Schönheit, Stolz und Demut bedeuten, im Gegensatz zu dir. Ihr Herr hat sie gut angewiesen. Dein Leben in meinen Diensten steht auf der Kippe, Wurm. Bevor du dich selbst meinen Sklaven nennen darfst, wirst du mir beweisen müssen, ob du all das, was sie bereits verkörpert, auch wert bist mir entgegenzubringen.«

»Ja, Mistress.«

Bevor sie ihn verließ, landeten vier harte Hiebe des Rohrstocks auf seinem Hintern. Jeden Schlag, der sein Fleisch traf, begleiteten seine dankbaren Worte. Doch sein Blick bohrte sich in Emmas Augen, und sie sah darin den Wettkampf und eine Wut, die die Worte seiner Herrin geschürt hatten.

»Zeig mir, ob du ein Lustsklave bist, Wurm.«

»Bis dreißig!«

Cedric streckte seine Hand nach Mistress Sabin aus, und die beiden setzten sich, als wären sie Zuschauer einer Liveshow. Cedric begann, langsam zu zählen, und Chris griff nach seinem Schaft und rieb sich. Seine Faust glitt über sein Geschlecht, und er sah bemüht aus, die erste Hürde schnell zu überbrücken.

»Stopp!«

Seine Herrin schien erneut unzufrieden.

»Was glaubst du, erwarte ich von dir als Lustsklave?«

»Dass mein Schwanz hart ist und immer zur Ihrer Verfügung steht, Mistress.«

Chris hatte in seinen Bewegungen innegehalten und starrte auf Emmas Körper.

»Und?«

Er stammelte. Es war ersichtlich, dass er nicht wusste, was sie hören wollte. Mistress Sabin seufzte theatralisch.

»Du bist egoistisch, findest du nicht?«

Der Sklave suchte ihren Blick, und sie warf stöhnend vor Fassungslosigkeit ihre Hände in die Höhe.

»Soll sie etwa trocken wie die Wüste Gobi bleiben?«

»Nein, Mistress. Entschuldigung, Mistress.«

Sabin rollte mit ihren Augen und setzte sich wieder.

»Unglaublich. Sklaven! Wenn man ihnen nicht punktgenau sagt, was sie tun sollen, ist wirklich Hopfen und Malz verloren. Ich habe manchmal das Gefühl, sie geben ihren Verstand an der Tür ab.«

Cedric lachte leise, sagte nichts und nahm erst auf Zeichen der Herrin wieder das Zählen auf. Chris trat näher, wirkte so konzentriert, dass Emma das Gefühl nicht loswurde, dass er sie gar nicht mehr sah. Sein Blick heftete sich auf ihre Scham, dann hob er seine freie Hand und berührte sie, rieb seine Finger ihre Schamlippen entlang und vergrub seine Kuppen dazwischen. Alles in ihr wehrte sich dagegen, doch die Fesseln ließen keine Möglichkeit, ihn davon abzuhalten. Emma konnte weder die Beine schließen, noch nach seiner Hand greifen. Erniedrigung drang durch ihren Körper, als er an seinen Fingern leckte, sie wieder in ihren Schoß rieb und in sie eindrang. Während er seinen Schwanz hart rieb, glitten seine Finger in ihr ein und aus. Als seine Daumenkuppe begann, ihre Klitoris zu umkreisen, keuchte Emma leise, denn ihr

Körper wollte sich nicht mehr wehren und arbeitete gegen ihren Verstand. Die Blicke der beiden Dominanten brannten sich unter ihre Haut, färbten ihre Wangen vor Scham, und die Erregung wuchs, bis sich die Lust wie ein Lauffeuer durch ihren Körper fraß. Als Cedric die Zahl Zwanzig aussprach, beugte sich Chris vor, hauchte heißen Atem auf Emmas Geschlecht und rieb sich schneller, während sein Mund an ihrer Lustperle saugte. Als er sich bei Dreißig erhob, glänzten seine Lippen von Emmas feuchter Lust. Chris hatte sofort aufgehört, sich selbst zu reiben, verschränkte seine Hände hinter dem Rücken und Emma sah, wie groß und hart sein Schwanz war.

»Ich verstehe, warum du ihn gern als deinen Lustsklaven haben willst.«

Cedrics Worte tropften in Emmas Verstand. Mistress Sabin klatschte in die Hände.

»Ist er nicht entzückend? Ich liebe seinen Schwanz, im Moment jedoch ist der Schwanz das Einzige, was mir an ihm gefällt.«

Die Worte seiner Herrin dämpften keinen Moment seine Erregung. Chris sah stur geradeaus und wartete. Mistress Sabin erhob sich, strich ihren Rock zur Seite und zog aus ihrem Strumpfband ein Kondom.

»Fang an, Wurm.«

Sie warf die Verpackung auf Emmas Körper. Chris griff danach, legte sich die dünne Latexhülle an und positionierte sich zwischen ihren Schenkeln. Emma schüttelte den Kopf, sah Hilfe suchend nach Cedric, der seine Hand hob und lächelte.

»Verrate mir die Farbe deiner Lust, Emma!«

Gern hätte sie Rot gesagt, doch das wäre gelogen gewesen. Sie spürte die Eichel des Sklaven an ihrer Scham, fühlte das entsetzliche, lustvolle Kribbeln unter ihrer Haut. Cedrics Blick, der auf ihr ruhte, rief ihr ins Gedächtnis, dass all dies aus seinem Willen geschah. Würde er es genießen, zuzusehen, wie der Sklave sie nahm? Würde es ihn erregen? Würde es ihm gefallen?

»Gelb, Cedric.«

Er nickte nur, senkte seine Hand und blickte zu dem Sklaven. Chris benötigte keine verbale Aufforderung mehr. Er drang in Emma ein, langsam, sogar behutsam, als hätte er Furcht, sie zu verletzen. Ihre Nässe machte es leicht für ihn, sie in Besitz zu nehmen. Er grub sich tiefer in ihr Geschlecht und keuchte mit ihr gemeinsam.

»Du hast zehn Minuten!«

Cedric hob überrascht seine Augenbrauen, während Mistress Sabin lächelnd ihre Schultern hob.

»Er braucht sonst immer etwas länger. Zeitliche Begrenzung steigert seine Bemühungen. Allerdings ist es eine Weile her, seit er Sex haben durfte. Das könnte auch zu einem kurzen Intermezzo führen.«

Der Sklave sah einen kurzen Moment lang in Emmas Augen, und sie erkannte einen Hauch von Verzweiflung darin. Langsam löste er sich ein klein wenig aus ihr, stieß dann hart zu. Emma stöhnte auf, spürte einen süßen Schmerz, der ihr durch sämtliche Glieder fuhr. Er füllte sie so gänzlich und vollkommen aus, dass die Dehnung allein sie schon fast überforderte und sich köstlich in einen Lustschmerz verwandelte, den sie nie zuvor erlebt hatte. Wieder vergrub er sich in ihr, steigerte seinen Rhythmus und griff nach ihren Schenkeln, umklammerte sie, um ihren Unterleib besser zu kontrollieren. Emma war dazu verdammt, still dazuliegen, es lustvoll keuchend über sich ergehen zu lassen. Für einen Atemzug vergaß sie alles um sich herum, fühlte nur noch und hätte sich fast der Begierde ergeben. Emma riss ihre Augen auf, suchte nach Cedrics Gesicht, der nur sie ansah. Das lauter werdende Keuchen des Sklaven klang deutlich danach, dass er kurz davor war, sich zu entladen. Er verlangsamte seine Bemühungen.

»Sag mir, wenn du soweit bist.«

Fast hätte Emma laut aufgelacht und war sich erneut der Drohung bewusst, die auf sie lauerte, wenn sie verlor. Doch nicht nur der Rohrstock und die Aussicht, ihn oral befriedigen zu müssen, bremsten ihr Verlangen nach Erlösung. Chris war der Falsche, nicht der, nach dem sie sich sehnte. Sie wollte Cedric. Auch wenn es auf seinen Wunsch geschah, dass der Sklave sie nahm, sie wollte von Cedric und nur von Cedric genommen werden. Auch die Tatsache, dass ihnen zugesehen wurde, erregte sie, kühlte ihre Begierde jedoch ebenso ab. Es war verwirrend und demütigend zugleich. Als Cedric näher kam, auf seine Armbanduhr blickte und sich direkt neben sie stellte, beschleunigte sich Emmas Puls. Sie rang nach Atem, als er seine flache Hand auf ihre Mitte legte. Die Wärme strahlte durch den dichten Stoff der Korsage.

»Noch fünf Minuten.«

Wieder steigerte Chris sein Tempo, schob seinen Schwanz immer wieder tief in sie hinein und stöhnte verzweifelt.

»Er schafft es nicht.«

Chris keuchte, als seine Herrin ihn berührte.

»Nein, er schafft es einfach nicht, sie kommen zu lassen.«

Er bemühte sich noch mehr, als würden seine harten Stöße Emma näher dem Finale entgegentragen. Ihr stockte der Atem, als Cedrics Fingerspitzen gegen ihre Klitoris trommelten, sie rieben und den Sklaven bei seinem Vorhaben, Emmas Höhepunkt zu forcieren, unterstützten. Das war so unfair, doch dagegen konnte sie sich nicht wehren. Ihre gedankliche

Blockade löste sich ins Nichts auf, denn gegen Cedric war sie vollkommen machtlos. Er wollte, dass sie kam, und auch wenn es sich erniedrigend anfühlte, auf dem Schwanz eines Sklaven zu explodieren, Cedrics fordernde Fingerspitzen verlangten es von ihr. Seine Berührungen, die Reizung ihrer Lustperle und seine Nähe begruben sämtliche Hemmungen in ihrem Verstand, und sie gab sich laut stöhnend hin. Hitze schoss in Sekunden durch ihr Innerstes und entflammte ihren Unterleib zu einem Feuer voller Gier und Lüsternheit. Ihre Nässe dämpfte die groben, gewaltsamen Stöße des Sklaven, der bemüht war, sie auf seinem Schwanz innerhalb der vorgegebenen Zeit kommen zu lassen. Doch es war Cedric, dem sie ihre Lust schenkte, seinen Fingerspitzen, die ihre Klitoris umspielten und sie schlussendlich in ein berauschendes Finale trugen. Sie schrie auf, als sie explodierte und unter lustvollen Spasmen an ihren Fesseln riss.

Das Lachen aus Mistress Sabins Kehle drang nur gedämpft zu Emma hindurch.

»Oh, du hast dich so beherrscht, nicht vor ihr abzuspritzen, und warst nicht in der Lage, sie allein zu schaffen. Ihr Herr musste eingreifen, sonst wäre das Vorhaben gescheitert, nicht wahr, Sklave?«

Chris war außer Atem, immer noch hart, und sein Schwanz zuckte rhythmisch gegen seine Bauchdecke. Er war kurz davor, zu widersprechen, doch verbiss sich die Widerworte auf der Unterlippe. Verspielt und mit einem gemeinen Grinsen auf den roten Lippen ließ Mistress Sabin ihre Fingerspitzen auf seiner geröteten Eichel tanzen, nachdem sie das Kondom abgezogen hatte. Chris keuchte entsetzt, denn seine Schwanzspitze schien so unendlich sensibilisiert, dass die Berührung ihrer Nägel ihn wie Blitze traf. Cedric löste Emmas Fesselung und schmunzelte. Als Emmas Verstand wieder zu arbeiten begann, fragte sie sich, was geschehen war. Hatte Chris gewonnen? Würde er sie mit dem Rohrstock züchtigen dürfen?

»Ich würde sagen, wir haben eine Pattsituation.«

»Findest du? Also ich war eher enttäuscht.«

Cedric schüttelte den Kopf.

»Sei nicht so hart.«

»Hm, na gut, ich will nicht so sein.«

Mistress Sabin kräuselte nachgiebig lächelnd ihre Nase und leckte über die Lippen ihres Sklaven, während Cedric Emma von dem Tisch hob. Ihre Knie zitterten und drohten nachzugeben, wenn er sie nicht gehalten hätte.

»Teilen wir die Strafe auf.«

Noch bevor sich Emma versah, drückte Cedric sie in die Knie, streichelte über ihren Kopf und betrachtete sie.

»Du wirst ihm Erleichterung verschaffen und ihn danach bestrafen.«

Emmas Augen weiteten sich, und sie sah, wie Chris von seiner Herrin in ihre Richtung gedrängt wurde. Er war erregt, und seine angestaute Lust quoll in kleinen, weißen Tropfen aus seiner Eichel. Es schien ihm völlig egal, was danach passieren würde. Er brauchte diesen Höhepunkt so dringend, dass es ihm egal war, wer da vor ihm kniete und wessen Mund er benutzten musste. Diesmal fühlte Emma sich wirklich wie ein Werkzeug, das man benutzte. Noch viel deutlicher wallte die Erniedrigung durch ihren Leib. Chris griff nach ihrem Kopf, drückte seine Spitze gegen ihren Lippen und forderte seinen Teil des Lohnes. Seine gefletschten Zähne gaben ihm einen Ausdruck wilder Entschlossenheit. Er keuchte fassungslos, als Cedric ihm Einhalt gebot.

»Welche Farbe trägt mein Wille?«

Emma schloss die Augen und nahm einen tiefen Atemzug. Dass er immer wieder auf seine Weise nach ihrem Befinden fragte, rührte sie, und wieder arbeitete es in ihrem Kopf. Alles in ihr wollte Rot schreien, doch über allem stand der Gedanke, dass es Cedrics Wille war. Er erniedrigte sie. Es war seine Demütigung, die sie auf die Knie gezwungen hatte.

»Gelb, Cedric.«

Sein Name floss samtig über ihre Lippen. Emma hob ihren Blick zu dem Gesicht des Sklaven empor, und ein Lächeln floss flüchtig über ihre Mimik.

»Ich werde dich so hart schlagen, dass du schreien wirst.«

Chris schluckte über ihre geflüsterten Worten und stöhnte laut auf, als Emmas Lippen sich um seine Eichel schlossen. Sanft saugend, glitt sie an dem Schaft tiefer und ließ den Sklaven die Enge ihrer Lippen spüren und das Zungenspiel, das ihn seinem Höhepunkt näher brachte. Ihre Finger umschlossen die Schwanzwurzel und massierten zusätzlich. Die andere Hand legte sich um seinen Hodensack, knetete und spielte mit den kleinen, festen Kugeln darin. Saugend, leckend und reibend, wechselte sie die Taktik, und es dauerte nicht lange, bis sie spürte, wie sich seine Hüften ihr entgegendrängten. Er stand kurz davor, doch sie weigerte sich, seinen Saft in ihrem Mund zu dulden, und rieb ihn am Schluss nur mit ihrer kleinen, zierlichen Faust. Mit einem animalischen Knurren, entlud er sich zuckend. Sein Samen landete auf seinem eigenen Körper, traf seinen Bauch, seine Brust und seinen rechten Unterarm. Sie molk ihn so hart, dass er um Gnade bettelte, und Emma genoss das Machtgefühl, das sie plötzlich ergriffen hatte. Als der letzte Tropfen aus ihm geflossen war, schwankte Chris leicht, rang nach Atem und schien wie gefesselt von Emmas Lächeln zu sein, wissend, was nun kommen würde. Sie hatte ihm Lust und Erlösung geschenkt, und nun würde sie ihm Schmerz bringen. Ein Schauer rieselte über ihre Haut.

»Wundervoll, einfach hinreißend. Ich bin ganz feucht geworden von dieser Vorführung.«

Mistress Sabins Wangen glühten vor Erregung. Sie berührte die vom Schweiß feuchte Brust ihres Sklaven.

»Nenn mir eine Zahl, Sklave.«

»Zehn, Mistress.«

Sie half Emma auf die Füße und streichelte ihr sanft das Haar aus dem Gesicht.

»Zehn Hiebe mit dem Rohrstock. So soll es sein.«

Ihre warmen, weichen Lippen legten sich auf Emmas Mund. Dieses Mal drang die Zunge der Herrin in sie ein. Der Kuss schmeckte noch intensiver nach Zimt und Schokolade und verführte dazu, sich ihm hinzugeben.

»Ich könnte bei dir glatt vergessen, dass ich hetero bin, meine Schöne.«

Der Glanz in den Augen der Domina rührte Emmas Stolz, denn er bewies, dass das Lob der Wahrheit entsprach. Mistress Sabin begehrte sie, wie sie noch nie von einer Frau begehrt worden war. Doch es war nicht der Reiz, zu erfahren, wie es sich anfühlte eine Frau zu lieben, sondern das Kompliment das darin lag, wegen dem sie sich einzigartig fühlte. Emma lächelte dankbar, fühlte den Atem der Mistress an ihrem Ohr.

»Ich will, dass du ihn zeichnest, damit er dich nicht so schnell vergisst.«

Mistress Sabins Flüstern floss durch Emmas Körper und in ihren Verstand. Doch plötzlich rang Emma nach Atem, und Panik schnürte ihr die Kehle zu. Die Macht, die eben noch süß und zäh durch ihre Adern geronnen war, ängstige sie jetzt. Die Herrin legte Emma den Rohrstock in die Hände und gab die Sicht auf den knienden Sklaven frei. Emma zögerte, betrachtete den gezeichneten Rücken. Sie warf einen

Blick über ihre Schulter dorthin, wo Cedric stand und beobachtete. *Frag mich nach der Farbe, bitte!* Er tat es nicht. Ihre Augen flehten ihn an, doch er rührte sich nicht, wartete geduldig darauf, dass sie tat, was man ihr aufgetragen hatte. Würde sie ihr Zögern in das Strafbuch eintragen müssen? Sie senkte ihren Kopf, wandte sich dem Sklaven zu und dachte nicht daran, ihre Haltung zu korrigieren. Stattdessen fühlte sie das Gewicht des Rohrstocks in ihren Händen, und die Angst kroch in einer eisigen Gänsehaut über ihren Nacken. Niemals in ihrem Leben hatte sie jemandem absichtlich Schmerzen zugefügt, und das Gefühl, diese Macht in den eigenen Händen zu halten, ließ Emma erschrecken. Das Halsband fühlte sich mit einem Mal eng an und machte ihr Cedric geduldiges Warten noch deutlicher. Erst, als seine sanften Hände nach ihr griffen, entspannte sie sich ein wenig.

»Sieh mich an, Emma.«

Dieses Mal klang seine Stimme strenger, und sie hob sofort ihr Gesicht. Das Lächeln war verschwunden, und seine Augen bohrten sich in ihren Blick.

»Er hat dich gefickt, weil ich es so wollte. Du hast seinen Schwanz gelutscht, weil ich es so wollte. Ich erwarte von dir, dass du niemals zögerst, wenn ich einen Wunsch äußere. Du tust, was ich dir sage, erträgst, was ich von dir verlange, und gibst dich hin, wann immer und wem immer ich es erlaube. Mistress Sabins Wunsch ist meiner, und du tust, was von dir verlangt wird.«

Zum ersten Mal in dieser Nacht fühlte sie seine unmittelbare Dominanz. Zuvor hatte er sie mit seiner Sanftheit, seiner Wärme und seiner Zärtlichkeit in die Knie gezwungen, nun erlebte sie ihn von einer anderen Seite. Nicht minder erotisch, nicht weniger sinnlich, doch unverfälscht wurde er in diesem Moment ihr Herr und Meister. Emma nickte wortlos. Ruckartig drehte er sie mit einem strengen Griff an ihre Taille zu dem Sklaven um, danach fühlte sie den zärtlichen Kuss auf ihrer Schulter und seufzte leise.

»Wenn du dein Strafbuch für heute vervollständigt hast, werde ich dich für deine Fehler eigenhändig züchtigen.«

Seine Stimme klang wieder warm und weich, so verführerisch, als hätte er die schönste Liebeserklärung abgegeben, die Emma sich vorstellen konnte. Seine Hände auf ihrem Körper, egal ob hart oder zart, schürten ihre Lust wie eine Sucht. Als sie diesmal ihre Augen wieder öffnete, sah sie den Sklaven mit anderen Augen, erkannte ihre Pflicht, zu tun, was immer Cedric von ihr forderte. Es war nicht ihre Hand, die den Rohrstock führte, es war seine, denn sie gehört ihm.

Nach dem fünften Hieb brach sie die Stille des Devoten und lauschte seinen Schreien. Er fluchte, betitelte sie mit schlimmen Worten, doch all das berührte sie nicht. Alles, was sie tat, geschah zum Vergnügen seiner Herrin und auf Wunsch ihres Herrn. Emma schlug so hart zu, wie sie konnte, erkannte die Muster ihres Werkes auf der Haut des Sklaven und fühlte sich wie in einem Rauschzustand. Zehn Hiebe flammten in einem wilden, roten Muster auf dem Rücken von Chris. Sein Wimmern war ihr erschreckend gleichgültig. Als er in sich zusammenbrach und seinen Kopf unter den Armen verbarg, ließ Emma den Stock aus der Hand gleiten und erkannte das zufriedene Lächeln in Cedrics Gesicht, das alles für sie bedeutete. Er breitete die Arme aus, und sie flüchte in seine Umarmung, an seine Brust und in seinen Trost.

Erst dort in seiner Geborgenheit erschütterte ein heftiges Zittern ihren Körper und nahm ihr den letzten Funken Kraft. Mit einer kurzen Verabschiedung an Mistress Sabin gerichtet, führte Cedric Emma aus dem Club. Sie nahm kaum mehr ihre Umgebung wahr, so tief versunken zog die Dunkelheit ihrer Gedanken sie hinunter. Er hielt sie in den Armen, als sie ihr Apartmenthaus erreichten. Sie wusste weder, wie sie in ihren Mantel gelangt war, noch dass sie Cedric ihre Adresse genannte hatte. Sie saß auf dem Sofa in ihrer Wohnung und blinzelte, als würde sie aus einer Trance zurückkehren. Cedric hielt ihr ein Glas Wasser hin.

»Du hast eine hübsche Wohnung, sehr gemütlich, und Möpse scheinen deine Leidenschaft zu sein.«

Emma fühlte sich kaum in der Lage seinen Worten eine Bedeutung zuzufügen. Noch immer hielt das seltsame Gefühl in ihr stand, und Cedrics Themenwechsel war für sie viel zu schnell. Sie sah, wie er nach einem der Mopskissen griff, sich das Bild darauf genauer betrachtete und leise auflachte.

»Lass mich raten? Buddy ist ein Mops.«

Sie nickte nur wortlos, nahm einen Schluck aus dem Glas und ließ das kühle Nass langsam ihre Kehle hinabfließen.

»Ich habe gehört, diese Hunderasse soll sehr intelligent und eigenständig sein.«

»Können wir jetzt bitte nicht über so was reden?«

Cedric legte das Kissen beiseite neigte neugierig den Kopf.

»Über was möchtest du reden?«

Alles in ihrem Kopf bestand aus Chaos. Da war kein Gedanke, den sie greifen konnte. Da war nur Cedric. Aus einem Reflex griff sie nach seinem Gesicht, schob sich über ihn und küsste ihn so innig, hart und verzweifelt, als brauchte sie etwas, das real war. Alle Eindrücke des Abends prasselten auf sie ein wie Regentropfen, und nichts davon wirkte so echt wie er in diesem Moment. Cedric wehrte sich nicht, als sie seine Hose öffnete, sein Geschlecht befreite und rieb, während sie ihn küsste. Doch er stoppte sie, bevor sie sich auf ihn setzen konnte.

»Warte!«

Sie sah ihn bettelnd an. Sein Glied pulsierte in ihrer Hand, und doch besaß er die Beherrschung innezuhalten.

»Sag mir, was los ist.«

Emma schüttelte nach Atem ringend den Kopf. Sie wollte jetzt nicht reden, sie wollte ihn spüren.

»Emma? Rede mit mir.«

»Ich kann nicht.«

Mit der Hand an seinem Unterarm, wollte sie ihn davon abhalten, aufzustehen, doch er schüttelte sie ab. Cedric zwang seine Erregung zurück in die Hose und schloss den Reißverschluss.

»Dann wirst du lernen, über dich, deine Erlebnisse und deine Gefühle zu reden.«

Wieder lag diese Strenge in seinem Tonfall, die sie hypnotisierte. Was sollte sie ihm sagen? Dass sie sich vor sich selbst fürchtete? Dass sie Angst davor bekam, welche Macht er über sie besaß? Nach so kurzer Zeit? Welchen Einfluss er auf sie ausübte? Emma bekam kein Wort über die Lippen, selbst ihre Atmung schien zu zittern.

»Ich will, dass du dich äußerst. Erzähl mir, was dich bewegt und was in dir vorgeht.«

Er blieb mitten im Raum stehen und wartete. Emma schob einen Finger unter das Halsband, das sich erneut viel zu eng anfühlte. Sie hatte sich dazu entschieden, sich ihm drei Tage zu unterwerfen, und ihr wurde bewusst, was ihre Zustimmung bedeutete. Emma sank mit dem Rücken gegen die Lehne und kämpfte gegen ihre Tränen an.

»Du machst mir Angst.«

Die anschließende Stille in der Wohnung schmerzte wie der Stich eines Messers, das sich in ihr Herz bohrte. Cedric wollte es hören. Er hatte verlangt, dass sie ihm antwortete, doch er hatte wohl nicht mit so etwas gerechnet. Frust und

Panik kämpften in ihrem Inneren. Erst jetzt zeigte sich das Ausmaß dessen, worauf sie sich so leichtfertig eingelassen hatte. Die Panik, dass Cedric sich von ihr abwenden könnte, trieb ihr Tränen in die Augen.

»Warum mache ich dir Angst, Emma?«

Wie sollte sie in Worte fassen, was sie selbst kaum glauben wollte? Wie könnte sie ihm erklären, was sie selbst nicht zulassen wollte? Jedes Detail dieser Nacht, jedes Wort, jede Gestik brannte sich wie ein Mal unter ihre Haut. Cedric hatte recht. Es fiel schwer, zu sein, wer man wirklich ist, und noch viel schwerer, es sich selbst einzugestehen.

»Ich habe gelogen, als ich sagte, es sei mir egal, was andere über mich denken. Ich habe mich nie als devot geoutet, weil ich …«

»Weil du dich niemals ehrlich damit auseinandergesetzt hast.«

Sie nickte und war dankbar dafür, dass er ihr zu Hilfe kam, die Dinge auszusprechen, die schwer auf ihr lasteten.

»Ich habe gelogen, weil ich mir meine Neigungen nicht eingestehen kann. Aber du … Ich habe das Gefühl, dass du in mich hineinblicken kannst und all das siehst, was ich nicht ausspreche. Die Art, wie du mich betrachtest, die Dinge, die du verlangst und darauf pochst, dass ich sie erfülle …«

»Erkennst du, wie wichtig es ist, zu reden? Hast du das Gefühl, ich bin zu schnell oder zu hart gewesen? Habe ich dich überfordert?«

Wieder nickte sie, doch schüttelte gleich darauf ihren Kopf.

»Es ist alles so viel und so plötzlich.«

Cedric rutschte neben sie auf das Sofa, legte einen Arm um sie und zog sie an sich.

»Hör mir zu, Emma. Ich möchte, dass du noch einmal über die drei Nächte nachdenkst. Sag mir, was du willst.

Ich gebe dir die Gelegenheit, auszusteigen oder weiterzumachen.«

»Aber du hast gesagt …«

Seine Fingerspitzen auf ihren Lippen stoppten den Einwand.

»Es ist egal, was ich zuvor gesagt habe. Vielleicht warst du dir nicht bewusst, was dich erwartet.«

»Ich führe mich lächerlich auf, oder? Das heute war eigentlich nicht viel, aber …«

»Shhh, nein, das ist nicht lächerlich.«

Als er im Begriff war, ihr das Halsband zu lösen, keuchte Emma entsetzt auf, packte danach und wehrte sich dagegen.

»Emma, vielleicht war es keine gute Idee von mir, das alles zu tun, ohne dass du wusstest, worauf du dich einlässt. Die Dinge klingen manchmal leichter, als sie sind, und du musst erst entscheiden, wo du hingehörst. BDSM ist eine große Kultur mit weiten Grenzen, an die ich dich unmöglich in drei Nächten führen kann. Es sollte einen kleinen Einblick bieten, und ich wollte die Fehler, die Ruben begangen hat, wiedergutmachen. Stattdessen habe ich das Gefühl, es schlimmer zu machen.«

»Nein … nein, Cedric, du verstehst mich falsch.«

»Dass du Angst vor mir bekommst, ist das Letzte, was ich erreichen will. Das ist nicht Sinn der Sache. Ich spiele mit deiner Furcht, damit du sie durchbrichst, nicht damit die Furcht dich bricht.«

Um ihn am Weiterreden zu hindern, küsste sie ihn, hielt sein Gesicht in ihren Händen und lächelte unsicher.

»Cedric, das ist es nicht.«

»Was ist es dann?«

»Du … nicht die Dinge, die passiert sind, nicht die Sachen, die du mir gezeigt hast. Du hast einen solch großen Einfluss auf mich, der mir Schiss einjagt. Ich habe diesen Sklaven heute geschlagen, weil du es so wolltest, und als ich dein zufriedenes Gesicht sah, war es, als ob nichts anderes mehr existierte. Weder seine Schreie noch sein Weinen haben mich berührt, Cedric. Alles, was ich wollte, war, dir zu gefallen. Nichts war wichtiger, als deinen Wunsch zu erfüllen, und es war mir egal, was du von mir verlangen würdest. Das macht mir Angst.«

Schweigend zogen sich seine Augenbrauen zusammen.

»Ich weiß nicht, wie ich damit umgehen soll. Mein Verlangen danach, dir jeden Wunsch zu erfüllen, ist so groß, dass ich fast daran ersticke. Ich weiß gar nicht mehr, wer ich bin. Du bist ein ganz anderes Kaliber als Ruben. Selbst Mistress Sabin ist anders als du. Dein Blick allein reicht, um mich zu fesseln. Wir kennen uns erst so kurz, und trotzdem habe ich das Gefühl, ich gehöre dir seit meiner Geburt.«

Emma hob fragend ihr Gesicht und betrachtete seine Lippen. Plötzlich brach ein so erlösendes Lachen aus ihrer Kehle, dass sie sich kaum mehr beruhigen konnte. Sie wischte sich die Tränen aus Lachen und Weinen aus dem Gesicht und atmete tief durch.

»Das ist doch verrückt und konfus und chaotisch, oder? Mal ehrlich, gehöre ich in eine Klapse? Ich weiß nicht, wie du das machst, und mir ist klar, dass ich nichts zu erwarten habe, aber …«

»Ich liebe dich, Emilia.«

Sie starrte ihn an wie vom Blitz getroffen. Auch Cedric wirkte über sich selbst überrascht, dennoch hielt er ihrem Blick stand, der prüfend versuchte, die Wahrheit seiner Worte zu ergründen. Er hatte sie nicht Emma genannt, wie es jeder tat, der sie kannte. Er hatte ihr gesagt, dass er sie liebte, und sie bei ihrem richtigen Namen angesprochen. Ein Lächeln glitt über seine Gesichtszüge.

»Ich habe dich gerade unterbrochen, was wolltest du mir sagen?«

»Wie kannst du das jetzt tun? Wie kannst du einfach so darüber hinweggehen, als wäre nichts passiert?«

Er lachte über ihre Fassungslosigkeit und küsste sie. Emma war kaum in der Verfassung, es zu genießen oder zu erwidern, so sehr stand sie unter Schock. Ihr Kopf war leer, und sie verlor den Faden. Cedric löste den Knoten an ihrem Mantel und schob seine Hände in ihre Taille, drückte sie mit seinem Gewicht in das weiche Polster der Sitzfläche. Seine Lippen hinterließen eine brennende Spur auf dem Ansatz ihrer Brüste. Seine Zunge leckte feuchte Kreise, neckte ihre Spitzen, bis sie sich wie von selbst aufrichteten. Nichts anderes war von Bedeutung, und als Cedric in ihren Körper eindrang, stöhnte sie so hemmungslos, dass alles um sie herum verschwamm. Als würden ihre Leiber ineinander verschmelzen, war sie nicht länger fähig, ihren von seinem Körper zu unterschieden. Cedric nahm sie mit zärtlicher Leidenschaft. Er wechselte mit ihr die Positionen, zog Emma über seinen Schoß, gab ihr ein sanftes, wiegendes Tempo vor, mit dem sie auf ihm ritt, und als sie gemeinsam zum Höhepunkt kamen, vermischten sich ihre Lustlaute mit den seinen. Ihre Fingernägel hinterließen rote Striemen auf seinen Schultern.

»Das ist alles so verrückt.«

Er nickte, lehnte seinen Kopf weit in den Nacken und zog sie an sich. Emma berührte die Konturen seines Gesichtes und atmete langsam aus.

»Ich will …«

»Was willst du?«

Sie schüttelte über sich selbst den Kopf. Sie wollte so viel auf einmal und doch gar nichts, nur diesen Moment hier und jetzt. Mit einem Räuspern klärte sie ihre Stimme und suchte seinen Blick. Cedric wartete in seiner gewohnt wunderbaren geduldigen Art.

»Ich will diese drei Tage mit dir, und ich will herausfinden, wohin sie uns führen. Es gibt einiges, was mir Angst macht, aber nicht vor dir. Nicht wirklich. Ich fürchte mich nicht vor dem Menschen, den du aus mir machst. Ich fürchte mich vor dem Menschen, den ich durch dich in mir entdecke. Ich weiß nicht, wer ich bin, aber ich weiß, dass du mir das zeigen kannst. Ich bin so durcheinander.«

»Emilia?«

Diesen Namen aus seinem Mund zu hören, klang so süß und gut, dass ein heißer Schauer über ihre Haut strich.

»Ja?«

»Ich habe nichts anderes von dir erwartet.«

»Aber was, wenn ich am Ende nicht mehr genauso empfinde? Was, wenn ich merke, dass ich mich in die Idee verliebt habe und nicht in dich?«

»Auch dann hättest du etwas Wichtiges über dich gelernt. ›Was wäre wenn‹ ist eine Frage für einen anderen Tag.«

»Ich will dich nicht verletzten, Cedric. Ich habe nichts geplant und nichts erwartet. Das ist alles so schnell passiert, und ich …«

Ein Kuss ließ sie verstummen.

»Das war auch nicht in meiner Planung vorgesehen.«

Er schob sie von sich herunter, richtete seine Kleidung und stand auf. Sie ergriff die Hand, die sich nach ihr ausstreckte, und sie in ihr Schlafzimmer führte. Cedric zog ihr das Korsett aus und schob die Bettdecke wie eine Einladung zur Seite. Als Emma sich hinlegte, deckte er sie zu und küsste ihre Stirn.

»Schlaf gut. Wir sehen uns morgen.«

Sie grinste herausfordernd.

»Wolltest du mich nicht noch übers Knie legen?«

Cedric hob seine rechte Augenbraue, und in seinem Blick funkelte Strenge.

»Du solltest meine Nachgiebigkeit nicht strapazieren. Wenn du denkst, ich vergesse, liegst du falsch. Aufgeschoben ist nicht aufgehoben. Du wirst deine Strafe erhalten. Ruh dich aus, morgen liegt ein langer Tag vor dir.«

Cedric verließ Emmas Schlafzimmer, legte das Strafbuch aus seinem Mantel auf den Wohnzimmertisch und zog leise die Apartmenttür hinter sich zu. Für einen Moment lehnte Cedric sich an die Flurwand und holte tief Luft. Er schloss die Augen und schnaubte. Aus Mitgefühl hatte er vorgehabt, die Fehler seines Freundes zu berichtigen. Es war anders gekommen, als er hätte ahnen können. Ihre Verwirrung war für ihn gut nachvollziehbar. Er fühlte sich ebenso, nachdem er ausgesprochen hatte, was in ihm vorging. So etwas war ihm in all den Jahren nicht passiert, weder vor noch nachdem er in die BDSM-Kultur eingetaucht war. War es tatsächlich reines Mitgefühl gewesen, das ihn dazu anstiftete, ihr seine Welt zu zeigen? Oder lag sein Interesse daran, dass sie ihn bereits bei ihrem ersten Aufeinandertreffen gereizt hatte? An Liebe auf den ersten Blick hatte Cedric nie geglaubt, und doch fühlte es sich genau so an. Die drei Worte waren ihm über die Lippen gerutscht, doch wie viel Gehalt steckte dahinter? Emma wirkte so verzweifelt in ihrer Sprachlosigkeit, in ihrem permanenten Ringen um die richtigen Worte. Sie hatte die rasante Entwicklung, der sie nicht folgen konnte, angesprochen, und auch Cedric fühlte sich wie eine Schildkröte im Wettlauf mit einem Geparden. Er betrachtete die Tür ihrer Wohnung. Drei Nächte. Drei Worte. Kein einziges Mal hatte er die Worte leichtfertig ohne Bedeutung benutzt. Cedric konnte ebenso nicht leugnen, dass ihre Zustimmung, sich ihm zu unterwerfen, mehr in ihm ausgelöst hatte als nur den Wunsch, richtigzustellen, was Ruben vermasselt hatte. Alles an dieser Frau war eine Versuchung. Ihre Unsicherheit, ihre Leidenschaft, ihre Spontanität, sie glühte vor Wissbegier und Neugier, war schnell entflammbar, und doch so ängstlich und skeptisch. Ihre sinnliche Hingabe war absolut. In alldem lag eine entzückende Unschuld. Plötzlich spürte er, was ihn an Emma so anzog.

Cedric stieß sich von der Wand ab und verließ das Apartmentgebäude. Die Nachtluft roch frisch und kühl. Er blickte an der Fassade hinauf zu einem der Fenster ihrer Wohnung, die im Dunkeln lag. Vor seinem inneren Auge sah er Emma in ihrem Bett liegen, und ihre Worte wiederholten sich wie die Endlosschleife eines Tonbandes, wieder und wieder. Ruben hatte blind und ohne sie zu kennen, etwas in ihr gesehen, das Cedric jetzt erst begriff. Er schob den Gedanken fürs Erste beiseite, denn noch war die Zeit nicht reif, sich damit auseinanderzusetzen. Noch wusste er zu wenig über Emma und darüber, wie tief ihre Neigungen reichten. Sich selbst sein inneres Verlangen einzugestehen, war nie leicht, auch nicht für ihn. Der Reiz des Neuen war für einen Mann seiner Erfahrung erfrischend, aber ebenso erschreckend. In ihrer Unschuld lag ein hoher Gehalt an Verantwortung, der er sich stets strikt verweigert hatte. Er wählte seine Partnerinnen nach Erfahrung und Wissen aus. Doch dank Emma verstand er, was andere Dominante faszinierte, wenn sie von devotem Frischfleisch sprachen.

Cedric winkte sich ein Taxi heran. Morgen würde er mehr wissen.

9

Rubens Haus stand Cedric für weitere zwei Tage zur alleinigen Verfügung, und die Stille auf den Fluren war angenehm. Dennoch wanderte er unruhig durch die Zimmer, getrieben von drei Worten. Sie drückten aus, was er in diesem Moment tatsächlich empfunden hatte. Emmas Unsicherheit und das gedankliche Chaos in ihrem Kopf hatten ihn tief berührt. Ein Teil in ihm hielt es für voreilig, von Liebe zu sprechen. Der andere, wesentlich größere Part genoss die Vorstellung, mehr daraus zu machen, als ein dreitägiges Abenteuer.

Cedric öffnete die Terrassentür, betrat den Garten und blieb an der Stelle stehen, an der er mit Emma auf der Hochzeitsfeier gestanden hatte. War es hier um ihn geschehen? Er hob sein Gesicht gen Himmel. Langsam wurde es hell. Sie würde bald aufstehen, um ihren Tag zu beginnen, schlief wahrscheinlich noch tief und fest. Ob sie von der Nacht träumte? Oder von ihm? *Das ist alles so verrückt!* Ihr Lachen klang in seiner Erinnerung nach. Ja, es war verrückt und absolut unglaublich. Cedrics nackte Füße gruben sich in den gepflegten englischen Rasen, und mit beiden Händen strich er sich durchs Haar. Ein tiefer Atemzug füllte seine Lungen mit kühler Luft, und seine Gedanken kreisten ständig um Emilia Perkins. Aus der Hosentasche zog er sein Mobiltelefon, klappte es auf und wählte eine Kurzwahl an.

»Cedric Seymour. Wenn du heute Zeit hast, würde ich dich

gern zum Mittagessen treffen. Ruf mich an, wenn du das abhörst. Es ist wichtig.«

Er musste seine Gedanken klären, doch dazu benötigte es einen Freund, der ihn kannte, der ihm seine Meinung kritisch und ehrlich ins Gesicht sagen konnte und wusste, wovon er sprach.

Als der Wecker sie aus dem Tiefschlaf riss, stöhnte Emma laut und streckte sich ausgiebig. Sie schlug die Augen auf und umklammerte das Kissen. Die Nacht zuvor drängte sich wie ein Traum in ihre Gedanken. War das wirklich passiert? Die Erinnerung fühlte sich unwirklich und realitätsfremd an. Ihre Finger tasteten nach dem Halsband und vergewisserten sich, dass es noch da war. Emma setzte sich auf. Auf der Kommode neben dem Bett lagen ordentlich zusammengefaltet das Korsett und ihr blauer Regenmantel. Sie verließ das Bett und berührte vorsichtig den Stoff der Korsage, als müsse sie sich darauf besinnen, dass die Nacht kein Traum gewesen war, dass sie die Dinge tatsächlich erlebt, gesehen und gefühlt hatte. Ihr Herz klopfte schneller, als sich Cedrics Lächeln in ihre Gedanken stahl und seine Stimme in ihren Ohren erklang, als stünde er neben ihr. Sie schloss die Augen, bevor sie die drei Worte erneut in ihrem Kopf hören konnte. Liebe! Das war ein verdammt großes Wort für die kurze Zeit. War so etwas möglich? Ihr Blick glitt zu der Spiegeltür ihres Kleiderschrankes, und sie trat näher heran.

»Wer zum Teufel bist du?«

Emma betrachtete ihr Gesicht, ihren Körper, ihre Hände, ihre Beine. Nichts hatte sich daran geändert. Sie sah genauso aus wie vorher, aber doch schien sie sich selbst völlig fremd zu sein. Es lag nicht an dem Halsband, oder doch? Emma bedeckte es mit ihren Händen, versteckte es vor ihren Augen, aber es war da, zweifellos spürbar. Er hatte es ihr angelegt, und sie damit zu seinem vorläufigen Besitz erklärt. Er! Ein wohliger Schauer breitete sich wellenartig in ihrem Körper aus.

»Cedric!«

Sie musste seinen Namen laut aussprechen, um auch ihn wieder real werden zu lassen und um den Klang in ihren Ohren zu hören. Begonnen hatte es in dem Bistro mit seiner Erklärung, was er in diesen drei Tagen von ihr erwarten würde. Emma musste sich eingestehen: Wirklich nachgedacht hatte sie nicht, als sie ihre Zustimmung gab. Wie auch? Wie hätte sie die Konsequenzen einschätzen können, da Cedric doch so anders war als Ruben? Ruben! Der war nur noch ein Gesicht und ein Paar Hände, deren Erinnerung verblasste, seit Cedric in ihrem Leben aufgetaucht war. Wann war das gewesen? Fassungslos starrte Emma sich selbst in die Augen.

Zwei Tage! Cedric hatte zwei Tage benötigt, um eine zweijährige BDSM-Beziehung in die Vergessenheit zu verdrängen. Emma fühlte sich, als stünde ihr Leben völlig auf dem Kopf, und alles, was sie bei Ruben über sich erfahren hatte, bedeutete nichts mehr. Nackt wie sie war, ging sie in die Küche und setzte Kaffee auf. Der schwarze Einband auf dem Wohnzimmertisch zog ihre Aufmerksamkeit auf sich. Auch das war real gewesen. Emma schlug das kleine Buch auf und erkannte ihre eigene Handschrift darin. Sie warf es zurück, als hätte es plötzlich Feuer gefangen.

Nach Atem ringend, griff sie sich an den Hals. Das Halsband schien wieder viel zu eng, und sie versuchte, es auszuziehen. Ihre Finger zitterten dabei so heftig, dass sie den Verschluss nicht zu fassen bekam. Mit dem Rücken prallte sie gegen die Wand, rutschte an der Tapete entlang in die Knie und starrte das Buch auf dem Tisch an. *Komm wieder runter.*

Es ist nichts passiert, dem du nicht zugestimmt hast. Die Panik legte sich und Emma bekam das Zittern unter Kontrolle. Verdammt, was war nur mit ihr los? Sie erhob sich, kehrte zur Küche zurück und goss sich eine Tasse Kaffee ein, die sie mit wenigen Zügen leerte. Ohne Milch und Zucker schmeckte das Gebräu scheußlich bitter, aber es klärte ihren Kopf.

Sie hatte sich auf ein Abenteuer eingelassen, das sie nachhaltig verändern würde. Wohin es führte, würde sie mit Cedric herausfinden. Emma rief sich seinen Körperduft ins Gedächtnis, seine Ausstrahlung und seine Wärme. Seufzend schloss sie die Augen und spürte dieselbe Geborgenheit, die sie empfand, wenn er in ihrer Nähe war. Plötzlich lachte sie leise auf. *Wer A sagt muss auch B sagen.* Als er ihr gestern das Halsband wieder abnehmen wollte, war sie in Panik ausgebrochen. Heute brach sie in Panik aus, weil sie mit Halsband aufgewacht war. Nein, sie erkannte sich wirklich nicht wieder. Was sie war, schien sich stündlich zu verändern. Die Melodie ihre Festanschlusses riss sie aus den Gedanken.

»Guten Morgen, Sklavin.«

Cedrics Stimme schaffte es, dass Emma sofort wieder unter Strom stand.

»Ich hoffe, du hast gut geschlafen. Du wirst heute einen Rock, eine Bluse und hohe Schuhe auf der Arbeit tragen. Wenn du es für angemessen hältst, trage dein Korsett darunter. Keinen Slip, keine Strümpfe. Die Wahl der Farbe deiner Kleidung überlasse ich dir. Dein Haar trägst du zu einem Zopf hochgebunden. Dezenter Schmuck, dezentes Make-Up. Ich werde dich kurz vor Mittag anrufen, um dir mitzuteilen, welche Speisen ich dir erlaube. Ich wünsche dir einen angenehmen Tag.«

Dann legte er auf. Emma schüttelte die Benommenheit, die seine Worte in ihr ausgelöst hatten, ab und spürte, wie sich ihre Brustwarzen verhärteten und in ihrem Unterleib ein dumpfes Pochen erwachte. Wieder wurde sie sich des Halsbandes bewusst. Emma betrat das Schlafzimmer und öffnete den Kleiderschrank. Sie wählte einen weitfließenden, knielangen Rock aus dunkelblauer Viskose aus, dazu eine hellblaue Bluse und farblich abgestimmte Pumps. Sie trug auch das eng geschnürte Mieder darunter und prüfte den Sitz ihrer Kleidung im Spiegel. Ihr fehlte der Mut, das Halsband offen zur Schau zu tragen, also legte sie ein Halstuch um, das das blaue Leder versteckte. Es fühlte sich ungewohnt an, unter dem Rock nackt zu sein. Jeder Schritt bewegte den fließenden Stoff um ihre Beine und ihren blanken Hintern. Gemäß Cedrics Wunsch schminkte und frisierte Emma sich.

Im Flur traf sie Max, der von einem Gassigang mit Buddy zurückkehrte. Der Mops sprang kläffend vor Freude um die Beine seines Frauchens.

»Hey, Buddy. Wie war dein Ausflug?«

Sie ging in die Knie und begrüßte ihn.

»Hi, Max. Sag mal, hast du nicht Lust, Buddy für ein paar Tage für mich zu sitten?«

Max' Augen strahlten vor Begeisterung. Der Junge hatte einen Narren an dem kleinen Vierbeiner gefressen und freute sich immer, wenn er sich um ihn kümmern durfte. Kein Wunder, denn Buddy war Max' einziger Freund. In dieser Wohngegend lebten kaum Eltern mit Kindern, und Max war sehr verschlossen, was neue Freundschaften betraf.

»Aber frag erst deine Mutter, okay?«

Er nickte eifrig und rannte mit Buddy den Flur entlang. Emma verließ das Haus und brachte Joe den allmorgendlichen Kaffee mit einem Sandwich. Der Kriegsveteran musterte sie mit einem leisen Pfiff auf den Lippen.

»Donnerwetter! Das sind sonnige Aussichten.«

Sie lächelte und winkte ihm zum Abschied.

»Ich wünsch dir einen schönen Tag, Joe.«

Emma betrat das Büro und spürte, wie sie die Blicke ihrer Kollegen auf sich zog. Zuerst schob sie es darauf, dass sie nie zuvor einen Rock getragen hatte. Frauen wichen ihr aus, Männer machten Platz, beide Geschlechter blickten ihr hinterher, doch niemand sagte etwas. Selbst Donna zog ihren Kopf wieder ein, nachdem sie Emma über die Trennwand hinweg einmal von Kopf bis Fuß gemustert und die Augenbrauen gehoben hatte. Skeptisch setzte Emma sich an ihren Arbeitsplatz und schaltete den Computer ein. Sie ertappte sich bei einem leisen Kichern, dann korrigierte sie ihre Sitzposition genau so, wie Cedric es erwartete. Sie hob ihren Rock und setzte sich mit dem nackten Po auf den rauen Stoff des Sitzpolsters. Ebenso zwang sie sich dazu, die Beine nicht übereinanderzuschlagen, sondern ihre Knie ein wenig zu öffnen.

Ihre Lippen verzogen sich leicht, dann kramte sie in ihrer Handtasche nach dem Strafbuch und trug sorgfältig das Fehlverhalten ein. Der Bezugsstoff unter ihrer nackten Haut, aber auch die stete Bemühung, die Haltung zu wahren, kribbelten lustvoll.

Emma rollte mit den Augen. Der Arbeitstag hatte wenige Minuten begonnen und sie fühlte sich schon wie in einem Rausch. War es das, was Cedric erreichen wollte? Emma tippte Briefe, verfasste Memos, verschickte Nachrichten und bei allem, was sie erledigte, war Cedric bei ihr. Emma achtete darauf, ihr Kinn zu heben, wenn sie den kurzen Weg zum Kopierer ging, und straffte ihre Schultern. Nie verließ sie das Gefühl, dass jeder Kollege im Großraumbüro sie ansah. Das süße Geheimnis unter ihrem Halstuch, die Nacktheit unter ihrer Kleidung blieb den heimlichen Augen verborgen, während Emma an nichts anderes dachte. Unter ständiger Erregung stehend, bemühte sie sich um Konzentration auf ihre Arbeit, und Cedric schien allgegenwärtig. Emma war erstaunt, wie weit sein Einfluss auf sie reichte, und überraschte sich selbst damit, wie peinlich genau sie seine Anweisung einhielt.

Ebenso verwunderlich war die Tatsache, dass keiner der üblichen Bürohengste unter den Kollegen einen Versuch startete, mit ihr zu flirten. Als ob die Männer ahnten, dass sie jemand anderem gehörte.

Die Einhaltung seiner Regeln und Wünsche gab ihr Sicherheit und ein seltsames Gefühl von Freiheit. Erst kurz vor der Mittagspause blieb Donna im Eingang zu Emmas abgetrenntem Arbeitsplatz stehen und räusperte sich dezent.

»Warst du beim Frisör?«

Emma drehte sich in ihrem Schreibtischstuhl und lächelte mit einer Selbstsicherheit, die das Gesicht der Erdbeerblondine säuerlich zucken ließ.

»Nicht seit du mir das letzte Mal gesagt hast, ich sollte aus meinen langweiligen Haaren was machen.«

»Du bist anders.«

»Findest du?«

Emma hatte keine Ahnung, wo sie die plötzliche Koketterie hernahm, aber es machte Spaß.

»Hast du einen Mann kennengelernt? Du ziehst dich anders an, du bewegst dich anders. Ist es was Ernstes?«

Die köstliche Mischung aus Missgunst und Neugier in Donnas Augen schmeichelte Emma, und sie genoss es, keine Antwort zu geben. Sie hob nur leicht ihre Augenbrauen, schwieg mit einem verschwörerischen Schmunzeln auf den Lippen.

»Komm schon, erzähl! Wer ist dieser Mann, der dich so

transformiert, dass du glatt als Sexbombe durchgehst und mir die Show stiehlst?«

»Dir kann niemand die Show stehlen, Donna.«

»Gehst du mit zum Italiener? Du musst mir alles über deinen neuen Lover erzählen.«

Fünf Minuten vor zwölf klingelte Emmas Telefon.

»Emilia Perkins?«

»Du klingst gut gelaunt, das gefällt mir. Du wirst heute an deinem Schreibtisch essen. Bleib an deinem Platz und warte.«

Cedric legte auf, und Emmas Herz klopfte wild in ihrer Brust. Nicht nur, weil sie endlich wieder seine Stimme gehört hatte, sondern weil sie immer noch wie unter Strom stand. Lächelnd legte sie den Hörer auf.

»Tut mir leid, ich kann nicht mit zum Italiener. Ich werde hier bleiben.«

Für Donna musste es seltsam aussehen, denn Emma hatte keinen Ton zu dem Anrufer gesagt, nur zugehört und genickt.

»War das dein neuer Freund?«

»Ja.«

Die Erdbeerblondine sah sie abwartend an, zuckte nach einer Weile mit den Schultern und lächelte verwirrt.

»Na gut, wenn du es dir anders überlegen solltest, du weißt ja, wo ich bin.«

Kurz bevor sie sich umdrehte, tauchte ein Lieferant auf. Er trug eine Wärmetasche in den Händen und darauf eine rote Rose.

»Sind Sie Emilia Perkins?«

Emma nickte und starrte wie gebannt auf die Rose, die der junge Mann ihr überreichte.

»Mister Seymour wünscht Ihnen einen guten Appetit und lässt ausrichten, dass er im Laufe des Tages nach Ihnen sehen wird. Einen schönen Tag, Miss Perkins.«

Nachdem er einige Schachteln aus der Tasche auf Emmas Schreibtisch drapiert hatte, drehte der Lieferant sich um und ging. Donna stand mit offenem Mund und starrem Blick da.

»*Luigis*? Das ist ein Nobelrestaurant in Soho.«

Emma bemühte sich, ihre eigene Überraschung nicht offen zu zeigen. Der leichte Anfall von Neid ihrer Kollegin fühlte sich großartig an. Emmas Augen blickten von einer Schachtel auf die nächste. So viel? Das würde sie allein gar nicht schaffen.

»Bis später dann.«

Donna ging zögerlich, und Emma hätte sie am liebsten zurückgerufen, um sie einzuladen. Nein, das alles würde sie niemals vertilgen können. Seufzend öffnete sie die erste Schachtel, und der Duft von gebackenen Bananen in Honig stieg ihr in die Nase. Die Rose lag auf ihrem Schoß, und Emma griff nach einer Gabel.

»Als hätte ich es mir denken können. Beginnst du ein Drei-Gänge-Menü immer mit der Nachspeise?«

Der Schreck fuhr ihr durch alle Glieder, als Cedrics sanfte Stimme neben ihr ertönte. Er zog sich einen Stuhl heran und griff nach einer anderen Schachtel. Es roch nach köstlichem Risotto.

»Zuerst beginnst du damit.«

»Was machst du hier?«

»Hat der Lieferant dir nicht ausgerichtet, dass ich kommen würde?«

»Doch, schon, aber … ich dachte, du würdest erst später …«

»Falsch gedacht. Ich hasse es allein zu essen.«

Emma atmete erleichtert auf.

»Und ich dachte schon, du erwartest, dass ich das alles

alleine aufesse. Du hast Glück, sonst würde sich jetzt eine Kollegin über das Essen hermachen.«

Grinsend schob sie sich einen Bissen der Vorspeise in den Mund und beobachtet ihn. Cedric lehnte sich mit einer Risottoschachtel zurück und genoss den Geschmack.

»Wie war dein Morgen?«

Das Schmunzeln auf seinem Gesicht verriet ihr, dass er ahnte, was sie sagen würde.

»Erregend.«

»Schön zu hören.«

Es war wie ein Spiel, wer zuerst nachgeben würde.

»Was hast du gemacht?«

»Briefe geschrieben.«

Cedric stellte das Essen beiseite, griff nach ihrem Schreibtischstuhl und zog sie nah zu sich. Mit der Hand wickelte er ihren Zopf ein.

»Sag mir, wie sehr du die Blicke genossen hast.«

Emma schluckte.

»Woher weißt du …«

»Ich bin ein Mann, und ich weiß, was in Kerlen vorgeht, wenn sie eine Frau mit einem solchen Outfit, deinem Gang, der Haltung und diesem verschwiegenen Lächeln auf den Lippen sehen.«

Sein Raunen kribbelte in ihrem Nacken.

»Hier sind überall Kameras.«

»Na und?«

Seine Finger schoben sich zwischen ihre Knie, als wollte er überprüfen, wie gehorsam sie seinen Anweisungen gefolgt war. Nervös blickte sie an ihm vorbei, hinaus aus dem abgesperrten Abteil ihres Arbeitsbereichs.

»Ich bin nicht die Einzige, die ihre Mittagspause hier verbringt. Es könnte jederzeit jemand vorbeigehen.«

»Und sehen, was ich mit dir anstelle?«

»Ja.«

Emma hielt den Atem an, als seine Hand unter ihrem Rock ihre Scham fast erreicht hatte. Cedric kraulte die Innenseite ihres rechten Schenkels. Seine Lippen bewegten sich nah an ihrem Ohr.

»Leg das Essen weg und verschränk deine Arme auf dem Rücken.«

Hitze stieg in ihr empor, färbte ihre Wangen und trieb ihr den Schweiß aus den Poren. Hier arbeitete sie, und als wäre der Morgen nicht aufregend genug gewesen, setzte Cedric noch einen drauf. Seine Fingerkuppen drängten zwischen ihre Schamlippen und entlockten ihr ein Stöhnen. Sie krallte die Fingernägel in ihre eigenen Unterarme und schloss die Augen.

»Du bist tatsächlich erregt.«

Es klang, als wäre er überrascht und die Spannung in ihr stieg an. Das Atmen fiel ihr schwer, und seine Nähe machte die Lust fast unerträglich. Er verteilte ihre Feuchtigkeit in ihrem Spalt, tastete nach der Klitoris, die danach gierte, berührt zu werden.

»Also fange ich noch einmal an. Wie sehr hast du die Blicke genossen?«

»Sehr, es hat mich erregt, irgendwie hat mich alles erregt.«

»Wie sehr hat es dich erregt, Emilia?«

Sie keuchte, weil er begann, ihre Lustperle zu reiben, ganz sanft, aber mit genügend Druck, um ihr Begehren zu schüren.

»Sehr … ich stehe völlig unter Strom, seit ich heute Morgen meine Wohnung verlassen habe.«

Das Sprechen fiel ihr schwer und wurde immer wieder von einem unterdrückten Stöhnen unterbrochen. Ihre Hüften bewegten sich seiner Hand entgegen.

»Warum?«

»Weil … oh Himmel …«

Cedric drang in sie ein, bewegte sein Fingerpaar kreisend tief in ihr.

»Ja?«

»Weil ich … ständig an dich denken muss. Du bist überall … überall … oh mein Gott.«

Die Wellen brachten eine süße Erlösung, die sich zuckend in ihrem Fleisch entlud. Emma biss sich auf die Unterlippe, um den Laut aus ihrem Mund zu dämpfen. Jegliche Anspannung floss aus ihrem Körper, und sie sackte seufzend in ihren Stuhl. Lächelnd öffnete sie ihre Augen. So schnell hatte sie sich selbst nicht einmal zum Höhepunkt bringen können. Fasziniert sah sie in Cedrics Gesicht, der sich wieder zurücklehnte und sein Essen genoss. Ein köstliches Nachglühen breitete sich in Emma aus, doch der Hunger war nicht gestillt. Emma fühlte in sich die Lust auf mehr, mehr von ihm, mehr von dem, was gestern Nacht geschehen war, und sie wollte es jetzt und sofort.

»Ich könnte den restlichen Tag freinehmen.«

Cedric schüttelte den Kopf.

»Kommt nicht infrage.«

»Aber ich habe Überstunden, die ich abfeiern könnte, und wir könnten …«

»Ich sagte Nein.«

Sein Tonfall veränderte sich minimal, doch es reichte, um ihren Widerspruch zu ersticken. Seine Hand streichelte über ihre Wange.

»Erzähl mir, was dir durch den Kopf gegangen ist, als du aufgewacht bist.«

Zuerst zögerte Emma, dann erzählte sie von ihrer Panikattacke. Cedric hörte ihr zu, ohne sie zu unterbrechen und ohne sie zu drängen, wenn sie über ihre Worte nachdachte. Als ihr nichts mehr einfiel, senkte sie den Blick.

»Gib mir dein Buch.«

Sie reichte es ihm, und er blätterte darin, nickte schweigend und schloss es wieder. Cedric stand auf und räumte die leeren Esskartons zusammen. Emma wollte ihm helfen, doch er drückte sie an den Schultern zurück auf ihren Stuhl.

»Nein, lass mich das machen. Ich möchte, dass du sitzen bleibst und dich entspannst.«

Verwirrt sah sie zu, wie er die Reste des Mittagessens entsorgte und dann zurückkehrte.

»Heute Abend werde ich dich zu Hause abholen. Ich möchte, dass du das rote Kleid trägst, das du auf der Hochzeit getragen hast. Ich bin heute Abend mit einem Freund verabredet, und du wirst mich begleiten. Nimm den Schal auch mit, du wirst ihn brauchen.«

Er beugte sich zu ihr hinunter, neigte den Kopf ein wenig und sah ihr dabei tief in die Augen. Emma saß wie paralysiert da, gefesselt von seinen Anweisungen und seiner Stimme.

»Du hast in meiner Gegenwart dreimal deinen Kopf gesenkt, dich einmal nicht angemessen hingesetzt und kaum etwas gegessen, obwohl ich dich darum gebeten habe. Vergiss es nicht zu notieren.«

Ihr Herz setzte einen Takt aus, als er sie küsste und sich sofort wieder von ihren Lippen löste.

»Wenn ich heute Abend zu dir komme, wirst du dich unaufgefordert auf den Boden knien, das Buch öffnen und mir deine Fehler vorlesen. Wenn du das beendet hast, wirst du dir den Schal über die Augen legen, ihn festbinden, dein Kleid heben und dich über die Lehne deines Sessels beugen.«

Wieder küsste er sie, diesmal länger und intensiver.

»Ich werde mir über die Art deiner Strafe Gedanken machen, aber ich werde sie dir vorher nicht mitteilen.«

Eine Gänsehaut kroch über ihren Körper. Seine Stimme klang samtig und weich, während die Ankündigung Unruhe in ihren Magen brachte. Er zupfte an den losen Enden ihres Halstuchs, das das Halsband verbarg, und schmunzelte. Sein Atem floss über ihr Gesicht, heiß und gewürzt von den gebackenen süßen Bananen, die den Nachtisch gebildet hatten. Emma spitze ihre Lippen in der Hoffnung, dass Cedric sie noch einmal küssen würde, doch er gab ihrem Wunsch nicht nach.

»Bis heute Abend, Emilia.«

Seufzend sah sie ihm nach und korrigierte ihre Sitzhaltung, als sie spürte, dass die Spannung in ihrem Körper nachließ. Langsam kehrten die Kollegen aus der Mittagspause zurück. Emma blickte auf die Uhr an ihrem Computerbildschirm. Das würde ein verdammt langer Tag werden, und wieder spürte sie den rauen Stoff des Stuhls an ihrer nackten Haut, das Halsband um ihre Kehle und Cedrics damit verbundene Macht über sie.

10

Ein eigenartiges Gefühl durchströmte ihren Körper, als die Reitgerte in Cedrics Hand auf ihre nackte Haut traf. Emma hatte den Schmerz stets gefürchtet, obwohl er Gegenstand jedes Spiels mit Ruben gewesen war. Das scharfe Prickeln brannte sich wie ein Mal in ihr Fleisch. Emma verbiss sich den Schmerz auf der Unterlippe und keuchte. So sanft und behutsam Cedric mit ihr umging, seine Hiebe mit der Gerte waren gnadenlos. Emma spürte die Rötung der getroffenen Stellen und blinzelte gegen die aufsteigenden Tränen in ihren Augen. Fünfzehn Fehler hatte sie ihm aus ihrem Strafbuch laut vorgelesen, und fünfzehn Schläge mit der Reitgerte tanzten peinigend auf ihrem blanken Hintern und der Rückseite ihrer Oberschenkel.

Cedric beugte sich über ihren Rücken. Emma seufzte erleichtert auf, als seine Lippen ihren Nacken berührten. Seine Fingerspitzen auf den wunden Körperstellen jedoch entlockten ihr ein schmerzverzerrtes Zischen.

»Bleib so.«

Emma grub ihre Hände in das Sitzpolster ihres Sessels und erschauderte. Cedrics zärtliche Berührungen der geröteten Stellen prickelten qualvoller als die Hiebe selbst, und seine Küsse fühlten sich an wie heiße Nadelstiche. Sogar, wenn Cedric sie züchtigte, fühlte es sich vollkommen anders an als bei Ruben. Das seltsame Gefühl rumorte in ihrem Magen. Cedrics Handkante schob sich zwischen ihren leicht gespreizten Beinen empor, bis er auf die glühende Nässe in ihrem Schoß traf. Emma hielt den Atem darüber an, wie leicht und geschmeidig er ihren nassen Spalt entlangfuhr.

»Das …«

Sein warmer Atem streichelte ihren Nacken.

»Das was?«

Sie stöhnte heiser und versuchte, ihre Gedanken zu sortieren, während er sie reizte.

»Das ist noch nie passiert.«

»Noch nie?«

Cedric klang belustigt, dass sie von ihrer Körperreaktion überrascht schien, denn es hatte Emma ebenso erregt wie an dem Abend, als er sie übers Knie gelegt hatte. Ein Schmunzeln glitt über ihr Gesicht, als es ihr wieder einfiel.

»Sieht so aus, als würdest du eine neue Seite in deinem Buch beginnen.«

Ein sanftes Lachen schwang in seinen Worten und Emma nickte.

»Ja, das ist wohl wahr.«

Abermals keuchte sie und drängte sich seiner Hand entgegen. Cedric rieb ihre anschwellende Lustperle, drang mit dem Daumen in ihren Schoß ein, und diese köstliche Art der Penetration trieb sie schnell und unaufhaltsam dem Finale entgegen. Ihre Laute wurden energischer, ihr Stöhnen hemmungsloser. Cedric lachte auf ihre Schulter.

»Noch nicht, mein Schatz.«

»Hä?«

Bevor sie begriff, was er meinte, löste Cedric sich von ihr und hinterließ eine gemeine Leere in ihr. Emma knurrte wütend, spürte die Gier nach Erlösung in sich pochen. Das Drängen, jetzt sofort kommen zu wollen, war schlimmer als das Glühen ihrer verwundeten Haut. Cedric bedeckte Emmas

Po mit dem Rock des Kleides, das sie auf seinen Wunsch trug. Mit einem Arm um ihre Taille, zog er ihren Oberkörper an seine Brust.

»Das heißt nicht: Hä! Man sagt: Wie bitte?«

Diese Lektion in Etikette war ebenso demütigend wie die Tatsache, sie in ihrer Lust schmoren zu lassen. Am liebsten hätte Emma aufgestampft wie ein kleines Kind, dem man etwas vorenthielt, das es unbedingt haben wollte. Cedric hielt ihr das Strafbuch vor die Nase.

»Du hast etwas vergessen.«

»Ich weiß.«

Sie klang angesäuert, was ihn noch weit mehr amüsierte.

»Was hast du vergessen?«

»Mich zu bedanken.«

»Ich weiß deine Dankbarkeit zu schätzen, aber ich rede von etwas anderem.«

Als wollte er ihr einen Hinweis geben, ließ er den durchsichtigen, roten Chiffon, der ihr Halsband bedeckte, durch seine Finger gleiten. Emma biss sich auf die Unterlippe, als ihr klar wurde, was er meinte.

»Ich habe vergessen, meine Augen zu verbinden.«

Sie senkte ihren Kopf.

»Das wirst du dann auch gleich notieren.«

Sie nickte mit einem Zischen, in dem ein Hauch von Herausforderung mitschwang. Dafür kassierte sie einen Schlag auf den Hintern, der sie doch zum Lachen brachte. Es war anstrengend auf all die kleinen Details zu achten, die ihm scheinbar niemals entgingen. Als Emma ihre Eintragungen beendet hatte, reichte sie Cedric das Buch zurück. Cedric steckte es in die Innentasche seines Mantels, erinnerte sie an die Maske, die sie sonst vergessen hätte, und öffnete die Wohnungstür. Ertappt prallte Sonya zurück.

»Ich, äh … ist alles bei dir in Ordnung?«

Emma fühlte, wie sich ihre Wangen fiebrig erhitzten.

»Ja, klar, warum?«

»Ich habe Geräusche gehört. Ich wollte nur sichergehen, dass du okay bist.«

Emma hatte vergessen, wie hellhörig die dünnen Wände im Haus waren. Nervös sah sie zu Cedric, der der Nachbarin die Hand anbot.

»Sie müssen Sonya sein. Schön, Sie kennenzulernen. Cedric Seymour.«

Sonya starrte auf die Hand, als würden Cedrics Finger beißen, ignorierte das Lächeln des fremden Mannes und suchte abermals Emmas Blick.

»Kann ich dich mal kurz unter vier Augen sprechen. Ähm, es geht um Buddy.«

»Sicher.«

Cedric nickte mit einem amüsierten Gesichtsausdruck, als sie die stumme Erlaubnis von ihm einholte. Sonyas Griff an ihren Oberarm schmerzte, und Emma war verwirrt. Fast schon grob schubste die Nachbarin sie durch den Eingang der Küche und schloss die Tür.

»Was ist das für ein Typ? Schlägt er dich? Ich habe dich gehört und diese Geräusch, als ob …«

»Sonya, beruhige dich, es ist okay.«

»Ein Mann, der eine Frau schlägt, ist nicht okay. Um solche Typen solltest du einen großen Bogen machen. Die ändern sich nie. Egal wie oft sie dir versprechen, es nie wieder zu tun. Emma, schmeiß ihn raus, und dann vergiss ihn.«

Emma stützte sich mit dem Rücken gegen die Arbeitsfläche der Küche und wich Sonyas besorgtem Blick aus.

»Diese Kerle sind Schweine. Er mag gut aussehen, ansonsten zuckersüß und charmant sein. Aber ein Mann, der einmal eine Frau schlägt, tut es immer wieder. Ich habe das schon so oft miterlebt. Lass das nicht zu. Du kannst ihn wegschicken, und es gibt Mittel und Wege, ihn auf Abstand zu halten. Glaub mir, ich helfe dir dabei … aber mach das nicht mit.«

»Sonya?«

Die Freundin zog Emma liebevoll in ihre Arme und streichelte ihren Kopf.

»Sonya, ich muss dir da was erklären.«

»Such bitte keine Ausreden für sein beschissenes Verhalten. Er ist ein Arschloch und Arschlöcher bleiben Arschlöcher.«

Emma griff nach Sonyas Gesicht.

»Es ist nicht, wie du denkst.«

»Das ist es nie …«

»Ich versuche, dir gerade etwas über mich zu erzählen, das ich noch nie jemandem erzählt habe.«

»Okay.«

Emma rang mit den Worten, aber egal wie sie es drehte und wendete, es musste raus. Sie drehte ihrer Freundin den Rücken zu und strich sich mit der Hand über die Stirn.

»Weißt du, was BDSM ist?«

Emma interpretierte Sonyas Schweigen als ein geschocktes Ja.

»Ich bin devot und ich … ich weiß nicht, wie ich es erklären soll. Ich steh drauf, wenn ein Mann die Kontrolle übernimmt und mich härter anfasst … beim Sex.«

»Du bist Sadomaso?«

»Ähm, ja, sowas in der Art.«

Sonya unterdrückte ein Kichern, das Emma bewog, sich zu ihr umzudrehen.

»Wirklich?«

Emma nickte und zog die Stirn kraus. Sonya stand kurz davor, vor Lachen zu platzen. Emma fühlte sich enttäuscht, und diese Form von Erniedrigung besaß nichts Schönes. Sonya war eine Freundin geworden, und eigentlich hatte Emma gehofft, Verständnis zu finden.

»Ich kann nachvollziehen, wenn du es nicht verstehst. Aber so bin ich nun mal.«

Noch immer prustete Sonya vor sich hin und presste die Hand auf ihre Lippen. Emma schnaubte und bereute zutiefst, ihr gegenüber ehrlich gewesen zu sein. Sie straffte ihre Schultern, hob ihr Kinn und presste ihre Lippen fest zusammen.

»Er wartet auf mich. Wenn du gehst, zieh die Tür hinter dir zu.

»Warte, ich …«

»Schon gut, du musst nichts sagen.«

Emma kehrte zu Cedric zurück, verließ ihre Wohnung und ging voraus.

Cedrics Blick folgte Emma und blieb dann an der Nachbarin hängen. Er neigte ein wenig seinen Kopf, betrachtete die hübsche, blonde Kellnerin.

»Ich hab das nicht so gemeint.«

Nur flüchtig erwiderte sie seinen Blick, wich ihm gleich wieder aus, als ob sie sich vor ihm fürchtete. Die Tür gegenüber ging auf und Max steckte seinen Kopf in den Flur. Cedrics Augen wechselten zwischen Mutter und Sohn hin und her.

»Erinnern Sie sich an das Gefühl, als ihr Freund Sie sitzen ließ?«

Sie funkelte ihn wütend an.

»Demütigend, nicht wahr?«

»Sie wissen überhaupt nichts über mich.«

»So ähnlich hat sich Emilia gerade gefühlt. Es ist leicht, mit dem Finger auf andere zu zeigen, besonders in einem

Moment, wenn sie sich offen und verletzlich zeigen. Emilia sieht in Ihnen eine Freundin. Sind Sie das wirklich?«

Sonya knurrte bedrohlich und fühlte sich offensichtlich von Cedric Lächeln provoziert.

»Ich bin ihre Freundin und Typen wie Sie …«

Cedric hob die Schultern.

»Ich bin pervers, bizarr, ein Alltagsversager, ein Möchtegernmacho, ein Pascha … Ich kenne die Vorurteile.«

Er trat einen Schritt auf sie zu und sie mied ihn, als wäre er die Pest persönlich. Eine ihm allzu bekannte Situation.

»Sind Sie neidisch, Sonya?«

»Auf was soll ich neidisch sein?«

»Emilia steht zu ihren Neigungen und sexuellen Wünschen, im Gegensatz zu Ihnen.«

»Das geht Sie gar nichts an.«

»Stimmt, aber ich kann es Ihnen an der Nasenspitze ansehen. Ich habe ein Gespür für devote Frauen, die heimlich nachts davon träumen und sich selbst nicht eingestehen wollen, wie sehr sie sich nach einem dominanten Mann sehnen.«

Sonya lachte nervös auf. Cedric beugte sich ein wenig zu ihr hinüber. Er wusste, er hatte punktgenau ins Schwarze getroffen.

»Ist es ehrlich, andere mit Vorurteilen zu beladen, damit man nicht zu den eigenen Schwächen stehen muss? Ist es mutig, von den eigenen Defiziten abzulenken, indem man andere für das verurteilt, was sie offen zur Schau stellen?«

Er sah ihr an, dass seine Worte in ihr arbeiteten, ebenso dass sie ihn gern für den Wahrheitsgehalt seiner geflüsterten Erkenntnisse über sie geohrfeigt hätte. Als er wieder an der Tür stand, drehte er sich noch einmal um. Für einen kurzen Moment bereute er seine verbale Attacke, überwand es jedoch schnell.

»Es ist keine Kunst, ignorant und intolerant zu sein, während der Besen vor der eigenen Haustür Staub ansetzt.«

Sein Blick richtete sich auf Max, der nichts von dem Wortwechsel verstanden hatte und dem er ein Augenzwinkern schenkte bevor er ging. Als Cedric das Apartmentgebäude verließ, wanderte Emma zornig auf und ab.

»Wo warst du?«

»Shhh, ich kann nichts dafür.«

»Entschuldige. Ich wollte dich nicht anpflaumen. Ich kann nur nicht begreifen, warum sie … sie hat mich ausgelacht.«

Emma warf fassungslos die Hände in die Luft.

»Das war das erste Mal, dass ich jemandem davon erzählt habe, jedenfalls jemandem, der mit der Szene nichts zu tun hat. Und dann das? Ich dachte … ich wollte … ich weiß nicht, was ich erwartet habe.«

»Gib ihr Zeit. Sie wird einsehen, wie infantil sie sich benommen hat.«

Cedric schob seine Fingerspitzen unter ihr Kinn und hob ihr Gesicht zu sich empor. Sein Lächeln ließ die Anspannung in ihr entweichen.

»Steig ein.«

Überrascht hob sie ihre Augenbrauen, als er die Beifahrertür eines schwarzen Mercedes für sie öffnete.

»Kein Taxi?«

»Wir werden eine Weile unterwegs sein, also habe ich einen Wagen gemietet.«

»Wo fahren wir hin?«

»Wie ich schon sagte: zu einem Freund.«

Emma stieg ein und rutschte auf den Beifahrersitz. Für eine Weile hing sie dem Gespräch mit Sonya nach, während Cedric den Wagen durch New Yorks Straßen lenkte.

»Kann ich dich etwas fragen?«

»Du kannst mich alles fragen.«

»Wie bist du damit umgegangen?«

Sein Blick blieb auf die Straße gerichtet.

»Ich hatte keinen besonders guten Ruf, den es zu verlieren gab. Er ist mir bis heute gleichgültig. Wenn du mich damals gekannt hättest, hättest du einen verdammt großen Bogen um mich geschlagen.«

Sie lachte und betrachtete sein Profil.

»Das bezweifle ich aber.«

»Du hättest mich nicht gemocht, glaub mir.«

»Erzähl mir davon.«

»Darauf bin ich nicht sonderlich stolz, und ich rede auch nicht gerne darüber.«

»Jetzt sag schon, was hast du Schlimmes angestellt, um einen schlechten Ruf zu bekommen? Du hast gesagt, es ist dir gleichgültig, also dürfte es dir auch egal sein, mir davon zu erzählen.«

Für einen kurzen Moment sah er sie an und schmunzelte.

»Chicks, Drugs and Rock'n Roll, Babe. Ich bin mit einem goldenen Löffel im Maul geboren, und das habe ich in allerlei Hinsicht ausgenutzt bis zum Letzten.«

Wieder warf Cedric ihr einen prüfenden Blick hinüber.

»Ich habe keine Party ausgelassen, keinen Schnee vergeudet, und keine Frau verschmäht, die sich an meinen Hals gehangen hat. Die meisten davon waren scharf darauf, mich zu angeln, und das wusste ich, also habe ich ihre Spielchen mitgemacht, genommen, was ich kriegen konnte, und dann in fremden Gewässern weitergefischt. Sie waren aufs Geld aus. Ich war ein Snob, arrogant, selbstgerecht und … wie hat es deine Freundin so schön ausgedrückt? Ich war ein Arschloch.«

Emma schüttelte den Kopf.

»Das kann ich mir nicht vorstellen. Du bist doch ganz anders.«

»Jetzt, ja. Es hat mich einige Zeit gekostet, mir einzugestehen, was für ein Scheißkerl ich gewesen bin.«

»Du bist also reich?«

»Ich bin in eine reiche Familie geboren worden, aber das macht mich nicht reich. Meine Eltern waren Fremde für mich. Ich stand meiner Kinderfrau näher als meiner eigenen Mutter oder meinem Vater. Alle Privilegien dieser Welt machen aus dir nicht automatisch einen fürsorglichen und verantwortungsvollen Menschen. Wenn man wie ich ohne Grenzen, Tabus oder Regeln aufwächst, hast du früher oder später ein dickes Problem. Entweder du landest im Knast, in der Klapsmühle oder im Sarg. Einige meiner Freunde sind so geendet. Und wäre damals nicht die Sache mit Kate passiert, läge ich heute ebenso unter einem dieser Räder.«

»Kate?«

»Kate Lanewood. Sie war meine erste Devote.«

Emma unterdrückte ein Lachen und räusperte sich.

»Eine Devote hat dir Manieren beigebracht?«

Cedric fiel in ihr Lachen ein und schüttelte den Kopf.

»Nicht ganz. Sie war … ich weiß nicht, sie war schön, älter als ich, und sie hat mich gereizt. Anfangs habe ich versucht, ihr aus dem Weg zu gehen, aber das war nicht leicht.«

»Warum? Hat sie dich verfolgt?«

»Kann man so sagen. Sie hat im selben Haus gelebt.«

»War sie eine Angestellte? Ein Dienstmädchen vielleicht?«

Emma schmunzelte breit und versuchte sich vorzustellen, wie dieses Klischee wohl ausgesehen haben könnte.

»Sie war die fünfte Ehefrau meines Vaters.«

»Oh.«

Grinsend wechselte Cedric die Spur auf der Stadtautobahn und drosselte das Tempo des Wagens.

»Als sie begriff, dass mein Vater in ihr nur einen hübsch lächelnden Kleiderständer zum Herzeigen geheiratet hatte, war sie unglücklich. Sie hat ihn geliebt, aber der hartherzige Bastard hätte auch ein Loch in die Matratze seines Bettes schnitzen können, es wäre auf dasselbe rausgekommen.«

»Der Apfel fällt nicht weit vom Stamm.«

Emma erschrak und sah ihn entschuldigend an, doch Cedric reagierte anders, als sie erwartet hatte.

»Da ist wohl was Wahres dran. Damals traf es den Nagel auf den Kopf.«

»Wie hast du reagiert, als sie sich dir genähert hat?«

»Wie du schon sagtest, der Apfel fällt nicht weit vom Stamm, und das nicht nur in den charakterlichen Zügen, sondern auch in den Genen. Ich sehe ihm verdammt ähnlich. Manche sagen, ich wäre sein jüngeres Ebenbild. Vermutlich hat sie das so angezogen.«

Er klang kein Stück verbittert.

»Wann hat sie dir gebeichtet, dass sie devot ist?«

»In der Nacht, als sie zum ersten Mal in mein Bett kam. Ihre Hände waren mit Handschellen gefesselt, sie hatte eine Gerte dabei und wollte, dass ich sie zuerst schlage und dann ficke.«

»Was hast du getan?«

»Ich habe sie geschlagen und dann habe ich sie gefickt.«

»Einfach so?«

»Einfach so. Emilia, mir war damals alles egal, und ich habe mir keine Gedanken um nichts gemacht, solange ich meinen Spaß hatte. Wenn eine Frau davon feucht wurde, dass ich mit ihr über schmutzige Dinge redete, oder ich sie beschimpfen sollte, damit sie heiß lief, habe ich das getan. Wenn sie Hiebe brauchte, habe ich sie ihr gegeben, wenn sie erniedrigt und gedemütigt werden wollte, dann habe ich auch das getan. Frauen waren für mich Mittel zum Zweck, und ich war für sie eine schnelle Nummer mit einem reichen Sohn aus einer berühmten Familie. Die Mädchen, die meine Freunde und mich umschwärmt haben, waren leicht, billig und meistens nicht sonderlich intelligent. Kate war anders, und das habe ich ziemlich schnell begriffen.«

»Warst du in sie verliebt?«

»Möglich, aber ich kann es nicht mit Bestimmtheit sagen.«

»Warum war sie anders?«

»In dieser Nacht bin ich aufgewacht, weil ich gehört habe, wie sie weinte. Und zum ersten Mal habe ich mich richtig scheiße gefühlt, weil ich dachte, es wäre meine Schuld. Sie hat mir dann von sich erzählt, von ihrer Neigung, sich Männern zu unterwerfen, und dass sie geglaubt hat, mein Vater könnte derjenige sein. Sie hat mich neugierig gemacht, und zum ersten Mal in meinen Leben fühlte ich mich für jemanden verantwortlich.«

Er lächelte in Erinnerungen verloren, und dieses Lächeln ließ ihr Herz höher schlagen. Emma legte sanft ihre Hand auf seinen Unterarm und drückte ihn.

»Sie hat sich mit mir ihren Wunschdom erzogen.«

»Wie lange ging das?«

»Bis zu dem Tag, an dem mein Vater wutentbrannt in mein Zimmer stürmte, weil ich mich mal wieder danebenbenommen hatte und ein Foto von mir in der Zeitung erschienen war, das mich bei der Cluberöffnung vom *Exquisite* zeigte. Ich habe damals ein Interview gegeben und mich öffentlich als BDSMler bekannt. Er hat uns mitten in einer Session erwischt.«

»Heiliger … was ist passiert?«

»Nun, ihn hat weniger der Fakt gestört, dass seine Ehefrau mit knallroten Striemen auf ihrem Hintern ans Bett gekettet lag, als die Tatsache, dass ich mit meinem öffentlichen Bekenntnis zum Perversen den Familienruf in den Dreck gezogen hatte.«

»Kates Affäre mit dir war ihm egal?«

»Ehefrau Nummer Sechs stand in den Startlöchern, und Kate war schneller von ihm geschieden, als man Arschloch buchstabieren kann. Er hat sie öffentlich bloßgestellt und systematisch zerstört. Mich hat er aus dem Haus geworfen und enterbt. Im Grunde bin ich kein Mitglied der glorreichen Aristokratenfamilie Seymour mehr.«

Für eine Weile schwieg sie, knabberte auf ihrer Unterlippe. Die Gegend, durch die sie fuhren, wurde ländlicher, doch Emma hatte durch das Gespräch Zeitgefühl und Orientierung verloren.

»Weißt du, was aus ihr geworden ist?«

»Ich habe gehört, sie lebt in Frankreich, irgendwo in der Nähe von Paris. Ich hab sie nie wiedergesehen. Wir sind da.«

Er fuhr eine Einfahrt hoch und blieb vor dem großen schmiedeeisernen Tor stehen. Er drückte auf die Klingel, nachdem er das Fenster heruntergelassen hatte, und die Flügel öffneten sich wie durch Zauberhand und schlossen sich wieder, nachdem der Mercedes hindurchgefahren war. Emma wurde sich erneut ihrer Situation bewusst. Fast hätte sie vergessen, dass sie Cedrics Sklavin war, dass sie eine weitere Nacht erwartete und dass sie ihm noch achtundvierzig Stunden zur Verfügung stand.

»Wirst du mir mehr von dir erzählen?«

»Später, Jetzt werden wir beide die Party genießen.«

Party? Das klang nach Spaß, Tanz und netten Menschen, aber der Unterton in seiner Stimme deutete an, dass dies eine andere Form von Geselligkeit sein würde. Er befahl ihr sanft, zu warten, als er ausstieg und den Wagen umrundete, um ihr die Beifahrertür zu öffnen. Emma schmunzelte über diese Gegensätzlichkeit von Dominanz und Fürsorge. Cedric löste den Schal von ihrem Hals und verband damit ihre Handgelenke auf dem Rücken.

»Du gehörst mir, vergiss das nicht. Denk an die Farben und an deine Einwilligung.«

Emma nickte und folgte ihm den Kiesweg entlang und die Steinstufen zu dem Haus empor. Sie presste sich an seine Schulter. Cedrics Kopf wandte sich ihr mit einem beruhigenden Lächeln zu. Diese Zärtlichkeit in seinem Blick. Emma hatte ein Gefühl, als würden tausend Schmetterlinge in ihrem Bauch kreisen. Seine Lippen berührten ihre Schläfe, und seine Zuneigung hüllte sie ein wie ein schützender, wärmender Mantel. Cedric betätigte den Türklopfer in Form eines Drachenkopfes.

Als ein nackter Sklave mit auf dem Körper gemaltem Frack die Tür öffnete, war Emmas Anspannung wieder da.

11

Der Butlersklave führte sie in einen großen Saal. In den Ecken des großen Raumes standen Sklaven, männliche und weibliche, still wie Statuen. Ihre nackte Haut schimmerte, als hätte man sie zuvor in Gold eingetaucht und jeder von ihnen hielt dicke Altarkerzen in den Händen, die den Raum sanft erleuchteten. In der Mitte des Raumes stand eine festlich gedeckte Tafel, an der nur noch ein Platz frei war. Die Gäste hatten mit dem Dinner begonnen und hießen Cedric willkommen. Manche der Dominanten fütterten die neben ihnen knienden Sklaven mit kleinen Häppchen von ihren Tellern, andere Devote speisten am Boden wie ein Haustier. Cedric setzte sich an den freien Platz der Tafel und legte sich die Serviette auf den Schoß.

Emma fühlte sich unsicher und ignoriert, als sei sie nur sein Schatten. Niemand nahm von ihr Notiz, niemand begrüßte sie, und niemand sprach mit ihr. Am Kopf des Tisches stöhnte ein Mann mit grauen Schläfen und elegantem, dunklem Anzug. Erst, als der rote Schopf einer Sklavin unter dem weißen Tischtuch aus Leinen aufblitzte, war ersichtlich, warum. Die junge Frau kletterte unter dem Tisch hervor, wischte sich die Mundwinkel ab und verschwand.

»Mein lieber guter Cedric. Willkommen auf meiner kleinen Dinnerparty. Wir haben uns lange nicht mehr gesehen.«

Sie tauschten ein paar Höflichkeiten aus, sprachen über

Geschäfte, doch Emma hörte nicht zu. In dem Raum geschah so vieles auf einmal, dass sie kaum alles aufnehmen konnte. Zwei männliche Sklaven, in Ledergeschirre geschnürt, dienten einem dominanten Gesprächspärchen als Sitzgelegenheiten. Neben dem Dom saß eine junge Frau, ebenfalls mit schimmernder Goldhaut, unbeweglich im Schneidersitz und hielt eine Schale Obst. Sie passte zu der restlichen Einrichtung, was wohl auch so gedacht war.

Emma bewunderte diese Disziplin der devoten Menschen, die als Gegenstände oder Möbelstücke dienten und so stillhielten, dass man kaum sah, dass sie atmeten. Über einem Podest schwebte eine Frau, kunstvoll in ein von der Decke hängendes Bondage eingeschnürt, und drehte sich begleitet von leisem Summen im Kreis. Das Brummen wurde lauter, je genauer Emma hinhörte, denn die Öffnungen der Frau waren mit verschiedenen Dildos versehen, bis auf ihren Mund, der den Gästen zur Verfügung stand.

Am anderen Ende der Tafel legte eine Domina ihren männlichen Sklaven mit der Brust über den Tisch. Sie trug ein Strap-on, das einen riesigen lilafarbenen Kunstschwanz hielt. Der Sklave biss auf den Knebelball in seinem Mund, als seine Herrin ihn vor aller Augen und zum Vergnügen der Gäste mit kräftigen Stößen nahm. Der Hausherr, der bis eben mit Cedric gesprochen hatte, betätigte eine kleine Glocke, die den ersten Gang des Dinners beendete. Sofort öffnete sich eine Flügeltür. Nackte Leiber huschten herbei, nahmen die benutzten Teller vom Tisch und verschwanden eilig wieder. Der Blick des älteren Mannes haftete sich interessiert auf Emma.

»Du hast dir dein eigenes Spielzeug mitgebracht, Cedric?«

»Beachte sie einfach nicht.«

Emmas Mund öffnete sich, doch der Widerspruch blieb ihr

buchstäblich im Hals stecken. Der Hausherr setzte sein Gespräch mit Cedric fort. Die Pause zwischen Vorspeise und Hauptgang wurde von den Dominanten genutzt, mit ihren jeweiligen Devoten Spielchen zu treiben. Das Zuschauen erregte Emma. Gestern war sie Mittelpunkt der Aufmerksamkeit gewesen, wenn auch im kleinen Kreis. Heute hingegen schien sie gar nicht anwesend, als hätte sie sich durch Betreten des Hauses ins Nichts aufgelöst. Gleich drei Männer bedienten sich nun an der Sklavin im Hängebondage. Andere Devote wurden zur Belustigung mit Gerten, Stöcken oder Elektroschockern bearbeitet oder auf dem Boden genommen, benutzt oder bespielt. Es wurde gelacht, es wurden Gespräche geführt, und die Stimmung war angeregt, aufgeheizt und doch vollkommen entspannt. Emma unterband den Impuls, auf sich aufmerksam zu machen, denn ihre Unsichtbarkeit nagte an ihrem Selbstbewusstsein. Jeder beschäftigte sich irgendwie mit jedem, nur sie wurde außen vor gelassen, und das gefiel ihr nicht.

Der Hauptgang wurde aufgetragen, und die Dominanten kehrten zu ihren Plätzen zurück. Emma spürte, wie ihre Beine schwerer wurden. Fassungslos betrachtete sie die Möbelsklaven, die ihre Haltung noch immer perfekt und würdevoll einhielten. So etwas könnte sie nicht. Sie trat ein paar Schritte zurück und lehnte sich mit dem Rücken gegen die Wand. Das Essen roch so gut, aber sie wagte nicht, danach zu fragen. Sie beobachtete, wie Cedric sich angeregt mit seinem Platznachbarn unterhielt und sich sichtlich amüsierte. Der Entzug seiner Aufmerksamkeit schmerzte sie besonders, und sie fühlte sich ohne seinen Augenkontakt und seine Nähe verloren, als würde sich ein Loch vor ihr öffnen und sie einfach in Dunkelheit verschlucken. Als Cedric sich vom Stuhl erhob, zuckte sie zusammen und entspannte sich sofort wieder, als er sich zu ihr umdrehte. Er lächelte nicht wie sonst, fixierte sie mit einem Blick, und das Grün in seinen Augen schimmerte dunkel.

»Welche Farbe hat dein Kleid, Emilia?«

Es war rot, doch sie wusste, wonach er wirklich fragte.

»Es ist gelb, Cedric.«

Eigentlich schon orange, denn sie konnte schwer länger stillstehen, und auch das Anlehnen gegen die Wand half nur bedingt. Er nickte mit ernster Mimik und zog einen männlichen Sklaven, der kurz vorher einem Dominanten als Stuhl gedient hatte, an seinem Halsband zu ihr.

»Setz dich.«

Emma zögerte, betrachtete den breiten, muskulösen Rücken des Mannes, der still darauf wartete, ihr als Sitzgelegenheit zu nützen. Cedric fixierte sie geduldig mit seinen schönen Augen. Sie tastete die nackten und gebräunten Schultern des Devoten ab, wusste nicht recht, wie sie sich setzen sollte, ohne ihm wehzutun.

»Setz dich, Emilia.«

Cedric betonte die Silben einzeln, und sein Ton ließ keinen Widerstand zu. Sie kam der Aufforderung nach, flüsterte eine Entschuldigung zu dem Möbelsklaven und spürte ein kurzes Zucken unter ihrem Hintern. Lachte er etwa? Emma spannte ihre Oberschenkel an, wagte nicht, sich mit ihrem vollen Gewicht zu setzen, doch Cedric schien unzufrieden. Als er in die Innentasche seines Jacketts griff, wusste sie sofort, was ihm nicht gefiel. Emma stand auf, hob das Kleid und setzte sich mit dem nackten Hintern auf den männlichen Sklaven. Cedric steckte das Buch wieder ein.

»Merk es dir, damit du es am Ende des Abends notieren kannst.«

Er griff nach seinem Teller, auf dem Reste vom Hauptgang

lagen, und überreichte ihn Emma. Er beugte sich zu ihr hinab, und endlich, endlich lächelte er wieder.

»Was ist es für ein Gefühl für dich, nicht bemerkt und nicht beachtet zu werden?«

Emma fühlte die Muskeln des Sklaven unter ihrem Hintern. Spürte der Sklave, wie erregt sie war? Natürlich musste er es bemerken und fühlte garantiert die feuchte Hitze ihres Geschlechtes. Emmas Wangen färbten sich vor Scham.

»Es ist eigenartig und nicht schön, Cedric.«

Schmunzelnd drehte er sich von ihr weg, setzte sich und nahm sein Tischgespräch wieder auf, als sei nichts passiert. Emma hielt den Teller in der Hand, auf dem das Essen so herrlich duftete, doch der Appetit war vergangen. Sie wollte die Stille, die man ihr aufzwang, brechen. Selten hatte sie ein so dringendes Bedürfnis nach einem Gespräch verspürt.

»Ist alles in Ordnung?«

Sie richtete sich an den Sklaven, auf dem sie saß, aber er antwortete nicht.

»Bin ich dir auch nicht zu schwer?«

Sie war wirklich besorgt darum, ihm keinen Schmerz zuzufügen, doch wieder blieb eine Erwiderung aus.

»Wenn es dir zu viel ist, sag Bescheid, ja?«

Ein höhnisches Lachen ertönte hinter ihr, und jemand stützte sich schwerfällig mit den Händen rechts und links von ihrem Körper auf den Sklaven und beugte sich über ihre Schulter.

»Möbel reden nicht, und wenn es schon so weit ist, dass man mit Gegenständen spricht, hat man den Verstand verloren.«

Der Tonfall der Frau triefte vor Arroganz. Sie schwang ein Bein über den Möbelsklaven und ließ sich mit einem Ruck neben Emma nieder. Der Sklave stöhnte unter der Last. Wieder lachte Emmas neue Sitzgenossin und hüpfte absichtlich einige Male auf und ab. Sie war rothaarig, und Emma erkannte sie nicht gleich wieder, dann dämmerte es ihr. Die schlanke Frau war die Sklavin, die den Hausherrn unter dem Tisch oral befriedigt hatte. Die edlen, feinen Gesichtszüge verzogen sich gemein.

»Und du? Wessen Spielzeug bist du?«

Emma antwortete nicht, denn sie mochte weder ihre Arroganz noch ihre ganze Anwesenheit.

»Genießt du die Aussicht? Macht es dich nass?«

Die Nackte biss sich leise seufzend auf ihre volle Unterlippe. Plötzlich spürte Emma die Hand der Rothaarigen auf dem linken Knie und wie sich langsam der Stoff unter ihren Fingern raffte.

»Ich wette, du bist richtig feucht. Der Gedanke, mit dir zu spielen, macht mich unheimlich scharf.«

Diese Provokation und Hohn waren keine freundliche Mischung. Emma bemühte sich, sie weiter zu ignorieren, in der Hoffnung, die Rothaarige würde von selbst die Lust verlieren. Kaum berührten ihre Fingerkuppen Emmas nackte Haut, glitten sie unter dem Rock höher. Emma kniff die Beine zusammen, wollte sie daran hindern, ihren Schoß zu berühren.

»Du kleines Miststück. Du bist deinem Herrn ungehorsam, dabei weiß ich, dass du deine Knie immer ein wenig geöffnet halten sollst. Cedric sieht es nicht gern, dass du dich ihm widersetzt.«

Ein widerwilliger Laut entsprang Emmas Kehle, als die Frau ihre Knie auseinanderzwang.

»Lass das.«

»Oh, willst du etwa nicht mit mir spielen?«

Das Lachen klang giftig und ätzend.

»Das ist mir egal, weil ich mit dir spielen will.«

Sie bohrte ihre Fingerkuppen zwischen Emmas Schamlippen und tastete grob nach ihrer nassen Öffnung.

»Du bist geil, das ist genau richtig für mich.«

Cedrics Teller fiel zu Boden, als die Frau mit ihren Fingern in sie eindrang, und Emma griff nach der Hand in ihrem Schoß und hielt sie fest.

»Ich will das nicht.«

»Du hast zu wollen, was man von dir verlangt, Püppchen. Wenn ich dich will, wirst du mich lassen. Ansonsten zwinge ich dich dazu.«

Emma fühlte sich hilflos ausgeliefert. Ihr verzweifelter Blick suchte Cedric, dem scheinbar entging, was sich hinter seinem Rücken abspielte.

»Nimm deine Finger von mir.«

»Bockig bist du auch noch? Das macht mich richtig an. Zier dich ruhig ein bisschen, ich steh drauf.«

Die Fingerkuppen glitten tiefer, auch wenn Emma die Hand umklammerte, die in ihrem Schoß lag. Die Frau leckte sich lüstern die Lippen. Es kam für beide als Schock, als Emma im nächsten Moment ausholte und ihr eine Ohrfeige verpasste. Im Gegenreflex schraubte die Frau eine Hand um Emmas Kehle und stieß sie gegen die Wand. Die Rothaarige war größer und wesentlich stärker als Emma. Der Handabdruck auf ihrer Wange lief rosa an. Dennoch lächelte die Frau abfällig.

»Was soll ich jetzt bloß mit dir anstellen, nachdem ich dir erlaubt habe, mich zu schlagen. Was wäre die richtige Strafe für dieses Vergehen?«

»Geh weg und lass mich in Ruhe. Ich will nicht mit dir spielen, und ich kann dich nicht leiden.«

Das war milde ausgedrückt. Die Frau war schön, aber Emma ekelte sich vor ihrer Art, ihren abfälligen Worten und der höhnischen Stimme. Die Lippen der Rothaarigen berührten Emmas Gesicht. Die Zunge leckte gierig über ihre Schläfe und Wange. Emma konnte nur wenig dagegen ausrichten.

»Du widerst mich an.«

»Das hoffe ich doch. Warte hier auf mich, ich besorge uns ein paar Spielsachen.«

Als die Frau endlich von ihr abließ, hatte Emma Mühe, ihre Atmung wieder unter Kontrolle zu bringen. Hitze schoss durch ihren Körper als sie Cedrics bohrenden Blick spürte. Er lockte sie mit einer Zeigefingergestik zu sich.

»Halt mir diese Frau vom Leib, bitte. Das ist kein Spaß. Sie ist unheimlich.«

»Wirklich?«

Mit diesem einen Wort raffte er ihr Kleid, schob unvermittelt seine Hand zwischen ihre Schenkel und sah sie fragend an.

»Das … das hat nichts mit ihr zu tun.«

Sie war feucht, heiß, und Erregung pochte in ihrem Unterleib und brachte sie in Erklärungsnot. Emmas Wangen glühten lichterloh. Wieder wurde sie gegen die Wand gedrückt, diesmal von Cedric, und seine Fingerspitzen tanzten und kreisten in ihrem nassen Spalt. Emma keuchte heiser und erwiderte fest seinen Blick.

»Da schenkt dir endlich jemand seine Aufmerksamkeit und du weißt sie nicht zu schätzen?«

»Auf ihre Aufmerksamkeit … kann ich … oh … kann ich verzichten.«

Er umspielte ihre pulsierende Klitoris und sie fühlte, wie sie sich rasant einem Höhepunkt näherte. Nach einem Abendessen voller Zurückweisung wirkte Cedrics ungeteilte Aufmerksamkeit wie ein Schuss Adrenalin in Emmas Adern.

»Du willst nicht mit ihr spielen?«

»Nein … oh Gott, ja … nein, nein, ich will nicht mit ihr spielen.«

Cedric verstärkte den Druck, mit dem er ihre Lustperle massierte, und entlockte ihr weitere lustvolle Laute.

»Hat sie sich dir aufgedrängt?«

»Oh … ja, ja, das hat sie.«

»Soll ich sie dafür bestrafen?«

»Uhm …«

Stöhnend starrte sie ihm ins Gesicht. Hatte er sie gefragt, ob er jemanden bestrafen sollte? Die Entscheidung überforderte Emma. Ihr Verstand forderte eine Zustimmung, die wie süßer Sirup nach Rache schmeckte, doch Zweifel hielten sie zurück. Als die Antwort ausblieb, drang Cedric mit den Fingern tief in ihr heißes Fleisch ein. Emma schrie auf vor Lust und Anspannung.

»Wenn ich sie nicht bestrafen soll, werde ich dich bestrafen, weil du es zugelassen hast, dass sie mein Eigentum anfasst. Also sag mir: Soll ich sie bestrafen oder dich?«

Sein Blick war feurig, gespannt darauf, wie sie antworten würde. Wieder drangen seine Finger forsch in sie, glitten ein und aus, und unter dieser Behandlung klar zu denken, war kaum möglich. Dass er ihr überhaupt eine Wahl ließ, war überwältigend. Emma kümmerte nicht, wer ihr zusah und wer sie ignorierte. In diesem Moment existierte nur Cedric und seine Aufforderung an sie, eine Wahl zu treffen.

»Sie … bestraf sie.«

Er ließ so abrupt von ihr ab, dass sie entsetzt keuchend in die Knie sank. Kurz vor dem Orgasmus stehend, stürzte sie ins Bodenlose und fürchtete den Aufprall. Ein kaltes Lächeln glitt über Cedrics Gesichtszüge, als er sich abwandte. Mit vor der Brust überkreuzten Armen, erwartete er die rothaarige

Frau. Sie kehrte mit wiegenden Hüften zurück und brachte die versprochenen Spielzeuge und einen arroganten Blick mit sich.

»Was ist dein Problem, Meisterchen?«

Cedric musterte sie schweigend von Kopf bis Fuß. Den eiskalten Ausdruck in seinen Augen hatte Emma noch nie erlebt. Er zog das Jackett aus, hängte es sorgfältig über die Stuhllehne an seinem Platz und schenkte Emma ein kleines Lächeln.

»Du hast mein Eigentum berührt, ohne mich um Erlaubnis zu bitten.«

»Ich frage niemals um Erlaubnis. Ich nehme mir, was mir gefällt.«

Cedric senkte seinen Blick und nickte. Emma beobachtete ihn fasziniert, denn seine Dominanz strahlte so hell und so direkt, wie sie es noch nie erlebt hatte, seit sie ihn kannte. Der Saal schien von seiner Präsenz erfüllt zu sein, so als ob die Zeit stehengeblieben wäre. Die Rothaarige zuckte selbstgefällig mit den Schultern.

»Ich teile sie gerne mit dir.«

Ein trockenes Lachen drang aus Cedric Mund. Emmas Welt schrumpfte, bis sie nur der Rothaarigen und Cedric Platz bot. Er blickte an ihren Armen hinab zu ihren Händen, griff nach einem dicken, schwarzen Latexplug und nahm ihn ihr ab.

»Hattest du vor, den zu benutzen?«

»Natürlich.«

Wieder nickte er, nahm ihr eine Gerte ab, Nippelklemmen mit dünnen Ketten, einen Vibrator und ein Paddel, das aussah wie ein Tischtennisschläger. Jeden der Gegenstände legte er auf den Tisch, als würde er die Utensilien aufreihen. Dann entwendete er der Rothaarigen auch das letzte Spielzeug.

Einen solchen Knebel sah Emma zum ersten Mal. Statt eines weichen Moosgummiballs, auf den man biss, war ein Metallgestell an den Lederschnallen befestigt, das den Mund aufspreizte.

»Dein Name ist Sydney?«

»Ganz richtig.«

Ihr hochmütiges Schmunzeln schien ihn keineswegs zu beeindrucken.

»Und du gehörst Russel, richtig?«

Diesmal wartete er nicht auf eine Antwort, sondern wandte sich an den Hausherrn direkt.

»Russel, deine Sklavin hat unerlaubt mein Eigentum angefasst. Sofern du es mir gestattest, will ich sie dafür angemessen bestrafen.«

Lachend näherte sich der Mann, entledigte sich ebenfalls seiner Anzugjacke und krempelte die Ärmel seines weißen Hemdes bis zu den Ellbogen auf. Für einen kurzen Augenblick schwand die stolze Haltung in Sydneys Körper.

»Es wird mir ein großes Vergnügen sein, dich dabei zu unterstützen, mein Freund.«

Russel packte seine Sklavin an den Armen, zog ihre Gelenke auf ihren Rücken und war dabei nicht zimperlich, wie ein leiser, schmerzerfüllter Laut von Sydney bezeugte. Cedric blieb direkt vor ihr stehen und lächelte kalt.

»Du hast es gehört, Sklavin. Jetzt wirst du zum Vergnügen der Gäste und meines Eigentums zu meinem Spielzeug.«

Cedrics Hand umschloss Sydneys Kinn, das sie widerwillig wegzudrehen versuchte, doch er zwang sie dazu, ihn anzusehen.

»All die hübschen Geräte, die du so vorsorglich beschafft hast, werden deinen Körper schmücken.«

Entsetzt sah sie ihn an, und sogar Emma spürte, wie sich

eine Gänsehaut auf ihren Unterarmen bildete. So war Cedric mit ihr nie umgegangen, und er erschien ihr plötzlich so fremd. Sydney zappelte in dem Handgriff ihres eigenen Herrn und fletschte ihre perfekten, weißen Zähne.

»Du bist gar nicht in der Lage, mich zu zähmen.«

Ihr Hochmut schien Cedric zu reizen, und sein überlegenes Lächeln wurde breiter.

»Das werden wir herausfinden.«

Russel leckte über den Hals seiner Sklavin bis hinauf zu ihrer Wange. Wut loderte in Sydneys hübschen blauen Augen. Sie versuchte, sich aus dem Griff zu befreien, doch ihr Herr hielt sie erbarmungslos fest. Cedric strich harmlos und spielerisch mit den Fingerspitzen über das Leder ihres Halsbandes, legte beide Hände auf ihre kleinen, festen Brüste, die sich ihm entgegenstreckten. Es benötigte nur eine hauchzarte Berührung ihrer rosigen Spitzen und sie stellten sich auf. Cedric nahm sie zwischen Daumen und Zeigefinger, zwickte sie ein wenig und steigerte die Intensität langsam bis zum Schmerz. Sydney öffnete ihre Lippen und keuchte. Je fester er kniff, desto mehr verzog sich ihr hübsches Gesicht.

»Mistkerl.«

Er lachte leise und drehte die Brustwarzen zwischen seinen Fingern, bis sie sich unter der qualvollen Behandlung röteten. Abermals entlockte er ihr einen Schmerzlaut. Cedric nahm die Klammer mit der Kette vom Tisch, kniff in die rechte Brustwarze und legte die Krokodilklemme an. Sydney presste die Lippen fest zusammen, um den stechenden Schmerz zu unterdrücken und bog sich im Griff ihres Herrn zurück.

»Wichser.«

Cedric belächelte die Beschimpfung wie das feinste Kompliment. Er setzte die zweite Klammer an die linke Brustspitze und spannte die Kette, die beide Klemmen verband. Je mehr er daran zupfte, desto mehr streckte Sydney ihm den Busen entgegen, um den Schmerz zu lindern. Jeglicher Hochmut war aus ihrem Gesicht verschwunden. Emma saß still neben dem Möbelsklaven auf dem Boden und beobachtete das Schauspiel. Eine tiefe Genugtuung breitete sich in ihr aus. Doch sie fühlte auch mit der rothaarigen Sklavin. Cedric steigerte die Demütigung, als er die Kette zu Sydneys Lippen hob.

»Festhalten.«

»Arschloch.«

Er ignorierte die Beleidigung und schob ihr das silberne Kettchen zwischen die Zähne.

»Draufbeißen.«

Sydney nuschelte eine weitere Beschimpfung, kam der Order jedoch nach. Die Klammern an ihren Brustwarzen bogen sich nach oben, und Emma ahnte, dass diese Haltung einen Dauerdruck auf die sensiblen Spitzen verursachte. Cedric lächelte Sydney direkt ins Gesicht, und diesmal war sie es, die der Hohn traf.

»Es ist ziemlich heiß, wenn du mich beschimpfst.«

Sogar Russel lachte, packte ihr Haar und bog ihren Kopf in den Nacken, was die Kette zwischen Zähnen und Brustwarzen spannte. Sydney wimmerte leise auf. Cedric griff nach der Gerte, ließ sie über ihren flachen Bauch klatschen und wanderte damit tiefer. Ihr Schoß war haarlos, gestattete freien Blick auf ihre nackten Schamlippen. Cedric zog die Gerte in fester werdenden Hieben über ihren Venushügel und setzte den Schlagweg abwechselnd auf den Vorderseiten ihrer Oberschenkel fort. Sydneys Haut rötete sich augenblicklich, und sie versuchte, den Hieben zu entgehen, hob das linke, dann das rechte Bein. Russel blockierte mit einem Knie ihre Fluchtversuche, spreizte ihre Schenkel und gab Cedric somit Gelegenheit, seine Schläge auf die Innenseiten ihrer Beine zu konzentrieren. Je näher er ihren Schamlippen kam, desto schriller wurden ihre Laute. Drohend hob Cedric die Gerte.

»Wenn du die Kette loslässt, tanzt das Leder auf deinem Hintern, bis du schreist. Verstanden?«

Emmas Augen weiteten sich. Sydney nickte beeindruckt. Das breite Ende der Gerte klatschte auf ihr Geschlecht, und zu Emmas Erstaunen waren nach kurzer Zeit feuchte Spuren zu sehen. Einer der Hiebe traf so heftig, dass der Schrei die Kette aus ihrem Mund löste. Als sie fiel, keuchte Sydney auf und jammerte. In Cedrics Blick war erkennbar, dass er genau das beabsichtig hatte.

»Oh-oh … was habe ich eben gesagt?«

»Drecksack!«

Das Wort drang heiser aus ihrer Kehle, und Cedric griff belustigt nach der Kette, zupfte nur minimal daran, doch es reichte, um sie zu kontrollieren.

»Sie hat es herausgefordert. Mal sehen, wie viel sie verträgt.«

Er zog den Stuhlsklaven, auf dem Emma gesessen hatte, am Halsband heran und positionierte ihn vor Sydney. Russel zwang sie in die Knie. Nachdem er sie mit dem Oberkörper auf den Rücken des Devoten gebeugt hatte, hielt er sie am Nacken und an den Händen fest. Cedric zelebrierte die Züchtigung wie ein Ritual. Er zögerte den ersten Schlag hinaus, ließ die Gerte über ihren blanken, prallen Hintern schweben, mal berührte er sie, mal nicht. Emma sah an Sydneys Mimik, die ihr zugewandt war, dass sie sich innerlich vorbereitete. Der erste, kraftvoll ausgeführte Hieb traf sie jedoch so unvermittelt, dass sie dennoch aufschrie. Jeder weitere Gertenkuss biss sich brennend und mit deutlich sichtbaren Spuren auf ihre Backen. Anfangs bockte sie gegen den Griff ihres Herrn, doch nach einiger Zeit ergab sie sich der Züchtigung. Hin-

und hergeworfen zwischen Lust und Schmerz, verzog sie ihr hübsches Gesicht, und Tränen glitzerten auf ihren Wangen. Mal härter, mal sanfter prasselten die Hiebe auf ihren Po, und die getroffene Haut schillerte in feurigem Rot. Cedric hielt inne, richtete seine Aufmerksamkeit so plötzlich wieder auf Emma, dass sie erschrak.

»Welche Farbe hat ihr Hintern? Was denkst du?«

Emma wusste, was er meinte. In Sydneys Gesichtszügen lag Verwirrung und noch etwas anderes. Flehten ihre Augen Emma an, es zu beenden?

»Rot.«

Cedric nickte zufrieden, streichelte über die malträtierte Haut der Sklavin und lauschte ihrem gequälten Jammern.

»Langsam wird sie gefügig, oder, Russel?«

Russel küsste die Wange seiner Devoten.

»Warum findest du es nicht heraus?«

»Guter Einwand.«

Wieder weiteten sich Emmas Augen, als Cedric sich hinter Sydney kniete, seine Hose öffnete und seine Erektion befreite. Ein Anflug von Eifersucht stach ihr ins Herz. Cedric erwiderte ihren Blick, während er mit den Zähnen eine Kondomverpackung öffnete. Sein Lächeln schien sie aufzufordern, dem zu widersprechen, während er sich das Kondom überstreifte. Emmas Mund öffnete sich, und Cedric stoppte.

»Wolltest du etwas sagen, mein Schatz?«

Das Kosewort zuckte wie ein Hitzeblitz durch ihren Kopf, durch ihr Herz, direkt in ihren Schoß.

»Ich …«

Als sie ihren Kopf verbotenerweise senkte, griff Cedric nach seinem harten Schaft und wartete absichtlich, bis Emma ihn wieder ansah. Erst dann schob er seinen Schwanz so heftig in Sydneys Körper, dass Russels Sklavin laut aufschrie, unter dem Griff ihres Herrn zappelte und wieder schrie, als Cedric erneut zustieß. Sein Blick pinnte Emma an Ort und Stelle. Und als würde die Welt um sie herum im Nebel versinken, sah sie zu, wie der Mann, der ihr Herz im Sturm erobert hatte, eine andere Frau bestieg.

Die Selbstverständlichkeit seines Tuns und seine Dominanz warfen sie in ein Wechselbad der Gefühle. Vor Faszination konnte sie die Augen nicht abwenden, und wollte fliehen aus Verletzung. Cedrics Hüften klatschten gegen Sydneys Pobacken, und sein lustvolles Knurren reflektierte Emmas eigene Lust. Gier stand ihm ins Gesicht geschrieben, als er seinen Zeigefinger hob und Emma zu sich winkte. Sie rutschte ihm auf ihren Knien entgegen, als stünde sie unter Hypnose. Seine Hand umfasste ihr Genick, zog ihren Kopf zu sich, und als er sie küsste, stand sie vollkommen unter Strom. Seine Zunge bohrte sich in ihre Mundhöhle, bis süße, köstliche Lichter an ihren sensibelsten Stellen explodierten. Das rhythmische Pumpen seines Körpers, der Sydney hart und zugleich lustvoll gebrauchte, erregte Emmas Aufmerksamkeit. Sie konnte nicht anders, sie musste hinsehen, wie sein Schwanz sich in Sydneys Schoß versenkte. Seine Lippen saugten sich an Emmas Hals fest, während seine Hand unter ihrem Kleid tastete. Seine Fingerspitzen glitten an ihrer Pospalte tiefer, zwischen die nassen Schamlippen.

Emma stöhnte hemmungslos auf. Sie umschlang mit den Armen seinen Hals, hielt sich an ihm fest, ohne den Blick auf das Wesentliche zu wenden. Er reizte ihre Perle und ihre Gier, bis sie kurz davorstand zu kommen. Emma hob ihren Blick in sein sinnlich verzerrtes Gesicht.

»Darf ich kommen?«

Seine Lippen wölbten sich zu einem erregten, aber amüsierten Grinsen.

»Komm für mich, Emilia.«

Auf seine erlösenden Worte hin, kam sie so heftig und bebend, dass ihr schwindelig wurde. Ihre Fingernägel krallten sich vor Ekstase tief in seine Schultern, dass nur der Stoff seines Hemdes verhinderte, dass Blut floss. Sie biss ihm in den Hals, weil sie nicht mehr Herrin ihrer Sinne war. Er keuchte vor Schmerz, und sie fühlte die Bewegungen seines Körpers, der Sydneys Hüften entgegenflog, spürte das Arbeiten seiner Muskeln und hörte seine heiseren Atemstöße. Sie leckte mit gieriger Zunge über die Stelle, in die sie ihre Zähne gegraben hatte, und Cedric erschauderte. Mit einem letzten tiefen Stoß versenkte er den Schwanz in dem Leib der Sklavin. Einen kurzen Augenblick schien es still zu werden, und alles versank in Schweigen. Emma betrachtete Cedrics schönes, von Lust gezeichnetes Gesicht. Er bog stöhnend den Kopf in den Nacken, fletschte die Zähne und entlud sich zuckend und als würde ein Erdbeben ihn erschüttern. Ein Seufzen drang aus seiner Kehle, als die Anspannung von ihm abfiel und der Höhepunkt langsam verebbte. Cedric zog Emma an seine Brust, als brauchte er sie, um sich wieder zu erden. Er vergrub sein Gesicht an ihrem Hals, küsste ihre zarte Haut und atmete hastig. Emma erwiderte die innige Geste und lächelte.

»Ich liebe dich, Cedric.«

Sie schloss die Augen und schlang ihre Arme noch enger um seinen Nacken. Nichts war mehr von Bedeutung, nur er. Alles verblasste und wurde unscharf, doch ihn sah sie glasklar. Ihre Hände umfassten sein Gesicht, und als sich ihre Blicke trafen, erfüllte warme Zuneigung ihre Haut, ihr Innerstes und ihr Herz. Nur langsam drangen die Geräusche des Speisesaals wieder zu ihr durch, und sie wurde sich wieder bewusst, wo sie sich befanden. Emma blickte in die Gesichter der Umstehenden und schüttelte die Benommenheit aus ihrem Kopf. Die Zeit schien vor ihren Augen wieder in Gang zu kommen, schien sich erst jetzt wieder zu bewegen. Ein lustvolles Aufbrüllen riss sie gänzlich ins Hier und Jetzt. Emma sah, dass Russel sich tief in die Kehle seiner Sklavin stieß und in ihrem Mund explodierte. Cedric löste sich von Sydney, stand auf, um seine Kleidung zu richten, und griff nach dem Vibrator auf dem Tisch. Lächelnd hockte er sich zu Emma und hielt ihr den batteriebetriebenen Kunstpenis entgegen.

»Ich überlasse dir, wie du es tust. Mit der Zunge, dem Gerät oder deinen Fingern. Aber ich fordere von dir, ihr zwei Orgasmen zu verschaffen.«

Der Stab besaß einen runden Kopf, und am Griff war ein Regler, der die Intensität der Vibrationen stufenlos veränderte. Emma sah das pralle, gerötete Gesäß der Sklavin, und ihr Blick glitt den Spalt entlang, der glänzend und gierig zuckte. Sydney warf ihr einen flehenden Blick zu.

»Bitte, Emilia, bitte, lass mich kommen.«

Emma war überrascht, denn Sydney klang bedürftig und verzweifelt, ganz anders als zuvor. Emma zögerte. Sie hatte noch nie mit einer Frau geschlafen, aber Sydney mit Cedric zu teilen, übte einen besonderen Reiz aus, dem sie schwer widerstehen konnte. Cedric hatte sie genommen, hart und erbarmungslos seinen Schwanz in ihr versenkt, bis er gekommen war. Ihr Schoß war entflammt und sehnte sich danach, endlich das Finale zu erreichen. Zum ersten Mal berührte Emma das erregte Geschlecht einer anderen Frau, fühlte die Nässe auf ihren Fingerspitzen und tastete sanft und behutsam den Spalt entlang. Emma nahm den Duft ihrer Lust wahr, und als sie die kleine, feste Knospe fand, rieb sie daran.

»Härter, oh, bitte ...«

Die gestöhnte Reaktion dirigierte Emma, als sie den Druck

verstärkte. Sydneys Hüften zogen Kreise, drängten sich Emmas Hand entgegen. Sie umspielte die Klitoris, hauchte einen Kuss auf die geschundenen Pobacken und lauschte dem Keuchen der Frau, die sie verabscheut hatte. Abermals floss ein gewaltiges Machtgefühl durch ihre Adern, ähnlich der Empfindung in der Nacht zuvor, als sie Mistress Sabins Sklaven gezüchtigt hatte. Emma hob ihren Blick zu Cedric, um sich zu vergewissern, dass er zusah. Er nickte ihr sichtlich zufrieden zu, während er den schwarzen Analplug in seinen Händen hielt. Fast hätte sie den Höhepunkt verpasst, den sie Sydney bescherte. Das Zucken, das durch ihren Schoß drang, konnte Emma an den Fingerspitzen fühlen. Ein langgezogenes Stöhnen strich über die Lippen der Sklavin.

»Danke, danke, danke … oh mein Gott, Emilia … das ist sooooo gut.«

Stolz regte sich in ihr, als Emma die heiser geflüsterte Dankbarkeit aufnahm. Sydney sank mit ihrem ganzen Gewicht auf den Rücken des Stuhlsklaven, der unter ihr kniete. Die Rothaarige war schlank, aber die Dauer des Schauspiels schien den Möbelsklaven an den Rand seiner Kräfte zu bringen. Ächzend versuchte er, das Zittern in seinen Armen unter Kontrolle zu bringen, und Emma verspürte Mitleid. Sie griff nach Sydneys Schultern und zog sie an sich, herunter von dem Sklaven, der vor Erleichterung aufstöhnte. Sydney schmiegte sich leise schnurrend an Emmas Körper und küsste ihren Hals.

»Du hast wunderbare Hände, Emilia.«

Die Sklavin gab sich so offen und verwundbar, dass sie das Machtgefühl in Emma noch verstärkte. Emma griff nach dem Vibrator, den Cedric neben sie auf dem Boden abgestellt hatte.

»Spreiz deine Schenkel.«

Sydney schüttelte erschrocken den Kopf und wand sich wie ein Reptil in Emmas Umarmung, als das Brummen ertönte.

»Nein, nicht, ich kann nicht, das ist alles so sensibel.«

»Mach schon. Er fordert einen weiteren, und ich werde tun, was er mir befiehlt.«

Sie flüsterte süß und leise in Sydneys Ohr, die schützend die Hände in den Schoß gelegt hatte. Es war Cedrics Wille, und Emma fühlte sich stolz, seinen Wunsch zu erfüllen, egal ob sich die Sklavin an ihrer Brust verweigerte. Emma umschlang Sydneys schlanken Körper mit den Beinen, hakte ihre Füße in die Kniekehlen und zog Sydneys Schenkel auseinander. Mit einer Hand umfasste sie die Handgelenke der Rothaarigen und zog die schützenden Finger vor dem Schoß fort. Emmas Küsse in ihrem Nacken machten Sydney gefügig und weich, bis auch die halbherzige Gegenwehr versiegte. Cedric kniete sich dazu. Der Analplug in seiner Hand glänzte ölig, und Emma verstand ohne eine Aufforderung. Sydney starrte panisch den Plug an.

»Oh … nein, nicht das … oh Gott …«

Lächelnd zog Emma Sydney mit sich, als sie sich auf den Rücken legte und Sydneys Körper überstreckte. Sie sah es nicht, aber anhand der stockenden Laute, konnte sie schließen, dass Cedric den Plug in Sydneys Anus einführte. Die Sklavin wurde steif in ihren Armen. Emma küsste sie beruhigend auf die Schläfe.

»Entspann dich.«

Der Vibrator summte in ihrer Hand, und sie führte ihn langsam über ihren Bauch immer tiefer zwischen Sydneys Beine.

»Ahhhh, nein, bitte nicht bewegen …«

Sie klang so wunderbar gequält, innerlich zerrissen, und doch wehrte sie sich gegen den Plug in ihrem Hintern. Cedric musste ihn behutsam in ihr bewegen. Ihre Atmung beschleunigte sich, als der Kopf des Vibrators ihre Klitoris erreichte. Emma genoss dieses Gefühl von Macht und den Wunsch, den Willen ihres Herrn zu erfüllen, mit solcher Kraft, dass sie in das Stöhnen der Sklavin einfiel. Es war allein Cedrics Wunsch, und Emma war sein Werkzeug. Dennoch fühlte sie sich nicht erniedrigt oder degradiert. Emma war stolz darauf, Sydneys herrlichen Körper mit ihm zu teilen und gleichzeitig sein verlängerter Arm zu sein. Emma steigerte die Intensität der Vibrationen, während Sydney sich nicht länger gegen die Fülle in ihrem Anus wehrte. Die Lust gewann, und der Drang nach einem Höhepunkt brach den Widerstand in dem devoten Körper. Sydney flehte um Gnade und klang so herrlich hemmungslos, dass Emma die eigene Erregung spürte. Der Körper auf ihr zuckte, zappelte und rieb sich an ihr. Sydneys Rücken drückte energisch gegen Emmas Schoß. Sie stöhnte in Sydneys Ohr.

»Komm mit mir, Sydney. Lass dich fallen, lass es zu.«

Die beiden Frauen räkelten sich lustvoll aneinander. Sydney suchte Emmas Lippen, bohrte ihre Zunge keuchend in Emmas Mundhöhle. Emma erwiderte die Küsse voller Ekstase und kostete Sydneys süße, weiche Lippen. Als Sydney von einem zweiten Höhepunkt erschüttert wurde, riss sie Emma mit sich, die unter dem Druck und dem Gewicht des weichen weiblichen Körpers mit ihr kam. Sydney schrie plötzlich und unerwartet vor Schmerz auf, und als wäre sie gleich noch einmal explodiert, bebte ihr gesamter Körper. Emma hielt sie fest umschlungen und sah zu, wie Cedric auch die andere Nippelklemme von Sydneys Brustwarze löste. Er presste seinen Daumen darauf und massierte sanft die frische Blutzufuhr in die hochsensible Knospe.

»Heilige Scheiße … Verfickt und zugenäht!«

Einen weiteren Fluch verbiss sich die Sklavin und keuchte gegen den lustvollen, gemeinen Schmerz an. Emma konnte nicht mehr an sich halten und lacht laut auf. Sydney griff nach ihrem Gesicht, küsste sie zärtlich und fiel in ihr Lachen ein.

»Das ist so intensiv, scheiße.«

Sie rutschte von Emma hinunter und drehte sich zu ihr.

»Wahnsinn, das will ich irgendwann mit dir wiederholen. Versprochen?«

Sydney war so außer Atem, dass Emma sie kaum verstand. Emma betrachtete das selig strahlende Gesicht der Sklavin und fühlte sich einfach großartig. Das war ihr Werk, sie hatte Sydney diese Lust beschert und damit Cedrics Willen erfüllt. Es war nicht schlimm, dass noch andere Menschen im Saal waren, ihnen zugesehen hatten und Emma sich entblößt fühlte, denn auch dieses Gefühl gehörte zu dem Rausch, der sich in ihr ausbreitete.

»Wie ist die Farbe, an die du gerade denkst, Emilia?«

Wieder lachte Emma auf, als Cedrics Worte zu ihrem Verstand durchsickerten.

»So was von grün, wow!«

Er lachte zufrieden, half ihr auf die Beine und schob ihr einen Stuhl aus Holz und mit vier Beinen unter den Hintern, damit sie sich erholen konnte. Die meisten Gäste waren so mit Zusehen beschäftigt gewesen, dass kaum einer den Nachtisch angerührt hatte. Emma fühlte sich plötzlich so hungrig, dass sie glaubte, jeden Teller auf der Tafel leeren zu können. Sie hob ihren Blick zu Cedric.

»Nimm dir meinen Teller.«

Das Stück Schokoladenkuchen schmeckte so gut, als wäre es das Beste und Köstlichste, das sie jemals probiert hatte.

12

Cedric fuhr zurück in die Stadt und warf Emma einen kurzen Blick zu. Sie wirkte zufrieden, losgelöst und entspannt.

»Du fühlst dich gut.«

»Besser als gut.«

Mit einem tiefen Seufzen räkelte Emma sich auf dem Beifahrersitz. An der Seitenscheibe glitten die bunten Lichter der Großstadt vorbei. Obwohl es weit nach Mitternacht war, erschien New York wie das pralle Leben. Die Stadt, die niemals schlief. Emma schmunzelte und faltete den Zettel mit Sydneys Telefonnummer zusammen, um ihn einzustecken. Die Sklavin hatte ihn ihr zugesteckt, bevor sie mit Cedric die Dinnerparty verlassen hatte. Es war unüblich für Emma, so schnell Freundschaften zu schließen, doch mit Sydney war es ebenso wie mit Cedric verlaufen. Irgendwie schien ihr Leben in den letzten Tagen wie im Zeitraffer abzulaufen. Emma genoss jeden Augenblick davon, bedauerte allerdings auch, dass sie keinen dieser Momente für länger festzuhalten vermochte.

»Soll ich dich nach Hause bringen?«

»Nein, ich will noch nicht nach Hause. Ich bin viel zu aufgekratzt, um schlafen zu können. Weißt du was?«

Sie lachte und drehte sich im Sitz zu ihm um.

»Ich lebe seit zwei Jahren, vier Monaten und ich glaube sechs Tagen hier und war noch nie im Central Park.«

Cedric hob amüsiert die Augenbrauen.

»Du hast in der ganzen Zeit noch nicht die grüne Lunge vom Big Apple besucht?«

Er tat fassungslos, schnalzte mit der Zunge und warf ihr einen vorwurfsvollen Blick zu.

»Schäm dich, das ist eine der schönsten Seiten an dieser Stadt, und eigentlich zieht es jeden zuallererst dorthin.«

Sie kicherte, denn Cedric klang wie ein Oberlehrer, der sie tadelte. Er bog ab, um zur Upper Westside zu gelangen.

»Das kann ich nicht verantworten. Die New Yorker sind stolz auf ihren Park, und ich bin entsetzt, dass du ihn verschmäht hast. Das müssen wir dringend ändern.«

»Ich hab ihn nicht verschmäht.«

»Oh, erzähl mir nichts. Du hast soeben einen New Yorker an seiner Ehre gepackt.«

»Ich dachte, du lebst nicht mehr hier?«

»Aber ich bin hier aufgewachsen, und so was sagt man einem alteingesessenen Eingeborenen nicht ungestraft.«

Wieder kicherte sie und schüttelte ihren Kopf, weil er ein Riesending daraus machte. Er parkte in der Nähe des Eingangs, umrundete den Mercedes und öffnete für Emma die Beifahrertür.

»Steig sofort aus.«

Sein herrischer Unterton klang überspitzt, und das amüsierte Funkeln in seinen grünen Augen ließ sie entzückt auflachen. Kaum stieg sie aus, ergriff er ihre Hand und zog Emma zu den Kutschen.

»Die große Runde!«

Cedric bezahlte den Kutscher und hob Emma auf den Wagen.

»Hinsetzen.«

Er nahm neben ihr Platz, legte den Arm um sie und zog sie an sich.

»Noch nie im Central Park gewesen, ich fasse es nicht.«

Er murmelte grinsend vor sich hin und gab dem Kutscher ein Zeichen. Der Mann schnalzte mit der Zunge, und das Pferd setzte sich in Bewegung.

»Aber es ist stockduster. Ich sehe ja kaum was.«

»Schh … Lehn dich zurück.«

Nur wenige Menschen spazierten in der Nacht hier die Wege entlang, manche mit Hunden, andere eng umschlungen als Pärchen. Es war wie eine andere Welt, und Emma genoss die frische Nachtluft, den Duft der Bäume und konnte sogar die Weiher riechen. Nach einer Weile erreichten sie einen großen, runden Platz. In der Mitte stand ein großer Brunnen, und ein bronzener Engel erhob sich darüber wie aus einem See. Emma starrte die Statue fasziniert an, als die Kutsche den Brunnen einmal umrundete.

»Können wir hier mal halten?«

Cedric berührte die Schulter des Kutschers, der das Pferd zügelte. Emma sprang aus dem Gefährt und blieb am Wasser stehen. Sie hob ihren Blick zu dem Gesicht des Engels.

»Sie ist wunderschön.«

Kleine Lichtspots umrahmten den See und strahlten den Engel von allen Seiten an. Aus dem Wasser ragten kleine Seerosen und Seegras.

»Emma, nicht.«

Lachend stieg Cedric aus und bekam sie jedoch nicht rechtzeitig zu fassen. Bevor er sie erreichen konnte, zog Emma die Schuhe von ihren Füßen, kletterte über die Mauer und rutschte in das Wasser. Ein entsetzter Schrei drang durch die Nacht, als sie auf dem wohl schlüpfrigen Untergrund ausrutschte und komplett im Wasser versank. Cedric bemühte sich, sie nicht auszulachen, als sie sich klatschnass zurück zum Rand kämpfte.

»Es ist scheiße kalt. Soviel hab ich doch gar nicht getrunken, dass ich mein Gleichgewicht verliere.«

Sie bespritze ihn mit Wasser, als er losprustete.

»Hör auf zu lachen und sei ein Gentleman.«

Cedric reichte ihr die Hand, um ihr aus dem Wasser zu helfen, doch als sie danach griff, zog er sie nur an den Rand, beugte sich tief zu ihr hinab und küsste sie. Ihre kalten, nassen Hände packten sein Genick, ihre Fingerspitzen fuhren durch sein dunkles Haar. Sie zitterte, und ihr Blick wirkte herausfordernd. Sie zog energischer an seinem Nacken, wollte ihn mit aller Kraft ins Wasser ziehen, schaffte es jedoch nicht.

»Du bist ganz schön frech und übermütig, Sklavin.«

»Daran bist du schuld, Sir.«

»Komm aus dem Wasser. Wenn dich die Polizei erwischt, sperren sie dich ein.«

»Klingt interessant.«

»Das bezweifle ich.«

Er zog sie aus dem Brunnen, und Emma schüttelte absichtlich das Haar in seine Richtung aus.

»Du treibst es wirklich auf die Spitze.«

Lachend wich sie seinem Zugriff aus, tanzte am Brunnenrand entlang. Das rote Kleid klebte an ihrem Körper, und die Kälte bescherte ihr eine Gänsehaut. Ihre Brustspitzen zeichneten sich sichtbar unter dem dünnen, nassen Stoff ab.

»Fang mich, wenn du kannst.«

Wie lange war es her, dass sie so ausgelassen und albern sein konnte? Emma flüchtete verspielt vor Cedric und neckte ihn.

»Und was bekomme ich dafür, wenn ich dich erwische?«

Cedric folgte ihr langsam und schmunzelte.

»Hm … mal überlegen. Ich könnte für dich kochen?«

Er schüttelte den Kopf und beschleunigte seinen Gang.

»Okay, ich kann nicht wirklich kochen, du hast recht. Wie

wäre es mit einer Einladung in das Restaurant deiner Wahl und ich zahle.«

Wieder lehnte er ab, und sein Gesichtsausdruck zeigte ihr, dass er sie begehrte. Emma genoss die Art, wie er sie mit seinen Augen streichelte, und die Zärtlichkeit, die sie darin erkannte.

»Na gut, mach du einen Vorschlag. Was willst du von mir?«

Cedric blieb stehen, und sie tat es ihm gleich. Wenige Schritte trennten sie voneinander, und plötzlich wich die Lust, albern zu sein, von ihr. Cedrics Mimik wirkte ernst, nachdenklich, und er senkte seinen Kopf.

»Was ist los? Woran denkst du?«

»Wir müssen reden, Emilia.«

»Worüber?«

Sie ahnte, dass er aussprechen wollte, was sie die ganze Zeit relativ erfolgreich verdrängt hatte.

»Darüber, dass ich bald wieder nach Hause muss.«

Emma schüttelte den Kopf. Nein, daran wollte sie nicht denken. Miami war so verdammt weit weg.

»Ich werde nur noch wenige Tage hier sein, eigentlich bin ich nur zur Hochzeit hergekommen und habe meinen Aufenthalt dir zuliebe verlängert. Aber auf mich wartet Arbeit, und mein Geschäftspartner verlässt sich auf mich. Ich kann nicht bleiben.«

»Nein, hör auf. Das ist unwichtig. Ich will darüber nicht reden.«

»Emilia, irgendwann müssen wir darüber reden.«

»Aber nicht jetzt.«

Emma schlang die Arme um ihren Körper. Nicht einmal eine Woche war vergangen, und trotzdem hatte sie das Gefühl, bei dem Gedanken, ohne ihn sein zu müssen, zu erfrieren. Emma wich zurück, als er näher kam.

»Je länger wir das aufschieben …«

»Ich sagte, ich will nicht darüber reden.«

Sie kämpfte gegen die aufsteigenden Tränen an, ihr Herz schlug heftig und schnell.

»Bitte, Emilia.«

Sie hob ihren Zeigefinger und gebot ihm mit einer Abwehrgestik zu schweigen.

»Du hast zweiundsiebzig Stunden gesagt, und in dieser Zeit gehöre ich dir, weil ich es so will. Diese Zeit ist noch nicht um, und das ist ein Tabu, hast du gehört? Es ist Tabu, darüber zu reden, dass du gehen wirst.«

Sie wirkte verloren und verängstigt. Cedric strich sich eine Strähne aus der Stirn und nahm einen tiefen Atemzug. Einerseits bereute er es zutiefst, das Thema angeschnitten und damit ihre Stimmung verdorben zu haben, doch sie mussten sich dem Problem unausweichlich stellen. Er wusste nicht, wie es weitergehen sollte, und ihre Reaktion bereitete ihm Sorgen.

»Du kannst daraus kein Tabu machen. Das hat nichts mit BDSM zu tun.«

»Ach nein?«

Ihr kaltes Lachen drang durch die Nacht, und sie hob beide Hände.

»Du willst darüber reden? Also schön, reden wir.«

Die Mischung aus unterdrückter Wut und Verzweiflung traf ihn unvorbereitet.

»Ich will nicht, dass du gehst, und ich hasse den Gedanken, allein zu sein. Ich hasse es, darüber nachdenken zu müssen, was aus mir wird, wenn du nicht mehr da bist. Alles ist so schnell passiert, und ich habe das Gefühl, alles schlüpft mir durch die Finger. In wenigen Tagen hat sich mein Leben von Grund auf verändert, und ich weiß nicht, ob ich dahin zurück kann. Nein, ich weiß, dass ich nicht mehr zurück kann. Es gibt Momente, in denen ich darüber nachdenke, wie es war, bevor du gekommen bist. Aber ich kann mich kaum noch erinnern. Es ist, als hätte ich erst angefangen zu atmen, als du in mein Leben getreten bist.«

Fluchend hob sie ihr Gesicht zum Nachthimmel und verschränkte ihre Hände hinter dem Kopf.

»Ich habe nie an Liebe auf den ersten Blick geglaubt oder an den Prinzen auf dem weißen Pferd. Aber du bist mein Prinz, und du bist derjenige, der mich wachgeküsst hat, der mir näher gekommen ist, als jeder andere Mann zuvor in meinem Leben. Du bist mein wahrgewordenes Märchen.«

Ihre Tränen mischten sich mit dem Brunnenwasser das feucht auf ihren Wangen glänzte.

»Ich liebe dich, und ich kann nichts daran ändern. Du hast am ersten Abend gesagt, dass du mich liebst. War das nur dahingesagt? Du hast es auf der Dinnerparty wiederholt. War das nur im Eifer des Gefechts und ein flüchtiger Augenblick?«

Die Stille zwischen ihnen wurde nur durch das leise Plätschern des Engelbrunnens unterbrochen. Cedric setzte sich auf den Steinrand und vergrub seinen Kopf in den Händen. Alle Gedanken sprudelten mit einem Mal aus Emmas Mund, ohne dass sie fähig gewesen wäre, es zu stoppen.

»Du empfindest etwas für mich. Ich sehe es in deinen Augen.«

Er rieb sich über das Gesicht.

»Emilia, das …«

Mit geschlossenen Augen ließ er den Kopf hängen, lehnte die Ellbogen auf seine Knie. Als er sie wieder ansah, erkannte er, wie ihre Zähne vor Kälte klapperten.

»Es ist besser, wenn ich dich nach Hause bringe.«

Er stand auf, ignorierte ihre Fassungslosigkeit.

»Aber …«

»Lass uns gehen.«

Widerwille regte sich in ihr, doch als er in die Kutsche einstieg, gab sie sich geschlagen. Cedric bat den Kutscher, zum Eingang zurückzukehren. Während der Fahrt in der Kutsche und später im Wagen herrschte bedrücktes Schweigen. Als Cedric vor dem Apartmentgebäude hielt, blieb Emma stur sitzen. Sie starrte auf ihre eigenen Hände.

»Werde ich dich morgen wiedersehen?«

Cedric blieb wortkarg, was sie als Antwort registrierte. Hektisch nestelte sie an dem Verschluss des Halsbandes und öffnete es. Klirrend löste es sich von ihrem Nacken, und dennoch zögerte sie, es ihm zurückzugeben, als wäre es das Wertvollste, das sie besaß.

»Es tut mir leid, Cedric. Das alles war wohl zu viel, und ich habe es ruiniert. Ich habe mich in eine Idee verrannt.«

Behutsam legte sie das Halsband auf das Armaturenbrett.

»Emilia, ich …«

»Nein, ist schon gut. Es ist meine Schuld. Ich habe die Bodenhaftung verloren.«

Sie lachte bitter.

»Ich muss den Verstand verloren haben, als ich eben sagte, dass mir das wie ein Märchen vorkommt. Vergiss, was ich am Brunnen gesagt habe. Ich habe wirklich keine Ahnung, was mit mir los ist. Mein Orbit war bisher nicht besonders groß. Ich habe zwei Freunde, nun, vielleicht auch nur noch einen, einen Hund und meine Arbeit. Mehr gibt es nicht, und das ist nicht gerade beeindruckend. Du hast mir etwas gezeigt, das ich für unmöglich hielt, und mich aus meinem kleinen Kokon geholt. Ich bin dir sehr dankbar dafür. Mach dir keine Gedanken, ich werde schon klarkommen.«

Emma öffnete die Beifahrertür. Für einen Augenblick verweilte sie auf dem Bürgersteig, in der Hoffnung, dass Cedric endlich sein Schweigen brechen würde. Sie fühlte sich, als wäre sie aus einer großen Höhe ganz plötzlich und unvermittelt auf den Boden der Tatsachen geknallt. Und es tat weh. Sie wollte ihm noch so viel sagen, doch ihr fehlten die Worte. Emma drehte sich um und verschwand ohne Abschied im Hauseingang.

»Fuck!«

Cedric schlug mit den Händen auf das Lenkrad. Er griff nach dem Halsband auf der Armatur und ließ das feuchte Leder durch seine Finger gleiten. Mit dem Hinterkopf prallte er gegen die Lehne des Sitzes. Er hatte sie aufhalten, ihr widersprechen wollen. Sie in seine Arme ziehen und ihr all die Dinge sagen, die in ihm brodelten, seit sie auf sein Angebot eingegangen war. Doch nichts davon hatte er umgesetzt. Ihre Ansprache am Brunnen hatte ihn sprachlos gemacht, zum ersten Mal an seiner Sicherheit gekratzt. Emma stellte sein Leben, sein Selbstbild auf den Kopf, wie nur Kate vor ihr. Das ging über BDSM weit hinaus. Die drei Nächte und drei Tage hatten ein Eigenleben entwickelt, das sich gänzlich seiner Kontrolle entzog.

Ein heftiger Schmerz durchbohrte seine Brust, und er löste den obersten Knopf seines Hemdes, um besser zu atmen. Noch konnte er die Dinge richtig stellen. Er könnte aussteigen, solange an ihre Wohnungstür hämmern, bis sie öffnete. Der Inhalt ihrer Worte jedoch hallte nach. Er betrachtete das Halsband in seiner Hand. Warum hatte er das nicht kommen sehen? Oder hatte er die Anzeichen einfach ignoriert? Er zog sein Handy aus der Hosentasche und wählte eine Nummer an.

»Russel? Ich kann nicht bis morgen warten, ich muss gleich mit dir sprechen.«

Er lauschte, legte auf und startete den Motor. Auf dem Rückweg zu Russels Haus, stieg Cedrics Wut mit jedem Kilometer. Immer wieder prallte seine Faust auf das Lenkrad, und am liebsten hätte er sich selbst geohrfeigt.

13

»Setz dich endlich hin, Junge. Mein Teppich bekommt schon Laufstraßen.«

Russel saß gemütlich an einer Pfeife paffend im Ohrensessel, trug einen Hausmantel und Hausschuhe und folgte Cedric mit den Augen.

»Ich sagte: Setz dich.«

Sein Ton wurde schärfer, und Cedric kam der Aufforderung endlich nach. Er griff nach einem Glas Scotch und kippte den Inhalt in einem Schluck runter. Russel füllte nach.

»Ich verstehe nicht, wo dein Problem liegt, mein Junge.«

»Ich habe Scheiße gebaut, das ist mein Problem.«

»Was ist daran so schlimm? Sie liebt dich, sie ist dir verfallen und der Fakt liegt auf der Hand: Du liebst sie ebenso.«

»Russel, es sind ein paar Tage. Wir kennen uns kaum. Verdammt, willst du mich nicht verstehen? Sie ist mir nicht verfallen – sie ist abhängig! Und du weißt, was das bedeutet. Shit, ich hätte es sehen müssen. Sie war noch ziemlich unerfahren, und ich dachte … scheiße, ich weiß nicht, was ich mir dabei gedacht habe.«

»Junge, du machst es komplizierter als es ist.«

»Sie hatte kaum Ahnung von BDSM, und ich habe nicht darauf geachtet, Distanz zu wahren, damit sie sich nicht hineinsteigert.«

»Bist du sicher, dass sie den Unterschied nicht sieht?«

»Ich habe dir doch erzählt, was sie gesagt hat. Siehst du das nicht? Sie war ein unbeschriebenes Blatt, und ich dachte, ich könnte ihr einen Einblick gewähren, stattdessen glaubt sie, ohne mich nicht mehr klarzukommen. Russel, ich werde in ein paar Tagen zurück nach Miami fliegen, und wenn ich daran denke, sie hier zurückzulassen, in dem Zustand, das macht mich fertig.«

»Dann nimm sie mit. Cedric, ich habe sie kennengelernt, und ich kann dir versichern, naiv ist sie auf keinen Fall. Sie ist verliebt, und das über beide Ohren. Sogar Sydney hat den ganzen Abend von nichts anderem geschwärmt, als von den Blicken, die Emilia dir zuwirft.«

»Du willst es einfach nicht verstehen.«

Wieder riss es Cedric aus dem Sessel, und er wanderte aufgewühlt hin und her.

»Das ist nicht gut. Ganz und gar nicht gut. Ich habe nicht damit gerechnet, wie rasch sie sich auf mich einließ.«

Russel schnaubte erheitert.

»Oh, bitte, Cedric, ich sagte dir schon einmal, dass du eine große Ausstrahlung auf Frauen besitzt.«

»Fick dich, Russel. Das ist Blödsinn.«

»Es entspricht der Wahrheit. In deiner wilden Zeit hast du viele Herzen gebrochen.«

»Die waren auf das Geld meiner Familie scharf.«

»In deinem Freundeskreis gab es reichere Jungs, denen nicht halb so viele Frauen um den Hals hingen.«

»Können wir bitte zum Thema zurückkommen?«

Russel zuckte gelangweilt mit den Achseln.

»Emilia liebt dich, du liebst sie, was ist daran so schwer? Nimm sie mit nach Miami und fertig. So wie die Kleine dich anhimmelt, würde sie alles für dich tun.«

»Da liegt das Problem. Das hat nichts mit freiem Willen zu tun.«

»Ach, hör auf, willst du behaupten, sie sei dir hörig und wüsste nicht, was sie tut?«

»Genau das.«

Russel lachte aus voller Kehle und schüttelte väterlich den Kopf.

»Du machst aus einer Mücke einen Elefanten, Cedric. Sydney und mir ging es nicht anders. Wir haben nach einem Monat geheiratet, und auch sie hat sich vorher nicht vorstellen können, eine 24/7 BDSM-Beziehung zu führen. Tz, selbst ich habe das absolut abgelehnt, bis ich Sydney begegnet bin, und sie mehr wollte als alle anderen vor ihr.«

Er stand auf, hielt Cedric an den Schultern davon ab, weiter einen Graben in seinen Teppich zu laufen.

»Ich habe sie erlebt. Ich habe gesehen, wie sie dich ansieht, Cedric. Sie ist weder naiv noch dumm oder unschuldig. Solche Liebe passiert dir nur einmal im Leben. Es wäre eine verdammte Schande, das zu ignorieren. Es geht nicht um Verantwortung für eine Sub, es geht um kein Spiel, es geht um dein Leben. Sei ehrlich zu dir selbst. Dich hat es genauso heftig erwischt wie die Kleine. Und wenn du tief in dich hineinhörst, dann wirst du erkennen, dass es genau das ist, was du willst.«

»Und was, wenn alles nur heiße Luft ist? Wenn sie plötzlich begreift, dass sie sich ins Spiel verliebt hat und nicht in mich?«

»Das muss sie für sich herausfinden. Aber für mich klingt es nicht danach, als wäre das alles eine Seifenblase.«

Russel klopfte ihm auf die Schulter.

»Du hast Schiss.«

»Unsinn.«

»Oh doch, du hast Schiss, dass sie dir das Herz bricht. Du willst sie und sie ist die erste Frau, die dich wirklich berührt, seit ich dich kenne, Junge. Du sagst, du hast ihr Leben über den Haufen geworfen? Sie hat deines auch ziemlich aus den Fugen gerissen. Es wird Zeit, dass du erwachsen wirst.«

Cedric rollte mit den Augen und schnaubte kühl. Russel hob herausfordernd die Hände.

»Ich kenne dich besser und länger, als jede andere Person, mit der du noch sprichst, Cedric. Dein Vater und ich sind uns nie freundlich begegnet, aber ich bin dein Patenonkel, und mir machst du nichts vor.«

Cedric seufzte auf, leerte das zweite Glas in einem Zug und setzte sich.

»Das geht über BDSM hinaus.«

»Du erzählst mir nichts Neues. Es geht um Liebe, und die findest du nicht an jeder Straßenecke, mein Junge. Dein Leben lang hast du Menschen auf Abstand gehalten. Du hast dir eingeredet, dass man dich nicht um deiner selbst willen liebt. Meistens bist du damit nicht verkehrt gefahren, aber du solltest anfangen, auf dein Herz zu hören. Du verlangst Vertrauen, also verdiene es dir. Ohne das Risiko einzugehen, selbst verletzt zu werden, fügst du anderen Schaden zu. Du machst dir nicht nur Sorgen um sie, sondern auch darum, was aus dir wird, wenn du gehst. Das zeigt eindeutig, wie nah Emilia dir ist.«

Russel legte die Pfeife beiseite, nahm einen Schluck aus seinem Glas und lehnte sich mit einem entspannten Atemzug zurück.

»Du wehrst dich gegen das, was mit dir geschehen ist. Weil du glaubst, niemand kann dir etwas anhaben, wenn du dein Leben so kontrolliert weiterführst wie bisher. Aber deine alten Verhaltensmuster sind der Grund, warum du glaubst, dass du es nicht wert bist, dass dich jemand wirklich lieben könnte. Emilia ist in deinen Augen eine Gefahr. Sie reißt dich aus deiner Engstirnigkeit heraus, allein mit ihrer Anwesenheit, und das reizt dich, aber du traust dich nicht. Weil du zu feige bist.«

»Vergiss es. An meinem Ego kratzen hat schon früher nicht funktioniert. Es geht nicht um mich. Soll sie mir das Herz brechen! Ich kann den Gedanken nicht ertragen, auf ihres zu trampeln.«

»Was hindert dich daran, sie mitzunehmen, ein Leben mit ihr zu teilen? Was?«

»Sie weiß nicht, wer sie ist. Woher soll sie also wissen, was sie wirklich will? Ich kann nicht von ihr verlangen, alles stehen und liegen zu lassen, um mir nach Miami zu folgen. Das wäre egoistisch. Früher oder später würde sie es bereuen und mich dafür hassen. Und das will ich nicht.«

»Also verletzt du sie lieber jetzt als später.«

»So habe ich das nicht gemeint.«

»Wie dann? Glaubst du, wenn du gehst und sie nie wiedersiehst, lebt sie fröhlich ihr Leben weiter als wäre nichts passiert? Vergiss es, Junge. Es gibt für nichts eine Garantie. In Beziehungen kann viel passieren, aber du wirst nie wissen, was hätte sein können, wenn du es nicht versuchst. Liebe ist einfach und schlicht, aber die Leute verkomplizieren alles, indem sie sezieren und zerpflücken und hinterfragen, bis nichts mehr übrig bleibt. Ach, es ist grässlich.«

Cedric starrte für eine Weile schweigend ins Feuer. Erst, als eine Berührung an seinem Ärmel ihn aus den Gedanken riss, bemerkte er Sydneys Anwesenheit.

»Darf ich dir einen Rat geben?«

»Wie lange bist du schon hier?«

Russel lachte laut auf und sah seine Frau tadelnd an.

»Sie lauscht ganz gerne.«

Cedric erwiderte ihr sanftes Lächeln und nickte.

»Ich möchte, dass du zu ihr gehst. Rede mit ihr, bevor sie

glaubt, alles vergeigt zu haben. Denn genau das wird sie tun. Russel kann nur so großzügig daherreden, weil er sich in der gleichen Situation befunden hat wie du.«

»Hey!«

»Ist doch so.«

Sie wandte sich wieder Cedric zu.

»Natürlich ist sie unsicher. Ich weiß, wie das ist. Es hat nichts damit zu tun, ob man lange Jahre in der BDSM Szene herumtingelt oder nicht. Sie ist durcheinander, und sie braucht dich jetzt. Du musst ihr die Sicherheit geben, die sie benötigt, damit sie diese Entscheidung für sich treffen kann. Ich habe mich damals nicht leicht damit getan. Der Gedanke, einem Mann so verfallen zu sein, das ich alles für ihn tun würde, hat mir Angst gemacht. Emilia geht es sicherlich genauso. Selbst wenn die Ehe mit Russel irgendwann zerbrechen würde, weiß ich, dass ich nie wieder eine solche Art von Beziehung führen werde.«

Ihre Hand fuhr ihm durch das Haar.

»Sag ihr, ich möchte sie morgen treffen, am besten zur Mittagspause. Vielleicht hilft es ihr, wenn ich ein wenig über mich erzähle. Aber du solltest sie heute Nacht nicht alleinlassen.«

Cedric nickte und stand auf. Er hob ihre Hände zu seinen Lippen und hauchte jeweils einen Kuss auf die ersten Glieder ihrer Finger.

»Danke, Sydney.«

Er blieb eine Weile im Wagen sitzen, bevor er das Apartmenthaus betrat. Die Haustür war offen. Er stieg die Treppen empor, statt den Lift zu nehmen. Das brachte ihm eine zusätzliche Minute, seine Gedanken zu sammeln, bis er vor Emmas Wohnung stand. Noch ehe er den Finger auf den Klingelknopf drückte, öffnete sie. Emma ließ ihm keine Zeit, etwas zu sagen, fiel ihm um den Hals und presste sich mit ihrem Körper an ihn. Ihre Nähe ließ ihn leise auflachen, dennoch war er verwirrt. Ihre wilden Küsse und die Forderung in ihren Augen ließen ihn zurückweichen und sie skeptisch betrachten. Sein Mund öffnete sich, doch sie legte ihren Zeigefinger auf seine Lippen, zog ihn in die Wohnung und schubste ihn auf das Sofa. Den Seidenkimono, den sie getragen hatte, ließ sie auf den Boden fallen, dann kletterte Emma auf seinen Schoß. Zuerst wollte er sie abwehren, doch ihre Hand schob sich zwischen seine Beine, rieb über sein Geschlecht und erregte ihn.

»Emilia, wir …«

»Ich will jetzt nicht reden.«

Sie presste ihren Mund auf seine Lippen und küsste ihn noch animalischer. Ihr Körper glitt zwischen seine Beine. Mit raschen Bewegungen befreite sie seinen halb erigierten Schwanz.

»Schatz, ich glaube, das ist nicht der richtige Zeitpunkt.«

»Findest du?«

Die Herausforderung funkelte in Emmas Augen, als ihre Zunge nach seiner Eichel leckte. Die feuchte Zungenspitze tänzelte über die Schaftkrone, grub sich in die kleine Vertiefung, und ihre Hand umschloss seinen härter werdenden Schaft. Cedric packte ihr Gesicht. Sein Geschlecht pulsierte unter ihren Fingern. Ihre Zungenspitze tänzelte über die Schwanzspitze, und der Anblick ihrer unschuldig emporblickenden Augen hätte ihn fast kommen lassen. Kaum lockerte er seinen Griff, spürte er ihre Lippen, die sachte zu saugen begannen und ihn tiefer in ihre feuchte Mundhöhle aufnahmen.

Cedric schloss die Augen und lehnte seinen Kopf nach hinten. Seine Hände gruben sich in Emmas dickes blondes Haar. Seine Erektion pochte gierig zwischen ihren Lippen, und er fühlte ihre Zunge an der Unterseite seines Schaftes entlanglecken. Ihr genüssliches Stöhnen ließ auch den Rest seiner Bedenken von ihm abfallen, und er hob die Hüften ihrem Gesicht entgegen.

Ihr Kopf bewegte sich unter seinen Händen, doch er beherrschte sich, ihr kein Tempo aufzuzwingen. Seine Finger glitten durch ihre Locken, fühlten die Seide und die Weichheit ihres Haares, und er überließ sich ganz ihrem Willen. Sie trieb ihn in den Wahnsinn, wenn sie das Tempo veränderte, mal langsamer, dann wieder zügiger an seinem Schwanz lutschte und ihre Zunge köstlich über seine Eichel gleiten ließ. Ihre Hand umschloss ihn so fest, dass es schmerzte, doch ihre Massage setzte immer wieder ein, wenn sie sich länger mit der Spitze beschäftigte. Sie quälte ihn, reizte ihn, bis er kurz davorstand, zu explodieren, und hielt ihn für eine Weile auf dieser Höhe, nur um ihn dann abkühlen zu lassen.

Cedric konnte ihr ansehen, dass ihr das Machtspielchen gefiel und sie damit seine Selbstbeherrschung herausforderte. Er fletschte die Zähne und grub seine Finger härter in ihr Haar. Vor seinem inneren Auge, sah er sich selbst, wie er sie packte, zu Boden warf und sich auf sie stürzte. Noch wehrte er sich dagegen, wusste aber, dass er bereits verloren hatte.

»Emilia, das ist verdammt gefährlich …«

Er erntete ein höhnische Lachen, das von seinem Schwanz in ihrem Mund gedämpft wurde. Er hielt einen Moment noch an dem letzten Fetzen Selbstbeherrschung fest, doch als sie ihre Augen erneut zu ihm emporhob, riss dieser Faden. Cedric packte mit einer Hand in ihr Nackenhaar, riss ihren Kopf zurück und erkannte das feurige Blitzen in ihren Augen. Darin lag Zufriedenheit über ihr Werk, denn sie hatte erreicht, worauf sie es anlegte.

»Was willst du?«

Er klang bedrohlich und fixierte ihren Blick. Sie keuchte leise auf, als sein Griff schmerzhafter wurde.

»Fick mich, Cedric.«

Cedric suchte nach einer Spur von Unsicherheit in ihren Gesichtszügen, doch sie meinte, worum sie bat. Ihr Lächeln war von Lust gezeichnet, und als er sah, wie sich ihre Hände zwischen ihre Schenkel schoben, schluckte er geräuschvoll.

»Ich gehöre dir, schon vergessen? Du kannst mit mir machen, was du willst.«

»Fuck.«

Mit einer groben Bewegung stieß er sie zu Boden, zögerte einen Moment, ohne sie aus den Augen zu lassen. Ihr Blick brachte ihn um den Verstand. Die pure Provokation strahlte ihm darin entgegen. Cedric sank in die Knie, beugte sich über sie. Seine Zähne vergruben sich abwechselnd in ihre weichen Brüste, und seine Hüften drängten ihre Schenkel auseinander. Alles, woran er denken konnte, war die Lust und diese unglaubliche Gier, die sie in ihm geweckt hatte.

Cedric schob die Hand zwischen ihre Körper und lächelte sadistisch. Er fühlte sich von ihr herausgefordert und hörte den in seinen Ohren so köstlich klingenden Schrei, als er ohne Vorwarnung in sie eindrang. Mit einer Hand bedeckte er ihren Mund, stieß sich grob und hart in ihr feuchtes, heißes Fleisch, und es war ihm egal, ob es ihr Lust bereitete. Jede Faser seines Körpers wollte ihr Schmerz zufügen, sie beherrschen und sie benutzen. Jeder Laut aus ihrer Kehle drang gedämpft zu ihm hoch, und der Blick ihrer Augen fesselte ihn.

»Ist es das, was du wolltest?«

Ein erstickter Laut drang zwischen seinen Fingern hindurch, die sich noch fester auf ihre Lippen pressten. Cedric steigerte das Tempo, bis er die Besinnung zu verlieren drohte. Emma wimmerte leise, und er spürte das Beben in ihrem Unterleib. Ihre intimen Muskeln umklammerten seinen Schwanz, machten sie noch enger, was seine Gier noch weiter ansteigen ließ. Ihre Fingernägel gruben sich durch das Hemd in seine Haut, und der Schmerz stachelte seine Wut an. Ihre Schreie wurden lauter, trotz der sie knebelnden Hand, und als sie kam, entzog Cedric sich ihr, rieb sich mit der Faust zwischen ihren Beinen und entlud sich heiser stöhnend auf ihre feucht glänzende Haut. Emma rührte sich nicht, während Cedric sich auf seine Unterschenkel setzte. Emma verbarg ihr Gesicht unter ihren Händen.

»Ich habe nie einen Mann so sehr begehrt wie dich.«

Sie setzte sich auf.

»Was hast du?«

Auf den Knien rutschte sie zu ihm und fasste nach seinem Gesicht, doch er wich ihr aus. Lächelnd, weil sie die Scham für das, was er getan hatte, in seiner Mimik lesen konnte, kletterte sie auf seinen Schoß, zog seinen Kopf an sich und küsste ihn sanft.

»Genau das habe ich mir von dir gewünscht. Genau so wollte ich dich erleben. Wütend, erregt und gierig, sodass du alles vergisst, wirklich alles. Bitte bereue das nicht.«

»Ich bin eigentlich hier, weil ich dachte, dass du mich brauchst. Das habe ich nicht erwartet.«

»Du hast keine Ahnung, wie sehr ich dich brauche.«

Ihr Flüstern drang tief unter seine Haut, und er erwiderte ihren Blick.

»Als ich zu dir Ja gesagt habe, war ich mir nicht bewusst, wie weit das gehen wird und wie groß es ist. Aber ich habe zugestimmt, dir zu gehören, und das will ich immer noch, aber nicht nur für die nächsten Stunden bis der Deal zwischen uns zu Ende geht. Egal was du von mir verlangst, ich tue alles, solange du mich nur willst.«

»Emilia!«

»Nein, bitte, ich weiß, dass du befürchtest, dass ich zu weit gehe, mich überschätze, weil ich meine Grenzen nicht kenne. Aber ich habe das Gefühl, mit dir habe ich keine, nur die, die du setzt.«

»Das ist genau das, was ich nicht wollte, Emilia. Das ist ein gefährlicher Drahtseilakt, bei dem du jeden Moment abstürzen kannst.«

»Aber das wirst du nicht zulassen.«

»Ich weiß nicht, ob ich in der Lage bin, dich aufzufangen, weil ich selbst nicht weiß, wie weit du gehst.«

Zum ersten Mal sah sie Schwäche an ihm. Cedric griff nach ihren Händen, zog sie von seinem Gesicht, hielt ihrem Blick jedoch stand.

»Ich will nicht, dass du einen Schaden davonträgst. Ich will dich, mehr als du glaubst. Das macht mir Angst, Emilia. Denn es geht über alles hinaus, was ich jemals erlebt habe. Ich will dich besitzen, mit Haut und Haaren, aber du weckst Seiten in mir, die ich nicht kannte. Es geht nicht darum, wie weit du gehst, es geht vielmehr darum, wie viel ich zulasse und welche Grenzen wir damit sprengen. Was ist, wenn es irgendwann so weit geht, dass du …«

Ihr Lächeln ließ ihn innehalten, und ihre Fingerspitzen in seinem Haar wirkten beruhigend.

»Was wäre wenn, waren das nicht deine Worte … Cedric, sag mir, was du willst, und ich werde mich daran halten.«

»Zeit.«

Sie nickte.

»Du musst herausfinden, ob du bereit bist, ein solches Leben mit mir zu verbringen.«

»Wie soll ich das anstellen, wenn du in Miami sitzt und ich hier?«

Für einen Moment schloss er die Augen und presste die Lippen fest aufeinander.

»Was immer du tun musst, um dich zu finden.«

Der Gedanke, sie in die Hände anderer Dominanter zu geben, schnürte ihm die Kehle zu. Es war die einzige Möglichkeit, Erfahrungen zu sammeln, die ihr die nötige Selbstsicherheit verleihen konnten, sich frei und unverfälscht zu entscheiden. Cedric zog sie an sich.

»Wenn ich nicht da bin, kannst du klarer denken.«

»Was wäre, wenn ich mich dann dagegen entscheide?«

Er lachte leise, und ihr fiel auf, dass nun sie diejenige war, die Gedankenspielchen spielte.

»Dann werden wir es beide akzeptieren müssen.«

Er sah ihr an, dass ihr die Aussicht nicht gefiel.

»Aber du schuldest mir noch eine Nacht.«

»Okay.«

» Und ich will mein Halsband zurück.«

Mit einem Arm um ihre Körpermitte geschlungen, angelte er nach seinem Jackett, das am Boden lag. Aus der Innentasche fischte er das royalblaue Leder. Emma nahm es ihm ab und legte es sich selbst wieder an. Cedric schob seine Finger unter das Halsband und zog sie näher zu sich.

»Es hat sich nichts verändert an meinen Anforderungen.«

Die Erinnerung an seine Auflagen flackerte in Emma auf wie eine heiße Kerze, doch Cedrics Lächeln ließ ihn milde klingen.

»Ich schätze, ich brauche wohl das Strafbuch noch.«

»Hast du etwa gesündigt?«

»Noch nicht, aber morgen.«

Er reagierte nicht auf ihre vage Äußerung und reichte ihr das schwarze Buch. Mit kurzen, schwungvollen Schreibzügen notierte sie etwas, klappte das Buch wieder zu und stand auf.

Bevor sie im Bad verschwand, blickte sie wie die pure Versuchung über ihre Schulter.

»Ich bin ein bisschen schmutzig. Ich könnte Hilfe gebrauchen.«

Cedric hörte, wie sie die Dusche anstellte, und hing einen amüsierten Moment in Gedanken ihrer frechen Aufforderung nach. Neugierig blätterte er in den Notizen und hob überrascht seine Augenbrauen. *Unerlaubtes Fernbleiben vom Arbeitsplatz!*

»Willst du mich dafür jetzt schon übers Knie legen oder wartest du lieber bis morgen?«

Er sagte nichts, erhob sich und ließ das Buch auf dem Tisch liegen. Auf dem Weg ins Bad, entledigte er sich seiner Kleidung. Unter der Dusche, packte Cedric Emmas Genick und drehte sie mit dem Rücken zu sich.

»Du hast recht, du bist schmutzig. Außerdem hast du vergessen einzutragen, dass du dein Halsband unerlaubterweise abgenommen hast.«

Cedrics Griff in ihrem Nacken wurde fester, und Emma keuchte mit einem Lächeln.

»Bist du kleinlich.«

Der Klaps auf ihren Po wirkte mehr wie eine verspielte Drohung, als eine ernste Maßregelung und brachte sie zum Lachen. Cedrics Lippen näherten sich ihrem Ohr.

»Wirklich schmutzig!«

14

Emma saß auf ihrem Bett und betrachtete gedankenverloren die Wände. Cedric war zu Rubens Haus gefahren, um sich umzuziehen und ein paar Telefonate zu führen. Sie würden sich erst am Nachmittag wiedersehen. Das Halsband war wieder am rechten Platz. Emma tastete danach. Als es fehlte, hatte sie sich leer und nackt gefühlt. Emma belächelte sich selber, weil sie diesem Schmuckstück so viel Macht verlieh, dennoch spürte sie eine unsichtbare Verbundenheit zu Cedric und ihrem Deal.

Sie stand auf, wickelte das Laken um ihren Körper und betrachtete sich, wie so oft in den letzten Tagen, im großen Türspiegel ihres Kleiderschrankes. Sie hatte sich für selbstbewusst gehalten, doch seit Cedric in ihr Leben getreten war, war sie dessen nicht mehr so sicher. Das Laken fiel zu Boden, und Emma drehte sich, betrachtete ihren eigenen nackten Körper und strich mit den Händen die Haut entlang. Ein paar blaue Flecke zierten ihren Hintern. Sie fragte sich, wie ein Muster an Striemen wohl auf ihrer Haut aussehen würde. Ihr Herz schlug einen Takt schneller bei dem Gedanken. Ruben hatte Male auf ihr hinterlassen, doch nie hatten sie eine Empfindung in ihr ausgelöst, wie die wenigen, kleinen, blaugefärbten Stellen auf ihrem Hintern. Lag es an Cedric und dass er der Verursacher war? Oder lag es an der Tatsache, dass es die Spuren von Dominanz auf ihrem Hintern waren? Was genau machte den Unterschied zwischen Ruben und Cedric aus?

Emma zog sich ein luftiges, hellblaues Sommerkleid über, schlüpfte in bequeme Espadrilles. Mit Kaffeebecher und Sandwich bewaffnet, machte sie sich wie jeden Morgen auf den Weg zu Joe.

»Guten Morgen, Engel.«

»Guten Morgen, Joe. Wie geht es heute?«

»Das Leben ist gut zu mir.«

Er bedankte sich für den Kaffee und das Frühstück.

»Du sieht hübsch aus, Emma.«

»Danke, das Kleid ist neu.«

»Oh, ich meinte nicht das Kleid. Du siehst hübsch aus. Irgendetwas in deinem Leben scheint sich verändert zu haben. Dein Gesicht strahlt viel mehr, und das steht dir.«

Sie spürte, wie ein Hauch von Hitze über ihr Gesicht floss. Joe war ein guter Beobachter.

»Ich wünsche dir einen schönen Tag, Joe.«

Er hob seinen einzigen ihm verbliebenen Arm und lächelte.

»Gott segne dich, Kind.«

Sie ging die Straße entlang und betrat das Bürogebäude. Mit dem Lift fuhr sie die zehn Stockwerke zur Etage, auf der das Großraumbüro lag, und ging an den kleinen Arbeitsplatzabtrennungen vorbei. Sie spürte und genoss die Blicke, die ihr folgten. Gerade wollte sie ihre Hand nach der Klinke zum Büro des stellvertretenden Abteilungsleiters ausstrecken, als sie sich wie von selbst öffnete. Ruben verstummte augenblicklich, als er Emma gegenüberstand.

»Emma!«

»Ruben?«

Wollte er nicht noch mit seiner Braut verreist sein?

»Äh, ja, Miss Perkins, kann ich etwas für Sie tun?«

Er redete abgehakt, korrigierte nervös seine unförmliche Ansprache.

»Gehen wir doch in mein Büro.«

Ruben ließ hinter sich die Tür ins Schloss fallen. Seine Augen fixierten ihren Körper, als könnte er sich kaum an ihr sattsehen, als sie sich auf den Stuhl setzte, elegant den Rock hob, um ihr Kleid nicht zu zerknittern. Auch ihre gestreckte Körperhaltung und die Art, wie sie ihr Kinn hob, entgingen ihm nicht.

»Ich habe einige Überstunden angesammelt, die ich heute gern freinehmen möchte.«

Ruben setzte sich hinter den Schreibtisch und faltete die Hände vor sich.

»Wie geht es dir, Emma?«

Sie war überrascht, was seine Frage betraf. Es war ungewöhnlich, dass er Interesse zeigte, und umso erstaunlicher, da sie kein Wort gewechselt hatten, seit Ruben sie über ihren Kopf hinweg an Cedric weiterreichen wollte. Emma riss sich zusammen, antwortete sachlich und konzentrierte sich auf ihr Vorhaben.

»Mir geht es gut.«

»Schön, wirklich schön. Ich habe viel an dich gedacht. Du siehst anders aus. Das muss am Kleid liegen. So kenne ich dich gar nicht. Es steht dir gut.«

»Danke. Ist es möglich, dass ich heute freibekomme?«

Ihr war die persönlich gewordene Unterredung unangenehm, und sie hoffte, er würde den Themenwechsel aufgreifen. Stattdessen stand er auf und stellte sich ans große Panoramafenster seines Büros. Ruben wirkte unruhig.

»Der Hochzeitstrip war ein Desaster. Wir haben uns nur gestritten, und ich hätte Kelly am liebsten übers Knie gelegt.«

»Hm.«

Emma strengte sich an, nicht gleichgültig mit den Schulter

zu zucken. Erwartete er Mitleid? Oder Ratschläge? Warum erzählte er ihr das? Emma blieb stumm.

»Sie ist so zickig und unnachgiebig. Wenn ich gegen ihren Willen handle, bestraft sie mich mit Sexentzug. Kannst du dir das vorstellen? Ich hielt sie für lieb, süß und fürsorglich. Stattdessen bin ich mit einem Monster verheiratet.«

Emma wollte kichern. Es zu unterdrücken war noch schwerer als das Schulterzucken. Die Vorstellung, dass Sir Ruben, ein Dom der BDSM-Szene und Abteilungsleiter mit zwanzig Untergebenen, sich von einer jungen Ehefrau herumkommandieren ließ, war amüsant.

»Ich habe den größten Fehler meines Lebens begangen. Wenn das so weitergeht, raste ich aus.«

Er klang wütend, drehte sich um und musterte sie erneut.

»Emma, ich will dich sehen. Im Club. Es tut mir leid, wie ich dich behandelt habe. Das war unfair und respektlos.«

»Ruben, ich kann dich nicht treffen.«

Seine Augen wurden schmal. Als er seine Finger nach dem blauen Halsband ausstreckte, wurde Emma bewusst, dass sie es dieses Mal nicht unter einem Halstuch verborgen hatte, sondern offen und für jedermann sichtbar trug. In ihr regte sich Stolz, unter den sich ein Hauch Genugtuung schlich.

»Was ist das?«

»Das siehst du doch.«

»Wem gehört es?«

Er klang plötzlich sehr kühl und lauernd.

»Es ist von Cedric.«

In Rubens Augen funkelte Eifersucht. Er drehte ihr den Rücken zu und ballte die Fäuste.

»Du spielst mit ihm?«

Sein Körper fuhr herum, er stemmte seine Hände in die Armlehnen des Stuhles, auf dem sie saß.

»Du kannst so etwas nicht hier im Büro tragen.«

»Warum nicht?«

Sie zuckte nicht einmal mit der Wimper, als er sie so wütend ansprach.

»Das verstößt gegen die Ethik und die Kleiderordnung des Unternehmens. Nimm es sofort ab.«

»Das kann ich nicht.«

»Nimm es sofort ab.«

Er wollte streng klingen und herrisch. Er war nicht einmal Herr über sich selbst.

»Ich sagte: Ich kann nicht. Cedric hat es mir angelegt, und nur er kann es entfernen.«

Mit einer Hand packte Ruben ihr Kinn, zog ihr Gesicht grob zu sich empor und starrte sie an.

»Dann werde ich es dir abnehmen. Du gehörst mir! Niemandem sonst. Hast du das verstanden?«

Sie keuchte unter dem Schmerz, den sein Griff verursachte. Er ließ sie los. Als er sich an dem Leder in ihrem Nacken zu schaffen machen wollte, sprang sie auf.

»Nein. Ich gehöre dir nicht mehr. Hast du vergessen? Du hast mich an ihn weitergereicht. Das war dein Wunsch.«

Rubens Unterkiefer bewegte sich, als würde er mit den Zähnen knirschen. Gefährliche Eifersucht zeichnete seine Miene.

»Du hast mich Cedric geschenkt. Ich hätte dir am liebsten die Augen ausgekratzt für die Idee, aber weißt du was? Er ist wunderbar, hinreißend, und seine Dominanz besitzt eine ganz andere Qualität als deine. Und das gefällt mir.«

Ruben überbrückte die kurze Distanz zu ihr mit kraftvollen Schritten. Mit einer Hand knallte er ihren Rücken gegen die Wand. Sein Gesicht war ihrem so nah, dass sich ihre Nasenspitzen berührten.

»Ich lasse dich nicht gehen. Du bist meine Sklavin, und du

wirst mir weiterhin zur Verfügung stehen. Es wäre nicht das erste Mal, dass er und ich eine Devote teilen.«

Seine Finger schraubten sich um Emmas Kehle und drückten ihr die Luft ab, als wolle er seine ganze aufgestaute Wut, seinen übermächtigen Zorn auf seine Ehefrau an ihr stillen.

Die Bürotür ging auf, und Cedric trat ein. Sofort ließ Ruben von Emma ab und drehte sich mit einem Lächeln, als wäre nichts geschehen, zu seinem Freund um. Cedric warf einen kurzen Blick auf Emma und knallte die Tür hinter sich zu.

»Habe ich etwas verpasst?«

»Nein, alles in Ordnung. Emma bat mich um einen freien Tag.«

Cedric nickte, doch Emma konnte in seinen Augen sehen, dass er die Situation einzuschätzen wusste. Ruben setzte sich hinter seinen Schreibtisch und grinste breit. Seine Hände glitten durch sein Haar und glätteten es.

»Du bist also wieder zurück.«

»Äh, ja, ich habe Emma gerade von dem Kurzurlaub erzählt, und, nun, die Geschäfte, du kennst das ja. Wann wolltest du eigentlich wieder zurück nach Miami?«

»Das klingt, als ob du mich loswerden willst.«

Ruben winkte ab, während Cedric es sich auf dem Stuhl auf der anderen Seite des Schreibtisches bequem machte.

»Unsinn.«

Die beiden Männer sahen zu Emma hinüber, die an der Wand stand.

»Ach so, natürlich, Emma, du kannst von mir aus heute freinehmen. Ich werde es notieren. Gibt es sonst noch etwas zu besprechen?«

Sie schüttelte den Kopf, erwiderte Cedrics Blick, der kaum wahrnehmbar nickte.

»Nein, das wäre alles.«

»Dann wünsche ich dir einen angenehmen Tag.«

Wieder faltete er die Finger ineinander und wartete darauf, dass sie sein Büro verließ.

»Und über deinen Halsschmuck sprechen wir noch.«

Emma hob ihr Kinn, straffte ihre Schultern. Sie widerstand dem Wunsch, Ruben in Cedrics Beisein bloßzustellen. Schweigend ging sie, blieb jedoch an der geschlossenen Bürotür stehen. Emma konnte nicht anders, sie musste einfach lauschen.

»Sie gehört mir.«

»Ruben, wenn du sie noch einmal bedrängst, lernst du mich von einer anderen Seite kennen.«

Eine Gänsehaut lief ihr den Rücken hinunter. Cedric klang kühl und beherrscht und gefährlich.

»Ich habe sie dir vorgestellt. Ich habe dir erlaubt, mit ihr zu spielen. Und jetzt bin ich zurück und werde sie wieder übernehmen.«

»Hörst du dich selbst reden? Ich glaube nicht, dass sie dich noch will.«

»Sie wird mir schon gehorchen, schließlich war ich ihr Erster. Du weißt nicht, wer sie ist. Sie braucht eine harte Hand, damit es funktioniert. Wie ich dir schon einmal sagte, sie will gezwungen werden.«

»Was ist vorgefallen? Spurt Kelly nicht so, wie du es dir vorstellst? Ich werde mit dir nicht über Emilia diskutieren. Es ist ihre Entscheidung, mit wem sie sich umgibt. Was ist mit dir passiert, Ruben? Du hast den Bezug zur Realität verloren. Bist du so mit all deinen BDSM-Beziehungen umgegangen, seit ich New York verlassen habe?«

»Wer ist Emilia?«

Sie hörte Cedrics ungeduldiges Seufzen und konnte sich bildlich vorstellen, wie er mit dem Kopf schüttelte. Ein Geräusch drang durch die Tür, als würde jemand mit der Faust auf den Tisch hauen.

»Ich warne dich, Ruben. Halt dich von ihr fern. Du bist nicht gut für sie und bist es nie gewesen.«

Ruben lachte ihn aus.

»Du hast ja keine Ahnung.«

Langsam entfernte Emma sich von der Tür und behielt sie dennoch im Blickfeld, bis sie im Rückwärtsgang den Lift erreichte. Die Fahrt ins Erdgeschoss konnte nicht schnell genug enden. Mit einer Hand griff sie sich an den Hals, als ginge ihr die Luft aus. Es lag nicht am Halsband, nicht diesmal. Auf der Straße kämpfte sie gegen den Schwindel in ihrem Kopf. Was würde passieren, wenn Cedric nach Miami zurückkehrte? Sie würde jeden Tag im Büro auf Ruben treffen. Seine Drohung ließ sie zittern.

Erst, als sie in ihrer Wohnung stand, die Tür hinter sich abschloss und tief durchatmete, beruhigte sie sich ein wenig. Innerlich aufgewühlt, rasten ihre Gedanken. Wie weit würde Ruben gehen? Die Art wie er sie angesehen hatte, erinnerte sie an die Sessions, doch die Klangfarbe seiner Drohung machte ihr Angst. Der Gedanke, dass Cedric nicht da sein würde, um sie zu beschützen, versetzte sie in Panik. Als jemand an der Wohnungstür klopfte, fuhr sie erschrocken zusammen.

»Wer ist da?«

»Ich bin's, Sonya. Ich möchte mit dir reden.«

Auf eine Diskussion mit ihrer Nachbarin, die sie am Tag zuvor ausgelacht hatte, war Emma nicht vorbereitet.

»Bitte, Emma, mach die Tür auf. Ich … es tut mir leid. Das gestern war nicht so gemeint.«

Emma öffnete und sah die Reue in Sonyas Gesicht.

»Ich habe dich vor den Kopf gestoßen, und das wollte ich

nicht. Ich war erleichtert, dass ich die Situation falsch interpretiert hatte. Es ist nicht so, als würde ich dich verurteilen, weil du …«

»Komm rein, es muss nicht sein, dass die halbe Nachbarschaft weiß, was ich so treibe.«

Grinsend betrat Sonya das Apartment und setzt sich auf das Sofa.

»Du hast mich ausgelacht.«

»Nein, so war das nicht. Ich war überrascht. Du eine Sklavin? Das hätte ich nie vermutet. Du bist so … Ehrlich, Emma, ich habe dich nicht ausgelacht, ich habe über den Moment gelacht. Ich kam mir so dämlich vor. Gut, dass ich den Baseballschläger nicht mitgenommen habe.«

Emma lachte leise auf. Der Baseballschläger im Schirmständer war die einzige allzeit einsatzbereite Selbstverteidigungsmaßnahme in Sonyas Haushalt, nachdem Emma sie überzeugen konnte, sich außer Max' Wasserpistole keine weitere Schusswaffe zuzulegen. Sonya las zu viele grausige Zeitungsgeschichten über Großstadtkriminalität.

»Dein Freund hat gestern einige Dinge zu mir gesagt, die mich getroffen haben.«

»Er hat mir dir gesprochen?«

»Ja, und das was er gesagt hat … hat er einen Röntgenblick, oder so? Das war unheimlich.«

»Warum, was hat er denn gesagt?«

Sonyas Blick huschte über die Wände, ein deutliches Zeichen, dass sie nervös war. Emma hakte nach.

»Jetzt sag schon.«

Sonya räusperte sich.

»Ich bewundere dich, weißt du das eigentlich? Nein, ehrlich, es ist so. Ich könnte das nicht. Mir fehlt dazu der Mumm. Woher weiß er, wovon ich träume?«

Emma zuckte mit den Schultern und setzte sich schmunzelnd in den Sessel.

»Du sprichst in Rätseln, Frau.«

»Ich hatte gestern das Gefühl, als könnte dieser Typ in mich hineinsehen. Er weiß, dass ich davon träume, was du auslebst. Ich könnte das nicht. Ich hätte viel zu viel Angst, an einen falschen Kerl zu geraten, der mit mir die Sau macht. Wenn du verstehst, was ich meine. Ich kann ja schon froh sein, überhaupt mal flachgelegt zu werden. Die Arbeit lässt mir keine Zeit, auf Dates zu gehen, und da ist noch Max. Ich will ihm nicht irgendeinen Kerl vor die Nase setzen, der es nachher nicht ernst meint. Es ist nicht leicht, als alleinerziehende Mutter einen netten Mann kennenzulernen, der akzeptieren kann, dass er höchstens die zweitwichtigste Person in meinem Leben ist. Emma, ich war gestern ein wenig neidisch, und das war wirklich nicht meine Absicht.«

Emma drückte sanft Sonyas Hände, während die Nachbarin weiterredete.

»Ich will nicht, dass du böse auf mich bist. Du bist der erste nette Mensch, dem ich begegnet bin, seit wir hergezogen sind. Ich sehe dich als Freundin, und das will ich nicht verlieren.«

»Ich bin dir nicht böse.«

»Wie machst du das? Woher nimmst du das Selbstbewusstsein, dich so auszuleben?«

»Ich wollte einfach wissen, wie es ist. Und seitdem möchte ich nicht mehr drauf verzichten. Gerade das mit Cedric ist überwältigend.«

»Ist es echt so gut?«

»Für mich ja. Aber ich kann nicht versprechen, wie es für dich wäre. Nur weil du von etwas träumst, muss die Wirklichkeit nicht genauso gut sein. Fantasien sind erotisch und reizvoll und sicher, die Realität allerdings kann auch enttäuschen. Es liegt an dir, ob du es herausfinden willst.«

»Nein, ich glaube, das könnte ich nicht. Ich wüsste nicht einmal, wohin ich gehen müsste, um entsprechende Männer kennenzulernen.«

»Es gibt Clubs, das war auch meine erste Anlaufstelle.«

Wieder schüttelte Sonya den Kopf.

»Nein, nein, du hast recht. Die Fantasien zu genießen, ist eine Sache, aber der Mut, sie umzusetzen, eine andere. Ich habe schon genug Probleme, Männer kennenzulernen.«

»Ich treffe mich gleich mit einer Freundin. Sie ist auch BDSMlerin. Vielleicht hast du Lust mitzugehen, wenn du Zeit hast?«

»Ich muss erst um zwei auf die Arbeit, und Max ist mit Buddy bei der Tagesbetreuung. Gerne, warum nicht.«

Eine halbe Stunde später saßen die beiden in dem Cafébistro, von dem Sydney geschwärmt hatte, als Emma sich mit ihr am Telefon verabredete. Fast hätte Emma sie nicht wiedererkannt. Das elegante Geschäftsoutfit stand ihr großartig. Sie wirkte darin umwerfend sexy und doch strahlte sie eine Autorität aus, die jedem billigen Anmachspruch williger Männer die Luft aus den Segeln nahm. Sydney setzte die Sonnenbrille ab und umarmte Emma herzlich.

»Schön, dass du Zeit gefunden hast.«

»Sydney, das ist Sonya, eine Freundin. Ich hoffe, es ist okay, dass sie mitgekommen ist.«

»Hi, schön dich kennenzulernen. Habt ihr schon bestellt?«

Sie winkte den Ober heran und bestellte sich einen Kaffee, ohne auf Emmas Nachsatz einzugehen.

»Was ist los, Emilia? Du siehst so überrascht aus. Hab ich einen Fleck auf dem Anzug?«

Sydney sah an sich hinunter.

»Nein, ich bin nur erstaunt. Was machst du beruflich?«

»Ich bin im Aufsichtsrat bei einer Bank. Kredite, Investments und Fonds. Ich manage sozusagen die dicken Gelder, und meine Mitarbeiter fürchten sich gar schrecklich vor mir.«

Ein breites Grinsen strahlte über ihr hübsches Gesicht, während sie sich eine lose rote Locke hinter das Ohr strich. Der Kellner kehrte mit ihrer Bestellung zurück.

»Schade, dass ihr beide so früh gegangen seid. Du hast einiges verpasst. Es war toll. Russels Dinnerparty findet einmal im Monat statt, ich schick dir für die nächste eine Einladung. Kann ich dir eine Frage stellen?«

»Natürlich.«

»Cedric macht sich Sorgen um dich. Es klang für mich, als ob ihr auf eine 24/7 Beziehung zusteuert.«

Sonya öffnete ihren Mund und schloss ihn dann wieder, ohne etwas zu sagen. Auch sie sah die rothaarige Schönheit fasziniert an.

»Weißt du, ich kann mir vorstellen, wie sich das anfühlt. Du bist durcheinander, du denkst, du wirst verrückt und allem voran passt das alles nicht so recht in die allgemeine Denkweise der Gesellschaft. Liebst du Cedric?«

»Ja. Aber das ist so schnell passiert, dass es sich irreal anfühlt.«

»Mir ging es nicht anders. Bevor ich Russel getroffen habe, hatte ich über acht Jahre verschiedene Spielbeziehungen mit dominanten Männern und Frauen. Ich war glücklich damit, bis ich meinem Ehemann praktisch in die Hände gefallen bin. Die ersten Treffen mit ihm waren furchteinflößend. Ich habe mich gefühlt wie ein totaler Anfänger, und er hatte eine unglaubliche Ausstrahlung. Ich konnte an nichts anderes mehr denken. Je öfter wir uns zu Sessions trafen, desto mehr hatte ich das Gefühl, ihm hörig zu sein. Das hat mir so einen Schiss eingejagt.«

Sie trank einen Schluck von ihrem Kaffee.

»Du weißt, wovon ich rede?«

Emma nickte langsam.

»Genauso fühle ich mich auch. Das ist …«

»Erschreckend, unbegreiflich, und es macht einem wirklich Angst.«

»Ja, aber ich fühle mich seltsamerweise wohl damit. Cedric hat es geschafft, dass ich ihm vollkommen vertraue.«

»Das ist ja das Erschreckende. Jemandem so rasant zu verfallen und sich damit auch noch gut zu fühlen. Das geschieht alles nur im Kopf. Wir sind mit einer Moral erzogen worden, die dem entgegen steht. Die Gesellschaft hält BDMSler für Abschaum, aber unsere Form von Verlangen geht noch einen Schritt darüber hinaus. Denn im Grunde erfüllen du und ich genau das Klischee, das Vanillas sich über uns bilden. Wir sind unseren Kerlen hörig, würden alles tun, was sie sagen und lieben es. Das ist für Außenstehende unbegreiflich, ungesund und genau das Bild, was sie sich von uns machen.«

Sydney lächelte mit einer ansteckenden Gelassenheit. Ihre Worte klangen nicht eine Spur verurteilend.

»Sie verstehen nicht, wie erregend es ist, den Partner rund um die Uhr zu spüren, selbst wenn er körperlich nicht anwesend ist. Ein Vertrauen in den anderen zu legen, das über sämtliche Grenzen reicht. Du vertraust ihm dein ganzes Leben an, übergibst ihm die völlige Kontrolle und Verantwortung und weißt, er missbraucht es nicht, weil er dich liebt. Weil er alles dafür geben würde, dass du glücklich bist. Jeder glaubt, dass diese Form von Verbindung einengt. Aber in Wahrheit liegt darin eine Art von Freiheit, die niemand sonst erleben wird. Seit ich mich an Russel gebunden habe, verspüre ich keinerlei Hemmungen mehr. Alles was ich tue, geschieht auf seinen Wunsch, und es ist sein Wille, den ich ausführe. Er beherrscht mich auf eine Weise, die weit mehr ist als nur körperlich oder sexuell.«

»Hast du das schon immer gewollt?«

Sydney lachte laut auf.

»Ich bin ein modernes Mädchen in einer Welt, wo Geld, Intelligenz und harte Arbeit Macht bedeutet. Ich bin selbstbewusst, unabhängig und stolz auf das, was ich beruflich erreicht habe. Ich hätte mir nicht einmal im Traum vorstellen können, mich einem Mann so zu unterwerfen, und ich weiß auch, dass es nach Russel nie wieder geschehen wird. Er ist der Einzige, mit dem ich mir dieses Leben vorstellen kann. Ich liebe ihn mehr, als ich in Worte fassen kann, und ihm zu gehören, ist für mich perfekt. Manchmal denke ich über mein Leben nach und kann mich kaum mehr erinnern, wie es ohne ihn war.«

»Das ist doch verrückt.«

Sonya hob entschuldigend ihre Hand vor den Mund.

»Schon okay, das klingt absurd für jemanden wie dich. Vor fünf Jahren ist es mir trotz meiner BDSM-Erfahrung genauso gegangen. Ich wäre die Erste gewesen, die mit dem Finger auf eine Frau wie mich gezeigt hätte und sie für irre gehalten hätte. Liebe ist seltsam und lässt uns manchmal keine andere Wahl, als über den eigenen Schatten zu springen.«

Emma rührte seit Minuten gedankenverloren in ihrer Tasse und ließ die Erzählung auf sich wirken. In vielem, was Sydney ausgesprochen hatte, fand sie sich selbst wieder. Doch das Eigenartige war, dass sie es nicht hinterfragte. Es war ihr tatsächlich gleichgültig, was andere über sie denken mochten. Ihr größter Feind war sie selbst.

»Es gibt viele Frauen, die sich plötzlich in einer Abhängigkeit wiederfinden, die man sehr leicht mit Hörigkeit verwechseln kann. Sie erdulden es, von ihren Kerlen misshandelt zu werden, und geben ihnen immer wieder neue Chancen, auch wenn sie tief in ihrem Innern wissen, dass sie sich niemals ändern. Das hat nichts mit Liebe zu tun, aber genau mit solchen ungesunden Verbindungen wird unsere Art zu leben verglichen. Genau das sehen Außenstehende, wenn du ihnen sagst, du gehörst deinem Mann und egal, was er von dir verlangt, du tust es mit Freude. Der Unterschied ist für sie nicht relevant, sie sehen, was sie sehen wollen, und machen sich ein Bild, ohne zu verstehen, was dahintersteckt.«

»Wenn du alles tust, was dein Mann von dir verlangt, würdest du auch deinen Job aufgeben?«

»Wenn er das wünscht, ja.«

Sonya starrte sie fassungslos an.

»Aber du hast eben gesagt, dass du darauf stolz bist, was du erreicht hast. Und du bist erfolgreich. Das würdest du mir nichts, dir nichts von heute auf morgen sausen lassen? Nur weil er es so will?«

»Du hast mir nicht zugehört, Sonya. Das ist das Problem.«

»Dann erklär es mir. Du liebst deinen Beruf. Wie kannst du das für einen Mann aufgeben?«

»Er würde mich niemals darum bitten, wenn er nicht einen guten Grund hätte.«

»Und was für ein Grund wäre das? Weil er weniger verdient als du, und er sich in seinem männlichen Ego gekränkt fühlt?«

Wieder lachte Sydney auf, und durch ihr Selbstbewusstsein leuchtete ihre Ausstrahlung umso heller.

»Russel verdient bedeutend weniger als ich, und dennoch darf ich weiter meinen Beruf ausüben, weil es mich glücklich macht. Das ist der Unterschied. Er würde niemals etwas von mir verlangen, was mir schadet oder das mich unglücklich macht. Er liebt mich, und er sorgt sich um mich. Er würde alles was in seiner Macht steht, tun, nur für mich. Deswegen ist es leicht, mich nach seinen Wünschen zu richten.«

Emma beobachtete die beiden so gegensätzlichen Frauen zwischen denen sie saß. Es war einerseits unterhaltsam die Auseinandersetzung zu verfolgen, aber ebenso schaffte es Klarheit. Es kam Emma vor, als sähe sie zwei Seiten ihrer eigenen Persönlichkeit beim Diskutieren zu.

»Und wie läuft das bei euch im Alltag? Ich will nicht indiskret sein. Ich versuche dich nur zu verstehen. Spielt er zu Hause den Pascha und du die Sklavin? Musst du ihm die Pantoffeln bringen, sobald er die Tür aufschließt, und vor ihm nackt mit der Zahnbürste den Boden schrubben?«

Sonya bemerkte, wie kitschig und eigenartig das klang, was da aus ihrem Mund rollte, aber ihre Neugier war groß genug, um auszusprechen, was immer ihr gerade durch den Kopf ging.

»Er verbietet mir sogar, überhaupt einen Handschlag im Haushalt zu tun. Er bekocht mich leidenschaftlich gern, und er liebt es, mich zu baden, wenn ich nach Hause komme. Er wäscht die Wäsche, und er hasst es sogar, eine Haushaltshilfe einzustellen, auch wenn wir uns das locker leisten könnten. Russel behandelt mich wie eine Prinzessin und tut alles, damit ich mich wohlfühle. Er kann es nicht leiden, mich auf den Knien rumrutschen zu sehen, während ich den Boden wische. Wenn ich knie, dann nur vor ihm und weil es ihm Freude bereitet. Seit ich mit ihm zusammenlebe, habe ich nicht eine Tasse oder einen Teller abgewaschen oder ein Hemd gebügelt oder Staub gewischt. Außer, wenn er daraus ein erotisches Spiel oder eine kleine Strafe macht.«

Sydney senkte ihre Stimme und beugte sich über Emma hinweg näher zu Sonya.

»Er weiß besser als ich, wo seine Pantoffeln stehen, und das Einzige, was ich ihm bringe, ist die Gerte, die Peitsche oder den Rohrstock. Den ganzen Tag über spüre ich seine Präsenz, als würde er mich berühren, egal wo ich bin, und das erregt mich. Es ist, als wäre ich ständig heiß, und wenn ich nach Hause komme, dann gehöre ich ihm.«

Sonya schluckte hörbar.

»Selbst in diesem Moment ist er bei mir. Es ist, als ob seine Hand in meinem Schoß liegt und mich streichelt. Du kannst gar nicht ermessen, wie sehr ich mich nach seinem Schwanz sehne und froh bin, wenn ich den Arbeitstag hinter mich gebracht habe.«

Sogar Emma spürte ein hitziges Kribbeln zwischen ihren Schenkeln, von Sydneys heißem Geflüster verursacht. Sie wusste sehr gut, wovon diese Frau redete, und lächelte, denn Sonya schien allein von der Vorstellung hypnotisiert.

»Verstehst du jetzt, was ich meine?«

Sonya nickte und schüttelte kurz darauf ihren Kopf.

»Ich kann es mir nur vorstellen.«

Sydney lehnte sich wieder zurück.

»So etwas funktioniert nicht mit jedem dominanten Mann. Das ist wie die Suche nach der Stecknadel im Heuhaufen. Wenn du Glück hast, pikst dich der Richtige. Wenn du einen Dom finden willst, sieh dir die Typen genau an, Schätzchen. Auch wenn sie sympathisch wirken, ist es nicht leicht, den Mann herauszusuchen, der all deine Sehnsüchte und Neigungen erfüllen kann. Das mit Russel ist für mich Schicksal gewesen.«

»Wie kommst du darauf, dass ich auf der Suche bin?«

Sonya wandte sich überrascht zu Emma um.

»Ist mir das etwa auf die Stirn tätowiert, und ich weiß nichts davon? Erst Cedric und jetzt sie? Kannst du mich mal kneifen?«

»Warum sollte ich das tun?«

»Ganz einfach, weil ich sonst immer in meinem Traum nackt in der Öffentlichkeit stehe, wenn ich sowas erlebe.«

Das Lachen war erfrischend. Sydney griff nach Sonyas Hand.

»Mach dir keine Gedanken darüber. Mit der Zeit erkennt man Gleichgesinnte.«

»Und wenn ich das nicht will?«

»Dann ist das dein gutes Recht. Ein Hoch auf die weibliche Gleichberechtigung, die unsereins wiederum das Leben schwer macht. Keiner zwingt dich dazu, mit wehenden Fahnen nach dem passenden Peitschenschwinger für deinen Hintern zu schwenken. Es liegt allein bei dir, wie sich dein Leben gestaltet. Wenn du deine Fantasien für dich behalten willst, ist das vollkommen okay. Und heiße Träume können verdammt erotisch sein.«

»Es reizt mich schon, aber ich würde niemals … nein, ich kann das nicht.«

»Niemand zwingt dich. Zur Sklavin wird man freiwillig. Es gibt viele Frauen wie dich, die es reizt, zu fantasieren, und denen Fantasieren reicht. Glaubst du, dass BDSM-Paare nur mit dem Rohrstock in die Kiste steigen? Ich genieße Blümchensex und Kuschelstunden mit Russel ebenso wie harten Sex und schmerzhafte Spankings.«

»Und was ist, wenn du nicht in der Stimmung bist, ihm, naja, zu gehorchen? Nehmen wir mal an, du kommst nach Hause, hattest einen total stressigen und nervigen Tag, du hast PMS und bist so was von mit der Laune im Keller. Und er verlangt von dir irgendwas, auf das du keinen Bock hast.«

»Dann sag ich ihm das.«

Eine weitere Erläuterung blieb aus, und Sonya hob fragend die Hände.

»Einfach so? Und was macht er?«

»Er notiert es in der Liste meiner zu bestrafenden Ungehorsamkeiten, und irgendwann bekomme ich dafür den Hintern versohlt oder schrubbe tatsächlich mit einer Zahnbürste den Küchenboden. Er ist ein bisschen sadistisch in dieser Hinsicht, und er liebt es, mich dafür zu demütigen.«

Das freche Grinsen auf Sydneys Gesicht war zu schön. Emma lachte leise auf und schüttelte ihren Kopf.

»Hat er jemals etwas von dir verlangt, das du nicht tun wolltest? Es gab doch sicherlich Forderungen, die dich an Grenzen gebracht haben, die zu überschreiten du nicht bereit warst.«

»Natürlich gab es das, besonders am Anfang unserer Beziehung. Das bleibt nicht aus, aber es ist wichtig, über diese Dinge zu reden. Deswegen gibt es ja die Liste. Sie ist nicht nur zum Spaß da oder dafür, Gründe zu liefern, mich zu bestrafen, sondern schlichtweg auch, um Grenzen abzustecken und voneinander zu lernen. Wenn ich Nein sage, weiß Russel, dass er ein Tabu entdeckt hat. Meinen Widerspruch bestraft er natürlich, und ich liebe das … aber es bleibt dann auch bei diesem Nein, und er wird es nie wieder verlangen.«

»Ich bin jetzt ziemlich neidisch.«

Sonya entlockte Sydney ein herzhaftes Lachen.

»Nein, ganz ehrlich, ich beneide euch beide. Ich bin jetzt seit einem Jahr, drei Monaten und einer Woche nicht mehr gevögelt worden, und ich bilde mir mittlerweile ein, Schwielen auf den Fingerkuppen zu bekommen. Ich wäre schon dankbar für einen One Night Stand.«

»Ach, komm, du findest noch deinen Mister Right.«

Emma streichelte tröstend, aber lachend, Sonyas Schulter.

»Warum kommst du nicht mal auf eine von Russels Dinnerpartys?«

»Warum klingt das so verschwörerisch?«

Sonya wandte sich von Sydney zu Emma.

»Ähm, weiß nicht, lass dich überraschen.«

Sydney schmunzelte und schob Sonya einen Stift und einen Zettel über den Tisch.

»Schreib mir deine Adresse auf, dann schick ich dir eine Einladung. Nächsten Monat findet wieder eine Party statt, und es ist alles erlaubt, aber nichts ist ein Muss.«

Die Honigblondine zögerte skeptisch und schrieb dann ausgesprochen langsam die Daten auf, als ob sie sich extrem darauf konzentrieren und eine Menge Mut aufbringen musste.

»Die Arbeit ruft wieder. Emilia, du hast meine Telefonnummer. Wenn du reden willst, dann melde dich. Egal wann.«

Mit Wangenküssen verabschiedete sie sich. Emma blickte ihr nach und bewunderte einmal mehr, mit welcher Eleganz Sydney sich bewegte.

»Ich muss auch zurück ins Restaurant, aber ich habe keine Ahnung, wie ich mit all diesen Infos im Kopf den Tag überstehen soll. Wenn ich nicht aufpasse, fragt mich der Koch noch, welcher Tisch *1 x dominanter Hengst* und *10 x Peitschenhiebe für die Ungezogene* bestellt hat.«

Sonya lachte, legte einen Geldschein auf das Tablett, auf dem bereits das Geld für Sydneys Kaffee lag.

»Du musst mir unbedingt mehr über diese Dinnerparty erzählen, okay?«

»Versprochen.«

Emma blieb noch sitzen, hielt ihre Tasse zwischen den Händen, ohne davon zu trinken. Sie erinnerte sich an das panische Erstickungsgefühl am Morgen nach der ersten Nacht mit Cedric. Es schien so lange her zu sein, als würden Jahre dazwischen liegen. In dem Moment war sie sich der Konsequenz ihres Spiels unbewusst klar geworden. Auch wenn es noch länger gedauert hatte, bis sie sich die Wahrheit eingestand, instinktiv hatte sie geahnt, dass die drei Nächte ihr Leben verändern würden, ihre Denkweise, ihre Empfindungen und ihre Persönlichkeit. Jetzt begriff sie Cedrics Sorge. Es war ein Drahtseil, auf dem sie balancierte, und das einzige Netz war er. Seine Stärke, seine Ruhe und Geduld waren nötig, damit sie sich sicher und geborgen fühlte. Wenn er unsicher war, würde sie fallen. Jetzt verstand sie den Sinn in seinen Bedenken. Er fürchtete sich davor, wozu er fähig war, wenn sie sich ihm gänzlich unterwarf und seiner Verantwortung übergab. Gerade das ließ sie ihn noch mehr lieben als zuvor. Sie zahlte und verließ das Cafébistro, hielt am Straßenrand ein Taxi an und fuhr nach Hause.

15

Emma stand lange vor ihrem Kleiderschrank, entschied sich dann, nackt auf ihn zu warten. Cedric würde seine Wünsche äußern, welche Kleidung er für diesen letzten Abend an ihr sehen wollte. Es fühlte sich selbstverständlich an, dass er ihr Outfit zusammenstellen würde. Emma drehte sich vor dem Spiegel. Die blauen Flecken auf ihrem Hintern verblassten, was sie durchaus bedauerte. Emma belächelte die Tatsache, dass sie sich wünschte, von Cedric dauerhafter gezeichnet zu werden. Striemen, die für Tage nachhaltig brannten, deutlich auf ihrer Haut sichtbar sein würden und sie immer wieder an seinen Einfluss erinnerten.

Sie setzte sich in ihren Sessel, fühlte das weiche Polster an ihrer nackten Haut und seufzte leise. Selbst der Windhauch, wenn sie sich bewegte, hinterließ ein wohliges Schaudern, als wäre ihr Körper sensibler und reagierte auf ihre Umgebung direkt und unverfälscht. Minutenlang starrte Emma auf die Tür, wartete darauf, dass Cedric endlich eintraf. Geduld war nicht ihre Stärke, und ihre Knie wippten auf und ab. Je mehr Zeit verstrich, desto größer wurde Emmas Nervosität.

Der letzte Abend ihrer Abmachung stand bevor. Den Gedanken, dass danach alles vorbei sein könnte, schob Emma weit in den Hintergrund. Was würde sie erwarten? Welches Verlangen würde er von ihr fordern? Welche Abenteuer hatte Cedric für diesen speziellen Abend reserviert? Die Ungewissheit kribbelte sinnlich unter ihrer Kopfhaut und reichte bis zu den Zehenspitzen. Nachmittag, hatte er gesagt, doch er ließ sie warten, ließ sie schmoren in ihrer exquisiten Einsamkeit. Sie sehnte sich nach ihm, nach seiner Stimme, seinen Berührungen, doch mehr als das vermisste sie seine Nähe, und trotzdem genoss sie den Moment. Nie zuvor war ihr aufgefallen, wie ruhig ihr Apartment war, und unter der Stille lag ein leises Rauschen. Es kratzte an Emmas Nerven, zerrte an ihrer Geduld und an der Ruhe, zu der sie sich zwang. Haltung bewahren, stumm dasitzen, nichts sagen, nichts tun, es fiel ihr schwerer, als sie geglaubt hatte.

Nicht ein Geräusch der Nachbarwohnungen drang durch die Wände, kein Lärm der Straße durch das Fenster. Emma fühlte sich wie betäubt, spürte sich selbst in eine Art Schwebezustand abgleiten, in dem das Nichts auf sie wartete. Langsam schlossen sich ihre Augen, während sie sich einzig auf das Rauschen der Stille konzentrierte. Selbst, als sie das leise Klicken ihrer Wohnungstür vernahm, blieb sie sitzen, rührte sich nicht und behielt die Augen geschlossen. Schritte näherten sich und Emma wusste, es waren seine. Ein Lächeln stahl sich auf ihre Lippen. Das Sofa ächzte leise unter seinem Gewicht, als er sich schweigend niederließ. Sein Blick wurde spürbar wie das hauchzarte Streicheln eines lauen Windes auf der Haut.

Seine Präsenz erfüllte den Raum mit Energie. Emmas Ungeduld verflog, und die Anspannung wurde unbedeutend. Seine Persönlichkeit ließ die Luft im Zimmer knistern, und ihr Herzschlag wurde ruhiger. Ob es ihm gefiel, wie er sie vorgefunden hatte? Wieder ertönte das leise Seufzen des Möbels, als er sich erhob. Der Teppich dämpfte die Schritte. Die Spannung ihrer Muskeln drohte unter seiner ersten Berührung zu zerfließen. Mit einer Fingerspitze zeichnete er die Linie ihres erhobenen Kinns nach, tastete den Hals entlang hinunter zum Ansatz ihrer Brüste. Emmas Lippen öffneten sich einen Spalt. Seine Nähe besaß eine warme Glut, und seine Berührung war der Funke, der ihr Feuer entzündete.

All ihre Sinne fokussierten sich nur auf ihn, als wäre er der Mittelpunkt ihres Universums. Ihn nicht anzusehen, die Augen fest geschlossen zu halten, und dennoch seine Anwesenheit zu spüren, erregte sie. Seine Hände strichen ihre Arme hinab bis zu ihren Fingern, die auf den Schenkeln ruhten. Er zog sie aus dem Sessel, ohne ein Wort zu sagen, führte sie ein paar Schritte in die Mitte des Raumes. Sie hörte, wie er sie umrundete, als würde er begutachten, was er sah.

»Bist du bereit?«

Sein sanftes Flüstern zerriss die Stille. Sie nickte nur, wollte den Moment nicht mit eigenen Worten zerstören. Cedric ließ sie stehen und sie lauschte, wie er die Schranktür in ihrem Schlafzimmer öffnete. Emma zwang sich, ihrer Neugier, was er für sie aussuchte, nicht nachzugeben. Er legte ihr einen Schal um, verband ihr die Augen. Unter ihren tastenden Fingerspitzen befühlte sie die zarte Spitze.

»Ich werde dich ankleiden. Streck deine Arme nach oben.«

Seide hüllte sie ein, und sie erinnerte sich an das schwarze Negligé. Es fiel bis hinunter zu den Knöcheln, war an beiden Seiten hochgeschlitzt, und dünne Träger aus Blütenspitze lagen auf ihren Schultern. Jeder Schritt würde viel Bein zeigen, und der Stoff lag wie ein hauchdünnes Nichts auf der Haut. Ihre Brustwarzen richteten sich unter der zarten Berührung der Seide auf. Cedric strich wie zufällig abwechselnd daran entlang und entlockte Emma ein leises, entzücktes Seufzen.

Die Unfähigkeit, zu sehen, verstärkte die Empfindungen aller anderen Sinne. Die Schuhe, die er gewählt hatte, klapperten zu Boden. Seine Hand glitt ihre Waden langsam hinab und hob unter ihrer Mithilfe den rechten Fuß an. Sorgfältig wickelte er die Seidenbänder der Pumps um ihren Knöchel, setzte eine Schleife und verfuhr ebenso mit dem linken Schuh. Ein leises Klirren ließ sie aufhorchen. Sanft führte er ihre Handgelenke auf den Rücken und fesselte sie mit kalten Metallschellen. Sein heißer Atem streichelte ihre Wange.

»Zuerst werden wir Essen gehen.«

Cedric schob ihr eine Hand in den Rücken und führte sie aus dem Apartment hinaus auf den Flur zum Lift. Sofort stieg ihr Puls an, ihr Herz schlug schneller und ihre Gedanken rasten. Jeder, der ihnen begegnete, würde sie sehen. Sie trug nichts am Leib als das seidige, lange Nachthemd, und die Vorstellung, dass er sie gefesselt und des visuellen Sinnes beraubt in ein Restaurant ausführte, jagte eiskalte Schauer über ihre Rücken. Der sanfte Sommerwind auf der Straße pinnte den dünnen Seidenstoff um ihren Körper, sodass sie sicher war, jeder würde sehen, dass sie darunter nackt war. Unsicher setzte sie einen Fuß vor den anderen, schreckte bei jedem Geräusch, das zu ihr drang zusammen.

»Immer noch davon überzeugt, dass es dir egal ist, was andere über dich denken, Emilia?«

Der leichte Hohn in seiner Stimme weckte ihre Sturheit, also nickte sie, straffte ihre Schultern und hob ihr Kinn. Die Leute würden sie anstarren, neugierig beäugen und vielleicht sogar abfällig ihre Köpfe schütteln. Aber sie waren unwichtig und unbedeutend, diese Fremden, die sie verurteilten mit ihren Gesten, Gesichtsausdrücken und Bemerkungen. Deren Meinungen bedeuteten nichts, auch wenn es Emma schwerfiel, die innere Überzeugung auch zu fühlen. Cedric schien zu wissen, welcher Kampf in ihr tobte.

»Es ist leicht, etwas zu sagen. Etwas anderes, es zu meinen und dann wirklich zu erleben.«

Er behielt recht, und sie kämpfte um diese Gleichgültigkeit. Cedric ließ neben ihrem Ohr etwas klicken, dann fühlte sie, wie er an ihrem Halsband nestelte. Als Cedric an der Leine zog, die er eingehakt hatte, erstarrte sie. Sie glaubte, eine Menschentraube hätte sich um sie versammelt, die sie in ihrer demütigenden Lage begaffte. Cedric outete sie unverfälscht und öffentlich. Sie wollte nach der Leine greifen, sie ihm entreißen, doch die Handschellen machten es unmöglich. Genau so würde er sie in das Restaurant führen, und schon jetzt brannte die Peinlichkeit auf ihrem Gesicht. Cedric hielt die Leine straff und kurz, zog Emma hinter sich her. Hatte er etwa vor, zu Fuß zu dem Lokal seiner Wahl zu gehen und sie durch die Straßen zu führen wie ein Haustier? Emma hatte das Gefühl, als würde ihr das Herz aus der Brust springen. Mit einem Ruck am Halsband zog Cedric sie dicht an sich.

»Ich werde dir heute Nacht viele Dinge zeigen, die dich zum Nachdenken anregen sollen, wenn ich nicht da bin. Wenn du dich entscheidest, ob du mir gehören möchtest, musst du alles wissen, was ich von dir verlange.«

Das war ein Test! Eine Prüfung, die er ihr auferlegte.

»Weil ich alles von dir haben will. Nicht nur ein Stück, nicht einen Teil, ich will dich ganz und gar. Deswegen werde ich heute Dinge mit dir tun, die ich noch mit keiner getan habe. Das ist auch Neuland für mich. Ich habe nie zuvor eine Frau so sehr begehrt wie dich, Emilia.«

Ihr Mund öffnete sich zu einer Erwiderung, doch er erstickte die Worte mit einem süßen, lippenversiegelnden Kuss.

»Du wirst schweigen, solange ich es von dir fordere. Nur ich darf dein Schweigegelübde aufheben.«

Sinnlichkeit prickelte in ihrem Nacken. Die Geräusche der Straße, der Umgebung und der vorübergehenden Menschen beschämten sie, genauso wie Cedric es beabsichtigte. Mit der Forderung zu schweigen stieg ihr Mitteilungsbedürfnis.

Der Zwang, ihren Gedanken keine Äußerung zu geben, war so überfordernd, dass sie fast daran zu ersticken drohte. Es wurde etwas leichter, als er sie vorsichtig auf die Rückbank eines Taxis schob, darauf bedacht, dass sie sich nirgendwo stieß.

Es wirkte lachhaft, als sie darüber nachdachte, was der Fahrer über ihre Vorführung denken mochte. Cedric nannte eine Adresse in der Upper Eastside. Als sie das Ziel erreichten und ausstiegen, hatte sie jedwede Orientierung verloren. Er führte sie mit straffer Leine und einer Hand in ihrem Rücken, ohne ihr die Umgebung zu beschreiben. In ihrem Kopf malte Emma sich aus, wie das Lokal wohl aussehen würde, welche Menschen zu Tisch saßen und sie skeptisch beäugen würden. War es ein feines Restaurant mit nobler Ausstattung und gehobener Klientel?

Der Teppich unter ihren Füßen wirkte weich. Sorgsam schob Cedric ihr einen Stuhl unter, entfaltete eine Serviette und legte sie Emma auf den Schoß. Doch wie sollte sie mit ihren auf dem Rücken gefesselten Händen essen, nicht sehend, wo ihr Teller stand oder sich das Besteck befand? Es war um sie herum still geworden, als sie das Lokal betreten hatten. Erst jetzt vernahm Emma wieder leise Gespräche der anderen Gäste. Redeten sie über sie? Warfen ihr verstohlene Blicke zu? Fragten sie sich, was das sollte?

Emma hörte Cedric die Bestellung aufgeben, und er bat darum, dass der Kellner das Gedeck vor ihr wegnahm. Was bedeutete das? Alleingelassen mit ihren Gedanken, die sie nicht äußern durfte, fühlte sie sich einsamer denn je. Fragen brannten ihr auf der Seele, die sie nicht stellen durfte. Die Handschlaufe der Leine lag auf ihrem Schoß und schien schwer zu sein, als würden die Glieder der Kettenleine ihr Halsband hinabziehen. Emma fühlte sich so allein unter den

Gästen, verlassen von seiner Aufmerksamkeit. Cedrics Nähe war präsent, doch sie spürte, dass er sie nicht beachtete, während alle anderen um sie herum die Augen nicht von ihr lassen konnten.

Emma kam sich vor wie in einen Käfig aus Glas gesperrt, in den jeder hineinsehen konnte, präsentiert vor aller Augen. Alles in ihr wollte schreien, wollte Reaktionen wecken, aber eine solche Tat würde sie in eine noch viel peinlichere Situation bringen. Dessen war sie sich absolut und uneingeschränkt sicher.

Ihre Hilflosigkeit wurde schlimmer, als Cedric begann, sie mit Bissen von seinem Teller zu füttern, denn er hatte nur ein Dinner bestellt. Ein Stück Fleisch von seiner Gabel drängte sich gegen ihre Lippen. Emma konnte sich kaum auf den Geschmack konzentrieren. Auch das Glas Wein hob er an ihren Mund, damit sie trank. Erst das Dessert legte sich schokoladig weich und rund auf ihre Zunge. Sie ergab sich dem Moment. Gefesselt mit dem Redeverbot und der Augenbinde, genoss sie Cedrics Fürsorge, und Emma erinnerte sich an Sydneys Worte vom Vormittag.

»Die Zeit unseres Deals ist fast um.«

Der Schreck durchfuhr sie. Just als sie sich auf die ungewöhnliche Situation eingelassen hatte, lief die Zeit gegen sie. Emma schüttelte heftig ihren Kopf, brach aber das Schweigegelübde nicht.

»Ich biete dir eine letzte Möglichkeit, selbst zu entscheiden, wohin wir gehen werden. Für heute Nacht habe ich einige Dinge geplant, doch es liegt an dir, ob sie geschehen werden. Entweder ich nehme dir das Halsband ab und bringe dich nach Hause, oder du schenkst mir eine letzte Nacht, in der du dich prüfen kannst. Doch bevor du antwortest, werde ich dir eine Sache entziehen.«

Für einen Moment wurde es still zwischen ihnen. War das der Grund gewesen, weshalb er sich verspätet hatte?

»Heute Nacht wird es keine Farben geben. Kein Grün, kein Gelb und kein Rot. Wenn du dich für diese Nacht entscheidest, mein Schatz, wirst du es nicht beenden können, nichts davon stoppen und nichts dämpfen. Alles wird so geschehen, wie ich es geplant habe, wie ich es will.«

Cedric streichelte sanft ihre Wange, berührte mit der Daumenkuppe ihren Mund.

»Ich werde dich über viele deiner uns unbekannten Grenzen weit hinausführen. Ich werde Dinge von dir verlangen, gegen die du dich sperren möchtest, aber ich werde darauf bestehen, dass du sie ausführst. Egal welcher Widerstand sich in dir regen wird, ich werde ihn brechen.«

Trotz der Zärtlichkeit in seiner Stimme, klangen seine Worte hart und unwiderruflich. Das Risiko in seinen Ankündigungen reizten ihre Neugier.

»Möchtest du mir dafür dein Vertrauen schenken, Emilia?«

Ihre Hände ballten sich auf ihrem Rücken zu Fäusten. Würde sie ablehnen, würde er ihr das Halsband wegnehmen. Sie würde nach Hause zurückkehren, und was dann? Wenn sie zustimmte, was würde sie erwarten? Welche Dinge würde er ihr antun, von ihr verlangen, von ihr fordern? Plötzlich lachte Emma leise auf. All die Fragen in ihrem Kopf existierten nur aus einem Grund. Unsicherheit! Die vergangenen Tage mit Cedric hatten sie eins gelehrt: Sie konnte ihm vertrauen und er würde niemals etwas tun, das ihr Schaden zufügte. Wie gern hätte sie in sein Gesicht gesehen, seine Augen betrachtet und den Ausdruck darin. Sie wollte ihm durch das Haar streichen, seine Wangen berühren und sich an seinen warmen, starken Körper schmiegen.

»Ich liebe dich, Cedric.«

Ein wohliges Gefühl floss durch ihren Körper, als sie die Worte leise flüsterte, die sie laut herausschreien wollte, damit jeder sie hören würde. Sein Stuhl kratzte über den Boden, als er aufstand. Er umfasste mit beiden Händen ihren Kopf und hob ihn an. Auf halben Weg kam er ihr entgegen, beugte sich zu ihr.

»Ich habe gehofft, dass du zustimmen würdest.«

Seine Lippen legten sich voller Dankbarkeit auf ihren Mund, und sie überließ sich willig und keuchend seinem Kuss.

»Nicht weit von hier beginnt unsere kleine Reise.«

Er half ihr aufzustehen und verließ mit ihr an der Leine das Lokal. Diesmal lächelte Emma belustigt darüber, was in den Köpfen der Menschen vor sich gehen mochte, an denen sie vorüberging. Cedrics rechte Hand schob sich um ihre Taille und umfasste ihre gefesselten Hände. Ein sanfter Druck gab ihr zu verstehen, wie sehr er sie und ihre Hilflosigkeit genoss.

Emma war erstaunt, wie schnell sich ihr Wandel vollzog. Ihre Einwilligung, ihm zu vertrauen, mit ihm diese Nacht nach seinen Vorstellungen zu erleben, veränderte die Sicherheit ihres Gangs und die stolze Art ihrer Körperhaltung. Er ging mit ihr die Straße entlang, und Musik drang an ihre Ohren. Sie wurde lauter, je weiter sie gingen. Cedric führte Emma eine Treppe hinunter, wo die Beats ohrenbetäubend klangen. Er entfernte die Augenbinde. Emma blinzelte durch den verschwommenen Schleier vor ihren Augen, und sie erkannte auf verschiedenen Podesten und Tischen Tänzerinnen, die ihre spärliche Kleidung im Rhythmus der Musik ablegten.

Cedric hatte sie in einen Stripclub geführt.

Er hielt sich nicht lange im Hauptraum auf, sondern

durchquerte ihn mit Emma im Arm, steuerte auf einen durch einen hellen Perlenvorhang abgetrennten Rundbogendurchgang zu. Cedric trat zu einem der breitschultrigen Männer, die rechts und links von dem Eingang standen, und wechselte ein paar Worte. Der Aufpasser nickte, schob den Vorhang beiseite und gewährte ihnen Eintritt. Er musterte Emma für einen kurzen Moment, doch sagte nichts. Als sie den Nebenraum betraten, erkannte Emma, was der skeptische Blick bedeutet hatte. Hier war die Musik anders und wesentlich leiser. Stühle standen herum, die jedoch von den männlichen Besuchern nicht genutzt wurden. Die Männer standen viel lieber, versperrten die Sicht auf das, was sie betrachteten.

»Komm mit mir.«

Cedric zog sie am Arm hinter der letzten Reihe entlang an die Seite, wo niemand stand, und Emma stockte der Atem. Zuerst sah sie nur die erregten Gesichter der Zuschauer, dann folgte sie den Blicken auf das sich drehende, runde Podest. Der nackte, schlanke Körper einer Frau saß auf dem Schoß eines ebenso schlanken, nackten Mannes. Stöhnend steigerte sich der wippende Rhythmus ihrer Hüften, mit dem sie ihren Partner für jeden sichtbar ritt. Das Podest, auf dem die beiden sich ihrer Lust hingaben, rotierte langsam, zeigte das kopulierende Pärchen von jeder Position aus. Der Mann vergrub seine Fingerkuppen in ihren Hüften und zwang ihr ein schnelleres Tempo auf, und je nachdem, wie die runde Bühne sich drehte, konnte man sehen, wie sein Schaft sich in ihr Fleisch bohrte.

Emma war ebenso gefesselt wie erschrocken. So etwas hatte sie noch nie gesehen, noch nicht einmal davon gehört. Das hier war anders als ein Sexfilm, denn zu beobachten, wie die Frau und der Mann sich live und real einander hingaben, machte die Zuschauer zu einem Teil des Geschehens. Es geschah nicht heimlich und jeder im Raum war sich der Anwesenheit anderer bewusst. Manche der Männer zog es zu den Stühlen, andere rieben sich ihre Erektion im Stehen.

Die Luft roch nach Sex und vernebelte Emmas Sinne. Selbst ihre Anwesenheit als einzige weibliche Zuschauerin in diesem Nebenzimmer hielt keinen der Männer davon ab, sich vom Anblick der Paares anheizen zu lassen, oder sich selbst zu befriedigen. Der Mann auf dem Podest hob seinen Oberkörper, saugte abwechselnd an den Brustwarzen seiner Gefährtin, die sich stöhnend zurückbog. Sie trieb sich auf das Geschlecht ihres Partners und sah direkt in die Gesichter der Zuschauer. Cedric zog Emma dicht an seine Brust und presste seinen Unterleib gegen ihren Rücken, ließ sie spüren, dass der Anblick auch ihn erregte. Er rieb sich an ihren gefesselten Händen, keuchte heiß auf ihre rechte Schulter und biss sanft hinein. Manche der Zuschauer wussten nicht, wohin sie ihre Aufmerksamkeit lenken sollten. Auf das Paar auf der Bühne oder das in ihren eigenen Reihen.

Lust floss wie Lava durch Emmas Adern. Ihre Augen konnten sich nicht von dem Schauspiel des Paares lösen, während Cedric sich erregt und hart zwischen ihre Hände drängte. Die Laute der beiden auf der Bühne übertönten die sich befriedigenden Männer und kündigten an, dass sowohl die Frau, als auch ihr Gefährte kurz vor dem Finale standen. Ihre Bewegungen wurden heftiger und die Hand des Schauspielers rieb die Scham seiner Partnerin, bis sie stöhnend zum Orgasmus kam. Kurz danach schob er sie von sich, bis sie mit weit gespreizten Beinen vor ihm lag. Er massierte sich, heftete seinen Blick auf ihren bebenden Körper. Emma erstarrte wissend, was geschehen würde, aber fassungslos erregt darauf wartend, dass es passierte. Heiser keuchend rieb der Mann sich den Schwanz mit der Faust und entlud sich über den nackten

Körper vor ihm, rieb den letzten Tropfen seiner Lust auf ihre blank rasierte Scham.

Emma fühlte sich ertappt, als sein erleichterter Blick sie mit einem süffisanten Lächeln traf. Der Schauspieler nickte, und sie spürte in ihrem Rücken, dass auch Cedric seinen Kopf bewegte. Ein heißer Schauer durchfuhr sie. Gerade als einige der Zuschauer den Raum verlassen wollten, drängte Cedric Emma in Richtung Bühne. Widerwillig wehrte sie sich dagegen.

»Nein, nicht … das …«

Seine Hand schloss sich um ihren Nacken und schob ihren Körper vor sich her, bis sie die Stufen des Podestes erreichte, das nun leer war und sich nicht mehr drehte. Cedric führte sie zur Mitte und drehte sie mit dem Gesicht zu den Männern. Sie betrachtete die neugierigen Blicke und fühlte eine Ohnmacht in sich aufsteigen. Cedric rückte sie in den Mittelpunkt der Aufmerksamkeit. Hinter ihr klickten die Handschellen auf, fesselten ihre Handgelenke kurz darauf vor ihrem Körper. Cedric streichelte sanft ihre Arme, senkte seine Lippen auf ihre linke Schulter.

»Du wirst ihnen zeigen, wie du es dir selbst machst.«

Widerwillig schüttelte Emma ihren Kopf.

»Das kann ich nicht.«

»Du kannst, und du wirst.«

Die Träger des Nachtkleides rutschten über ihre Schultern und entblößten ihren Busen, nachdem Cedric nachgeholfen hatte. Sofort hob Emma ihre Arme zum Schutz empor, doch Cedric war es gleichgültig.

»Bitte nicht.«

Er schob seine Hände unter die Seitenschlitze des Kleides und raffte den vorderen Teil, bis jeder sehen konnte, dass sie kein Höschen darunter trug. Die Blicke der Männer fixierten ihren nackten Schoß.

»Cedric, ich kann nicht … das ist zu viel.«

»Ich erwarte, dass du mir gehorchst. Sonst werde ich dich hier und jetzt bestrafen. Sie werden dich nicht anfassen, das ist ihnen nicht erlaubt. Sie werden dir nur beim Solospiel zusehen und sich daran erregen. Die Aufmerksamkeit, die du liebst, wird dir jetzt ungeteilt von mir geschenkt. Tust du nicht, was ich von dir erwarte, werde ich ihnen erlauben, dich anzufassen, egal wie und egal wo.«

Wieder glitt ihr Blick über die Gesichter der Männer. Er lieferte sie ihnen aus und forderte einen intimen Akt von ihr, den sie bisher nicht einmal mit einem Liebhaber geteilt hatte. Doch wenn sie nicht tat, was er wollte, würde Cedric sie noch weit Schlimmerem ausliefern, als nur ihren Blicken. Mit den Händen presste er sie auf die Knie, umrundete Emma und öffnete mit den Füßen ihre Schenkel. Sanft hob er ihr Kinn empor, damit sie ihn ansah.

»Auch ich werde dich beobachten, und ich will etwas von dir sehen. Etwas, das du noch keinem Mann gezeigt hast. Enttäusche mich nicht, Emilia.«

Eingeschüchtert verfolgte sie, wie Cedric das Podest verließ, sich in die erste Reihe der Zuschauer setzte und die Arme vor der Brust überkreuzte. Sein strenger Blick wirkte wie eine stete Ermahnung zu gehorchen. Die Temperatur in dem Raum schien sich zu erhöhen, und das Zimmer wirkte plötzlich kleiner, die Zuschauer näher als zuvor.

»Das kleine Luder traut sich nicht. Komm schon, Schätzchen, zeig uns was.«

Kaum ertönte die Stimme einer der Männer, wurden mehr laut. Sie forderten Emma auf, ihnen zu zeigen, was sie sehen wollten, aber nur Cedrics dominanter Blick fesselte sie. Die Erniedrigung, die er damit beabsichtigte, schwang wie ein heißer Luftzug um sie herum. Emma weigerte sich, in die erregten, gierigen Gesichter der Menge zu blicken. Sie zitterte vor Anspannung, und trotzdem sich Widerwille in ihr regte, fühlte sie das lustvolle Pochen zwischen ihren Beinen.

Es war nicht so wie im Club mit Mistress Sabin und ihrem Sklaven. Es fühlte sich anders an, diesen Augen ausgeliefert zu sein, zu tun, wonach sie gierten. Sie genoss es, im Mittelpunkt des Geschehens zu stehen, da behielt Cedric auch diesmal recht, doch das unmoralische Verlangen, sich zu präsentieren, wie er es wünschte, ließ sie zögern. Es war verrucht, schmutzig und besaß einen Hauch von Perversion, die mit ihren Hemmungen rang. Erschrocken fuhr sie zusammen, als jemand geräuschvoll die Hände auf das Podest knallte. Cedric fixierte sie mit zusammengezogenen Augenbrauen, und sie konnte sehen, dass seine Geduld zu Ende war.

»Tu, was ich dir gesagt habe, oder sie werden es erledigen.«

In seinen grünen Augen funkelte eine gefährliche Dunkelheit, und um seine Mundwinkel zuckte ein sadistisches Lächeln, als wüsste er, in welchem Dilemma sie steckte. Unvermittelt griff er in ihren Schoß, rieb seine Fingerspitzen in ihren Spalt. Als er die glänzenden Kuppen zu seinem Gesicht hob, senkte sie ertappt ihren Blick und schluckte hart an der Demütigung, die darin steckte, dass ihre Lust so offensichtlich war.

»Erregt dich der Gedanke, dass sich all ihre Finger in dich bohren könnten, oder dass du es tust, vor ihren Augen?«

Lachend drehte er ihr den Rücken zu, hob seine Hände, als ob er die Zuschauer gleich dazu auffordern würde, sich zu nehmen, was ihnen verweigert wurde. Emma schob ihre zitternden Finger zwischen ihre Schamlippen und spürte das hitzige Pochen ihres eigenen Verlangens. Sie lehnte sich zurück und tastete zielsicher nach ihrer pulsierenden Klitoris. Ein anerkennendes Raunen der Männer durchdrang den

Raum, als sich das Podest zu drehen begann. Sie würden sie von allen Seiten betrachten können, während sie ihnen diesen intimen, persönlichen Einblick in ihre private Lust gewährte.

Emma stellte ihre Füße auf, öffnete weit ihre Schenkel, provozierte somit die Blicke auf ihren Schoß. Mit den Fingern der rechten Hand öffnete sie ihre Scham, die rot und geschwollen war und glänzte vor Erregung. Die linke Mittelfingerkuppe reizte und umspielte die Lustperle, bis ein leises Stöhnen über Emmas Lippen floss. Die Handschellen klirrten bei den Bewegungen ihrer Hand, und Anspannung wich einer erregenden Sucht nach Erlösung, die sie sich selbst vor aller Augen verschaffen durfte, elektrisiert von der Gier der Männer, die ihr zusahen und deren Blicke sie sich jeder Sekunde bewusst blieb.

Keuchend bog Emma ihren Rücken zum Hohlkreuz, bis sie auf der Bühne lag, die Beine weit gespreizt und offen für die Augen der Zuschauer, die sich an ihrem Anblick erregten, sich vielleicht selbst massierten. Emma umspielte mit der Fingerspitze immer schneller ihre Klitoris und stieß ein Fingerpaar gleichzeitig in ihren Schoß, fühlte, wie das gierige, feuchte Fleisch ihrer Scham sich um die Kuppen schloss. Sie vergaß die Blicke, gab sich ganz ihrer eigenen Lust hin und verlor sich in ihrer Begierde.

Ein leiser Schrei löste sich aus ihrer Kehle, als sie zuckend den Orgasmus erreichte, das rhythmische Zusammenziehen der Vaginalmuskeln an ihren tief versenkten Fingern fühlte, und alle Anspannung und Hemmung von ihr abfiel. Emma blieb still auf dem Rücken liegen und hörte dem leisen, rauen Keuchen zu, das einige der Männer von sich gaben. Zu einem Lustobjekt erniedrigt, kehrte das Schamgefühl zu ihr zurück. Jemand im Raum stöhnte auf und schien sich in seiner Faust zu entladen. Ein anderer ergoss sich grob fluchend so dicht neben ihr, dass Emma die Augen aufriss und zusah, wie der Samen in Nähe ihres Gesichtes auf die Bühne spritzte.

Cedric kniete neben ihr auf dem Podest, zog ihren Oberkörper empor und schloss sie fest in seine Arme. Sie krallte ihre Finger in sein Jackett, froh darüber, dass er sie schützte, sie hielt und tröstete.

»Schämst du dich für deine Sucht nach Aufmerksamkeit?«

Sie nickte an seiner Brust und hörte sein leises Auflachen.

»Lass uns gehen. Hier sind wir fertig.«

Er hob sie auf seine Arme und trug sie aus dem Stripclub. Emma fühlte sich wie ein verletztes Kind und so hilflos ihrer eigenen Perversität ausgeliefert.

»Woher hast du das gewusst?«

»Dass du dich gern präsentierst?«

»Ja.«

Er stellte sie auf ihre Füße und stützte sie, denn ihre Knie drohten wegzuknicken.

»Das Spiel mit dem Spiegel in der Nacht nach der Hochzeit. Es hat dich erregt, dir selbst zuzusehen. Du bist exhibitionistisch veranlagt, aber du schaust auch gern anderen zu.«

Endlich fand sie ihr Gleichgewicht. Cedric öffnete die Handschellen um ihre Gelenke, und Emma rieb sie sich, als wären sie wund. Er prüfte sogar, ob sich ihre Haut aufgeschürft hatte. Sanft legte er seine Hand um ihre zierlichen Finger und spazierte mit ihr den Bürgersteig entlang. Emma hatte das Zeitgefühl verloren und registrierte erstaunt, wie dunkel es bereits war. Überall in dem Vergnügungsviertel lockten leuchtende Reklameschilder Passanten zu erotischen Abenteuern.

»Hat es dir gefallen?«

Sie wusste nicht, warum das für sie wichtig war. Er griff

nach dem lose baumelnden Ende der Leine und zwang sie näherzukommen.

»Was glaubst du?«

Die Hand, die er hielt, ließ er in seinen Schoß gleiten. Er war hart unter dem Stoff seiner Hose. Ihre Finger umschlossen den Schaft, der unter ihrer Reibung zuckte, und ein verführerisches Lächeln glitt über ihre Lippen. Cedric senkte sein Gesicht, bis seine Stirn gegen ihre Schläfe lehnte. Sein sinnlicher Mund öffnete sich zu einem tonlosen Stöhnen, und seine Hüften schoben sich gegen ihre massierende Hand. Sie fühlte, wie er unter ihren Fingern wuchs, noch praller und härter wurde.

»Bist du auch ein bisschen exhibitionistisch?«

Verstohlen huschte Emmas Blick die Straße entlang.

»Das wäre die nächste Station unserer kleinen nächtlichen Reise.«

»Oh!«

Er schloss seine Finger fest um Emmas Handgelenk und gebot ihr, die Massage einzustellen. Für einen kurzen Moment hatte Cedric sich ihrer Kontrolle hingegeben, seine Dominanz schleifen lassen. Auch wenn es ihn danach drängte, sie gewähren zu lassen, übernahm er wieder die Führung. In seinem Blick funkelte Neugier.

»Wo gehen wir hin?«

Er antwortete nicht, sondern zog sie bei der Hand weiter den Bürgersteig entlang, während er bemüht war, seine Erektion vor den Blicken der entgegenkommenden Menschen zu verbergen. Cedric stieg mit Emma die Stufen eines unscheinbaren Hauses empor und klopfte an. Ein Summen öffnete die Tür, und gemeinsam betraten sie einen schlauchartigen Flur, von dem mehrere Zimmertüren abgingen. Eindeutige erotische Geräusche drangen durch teilweise geschlossene oder geöffnete Türen. Cedric steuerte auf den ersten Raum rechts durch einen Rundbogen auf die Bar zu. Emma konnte sich keinen Reim darauf machen, wo sie sich befand. Ein Bordell? Männer und Frauen in knapper Unterwäsche saßen auf den Sofas, flirteten, lachten und tranken. Manche schmusten zu zweit, manche sogar zu dritt miteinander, und irgendwie schien jeder das Vergnügen mit jedem zu suchen.

Cedric bestellte beim Barkeeper zwei Drinks.

»Setz dich, Schatz.«

Emma achtete darauf, so wie es ihm gefiel, mit dem nackten Gesäß auf dem Barhocker Platz zu nehmen. Sie griff durstig nach dem Glas, das der lächelnde dunkelhaarige Barkeeper ihr hinstellte.

»Ich habe dich lange nicht mehr hier gesehen, Cedric. Was treibst du so?«

Sie hörte zu, wie Cedric von dem Geschäft in Miami Beach City erzählte, das er mit einem alten Studienfreund eröffnet hatte. Die künstlich angelegten Inseln von Miami wurden fast ausschließlich von Prominenten und Reichen bewohnt. Von der Putzfrau, über den Butler, den Gärtner, die Nanny, den Poolboy, Catering für Partys, bis zur Reinigung und Vorbereitung der Yachten, Cedric besorgte der reichen Klientel das geeignete und zuverlässige Personal für ihre Bedürfnisse.

»Klingt nach einer lukrativen Geschichte.«

Nickend hob Cedric sein Glas und leerte es.

»Und wer ist deine heutige Begleitung?«

Die beiden betrachteten Emma für einen schweigsamen Moment, und Emma fiel ein, dass Cedric sie seinem Bekannten nicht vorgestellt hatte. Der dunkelhaarige Barkeeper musterte sie mit einem lüsternen Blick. Cedric hob sie an der Taille gepackt von dem Hocker und setzte sie auf die blanke Theke.

»Gefällt sie dir?«

Emmas Herz setzte einen Schlag aus bei dem Gedanken, Cedric könnte sie ihm überlassen. Der Fremde war nicht unattraktiv, sein Lächeln sympathisch, und seine braunen Augen glänzten weich und gutmütig. Unter dem weißen Hemd, dessen Ärmel er bis zu den Ellbogen hochgerollt hatte, wölbte sich ein kleiner Bauch. Seine Schultern waren breit und die Haut dunkel gebräunt. Er hob seine kräftigen Finger und strich ihr hauchzart den nackten Arm entlang.

»Sie ist hübsch.«

Emma zog ihre Schultern ein wenig nach vorn, in der Hoffnung, so zu verbergen, dass sich ihre Brustspitzen abermals zusammenzogen. Cedrics Hände schoben sich unter den Stoff des Kleides und öffneten ihre Knie.

»Ihr Name ist Emilia. Emilia, das ist Jonah, ein guter Freund von mir.«

Wieder diese Öffentlichkeit, doch diesmal waren es die Finger eines Mannes, die ihre Lust weckten. Cedric kratzte an der empfindlichen Innenseite ihrer Schenkel entlang. Manche der Gäste, die auf den Sofas saßen, interessierten sich gar nicht für das, was auf der Bar vor sich ging, andere riskierten einen Blick. Jonah fasste über die Theke und umschloss von hinten Emmas noch bedeckte Brüste.

Cedric schien nicht zu stören, dass sich sein Freund an ihr bediente. Emma öffnete ihren Mund, doch jeder Einwand wäre eine Lüge gewesen. Das reizende Spiel von Jonahs Fingerspitzen an ihren Brustwarzen brachte sie zum Stöhnen, während Cedrics Fingerkuppen ihren feuchten Schoß erkundeten. Jonah zog ihren Oberkörper zu sich, bis nur noch ihr Hintern auf der Theke ruhte, ihre Schulterblätter aber mit weit überstrecktem Rücken auf der Spülanrichte unterhalb des Tresens lagen. Emmas Nacken bog sich über die Kante. Jonah kniete sich zu ihrem Gesicht hinab, streichelte ihre Wangen.

Emma konzentrierte sich darauf, was Cedric mit seinen Fingern in ihrem Geschlecht anstellte. Er schob ihr ein Fingerpaar in die feuchte, heiße Öffnung und füllte sie, bis sie heiser keuchte. Das Fingerspiel stoppte abrupt und so plötzlich, dass sich alles in Emma Kopf drehte.

»Das ist ja mal richtig heiß.«

Über die Theke hinweg hörte sie die Stimme einer Frau. Jonah hinderte Emma daran, nachzusehen, wer gesprochen hatte, indem er seine Hände auf ihre Brüste presste, abermals mit den Spitzen spielte. Er stand dicht genug an ihrem Gesicht, dass sie seine Männlichkeit durch den Stoff seiner Hose wahrnehmen konnte. Die Wölbung zeugte davon, dass er erregt war.

»Was sagst du dazu, Honey? Wir sind gerade erst gekommen, und das ist ein Anblick. Wie ist dein Name?«

»Cedric.«

»Das ist Tom, mein Mann, und ich bin Sophia. Dürfen wir euch zu einem Drink einladen?«

»Oder wir sehen euch eine Weile zu und vielleicht können wir später in einem Separee weitermachen?«

Die Männerstimme klang heiser und rau. Allmählich wurde die Haltung für Emma unangenehm. Die Kante der Bar und die Ecke der Spüleinrichtung drückten in ihr Fleisch, und der überstreckte Rücken verspannte sich.

»Cedric?«

Er achtete nicht auf sie, während Jonah sich mit ihrem Busen beschäftigte. Die kräftigen Hände des Barmanns bedeckten ihre Brüste unter dem Kleid, kneteten, massierten und drückten sie sanft. Erst, als die Neuankömmlinge ihre Bestellung nach Sekt aufgaben, ließ Jonah von ihr ab. Cedric plauderte mit dem Pärchen, klang freundlich, scherzte und schien Emma völlig vergessen zu haben.

»Und wer ist deine kleine, feuchte Freundin?«

Sophias Stimme vibrierte lüstern, und die Frau blickte über den Rand der Theke zu Emmas Gesicht.

»Sie ist nicht wichtig.«

Eine Schockwelle ergriff Emma bei dem kühl ausgesprochenen Satz. Mit einem Ruck zog Cedric sie wieder empor, hob sie von der Bar und stellte sie auf die Füße.

»Das würde ich so nicht sagen.«

Tom war blond, mit kurz geschnittenen Locken und einem Körper, der dünn und drahtig wirkte, zu schmal für Emmas Geschmack. Er hingegen schien an Emma Gefallen zu finden. Seine grauen Augen starrten sie unverhohlen an, und er leckte sich über die schmalen Lippen. Emma wandte ihr Gesicht von ihm ab und begriff, wo sie sich befand. Noch nie hatte sie einen Swingerclub von innen gesehen oder jemals daran gedacht, einen zu besuchen. Was hatte Cedric hier vor? Emma sah zu, als die blonde Sophia ihre drallen Kurven mit üppigen Brüsten, die ihren durchsichtigen BH fast sprengten, gegen Cedrics Oberkörper drückte.

»Du gefällst mir.«

Eifersucht flammte in Emma auf, während sie noch immer bemüht war, Toms zudringlichem Blick auszuweichen. Cedric dachte nicht daran, mit diesen beiden einen Partnertausch vorzunehmen, oder doch? Der Gedanke erübrigte sich, als Cedric einen Arm um die Taille der Blondine legte, sie an sich zog und zu ihr hinab lächelte.

»Verrate mir, was du dir vorstellst, und ich überlege, wie ich dir deinen Wunsch erfülle, Süße.«

Sophias Hände schlossen sich um Cedrics Nacken. Sie flüsterte leise etwas in sein Ohr, und das schmutzige Schmunzeln auf seinen Lippen ließ Emma Böses ahnen. Sophia drängte sich enger an Cedrics Körper. Emma erkannte, welche Wirkung Cedric auch auf andere Frauen ausübte. Ja, er war gut aussehend, er war attraktiv und ein Blickfang. Wie ein Stachel bohrte sich die Eifersucht in Emmas Herz. Doch viel schlimmer wog seine entzogene Aufmerksamkeit, die er einer anderen schenkte.

»Du bist ein schmutziges, kleines Luder, Sophia.«

Sophias Hand griff zwischen seine Beine.

»Ich stehe auf dominante Männer, und du bist wahnsinnig heiß.«

»Was ist mit Tom?«

Cedrics Blick glitt zu dem Ehemann, der Emma mit seinen Blicke auszog.

»Er sieht gern zu, wie mich ein großer, starker Mann richtig rannimmt.«

»Wie wäre es, wenn du mit Tom nach einem ruhigen Plätzchen suchst?«

Seine Stimme klang so süß und verführerisch, dass Sophia deutlich in Flammen für ihn stand. Sie nickte, packte fast grob nach Toms Arm und zog ihn hinter sich. Cedric beugte sich über die Theke und grinst verschwörerisch zu Jonah.

»Ich werde wohl meine Tasche benötigen.«

Jonah lachte leise, öffnete einen Schrank unter der Bar und stellte eine kleine Ledertasche auf die Theke. Ohne ein Wort mit ihr zu sprechen, packte Cedric die Handschlaufe der Leine und gab Emma einen Ruck.

»Cedric, ich glaube nicht, dass ich …«

Schwungvoll wandte er sich zu ihr um und sein strenger Blick traf sie tief.

»Du schweigst.«

Im selben Moment winke Sophia nach Cedric.

»Wir sind hier, Baby.«

Noch immer standen Cedric und Emma dicht beieinander. Emma legte ihre Stirn in Falten.

»Baby?«

Belustigt verzog Cedric sein Gesicht, das er näher zu Emma hinab beugte.

»Das Baby wird ihr gleich vergehen, und du, Liebling, wirst dabei zusehen.«

Emma wich die Farbe aus dem Gesicht. Sie war nicht einmal imstande, den Kuss zu erwidern, denn Cedric ihr auf die Lippen presste. Der Clubbesuch war Teil seines Plans, allerdings das Pärchen eher eine willkommene Spontanaktion, die Cedric als Chance aufgriff.

16

Das Bett in dem Separee war riesig, oval mit roten Satinlaken und unzähligen Kissen versehen. Am Fußende platzierte Cedric einen Stuhl.

»Setz dich, Tom.«

Es war eine Einladung statt eines Befehls, und Cedric klopfte auf die Rücklehne. Tom kratzte sich am Hinterkopf und schien zu überlegen, ob er das wirklich wollte, was Sophia sich gewünscht hatte. Es war wohl nicht das erste Mal, dass er zusehen sollte, wie seine Frau mit einem anderen Mann schlafen würde. Doch dieses Mal würde es etwas Neues sein. Emma fühlte sich in dem abgeschlossenen Zimmer verloren. Niemand nahm Notiz von ihr. Tom setzte sich zögerlich. Cedric zog einige Seile aus der kleinen Ledertasche. Die Hände des Mannes fixierte er an den Stuhllehnen, sodass er sich nicht befreien konnte. Höhnisch fuhr Cedric mit den Fingern durch Toms kurze blonde Locken.

»Keine Angst, ich werde mich auf deine Frau konzentrieren.«

Er schien Toms Bedenken erraten zu haben, denn der junge Mann entspannte sich. Hatte er geglaubt, Cedric würde auch ihn dominieren? Emma unterdrückte ein leises Lachen, doch die Art, wie Cedric Tom berührte, ließ für den Bruchteil einer Sekunde Zweifel in ihr aufkeimen, ob er nicht doch manchen devoten Mann gehabt hatte. Berührungsängste mit dem eigenen Geschlecht schienen Cedric fremd, als seine Hand über die flache Brust des Gefesselten strich. Tom spannte seine Muskeln an, als ob er sich gegen das Gefühl wehren wollte. Eine Sekunde, bevor der Blonde auch verbal aufsträuben wollte, ließ Cedric grinsend von ihm ab. Einen zweiten Stuhl platzierte er an der Längsseite des Bettes, zog Emma an der Leine zu sich und drückte sie wortlos auf den Sitz. Auch sie fesselte er mit den Händen, verband zusätzlich ihre gespreizten Knie mit den Stuhlbeinen rechts und links, sodass sie ihre Schenkel nicht mehr schließen konnte.

»Cedric, ich glaube, mir gefällt das nicht.«

Ein Blick von ihm ließ sie verstummen, und die zärtliche Streicheleinheit auf ihrer rechten Wange stand so extrem im Widerspruch zu seiner Strenge, dass Emma nach Atem rang.

»Es interessiert mich nicht im Geringsten, ob es dir gefällt. Das hier findet zu meinem Vergnügen statt. Du wirst geduldig dabei zusehen. Und damit ich sicher sein kann, dass du dich nicht einmischst, werde ich dafür sorgen, dass du den Mund hältst.«

Er entnahm der Tasche einen Knebel, dessen schwarzen Moosgummiball er Emma zwischen die Zähne schob. Das weiche Material verhinderte jegliche Kommunikation. Mit Lederriemen verschloss Cedric den Knebel an ihrem Hinterkopf.

»Du wärst jetzt gern an Sophias Stelle?«

Sie nickte und stöhnte entsetzt gegen den Knebelball.

»Aber du bist es nicht.«

In seinen Augen funkelte Sadismus auf. Cedric kostete den Moment aus, als würde ihn einzig ihre Hilflosigkeit bereits erregen. Emma hegte keinen Zweifel daran, dass es genauso war. Sein Oberkörper erhob sich, und er knöpfte sich das Hemd auf. Er zog es aus dem Bund seiner Hose und ließ es zu Boden fallen. Dann wandte er sich der üppigen Blondine auf dem Bett zu.

»Du willst also wissen, wie es ist, eine Session mit einem Dominanten zu erleben. Bist du dir sicher?«

»Oh ja … absolut.«

Sie klang erregt und nervös zugleich. Cedric legte die Hände auf Toms Schulter und begann, ihn zu massieren. Tom fühlte sich leicht unwohl und glaubte sich wohl in Gefahr, dass Cedric ihn doch noch involvieren könnte.

»Dann erzähl mir erst einmal etwas über dich, Süße. Magst du es, wenn man dir mit der bloßen Hand den Hintern versohlt?«

Das Kopfnicken erfolgte euphorisch.

»Magst du harten Sex, Sophia?«

Wieder bestätigte sie, und ihre Augen fixierten Cedrics trainierten Oberkörper. Emma wusste, was in Sophias Kopf vorging. Abermals griff Cedric in die Tasche und beförderte einen zweiten Knebelball ans Licht. Der Protest, zu dem Tom den Mund öffnete, gab Cedric die Gelegenheit, ihm den Ball zwischen die Lippen zu schieben. Tom brüllte gegen den Ball. Wieder strichen Cedrics Hände fast liebevoll durch die kurzen, blonden Locken des Mannes.

»Magst du es, wenn man dir Befehle erteilt?«

»Alles, was du willst, Baby.«

Emma bemerkte, dass Cedric beim Kosewort das Gesicht leicht verzog. Sophia sah nur sein Lächeln. In diesem Gesichtsausdruck erkannte Emma deutlich den Mann wieder, dem sie zum ersten Mal im Club begegnet war. Gefährlich, mysteriös, unberechenbar. Sie verspürte ein leichtes Kribbeln in ihrem Nacken.

»Alles, was ich will?«

Es klang nach einer Fangfrage, deren Unterton Sophia nicht aufschnappte.

»Alles.«

Cedric nickte streng.

»Räum die Tasche aus, leg jeden Gegenstand gut sichtbar auf das Bett.«

Sophias Hände zitterten vor Aufregung, als sie der Aufforderung nachkam, ohne dabei zu wissen, was manche der Objekte darstellten oder wofür man sie benutzte. Klemmen, zusammengeklappte Schlaginstrumente, ein Paddel, ein kleines Rad mit Zähnchen, Wäscheklammern in einem Beutel. Würde er das alles an ihr ausprobieren? Cedric lockte Sophia mit dem Zeigefinger zu sich.

»Knie dich vor deinen Mann, und zeig mir, wie gut du mit deinen Lippen bist.«

Ihre feinen hellbraunen Augenbrauen hoben sich. Ihr Blick wechselte von Tom zu Cedric.

»Ich würde lieber dich verwöhnen.«

Cedric lachte kalt.

»Bevor du meinen Schwanz verdient hast, musst du mir erst beweisen, wie gut du bist.«

Der Hohn ließ ihre Wangen rot aufleuchten, dennoch kroch sie auf Knien zwischen die Beine ihres Mannes und schob seinen Slip weit genug hinab, damit sein Geschlecht frei stand. Sein Schaft war dick und kurz, die Eichel prall und rosig.

»Worauf wartest du, Sklavin. Verwöhn ihn mit dem Mund, und je nachdem, wie sehr du dich bemühst, werde ich dir gestatten, auch mich zu befriedigen.«

Cedric setzte sich auf das Fußende des Bettes, ohne Emma die Sicht zu versperren. Sophia schloss die Faust um den breiten Schwanz ihres Mannes, leckte über die rosige Spitze. Tom keuchte gegen den Knebelball in seinem Mund und verdrehte die Augen. Sein Kopf bog sich weit in den Nacken. Cedric erhob sich wieder, um einen anderen Einblick in Sophias Bemühungen zu bekommen, blieb seitlich der beiden stehen und verschränkte die Arme vor der Brust.

»Tiefer.«

Sophia umschloss mit dem Mund die Eichel ihres Mannes und glitt den Schaft hinab.

»Du schaffst das schon, noch tiefer.«

Er klang unerbittlich. Die Breite des Geschlechts machten es der Frau schwer, tiefer zu kommen, doch sie bemühte sich redlich, Tom gänzlich aufzunehmen. Cedric schob ihr eine Hand in den Nacken und presste ihren Kopf nach unten. Leise Würgegeräusche ertönten aus Toms Schoß.

»Braves Mädchen, so will ich das sehen.«

Emma war fasziniert und ebenso erschrocken, wie Cedric mit Sophia sprach und sie dazu zwang, den Schwanz ihres Mannes tief in ihrer Kehle zu dulden. Er lockerte den Griff, damit sie Luft holen konnte, nötigte sie erneut, den Mund weit zu öffnen.

»Nicht aufhören. Dein Mann ist nicht annähernd so weit.«

Tom hob die Hüften an, um seinen Unterleib näher ans Gesicht seiner Frau zu bringen. Cedric observierte das Geschehen in der Pose eines Lehrmeisters. Die Macht, die er in den Händen hielt, verlieh ihm eine ungeheure, unheimliche Ausstrahlung. Sophia kam nicht auf den Gedanken, sich zu widersetzen, und Emma sah stumm zu. Die Blondine schob ihre Lippen so tief über den Schaft, dass ihre Nasenspitze den Bauch ihres Ehemannes berührte. Sie kämpfte gegen den Würgereflex und bemühte sich tapfer um die Erfüllung der Aufgabe. Tom spannte sich unter dem Lippenspiel seiner Frau. Cedric griff in die langen Locken der Frau, riss ihren Kopf, kurz bevor sich Tom einem Höhepunkt hingeben konnte, fort. Der Lehrmeister umschloss mit einer Hand Sophias Kinn und lächelte.

»Das war gar nicht mal so übel. Ihm scheint es gefallen zu haben.«

Vor den Augen des Ehemannes küsste er sie, schob ihr die Zunge tief in den Mund und löste sich, bevor Sophia den Kuss hingebungsvoll erwidern konnte. Emma versuchte zu schlucken, was mit dem Knebel im Mund unmöglich war. Cedric stellte Sophia neben Toms Stuhl, gegenüber der Seite, auf der er stand, und grinste verwegen.

»Dafür sollte ich dich belohnen.«

Mit einem Handgriff öffnete Cedric seine Hose und Tom prallte mit dem Kopf erschrocken zurück. Direkt vor seinem Gesicht prangte der lange, erregt zuckende Schwanz eines anderen Mannes. Tom fluchte geknebelt, riss an seinen Fesseln, doch er war dazu verdammt, zuzusehen und zu dulden, dass seine Frau vor seinen Augen den Schaft eines Fremden lutschte. Sophia stützte sich auf die Schenkel ihres Mannes, bevor sie Cedrics Eichel kostete. Ihre Zunge leckte darüber, umschmeichelte gekonnt die Krone. Cedric stöhnte leise auf.

»Tiefer, Süße.«

Sie hob ihre Augen zu ihm empor, umschloss mit dem Mund seine Spitze und schob ihre Lippen über den Schaft. Tom versuchte, den Kopf abzuwenden, doch egal, wie er ihn drehte, seine Augen blickten immer wieder zu dem Schauspiel vor seinem Gesicht.

Emma fühlte mit ihm, denn auch sie spürte die Erniedrigung, die sie dazu verdammte, still und stumm dazusitzen und zusehen zu müssen, wie Cedric sich an einer anderen Frau erregte. Neid mischte sich mit der Eifersucht, die tief in ihr brodelte, doch dieser Anblick weckte auch Dunkles und Erregendes. Zu erleben, wie Cedric eine szenefremde Frau dazu brachte, ihm zu gehorchen, sie gefügig machte und dominierte, schürte Emmas Voyeurismus. Sophia würgte, als sie die Hälfte seines Geschlechtes in ihrem Mund duldete, und Cedric zwang sie, es mit mehr zu versuchen. Seine Ungnade schenkte Emma ein Gefühl sadistischer Wiedergutmachung. Cedric fing Emmas Blick auf und lächelte, als könnte er ihr ansehen, was sie dachte. Er bewegte sich vor und zurück, benutzte die Lippen der Blondine wie das Geschlecht einer Frau. Dabei strich er aus purem Hohn erneut gegen Toms Willen sanft durch dessen Locken. Er demütigte nicht nur Sophia, er erniedrigte zusätzlich ihren Mann. Der Hauch der Homoerotik, die dem Moment innewohnte, suggerierte, dass Tom trotz seiner widerspenstigen Gebärden keineswegs abgeneigt war. Sein Schwanz zuckte mit jeder Berührung, die Cedric ihm schenkte. Tom stöhnte entsetzt auf.

»Sophia? Du hast noch deine Hände frei. Ich glaube, dein Mann benötigt etwas Hilfe.«

Sie begriff, was Cedric verlangte, während sie ihre Lippen von ihm benutzen ließ. Ihre rechte Hand tastete nach dem Schaft ihre Mannes, umschloss ihn fest und massierte ihn. Wieder stöhnte Tom fassungslos. Das Lippenspiel vor seinem Gesicht und das Streicheln von Cedrics Fingern durch sein Haar erregten ihn. Er konnte sich nicht dagegen wehren, schrie auf und entlud sich in Sophias Hand. Cedric löste sich aus Sophias Mund, umschloss mit einer Hand das Kinn des blonden Mannes und rückte seinem Gesicht so nah, dass Tom befürchtete, Cedric würde ihn küssen.

»Deine Frau ist eine kleine, süße Hure, nicht wahr?«

Tom nickte wie hypnotisiert.

»Und sie braucht wirklich eine strenge Hand.«

Cedrics Nasenspitze berührte Toms Wange.

»Möchtest du sie für mich bestrafen?«

Wieder nickte er, und Emma war erstaunt, wie leicht es Cedric fiel, die beiden zu kontrollieren. Sogar der Mann schien ihm verfallen. Während Cedric noch mit ihm sprach, löste er die Seile, die Toms Hände an den Stuhl fesselten. Behutsam öffnete er ebenfalls die Schnalle, die den Knebel hielt.

»Sie ist ein verdorbenes kleines Luder, und ich werde dir zeigen, wie man sie zügelt. Einverstanden?«

Toms Gesicht wandte sich Sophia zu. Er wirkte zornig vor Erregung. Cedric hielt ihn fest.

»Sie wird danach nie wieder einen anderen Mann begehren.«

Emma blinzelte, war nicht sicher, ob sie wachsende Dominanz in Toms grauen Augen sah.

»Es war nicht deine Idee, in den Swingerclub zu gehen, oder?«

»Nein.«

Toms Stimme klang heiser und rau.

»Dachte ich mir. Sie hält dich für einen Schwächling, sucht in diesen Clubs nach potenten Kerlen, die sie so nehmen, wie sie es dir nicht zutraut.«

Cedric hinderte Tom daran, den Kopf zu senken.

»Liebst du deine Frau?«

»Natürlich.«

»Dann lerne, sie zu besitzen.«

Cedric umrundete den Stuhl und griff grob in Sophias Nackenhaar. Er zerrte sie auf die Füße und schubste sie unsanft in Richtung des Bettes. Aus seiner Hosentasche zog er ein Kondom, riss mit den Zähnen die Verpackung auf und rollte sich das dünne Latex über. Mit der Hand im Nacken, zwang er Sophias Kopf auf das Bett. Jetzt begann sie, sich zu wehren. Cedric unterband die plötzliche Widerspenstigkeit, öffnete ihre Schamlippen und rieb die Finger in ihr feuchtes Fleisch. Als sie schrie, schob er ihr die Hand über den Mund.

Toms Blick haftete glühend an dem Geschehnis vor seinen

Augen. Cedric wandte sein Gesicht zu Emma, kurz bevor er Sophia in Besitz nahm. Die Frau brüllte gegen die Hand, die sie knebelte, als er sich mit einem tiefen Stoß in sie bohrte. Das rücksichtslose Tempo, mit dem er sie sich nahm, galt allein seiner eigenen Gier. Seine Hüften prallten geräuschvoll gegen ihre Hinterbacken, und das heisere Knurren aus seinem Mund klang gefährlich, böse und erregend. Sophia wimmerte unter der gewaltsamen Inbesitznahme ihres Körpers, doch immer mehr mischte sich lustvolles Keuchen unter ihre Laute.

Cedric rammte sich noch heftiger in sie hinein, bis er schließlich, ohne auf sie zu achten, zum Höhepunkt gelangte. Mit einem sonderbaren Lächeln zog er sich aus ihr, schubste sie auf das Bett und drehte sie auf den Rücken. Mit gespreizten Beinen lag Sophia atemlos da. Cedric klatschte mit der Handfläche gegen ihr feuchtes Geschlecht und entlockte ihr einen gequälten Laut. Auch ohne Fesseln wirkte sie hilflos in ihrer angestauten Gier. Unter den Hieben auf ihre Scham röteten sich die feuchten Lippen, doch Cedric verbot ihr, die Beine zu schließen. Abermals legte er seine von ihrer Begierde feuchten Finger über Sophias Mund.

»Wie lange seid ihr beide verheiratet?«

»Drei Jahre.«

Toms Stimme klang fassungslos darüber, wie Cedric seine Frau benutzt hatte, aber nicht minder angeturnt davon. Sein Geschlecht war hart geworden.

»Und sie lässt dich zusehen, wie lange?«

»Sechs Monate.«

»Du hast ihr nie gesagt, dass du all diese Dinge mit ihr machen willst? Tom, wenn ich eins über Frauen weiß, dann dass Sophia dir damit einen Wink mit dem Zaunpfahl gegeben hat.«

Tom fuhr sich durchs Haar und seufzte.

»Aber ich weiß nie, wie. Ich weiß, sie will das, aber ich will ihr nicht wehtun.«

Statt einer Erklärung griff Cedric nach der zusammengeklappten Gerte auf dem Bett. Der Stock besaß mehrere Gelenke, die einrasteten, wenn man sie drehte. Das Ende bestand aus einer drei Finger breiten Lederlippe. Ohne Vorwarnung klatschte die Gerte auf Sophias rechte Brustwarze. Sie schrie und schob schützend die Arme über ihren Busen. Es war nicht wichtig, denn Cedric ließ den nächsten Hieb auf der Innenseite ihres linken Schenkels enden. Die Lederlippe strich zärtlich über die rote Stelle.

»Solange du ihr die Freiheit einräumst, dir den Weg zu weisen, und dich selbst kontrollierst, steht einem heißen Experiment nichts im Weg. Außer ihr redet weiter nicht offen über eure Neigungen. Du wirst vielleicht dominant geboren, aber du kannst nur lernen, eine Frau zu besitzen, wenn du es versuchst.«

Der nächste Schlag traf mitten auf Sophias Geschlecht.

»Lass dir von ihr erzählen, wonach sie sich sehnt, lest Bücher, schaut euch Filme an, diese Reise könnte eure Ehe retten. Weitere Besuche in solchen Clubs wie diesem hier wird euch irgendwann nur zum Verhängnis.«

Wieder knallte die Gerte auf Haut, traf die Vorderseite Sophias rechten Schenkels. Emma war überrascht. Selbst wenn sie hätte reden können, wäre sie sprachlos, wie kühl Cedrics Belehrungen klangen, während er die Frau züchtigte. Er drehte Sophia auf den Bauch, kniete sich über ihren Nacken und fixierte ihren Kopf so auf das Bett. Egal, wohin sie ihre Hände schützend legte, sie sah die Schläge nicht mehr kommen und Cedric traf immer wieder eine nackte Stelle.

»Du siehst, egal was ich mit ihr anstelle, sie duldet es. Deine Frau hat eine hohe Toleranzschwelle. Gib ihr ein Codewort, das ungewöhnlich klingt und dich daran bindet, sofort zu unterbrechen, was du tust. Das gibt beiden Seiten anfangs eine Sicherheit, da sie dir sagen kann, wann du zu weit gehst. Es ist einfacher, als du glaubst.«

Ihr Hintern rötete sich unter den Hieben, doch statt zu betteln, dass er aufhörte, keuchte, stöhnte und jammerte Sophia unter der Gerte, die kraftvoll auf ihrer Haut tanzte. Cedric legte das Schlaginstrument aus der Hand, packte ihre Hüften und hob sie hoch, bis sie kniete. Nach wie vor fixierte er ihren Nacken mit dem eigenen Gewicht. Cedric spreizte ihre Pobacken. Tom stand auf und trat hinter seine Frau, hielt dabei sein steifes Glied in der Faust. Fragend erwiderte er Cedrics auffordernden Blick.

»Woher willst du wissen, dass es genau das ist, was ich will?«

»So wie du meine Sklavin angesehen hast?«

Tom warf Emma einen verstohlenen Blick zu. Als wollte er testen, wie seine Ehefrau reagierte, ließ er seine flache Hand auf ihre rechte Pobacke klatschen, dann noch einmal, und noch einmal. Je mehr er daran Gefallen fand, desto mutiger und kräftiger wurden die Hiebe. Tom betrachtete die Rötung, die seine Hand auf ihrer Haut hinterließ. Den nächsten Schlag unterband Cedric.

»Es liegt mehr in Dominanz und Unterwerfung, als eine devote Frau körperlich zu züchtigen. Was euch beide erregt, müsst ihr nach und nach herausfinden.«

Er zeigte auf Emma.

»Wenn ich zwischen ihre Beine greife, weiß ich, sie ist erregt. Dabei hat sie bloß zugesehen. Ich habe sie dazu gebracht, vor einem Publikum von fremden Männern zu masturbieren. Sie hasst es, dass ich dir davon erzähle. Sieh sie dir an. Aber insgeheim genießt sie die Aufmerksamkeit.«

Emma zog wütend ihre Augenbrauen zusammen. Wie konnte er nur davon reden? Das waren Fremde! Fassungslos starrte sie Cedric an, der sie nicht beachtete und über sie redete, als sei sie abwesend.

»Sie ist eifersüchtig. Der Neid, dass ich mich nicht mit ihr, sondern mit deiner Frau beschäftige, nagt an ihr. Aber sie würde nicht aufstehen und gehen, selbst wenn ich ihr die Fesseln abnähme.«

Tom starrte Emma an.

»Würdest du sie mir überlassen?«

Cedric senkte seine Lippen auf die geröteten Pobacken von Sophia. Er stieg vom Bett und streichelte Emma liebevoll über den Kopf. Erschrocken stellte sie fest, dass er überlegte.

»Das würde dir gefallen, oder, Tom?«

»Sehr sogar.«

Emmas Körper versteifte sich bei dem Gedanken, einem ungeübten, neuentdeckten Dom zur Verfügung zu stehen. Cedric neigte seinen Kopf auf die Seite und betrachtete Emmas Mimik.

»Das könnte mir sogar gefallen.«

Der Schreck lähmte sie wie ein elektrischer Schlag. Spielte er mit ihrem Kopf oder erwägte er, sie Tom zu überlassen? Panik stieg in ihr hoch, die auch Cedrics Nähe nicht beruhigte.

»Kümmere dich erst einmal um deine Ehesklavin.«

Erst einmal! Die Worte schürten ihre Panik. *Erst einmal* klang, als wäre danach sie dran. Weitere Hiebe landeten auf dem prallen Hinterteil der Frau auf dem Bett, doch Emma achtete nur auf Cedric. Sie hörte das raue Keuchen, als Tom seine Frau von hinten nahm und ebenso hart zustieß, wie Cedric es vorgemacht hatte. Emma betrachtete Cedrics sanften Gesichtsausdruck. Wie gern hätte sie ihn berührt, ihm die Haarsträhne aus der Stirn gestrichen und seine Wangen geküsst. Sie wollte sich an ihn pressen, ihn umarmen, seine Wärme auf ihrem Körper spüren. Die lustvollen Geräusche des Ehepaares traten in den Hintergrund. Die Widersprüchlichkeit zwischen Angst und Lust katapultierte Emma in einen Limbus der Emotionen. Cedrics Schweigen klang süßer als jedes zärtliche Wort, das er hätte flüstern können.

»Du hast die Vorführung genossen, nicht wahr? Es hat dir gefallen, was ich mit ihnen angestellt habe.«

Er benötigte keine Bestätigung. Er wusste es genauso wie sie. Emma hatte die Macht gesehen, die er auf Menschen ausübte, ohne dass sie daran beteiligt war. Er hatte ihr die Möglichkeit geschenkt, einmal von außen zu beobachten, was ihn ausmachte. Cedric löste den Knebel aus ihrem Mund. Sanft legten sich seine Lippen über ihren Mund, und augenblicklich vergaß sie den dumpfen Schmerz in ihrem Unterkiefer. Der Kuss kribbelte von Kopf bis zu den Zehen.

»Du bist wie geschaffen für mich.«

Das Pärchen bemerkte nicht, wie Cedric und Emma den Raum verließen. Erst auf der Straße atmete Emma tief die Nachtluft ein und fühlte sich sonderbar euphorisch. Cedric löste die Leine aus der Öse ihres Halsbandes. Emma streckte den Kopf in den Nacken …

»Eins muss ich dich fragen, wenn ich darf.«

Sie sah ihn wieder an, und der Schalk blitzte in ihren Augen, doch er nickte.

»Du hättest ihn auch haben können, nicht wahr?«

Cedric lachte ohne eine Antwort auf und ging voraus. Emma folgte ihm.

»Sag schon, du hast das auch gesehen, oder? Er hat auf dich genauso reagiert wie Sophia.«

Noch immer schwieg Cedric lächelnd vor sich hin. Er genoss ihre Neugier und dass sie nicht locker ließ.

»Hattest du schon mal einen devoten Mann?«

Ihr verwegenes Grinsen provozierte eine Erwiderung.

»Er ist ganz hart geworden, wenn deine Finger durch sein Haar streichelten.«

Es laut auszusprechen, verwirrte sie plötzlich.

»Wie kann das sein? Du hast doch gesagt, er wäre dominant. Aber er hat so heftig auf dich reagiert.«

»Ich habe nicht gesagt, dass er dominant ist. Er weiß es noch nicht, aber die beiden werden schnell feststellen, dass auch Sophia lernen muss, wie man eine Gerte benutzt.«

»Also ist er nicht schwul oder bi? Hat er nun auf dich reagiert oder auf die Dominanz? Wie viele Männer hattest du schon?«

Sie hüpfte neben ihm her, wie ein ungeduldiges Mädchen und er musste darüber lachen, wie sie vor lauter Fragen ihre Rolle als Sklavin vernachlässigte.

»Du kannst mir das ruhig sagen, ich werde dich nicht verurteilen. Wir sind sowieso alle ein bisschen bisexuell geboren. Und du hast in deiner wilden Zeit nichts ausgelassen.«

Cedric beantwortet keine ihrer Fragen, obwohl sie stichelte und bohrte. Irgendwann ging sie dazu über, ihn über vorbeigehende männliche Passanten auszufragen, ob sie ihm gefallen würden, um Cedric aus der Reserve zu locken. Ihr amüsierter Gesichtsausdruck verlor sich, als er plötzlich seine Hand um ihre Kehle schloss und sie in einen dunklen Hauseingang drängte. Sein Kuss schmerzte auf ihren Lippen, und sein Körper presste sie gegen eine mit Graffiti beschmierte Wand.

»Das hättest du gerne gesehen, dass ich ihn statt ihr benutze.«

Sie krallte ihre Fingernägel in den Stoff seines Jacketts.

»Du warst neugierig darauf, wie ich ihn gefickt hätte. Richtig?«

Sie nickte und unterdrückte einen heißen Schrei, weil sich seine Zähne in ihren Hals bohrten.

»Es hätte dich erregt, zuzusehen, während ich meinen Schwanz in seinen Mund schiebe und ihn dazu zwinge, ihn zu lutschen. Oder?«

Seine ruhige Stimme und die schmutzige Sprache tropften in ihr Bewusstsein und lösten ein Kopfkino aus, das einen sintflutartigen Erregungsschauer durch ihren Körper trieb. Cedric hob plötzlich seine Hände.

»Tut mir leid, dich enttäuschen zu müssen, aber Männer haben mich nie gereizt. Auch wenn es an Angeboten nie mangelte.«

Er lehnte sich an die Wand gegenüber und musterte sie amüsiert.

»Aber die Art, wie du ihn berührt hast … Ein heterosexueller Mann würde sich scheuen, das zu tun.«

»Wirklich? Redest du von homophoben Heteros oder allgemein von Männern? Hast du Erfahrung damit?«

»Nein, ich hatte bisher noch keinen Dreier mit zwei Kerlen.«

»Aber mit einer Frau?«

»Auch das nicht.«

Diesmal hob sie die Hände und lachte.

»Okay, mein Sexleben war, bis ich Ruben traf, sehr eintönig und einfach und vielleicht auch langweilig in deinen Augen. Es war ganz okay für mich, und Ruben, naja, das weißt du bereits. Manchmal glaube ich, dass ich für dich …«

»Schhhh, sag es nicht. Ich will nicht hören, dass du dich für zu prüde für mich hältst. Denn das, was ich über dich weiß, hat mit Prüderie nichts zu tun. Komm her.«

Er öffnete seine Arme und presste sie sanft an sich. Cedric vergrub sein Gesicht in ihrem Haar, sog den Duft tief in seine Nase.

»Du bist voller Emotionen. Was immer ich in dir wecken will, du zeigst es mir und raubst mir den Atem. Ich habe das Gefühl, in deinem Gesicht wie in einem Buch zu lesen. Das ist mir mit keiner anderen passiert. Ich möchte dich wütend, zornig, erregt, lustvoll, ängstlich und auch leidend sehen, und weiß, dass ich mich daran niemals sattsehen könnte.«

Emma schloss die Augen und klammerte sich an seine Wärme, die durch ihr dünnes Kleid strahlte.

»Ich hasse es, eifersüchtig zu sein, und auf die beiden war ich es besonders.«

»Auf beide?«

Sie lächelte, ohne den Kopf zu heben.

»Beide, weil du ihnen viel Aufmerksamkeit geschenkt hast. Ich war neidisch auf Sophia, weil du dich an ihr erregt und deine Lust an ihr gestillt hast, dabei wollte ich das sein. Und ich war wütend auf dich, genauso wie du es gesagt hast.«

Emma kniff ihm spielerisch in die Seite.

»Weil du Tom erzählt hast, wozu du mich gezwungen hast.«

»Ich liebe es, dich zu Dingen zu zwingen, die du gerne tun willst, dich aber zögern lassen. Der Moment, in dem der Genuss größer wird als deine Hemmungen, zaubert den schönsten Ausdruck auf dein Gesicht.«

Cedric hob ihr Kinn zu sich empor. Sein amüsiertes Zwinkern ließ ihr Herz höher schlagen.

»Und jetzt will ich dich tanzen sehen.«

»Was?«

»Komm.«

Er griff nach ihrer Hand und kehrte mit ihr zurück auf die

Straße. Mit einer Hand winkte er ein Taxi herbei, öffnete die hintere Tür für Emma, und sie schmunzelte darüber, wie seine Anweisungen zu ihrer Sitzhaltung ihr schon selbstverständlich schienen. Cedric nannte dem Fahrer den Namen eines Nachtclubs in Soho, zog Emma an seine Brust und senkte seine Lippen auf ihren Kopf.

17

Warum wunderte sie sich eigentlich noch darüber, dass der Türsteher des beliebten Nachtclubs ebenfalls mit Cedric bekannt war? Er führte sie an der Warteschlange vor dem Eingang vorbei, begrüßte den dunkelhäutigen Mann an der Tür, der ihnen Einlass gewährte. Hinter ihnen wallten Beschwerden auf, doch die verhallten, sobald sie tiefer in den Rachen von *The Jaw* eindrangen. Auf der Tanzfläche bewegten sich schwitzende Körper nach der Musik eines bekannten DJs, der 80er Jahre Musik mit modernen Beats mixte. Die ehemalige Kirche hatte ihren religiösen Anklang nicht eingebüßt, doch heute tanzten hemmungslose Nachtschwärmer, Gothics und Punks zu ganz und gar nicht christlicher Musik unter den Augen der Heiligenbilder. Künstliche Spinnweben, Kunstdrucke von Gemälden von Vlad II. Dracul und Elisabeth Bathory und flackernde elektrische Kerzen sollten die alten Gemäuer in eine gruselige Atmosphäre tauchen. Emma fand die Gummifledermäuse etwas übertrieben, allerdings schmeckten die blutroten Drinks in den Reagenzgläsern nach leckerem Erdbeerlikör. Jedes Mal, wenn eine auf Vampir gestylte Kellnerin mit einem Brett dieser medizinischen Röhrchen vorbeikam, griff sie zu.

Cedric zog sie mit dem Rücken an sich.

»Trink nicht zu viel davon, sonst wirst du morgen mit einem bösen Schädel aufwachen.«

Sie lachte auf und bewegte sich zur Musik, die sie mitriss.

Cedric bahnte sich einen Weg durch die tanzende Menge zur Bar und ergatterte einen freien Hocker. Er ließ sich mit dem Rücken zur Theke nieder und beobachtete Emma. Ausgelassen ließ sie ihre Hüften kreisen, rieb sich mit dem Körper an einem leidenschaftlichen Tänzer, der ihr am nächsten war. Cedric zog sich das Jackett aus. Die Hitze brachte auch ihn zum Schwitzen. Emmas Haut glänzte von der Anstrengung, die ihr nichts auszumachen schien, und er genoss ihre Zügellosigkeit. Immer wieder schickte sie ihm einen Blick zu, als wollte sie sich vergewissern, dass ihm nicht missfiel, wie sie sich verhielt. Der Tänzer rieb seinen Körper dicht an ihrem, fasste sie bei der Taille und bog ihren Rücken weit nach hinten. Seine Lippen zogen eine heiße Spur über ihren Hals bis zum Ansatz ihrer Brüste. Es musste wirken wie ein Balztanz, den er mit ihr vorführte. Der Schweiß auf ihrer Haut durchtränkte den dünnen Stoff des Kleides. Die Mischung der Hitze von rhythmisch zur Musik zuckenden Leibern und ihren eigenen Bewegungen sorgte dafür, dass die Temperatur in dem Nachtclub stetig anstieg. Emma fühlte sich so frei und losgelöst, dass sie jeden Augenblick festhalten wollte. Die Eindrücke der letzten Tage, besonders dieser Nacht, benebelten ihre Sinne. Sie hatte das Gefühl, als stünde sie unter Drogen und als gäbe es kein Limit. Ihre Tanzpartner wechselten, sobald ein Song zu Ende ging. Keins der Gesichter prägte sich in ihre Gedanken. Sie waren unwichtig, belanglos, nur knapp bekleidete, junge und schöne Körper, die sich mit ihr bewegten. Völlig selbstvergessen tobte sie, drehte sich und schmiegte sich an, ließ sich führen oder übernahm selbst die Kontrolle. Berauscht von der düsteren Atmosphäre, den sinnlichen Berührungen und Cedrics Blicken, konnte sie nicht aufhören, sich zu bewegen, bis er sie zu sich rief.

»Trink das.«

Er gab ihr ein Glas Wasser, in dem Eiswürfel schwammen, und sie leerte es bis zum letzten Tropfen. Emma war nicht bewusst gewesen, wie durstig sie war. Einen der Eiswürfel nahm sie in den Mund, und Cedric nutzte die Gelegenheit, die Kälte auf ihrer Zunge zu kosten. Ihr Körper brannte, und seine Lippen saugten das feuchte Salz von ihrer Haut. Er zog sie zwischen seine Beine, betrachtete ihr feucht glänzendes Gesicht … Sie sah glücklich aus, und am liebsten hätte er diesen Augenblick fotografiert. Er rutschte von dem Hocker und beugte sich zu ihr hinunter.

»Ich werde dich jetzt verlassen.«

Sofort erstarrte sie, blickte verständnislos in sein Gesicht.

»Dich wird ein Bote ansprechen, der einen Umschlag bereithält. Du wirst den Umschlag nehmen und dem Boten folgen. Wer immer dich erwartet, dem wirst du gehorchen und tun, was er oder sie von dir verlangt. Es ist deine Gegenleistung für den Inhalt des Umschlages.«

»Was ist da drin?«

»Eine Bezahlung für deine Dienste.«

Ihr Magen krampfte sich zusammen.

»Wo gehst du hin?«

»Das muss dich nicht kümmern. Ich werde dich später hier wieder abholen.«

»Aber du kannst mich nicht allein lassen.«

Sanft strich er ihr Kinn entlang und lächelte nachgiebig.

»Du wirst gehorchen und tun was ich von dir erwarte.«

»Nein, das geht zu weit.«

Er beugte sich über ihr Gesicht, das widerspenstig und trotzig wirkte. Sein Lächeln wurde breiter, und in seinen Augen funkelte Begierde.

»Ich werde dich prostituieren, ob mit oder ohne deine Zustimmung, Emilia. Du hast dein Wort gegeben, freiwillig, und du wusstest, dass ich dich über deine Grenzen heben werde.«

»Ich bin keine Nutte.«

Abwehrend kreuzte sie die Arme vor ihrem Körper und sah ihn zornig an.

»Nein, aber du bist mein Eigentum, und ich verfüge heute Nacht über dich, wie es mir gefällt.«

»Und was bringt es dir, wenn du nicht einmal zusiehst?«

Sein Schmunzeln trieb sie in den Wahnsinn, so sinnlich und gemein er damit aussah.

»Es gibt mir die Gewissheit, dass du bedingungslos gehorsam bist.«

»Aber du lässt mich mit diesem Fremden allein. Was ist, wenn er zu weit geht?«

»Vertraust du mir nicht?«

»Das ist was anderes. Du erwartest, dass ich für Geld mit einem Fremden schlafe? Ich weiß, dass ich mich auf diese Nacht eingelassen habe, aber was du forderst, kann ich nicht tun.«

Ihre Laune war auf dem Tiefpunkt angelangt. Cedric berührte das Halsband um ihr Genick, spielte mit der breiten Metallöse an ihrer Kehle.

»Sollte ich mich in dir getäuscht haben?«

Es war grausam, wie Cedric lächelte und ihre Zuneigung infrage stellte. Emmas Augen brannten, und sie spürte die Tränen darin aufsteigen.

»Du hast mir auch ein Versprechen gegeben, Cedric. Du hast versprochen, nichts zu tun, was mir schadet, oder mich verletzt. Allein das, was du gerade gesagt hast, verletzt mich. Du setzt mich unter Druck, obwohl du weißt, was ich für dich empfinde. Das ist nicht fair.«

»Weißt du, was mir dieser Akt auch beweisen wird?«

Sie kniff die Lippen zusammen und schüttelte den Kopf. Emma wehrte sich gegen den Kuss, den er ihr auf den Mund drückte.

»Ich muss wissen, wie weit dein Vertrauen geht. Wie weit du dich bei mir fallen lassen kannst, und wie viel du bereit bist, für mich zu ertragen. Wie weit kannst du gehen, Emilia?«

»Ich hasse dich dafür.«

Ihre Fäuste prallten hart gegen seine Brust, doch er wusste, dass sie sich nicht gegen ihre Neugier wehren konnte. Sie wollte erfahren, was er für sie vorbereitet hatte. Emma schubste Cedric von sich, floh durch die Menge. Erst, als sie die frische Nachtluft auf ihrer feuchten Haut spürte, konnte sie wieder atmen. Cedric hätte nichts dagegen tun können, wenn sie jetzt ging. Allerdings wusste sie auch, dass sie damit die Nacht, vielleicht sogar alles beenden würde. Als er aus dem Nachtclub trat, funkelte sie ihn zornig an, weil er noch immer lachte.

»Ich habe dich gewarnt. Du wirst Dinge erleben, gegen die du dich sträuben wirst, trotzdem hast du dich darauf eingelassen.«

»Nicht darauf, dass du mich für Geld an einen anderen weiterreichst.«

»Es sind zwei.«

Sie lachte kalt auf und schüttelte ihren Kopf. Fassungslosigkeit mischte sich unter ihre Wut.

»Du bist vollkommen verrückt. Was ist das für dich? Was bin ich für dich? Ein Spielzeug? Ist das etwa die Art, wie du dich früher herumgetrieben hast?«

Cedric näherte sich ihr, und sie wich ihm weiter aus.

»Was ich früher getrieben habe, hat mit dir nichts zu tun. Erklär es mir, Emilia. Was schockiert dich?«

»Alles! Du erniedrigst mich zu einer Hure, willst mich dazu

bringen, mit Fremden ins Bett zu steigen, um mich zu testen!«

»Ich erniedrige dich gern und, wie du bereits festgestellt hast, genießt du es. Du liebst die Aufmerksamkeit, die dir gleich zwei Männer schenken werden. Sie werden sich an dir vergnügen, und du wirst jeden Moment davon niemals wieder vergessen.«

Er bekam sie trotz ihrem Ausweichmanöver zu fassen. Emma zappelte in seiner Umarmung, presste ihre Hände abwehrend gegen seine Brust. Ihre Fäuste hieben auf seinen Rücken ein, und sie konnte die Tränen ihrer Fassungslosigkeit nicht mehr zurückhalten. Tröstend strich er über Emmas Kopf, wiegte sie in seinen Armen.

»All die Dinge heute Nacht habe ich zum ersten Mal getan, und ich habe sie mit dir erlebt. All das sind dunkle Fantasien, die ich nur mit dir teile, und ich habe in deinen Augen gesehen, dass du nicht abgeneigt bist, sie zu erleben, Emilia. Du wolltest diese Nacht. Ich werde dich nicht zwingen, mir gehorsam zu sein. Weil ich weiß, du wirst es freiwillig tun.«

»Warum sollte ich?«

»Weil du mich liebst, und weil du weißt, dass ich das Gleiche für dich empfinde, dass ich dich mehr als jede andere Frau in meinem Leben begehre. Ich wollte anfangs nur Rubens Fehler wiedergutmachen, aber ich will dich, Emilia, mehr als du ahnst. Ich will mehr von dir, als ich bisher jemals eingefordert habe.«

Er löste die Umarmung, hob ihr Gesicht und betrachtete sie abermals. Sanft wischten seine Daumenkuppen ihre Tränen von den Wangen.

»In den Tagen im Büro hast du dich gefühlt, als sei ich allgegenwärtig. Als würde ich dich beobachten und wäre persönlich anwesend.«

Emma nickte. Mit den Fingerspitzen tastete sie nach dem Halsband, als müsste sie sichergehen, dass es dort war. Cedrics Lächeln war gefährlich und unberechenbar, ebenso wie die Forderung, die noch immer im Raum stand. Sie schloss die Augen.

»Ich kann das nicht.«

»Warum nicht? Weil du dich schmutzig fühlst? Benutzt? Erniedrigt? Gedemütigt? Das alles habe ich dich erleiden sehen, und es hat mir und auch dir gefallen. Ich werde dir nicht sagen, wie hoch dein Preis ist, den du heute verdienen kannst. Aber ich weiß, was die Fantasie in deinem Kopf auslöst. Du wehrst dich, weil die Gefühle so echt und greifbar werden, dass du Angst vor dir selbst bekommst. Ich will nicht mehr spielen, Emilia, ich will dich wirklich besitzen und dich zu meinem Eigentum machen.«

Cedric streckte seine Hand nach ihr aus.

»Es ist deine Entscheidung.«

Emma zögerte, starrte auf seine Finger. Wenn sie danach griff, würde sie tun, wonach er verlangte und sich ihm völlig unterwerfen.

»Willst du testen, wie sehr ich dich liebe?«

»Wie kommst du darauf? Nein, ich weiß, was du für mich empfindest. Deswegen bist du hier, und es ist der Grund, warum ich dir meine Abgründe zeige. Niemand sonst kennt diese Seite von mir. Ich gebe zu, ich habe sie bisher auch kaum gekannt. Es waren nur Fantasien, dunkle Träume, die mich erregten, aber du bist diejenige, die sie unentbehrlich gemacht hat. Wie viele deiner Fantasien sind in den letzten drei Nächten wahr geworden?«

Ihr Herz setzte aus, schlug umso wilder weiter, und ihre Wangen färbten sich rot. Die Hitze in ihrem Gesicht breitete sich in ihren Hals, ihre Brust, bis hinunter zu ihrem Magen aus. Mit geschlossenen Augen streckte sie sich nach der Hand, die Cedric ihr reichte. Seine Lippen tupften warme, dankbare Küsse auf ihre Fingerspitzen. Sein sanfter Blick traf sie mitten ins Herz, und plötzlich erkannte sie darin eine Hingabe, die neu war.

»Der Bote wartet auf dich an der Bar.«

Mit einem Kuss auf ihre Lippen ließ er sie zurück, verschwand in der Menschenmenge, und es zerriss sie innerlich. Cedric ließ sie allein hineingehen, allein diesen Weg gehen, und die Furcht vor der Ungewissheit ließ sie zittern. Seine mangelnde Nähe schickte Kälteschauer über ihre Haut, trotz der Hitze im Club, den sie wieder betrat. Unsicher sah sie sich an der Bar die Menschen an. Ein Mann war ganz in Schwarz gekleidet und hielt einen goldenen Umschlag in der Hand. Mit einem tiefen Atemzug ging sie auf ihn zu.

»Sind Sie Cedrics Sklavin?«

Seine Stimme klang kühl und beherrscht. Zögerlich nickte sie, bekam zur Antwort den Umschlag.

»Folgen Sie mir.«

Der Fremde bahnte, fast ungehindert, einen Pfad durch die tanzende Meute. Er führte Emma durch den riesigen, mit Menschen gefüllten Innenraum zu einer schweren Eisentür. Mit einer Magnetkarte öffnete er das Schloss, ließ sie vorausgehen und warten. Am anderen Ende eines schlichten Flurs mit Rohsteinwänden sprach er mit einem Türsteher. Der ebenfalls schwarz gekleidete Mann winkte Emma näher, als sich auch diese Eisentür öffnete. Emma blickte die Stufen hinab. Ihr Puls raste mit jeder Stiege, die sie hinunterging. Ihr war bekannt, dass sich unter der Stadt alte Katakomben wie ein Netzwerk verschlängelten, eine Art Tunnelsystem, durch das der Fremde sie führte. Es roch muffig und war stickig. Immer wieder blickte Emma sich um. Ihre Schritte hallten durch das Labyrinth aus Tunneln, Gängen und Rundbögen. Mit einem Schlüssel öffnete der Bote die letzte Eisentür, die sich quietschend in den Angeln bewegte. Sie mündete in einem weiß gekachelten Flur, der überraschend sauber wirkte.

»Legen Sie ihr Kleid ab, dann gehen sie den Gang entlang bis zum Ende. Die Herren erwarten Sie.«

Der Fremde ging, ohne sich zu verabschieden. Emmas Hände zitterten, als sie die Träger ihres Kleides von den Schultern streifte, und der Stoff zu Boden raschelte. Scham und Fassungslosigkeit darüber, was sie im Begriff war zu tun, brannte wie Feuer in ihr. Viel schlimmer jedoch war das dumpfe Pochen in ihrem Bauch und die Neugier.

Wieder betastete sie das blaue Halsband, seine Markierung, dass sie ihm gehörte. Emma war seinetwillen hier, doch ebenso freiwillig. Sie presste den Umschlag an sich, wagte nicht hineinzusehen, weil sie nicht wissen wollte, wie viel diesen Männern ihre Gunst wert war. Sie schob den Gedanken beiseite, dass Cedric sie käuflich gemacht hatte und es dennoch zu seinem Vergnügen geschah.

Ihre Knie schlotterten bei jedem Schritt, den sie sich dem Raum näherte. Ihre Erwartung von einem dunklen Kellerloch, schmutzig und schmierig, wurde nicht erfüllt. Überrascht hielt sie den Atem an und sah sich um, als sie die Tür geöffnet hatte. Es sah fast so aus wie ein alter, gemütlich eingerichteter Salon. Dicke Teppiche an den Wänden und am Boden, gemütliche, fest gepolsterte Sofas und Sessel, ein Tisch mit Getränken und einer Obstschale. Zuletzt nahm sie die beiden Männer wahr. Maskiert und in schwarze, lange Kutten gehüllt, passten sie gar nicht in den einladend eingerichteten Raum. Einer der beiden saß ungerührt auf einem Sofa, der zweite näherte sich Emma.

»Sehr hübsch.«

Die Stimme knisterte seidig. Mit einer Geste bat er Emma in den Raum und schloss die Tür. Das Klicken des Schlosses durchzuckte sie, als wäre eine Granate neben ihr explodiert. Ihr klopfte das Herz bis zum Hals, als der maskierte Fremde ihr die Hand in den Rücken schob, um sie in die Mitte des Zimmers zu führen.

»Ganz ruhig, Liebes, alles ist in Ordnung.«

Sein leises Flüstern beruhigte Emma kein Stück, dann wandte sich der Mann mit der samtigen Stimme an den auf dem Sofa.

»Hm, ich liebe es, wenn sie nervös sind.«

Er betrachtete sie von allen Seiten und zupfte den Umschlag aus ihren Händen.

»Den brauchst du jetzt eine Weile nicht. Ja, sie gefällt mir. Ich glaube, wir werden viel Spaß mit ihr haben.«

Der Mann auf dem Sofa schien kein Interesse zu hegen, sie zu begutachten.

»Wenn du gestattest, fange ich an.«

Der Maskierte auf dem Sofa nickte der samtigen Stimme zu. Emmas Nervosität stieg an. Nein, sie würde sich nicht dazu hinreißen lassen, Lust oder Spaß zu empfinden. Ihr Blick glitt zu dem goldenen Umschlag, der auf dem Tisch neben der Obstschale lag, und sie nahm sich vor, ihn im Auge zu behalten, zur Erinnerung, dass man sie gekauft hatte. Sie rieb sich über die Arme, denn noch immer fröstelte sie.

»Es macht mehr Spaß, eine stolze Frau zur Hure zu machen. Professionelle sind so unecht, nur gespielte Emotionen, keine wahren Gefühle. Sie täuschen den Orgasmus vor. Das langweilt.«

Woher zum Teufel kannte sie diese Stimme? Der Maskierte umrundete sie, ohne sie weiter zu berühren. Sie zuckte erschreckt zusammen, als seine feuchte Zunge über ihre rechte Schulter leckte.

»Salzig. Du bist schmutzig, Herzchen.«

Emma trat einen Schritt vor.

»Oh, nicht weglaufen. Wohin willst du denn? Die Tür ist abgeschlossen, niemand wird dich hier unten hören. Flucht ist keine Option. Muss ich dich etwa fesseln?«

Besiegt schüttelte Emma den Kopf, in dem sich alles zu drehen begann.

»Dann komm zurück, komm her, Herzchen.«

Sie hatte diese Stimme schon einmal gehört. Ihre Gedanken rasten zu schnell. Sein Atem auf ihrer bloßen Haut raubte ihr die Konzentration.

»Hast du Angst?«

Emma wagte nicht, zu sprechen, und starrte auf den Umschlag neben der Obstschale. Allein der Unterton seiner Worte jagte ihr eine große Portion Respekt ein.

»Es ist noch gar nichts passiert.«

Als er sachte ihre linke Wange mit seinem Handrücken streicheln wollte, drehte sie ihren Kopf zur Seite.

»Das erste Mal ist immer ein wenig schwierig.«

Er klang voller Hohn und doch weich und sanft, dass ein Wechselbad der Gefühle in ihr tobte. Sie rang mit ihrer Erinnerung, denn es machte sie verrückt, nicht zu wissen, woher sie seine Stimme kannte. Für den Bruchteil eines Augenblickes blickte Emma auf die Hände des Mannes. Große Hände, kräftige Finger, die ohne Mühe ihre Brüste umfassen und gänzlich bedecken konnten.

»Jonah?«

»Hervorragend, die kleine Maus besitzt auch noch ein gutes Gedächtnis.«

Der Barkeeper des Swingerclubs zog die Maske vom Kopf.

Seine braunen Augen funkelten sie freundlich an, doch sein Lächeln wirkte verdorben und besaß einen Hauch von Sadismus. Emma spürte dieselbe Reaktion auf ihn, die sie bei dem Intermezzo im Club auf der Bartheke empfunden hatte.

Ein wohliger, angenehmer Wärmeschauer durchlief sie vor Erleichterung, dass es jemand war, den Cedric als Freund bezeichnete. Es änderte nichts daran, dass man sie gekauft hatte, doch es war angenehm, ein attraktives und sympathisches Gesicht unter den Käufern zu entdecken. Auch die schwarze Kutte fiel zu Boden. Jonahs breite Schultern konnten nur von ausgiebigem Fitnesstraining stammen, und die großen Oberarme spannten den Stoff seines weißen Hemdes. Seine dunkel gebräunte Haut hob sich vom hellen Stoff ab, doch all das war nichts im Vergleich zu diesen großen, kräftigen Händen.

Emma wurde schwindelig, diesmal verursacht durch das erregende Kribbeln, wenn sie seine Finger betrachtete. Ein breiter Silberreif saß auf dem Zeigefinger der rechten Hand, ein schmaler gestalteter Ring glänzte auf dem Daumen. An der Linken trug er am Ringfinger ein Siegel mit einer Triskele darauf, ein aus der BDSM-Szene bekanntes Zeichen. Der Mann vom Sofa war aufgestanden und reichte wortlos eine Augenbinde aus dichtem, dick gepolstertem Stoff an Jonah.

»Das wird es dir leichter machen, dich fallen zu lassen.«

Ihr Blick suchte den Umschlag, den der Maskierte durch seinen Körper verdeckte. Es war in dieser Nacht nicht das erste Mal, dass ein Mann ihr die Augen verband, doch es fühlte sich anders an. Die Nervosität kannte keine Grenzen, und ihr gesamter Körper bebte.

»Ich will die Hände hinter deinem Kopf sehen.«

Sobald sie der Aufforderung nachkam, umschlossen seine Finger ihre Brüste, bedeckten sie komplett, kneteten und wogen sie. Emma öffnete ihren Mund, atmete hastiger. Nein, sie wollte keine Lust empfinden, doch diese Finger machten es nicht leicht. Jonah ließ von ihr ab.

»Bleib so und öffne deine Beine.«

Langsam schob Emma die Füße ein Stück auseinander, rang um Standfestigkeit, denn ihre Knie zitterten stark.

»Wie ich schon sagte, du bist schmutzig, und das Tanzen hat dich erhitzt.«

Etwas klackerte, und plötzlich schrie sie auf. Das Wasser, das man ihr übergeschüttet hatte, war eiskalt. Sie hatten es zusätzlich mit Eiswürfeln gekühlt, und sofort bildete sich eine Gänsehaut auf Emmas Körper. Ein weiterer Eimer Wasser schoss mit voller Wucht in ihren Rücken. Die Würfel prallten an ihr ab wie kleine Eissplitter. Ihre Zähne schlugen aufeinander. Es war so kalt. Die Nässe tropfte von ihrem Haar, lief in Rinnsalen zwischen ihren Brüsten hinunter. Der Augenblick, in dem es sich wie betäubt anfühlte. war vorüber, denn ihre Körpertemperatur lief auf Hochtouren, um sie wieder zu erwärmen.

Eine kräftige Hand umschloss ihr Kinn. Lippen bedeckten ihren Mund, und eine Zunge bohrte sich in ihre feuchte Mundhöhle. Leises Knistern ertönte nah an ihrem linken Ohr. Was war das? Kratzen von Metall berührte ihren rechten Oberschenkel. Eine Essgabel? Plötzlich schoss ein Impuls durch ihren Körper, schmerzhaft, kurz und heftig. Das Wasser auf ihrem Körper verteilte den Stromschlag noch viel intensiver.

Emma biss die Zähne aufeinander und stöhnte schmerzerfüllt und vor Panik. Mal berührte der Taser ohne Spannung ihre feuchte Haut, streichelte über ihre Rundungen, traf dann einen Punkt, der sie wild durchzuckte, sobald er eingeschaltet wurde. Sie brüllte in den Mund des Mannes, der ihr seine

Lippen aufzwang. Eine seiner Hände schob sich zwischen ihre Beine, bedeckte ihre Scham, die noch kühl von der Eiswasserattacke war.

Die Wärme seiner Finger ließ sie keuchen, bevor ein weiterer Stromschlag sie durchfuhr. Emma bekam Probleme, sich auf den Beinen zu halten. Tränen schossen ihr in die Augen, die vom Stoff der Augenbinde aufgesaugt wurden. Sie wimmerte und fühlte das Lächeln der Lippen, die unaufhörlich Küsse von ihr forderten. Weitere kurz hintereinander funkende Stöße des Tasers wanderten an der Rückseite ihrer Oberschenkel bis zu den Kniekehlen hinab. Emma knickte ein, prallte gegen die kräftige Brust des Mannes vor ihr. Kreischen begleitete jeden Schlag, der ihr durch und durch ging. Die schmerzhaften, kurzen Berührungen trafen sie dadurch so heftig, weil sie weder sehen noch spüren konnte, wann das Elektroschockgerät zuschlug und wann es nur streichelte. Die Panik vor dem Gerät vertrieb die Kälte auf ihrer Haut. Neuer Schweiß mischte sich mit dem feuchten Nass auf ihrem Körper. Der Handballen in ihrem Schoß rieb gegen die noch verborgene Klitoris.

Emma wollte sich dagegen wehren, Lust zu empfinden, doch die Massage raubte ihr die Wahl. Sie würde gegen ihren Körper verlieren, egal wie sehr sie mit dem Verstand dagegensteuerte. Ihre Finger vergruben sich in weichem Stoff, befühlten die Schultern des Mannes vor ihr. War es Jonah? Oder war der für sie noch immer Unbekannte ihr Wohltäter, der sie sanft und geduldig rieb, ihr Halt gab und sie nicht fallen ließ?

»Genau so, Herzchen, lass dich einfach gehen.«

Jonah! Es war seine Stimme, die an ihrem Ohr flüsterte, und es war seine Hand, die ihre Lust anheizte. Seine Finger verteilten heiße Nässe in den Spalt, glitten an den Schamlippen entlang und tasteten nach ihrer Perle. Emma sog den

Atem tief in ihre Lungen, als eine Kuppe auf ihre Klitoris drückte, sich in kurzen Abständen dagegen presste. Dann kniff Jonah hinein, bis Emma die Luft wieder aus den Lungen wich und sie stöhnte. Der wachsende Schmerz kräftigte das Pulsieren ihres Unterleibs. Emma spürte den anderen Körper, der gegen ihren Po drängte, Hände, die nach ihren Hüften griffen und ihren Leib an einen geschwollenen Schoß zogen.

Der Mann hinter ihr drückte seine pralle Männlichkeit zwischen ihre Hinterbacken. Eine heiße Spur zärtlicher Lippen tupfte ihre Wirbelsäule entlang, bis hinauf zu ihrem Nacken. Er schob ihr Haar beiseite, umwickelte seine Hand damit und bog ihren Kopf zur Seite.

Direkt über dem Halsband schnellte seine Zunge in ihren Nacken, direkt unter dem Ansatz ihres Haarschopfes. Sie spürte die Erregung mit einer solchen Wucht, dass ihr Verstand davon driftete. Das Stöhnen ihres eigenen Mundes klang fremd in ihren Ohren. Wollüstig bewegte sie ihre Hüften, rieb ihren Hintern an dem Schoß des Peinigers, der sie zuvor gequält hatte. Seine Zähne schabten über die weiche Haut ihres Nacken, und als er zubiss, schrie sie erneut auf. Die Fingerspitzen, die ihre Klitoris schmerzhaft drückten, und die Zähne, die sich herrlich und köstlich in ihren Nacken gruben, machten sie gefügig und willig. Bald schon war Emma kaum noch fähig, Jonahs Berührungen von denen des Fremden zu unterscheiden, als wären sie ein Mann mit vielen Händen, Mündern und Zungen. Und selbst der krampfhafte Gedanke an den Umschlag hielt Emmas Gier nicht im Zaum.

Emma hörte einen Reißverschluss, Stoff raschelte zu Boden, und als der harte Schaft zwischen ihre Pobacken zurückkehrte, war er nackt. Die Spitze rieb sich in Emmas nassen Spalt, bevor er in sie eindrang. Die köstliche Dehnung drang tiefer, füllte sie aus und hielt inne. Jonah überkreuzte ihre Handgelenke auf dem Rücken, stützte ihren Oberkörper, während der Fremde mit sanften Stößen von ihr Besitz ergriff.

Seine Finger umschlossen ihre Schultern, zogen ihren Körper in vorgebeugter Haltung seinem Unterleib entgegen und steuerten das Tempo. Sein Stöhnen erfüllte die Stille in dem Raum, und sein wachsendes Verlangen trieb ihn immer schneller in sie hinein. Abermals hielt er still, ließ seine Hände zärtlich an ihren auf dem Rücken fixierten Gelenken vorübergleiten, bis er ihre Hinterbacken ergriff. Unter den geräuschvollen, aber kaum schmerzhaften Hieben zuckte Emma zusammen. Wieder bohrte er sich heftig in sie, ließ seine Handflächen wieder und wieder auf ihrem Po tanzen, bis sich ein hitziges Brennen unter der Haut ausbreitete. Seine plötzlichen Pausen trieben Emma fast in den Wahnsinn. Der Fremde sorgte stets dafür, dass sie nicht über die erlösende Klippe fiel, hielt sie auf einem lustvoll quälenden Level von Erregung. Doch auch sich selbst verweigerte er das Finale. Sein Schwanz entzog sich ihrem Schoß. Emma stand kurz davor, um einen Höhepunkt zu betteln. In ihrem Unterleib pochte es hemmungslos und ihr Verstand setzte immer wieder für längere Zeit aus.

»Jetzt werde ich ein wenig an dir naschen.«

Jonah Stimme war noch nicht verklungen, als er sie auf seine Arme hob und davontrug. Sanft bettete er sie auf eins der Sofas, band sie mit Seilen daran fest. Ihre Arme wurden nach hinten gezogen, während er ihre Beine gespreizt an den Vorderfüßen des Sitzmöbels fixierte. So hatte er ungehinderten Zugriff auf sie. Die Federung des Sofas knarzte, als Jonah sich über Emma beugte. Herzhaft packte er ihre Brüste, quetschte sie zwischen den Händen, während seine Zähne sich in die Rundungen vergruben. Emma räkelte sich lüstern unter der stürmischen Liebkosung.

Jonah leckte über ihre Spitzen, knabberte und saugte daran, bis sie sich noch härter aufrichteten. Süße Blitze schossen ihr zwischen die Beine, nährten ihre Begierde nach Erlösung. Sie konnte sich nicht mehr dagegen sträuben, denn seine kräftigen Hände an ihrem Busen fühlten sich so herrlich an, dass ihr Bewusstsein Achterbahn fuhr. Als sie den Mund zum Stöhnen öffnete, fühlte sie pralles Fleisch dagegen drücken.

Der Fremde stand hinter ihr, schob ihr ohne Vorwarnung sein Geschlecht in den Mund. Um sie daran zu hindern, ihr Gesicht wegzudrehen, hielt er ihren Kopf umfasst. Stöhnend drängte er sich mit kurzen Stößen tiefer in ihre Mundhöhle, und sie schmeckte seine Lust, kostete sich selbst auf diesem Schaft, der zuvor ihre Scham ausgefüllt hatte. Jonahs breite Schultern drückten gegen die Innenseiten ihrer Schenkel, ihre Knie noch ein wenig mehr öffnend. Sein Atem strich über ihre feucht geschwollenen Schamlippen.

Sie spannte ihre Muskeln, drängelte ihre Hüften vor, bettelte mit ganzem Körpereinsatz nach seiner Gnade, ihr endlich einen Höhepunkt zu verschaffen. Das Pochen in ihrem Unterleib wuchs zu einem Klopfen, als ob ihr das Herz in den Schoß gerutscht sei. Das geräuschvollen Saugen und Lutschen, als er mit wilden Zungenschlägen ihren Spalt erkundete und die süße Nässe aufleckte, klang so verboten, verrucht und erotisch, dass es in ihrem Kopf regelrecht explodierte. Der Griff in ihr Haar wurde fester, als sich der Schwanz des Fremden pausenlos zwischen ihre Lippen schob. Sie keuchte erstickt auf den Schaft, als zwei Finger sich in sie bohrten und mit kräftigen Bewegungen ihre Erregung schürten. Ja, sie fühlte sich benutzt, aber es war kein unangenehmes Gefühl. Sie bereitete Lust und bekam Lust geschenkt. Plötzlich spürte

Emma Jonahs Daumenkuppe um ihren Anus kreisen, der Nässe aus ihrem Schoß dort verteilte.

»Entspann dich, Herzchen. Lass es geschehen.«

Er saugte ihre Klitoris lustvoll zwischen seine Lippen, tupfte mit der Zungenspitze leicht dagegen und rückte seine Daumenspitze in sie hinein. Emma hatte große Mühe, ihre Zähne nicht in die Erektion zu bohren, die ungebremst Besitz von ihrem Mund nahm, und gab einen gedämpften Laut von sich, als der Daumen tiefer in ihren Po drang. Jonahs gierige Zunge leckte, züngelte und versöhnte sie. Ihre eigene nasse Lust machte es ihm leicht, sich auch diesen Zugang zu öffnen, und Hitzewellen breiteten sich in ihr aus. Der dicke Finger bewegte sich behutsam und langsam in ihr, während das Zungenspiel in ihrer Scham noch wilder wurde. Vor ihren verbundenen Augen explodierten tausend kleine Sterne. Alles drehte sich um sie und Emma fühlte sich als würde sie komplett in Flammen aufgehen.

»Willst du für mich kommen?«

Emma keuchte gequält auf, weil er aufgehört hatte, sie zu reizen. Ein bestätigender Laut regte sich in ihrer Kehle, während der Schwanz mit schnellen, kurzen Stößen ihren Mund noch immer knebelte. Ein leises Lachen floss heiß über ihre Scham, kurz bevor Jonah seine Lippen zurück auf ihre Klitoris presste. Seine Zunge klopfte unaufhörlich gegen den sensiblen Punkt, und sie spürte eine gigantische Welle auf sich zurasen. Die Bewegungen des Daumens wurden heftiger.

Jonah fingerte sie, leckte und lutschte an ihr, bis sie es kaum mehr aushielt. Ihr erlösender Schrei übertönte das ekstatische Stöhnen des Fremden. Ihr ganzer Körper zuckte unter den Spasmen des Orgasmus, der sie durchschüttelte. Alles in ihr vibrierte und summte. Heiße Lava traf auf ihr Gesicht, und erst Momente später realisierte Emma, dass der

Fremde gleichzeitig mit ihr gekommen war und sich auf ihren Lippen, ihren Wangen und ihrem Hals entladen hatte. Wie elektrisiert stöhnte sie, denn die Muskelzuckungen wollten kein Ende nehmen. Als Jonah seinen Daumen aus ihr zog, brach eine weitere heiße Welle über ihr zusammen.

»Das war heftig.«

Amüsiert lachte Jonah auf, hauchte einen Kuss auf die Innenseite ihres rechten Schenkels und erhob sich. Der Fremde hinter dem Sofa küsste ihre Stirn, reinige ihr besudeltes Gesicht mit einem feuchten Tuch und streichelte ihr zärtlich über den Kopf. Er hatte noch immer kein Wort gesagt. Jonah war von den zwei Männern der Einzige, der sprach. Emma wollte wenigstens einen Namen von dem Fremden wissen.

»Wer bist du?«

Doch er gab ihr keine Antwort und streichelte über ihre Augenmaske. Wieder zuckte sie unter Kälte zusammen. Jonah lachte amüsiert, als er das Eis über ihre Brustwarzen kreisen ließ, tiefer führte und innehielt.

»Mal sehen, was du dazu sagen wirst.«

Das brummende Geräusch, das daraufhin ertönte, klang wie ein Vibrator. Was führte er im Schilde? Das Eis glitt tiefer, berührte ihre Scham und ließ sie zischen.

»Verdammt … was ist das?«

Er sagte nichts, erklärte mit keinem Wort, was sie erwartete. Das war kein einfacher Eiswürfel, der mit Eiseskälte in ihren heißen Spalt glitt. Jonah umkreiste ihre Öffnung mit der Spitze, drang in ihren Körper und Emma erschauderte.

»Das ist so kalt …«

Sie wimmerte, als der Stab sich tiefer in ihr Fleisch bohrte. Hitze traf auf Kälte und schmolz das Eis. Er war so groß, dehnte und füllte sie, dann spürte sie den Vibrator, fühlte die summenden Impulse an ihrer Perle. Jonah bewegte den Eisstab in ihr, führte ihn wie einen eisigen Schwanz, der sie wieder und wieder stieß. Kälteschauer mischten sich mit neu geweckter Erregung. Alles an ihr zitterte vor Kälte und vor Lust. Emma riss an den Fesselungen um ihre Gelenke, denn es war kaum zu ertragen. Hände umschlossen ihre Brüste, Fingerspitzen zwickten mit scharfem Schmerz ihre Spitzen, und lenkten sie ab von dieser eisigen Kälte, die sich in sie bohrte. Schmelzwasser sammelte sich unter ihrem Hintern auf dem ledergepolsterten Sofa.

Unter die erregende neue Erfahrung mischte sich eine Form von Erniedrigung, die wohl nur sie für sich empfand. Jonah führte den eisigen Stab noch tiefer in sie hinein, beschleunigte die Stöße und schaltete den Vibrator eine Stufe höher. Der Fremde spielte mit ihren weichen Rundungen, quälte sie, bis ihre Brustwarzen so sensibel wurden, dass jede Berührung fast schmerzte. Er beugte sich vor, leckte über die empfindsam gequälten Spitzen, saugte an ihnen und entlockte Emma ein entsetztes Stöhnen. Abrupt zog Jonah den Eisdildo aus ihr.

»Mal sehen, wie sich eine Pussy auf Eis anfühlt.«

Der Hohn in seiner Stimme demütigte sie, doch er ließ ihr keine Zeit dazu, darüber nachzudenken. Mit einem tiefen, grollenden Laut drang er in sie ein.

»Uhhhh, verdammt ist das kalt, Herzchen. Aber es ist geil.«

Er versenkte seinen Schwanz in ihr, bis sie endlich spürte, wie die Kälte in ihrem Innern nachließ und sie das Ausmaß seines Geschlechts deutlich wahrnahm. Emmas Mund öffnete sich. Jonah war gewaltig, und verzögert durch die eisige Taubheit fühlte sie die kräftige Dehnung in sich. Der Fremde hatte sie scheinbar verlassen, doch der Schmerz in ihren Brustwarzen brannte nach, vermischt mit der süßen Lustqual, die Jonahs Geschlecht auslöste.

»Heiliger, sie ist so eng, das ist unglaublich.«

Fast hätte sie aufgelacht, denn ihr war klar, dass jede Frau sich für ihn eng anfühlen musste. Er setzte wieder den Vibrator an, rieb ihn gegen ihre Klitoris, und die erregenden Impulse durch ihren Unterleib trieben sie in einen Rausch ohne Wiederkehr. Zwischen Schmerz und Erregung zerrissen, schrie sie auf, jammerte, wimmerte und keuchte. Der erzwungene Höhepunkt war schwächer als der vorangegangene, aber nicht minder köstlich und erlösend. Stöhnend spürte sie Jonahs Bewegungen auf ihrem Körper. Er fluchte, als sich ihre inneren Muskeln rhythmisch um seinen Schwanz verengten. Als er kam, brüllte er heiser auf, und Emma schrie mit ihm.

Glühende Hitze träufelte auf ihre Brüste.

»Heiß, verflucht!«

Der Fremde lachte leise.

»Und ob das heiß war, Herzchen.«

Jonah wusste, dass sie das nicht gemeint hatte, umso mehr klang seine Ansage wie Ironie, demütigend und gemein. Weitere Glut verteilte sich auf ihrem zuckenden Leib, brannte nach und kühlte auf ihrer Haut ab. Das konnte nur Kerzenwachs sein. Es war nicht das erste Mal, dass sie das fühlte, doch es war so plötzlich und unvorbereitet, weil sie es nicht kommen sah. Das Wachs floss auf ihre rechte Brustspitze, rann schmerzhaft heiß über ihren Busen. Kaum wagte sie wieder zu atmen, da geschah dasselbe mit der linken Brustwarze.

Der harte Wechsel von eisiger Kälte zu glühender Hitze löste verzweifelte Wut in ihr aus, weil sie dem nicht entkommen konnte. Emma riss an ihren Fesseln, wollte ihre Beine schließen, was nicht gelang, als die Tropfen ihrem Schoß gefährlich nahe kamen. Ein ganzer Schwall flüssiger Glut verteilte sich auf ihrem Bauch, floss an ihrer Taille hinunter. Es war unerträglich, und wieder schossen ihr die Tränen in die Augen, wurden vom Stoff aufgesogen. Sie wandte sich unter der qualvollen Pein, soweit es die Fesseln erlaubten, dennoch traf der Fremde immer wieder ihre nackte Haut, die ihm schutzlos ausgeliefert war. Er ließ ab, und obwohl die Hitze auf ihrer Haut brannte, war Emma dankbar.

»Ich kann nicht mehr.«

»Oh, du willst schon aufhören? Vergiss es, Herzchen. Wir sind nicht durch mit dir.«

Jonah löste die Seile an ihren Beinen und Armen, packte ihren Kopf.

»Du bist noch lange nicht fertig. Wir haben für dich bezahlt, also wirst du dafür sorgen, dass kein Wunsch offenbleibt.«

Jonah lag auf dem Sofa, zog ihren Körper über sich, leicht wie eine Feder. Er spießte sie abermals mit seiner Männlichkeit auf. Er war so hart, groß und dick, dass Emma glaubte, ihn diesmal nicht aufnehmen zu können. Dennoch schob er seinen Unterleib ihrem Schoß entgegen. Emma verzog das Gesicht. Er war zu viel, zu tief. Ihre nun freien Hände pressten sich widerwillig gegen seinen Bauch, der nicht weich, sondern muskulös war. Jonah packte sie, zog ihre Gelenke kraftvoll auf ihren Rücken und beugte auf diese Weise ihren Oberkörper über sich. Rücksichtslos rammte er sich in sie, stieß von unten zu, als ob er sie besitzen wollte. Doch auch der Fremde war mit seinem Kunstwerk aus Wachs nicht zufrieden.

Er widmete sich nun ihrem Rücken. Emma schrie auf, als der erste Tropfen den Punkt zwischen ihren Schulterblättern berührte. Flüssige Glut floss ihre Wirbelsäule hinab. Jonah erstickte das gequälte Wimmern mit einem festen, fast gewalttätigen Kuss. Mit einer Hand hielt er ihre Handgelenke, umfasste mit der anderen ihr Gesicht. Ihre Schreie hallten durch den Raum, wurden immer wieder von seinen Lippen unterbrochen. Emma wusste nicht, was qualvoller war, sein großes Geschlecht, das sie hart und heftig nahm, oder die Lava der Kerze, die ihre Haut brennend küsste. Jonahs Stöhnen wurde von einem Lachen unterbrochen.

»Du sollst nicht mich damit treffen, verdammt.«

Mit beiden Händen zog er Emmas Gelenke an seine Brust, entblößte noch mehr ihres Rückens, noch mehr Haut, die das Kerzenwachs bedecken konnte. Jonah wurde langsamer, sanfter, die Grobheit, mit der er sie genommen hatte, verebbte. Während er ihre Hände gegen seine Brust gepresst hielt, streichelte er ihr die feuchten Haarsträhnen aus dem Gesicht. Emma fletschte die Zähne und fluchte, als sich die Kerze über sie ergoss.

»Du bist umwerfend, wenn du leidest. Ich liebe das.«

»Fick dich.«

»Uh, sie ist wütend. Noch besser. Aber ich frage mich, wer hier wen fickt?«

Zum Beweis stieß er kraftvoll von unten zu. Dann wurde er wieder behutsamer, und es fühlte sich gut an. Die Kerzentortur war vorüber, glaubte sie, denn kein Tropfen fiel auf ihre Haut. Zärtliche Hände strichen von hinten über ihre Schultern. Zarte Küssen versöhnten die gemarterten Stellen auf ihrem Rücken. Sie stöhnte wohlig auf, dankbar für das Ende der Quälerei und die erregende Belohnung. Die Finger tanzten verspielt über ihre Haut, zeichneten die Wachsspuren nach und die Sensibilität schickte sinnliche Wärme durch ihren Körper. Der Fremde schob eine Hand zwischen ihren und Jonahs Körper und reizte Emma, dirigierte sie wie ein Taktmeister auf Jonahs Schoß. Seine Zunge leckte ihren Nacken und löste ein wohliges, süßes Kribbeln aus, dem sie sich nicht widersetzen wollte. Die Fingerspitzen in ihrer Scham entfachten eine Hitze in ihr, heißer als jedes Kerzenwachs. Jonah stöhnte unter ihr.

»Das ist gut, nicht aufhören.«

Emma warf ihren Kopf in den Nacken, fühlte das Gesicht des Fremden, der seine Wange an ihr rieb, seinen heißen Atem, der von seinen Lippen floss. Auch er war erregt, doch begnügte sich damit, ihr Lust zu verschaffen. Das reizende Fingerspiel in ihrer Spalte verfehlte sein Ziel nicht, und das große Geschlecht pumpte sich in langsamen Stößen in ihr feuchtes, enges Fleisch. Jonah knurrte, sein Griff um ihre Handgelenke wurde fest wie Schraubzwingen. Er stieß einen unflätigen Fluch aus, und Emma spürte das heftige Zucken seines Schaftes tief in ihr. Sie fühlte die Entladung seiner sexuellen Gier in ihrem Körper und wie jegliche Anspannung aus ihm wich. Sie wollte mehr, wollte kommen, wünschte sich die Erlösung, doch der Fremde verweigerte sie.

»Oh Gott, nein.«

Fast hätte sie aufgeheult vor Frust, weil er sie von Jonah wegzog, das Fingerspiel beendete, obwohl sie doch kurz davor stand. Blind und zitternd, lag sie in seinen Armen, auf seinem Schoß. Wachs blätterte von ihrer Haut, wo seine Fingerkuppen sie berührten.

»Es war mir ein Vergnügen, Herzchen. Ich werde dich dann mal der Obhut meines Partners überlassen.«

Ihr Herz hämmerte, als ihr klar wurde, das der Einzige, den sie von beiden Männern kannte, im Begriff war, sie allein zu lassen.

»Geh nicht, bitte.«

Sie tastete ängstlich nach seiner Hand, erwischte seinen Oberschenkel und klammerte sich daran fest.

»Bitte bleib hier.«

Jonah streichelte ihr sanft über den Kopf.

»Scheint, als kann sie nicht genug von mir bekommen. Herzchen, vielleicht werde ich Cedric um eine Solobuchung bitten. Du bist es wirklich wert.«

Er klang so abfällig, so demütigend, dass es weh tat. Schlimmer noch war die Art, in der er ihre Wange zuerst zärtlich berührte und sie dann von sich stieß, als wäre Emma ein unbedeutendes Nichts. Dann setzte der Schock ein. Cedric! Sie war wegen ihm hier. Er hatte sie wie eine Hure verkauft, aber sie hatte sich wie eine benommen. Lüstern hatte sie sich den Männern hingegeben, obwohl sie sich doch dagegen wehren wollte. Emma schämte sich, kauerte sich schluchzend auf dem Boden zusammen und fühlte sich so schmutzig und verdorben wie nie zu vor in ihrem Leben. Die Tür fiel ins Schloss. Nun war sie mit dem Fremden allein, der noch kein Wort gesagt hatte. Der nur Lachen für sie übrig gehabt hatte. Sie schrie, als seine Hände sie packten, und auf die Füße zwangen.

»Nein!«

Sie schlug nach ihm, aus Angst, aus Panik, aus Verzweiflung. Mehrere Male traf sie ihn, doch der Fremde schaffte es, ihre Hände zu ergreifen und sie an sich zu ziehen. Emma weinte aus Frust, wehrte sich dagegen, dass er sie trösten und streicheln wollte.

»Schhhhhh.«

Zappelnd wollte sie sich ihm entwinden, doch er hielt sie fest, bis sie keine Kraft mehr besaß. Sie zitterte wie Espenlaub, erschreckte sich, obwohl er doch nur die Augenbinde lösen wollte. Emma blinzelte, schloss fest die Augen, weil sie ihn nicht ansehen wollte. Nach einer Weile klärte sich ihr verschwommener Blick, und eine Gänsehaut breitete sich auf ihr aus.

»Du?«

Das Lächeln auf seinem Gesicht machte sie zornig.

»Du Bastard!«

Sie wollte ihn schlagen, wollte ihn verletzten, sie war so wütend und verletzt. Schwungvoll drehte er sie mit dem Rücken zu sich, presste ihren Körper fest an sich und lachte heiser in ihr Ohr.

»Ich hasse dich.«

Egal was sie sagte, er nahm es hin. Seine sanften Küsse besänftigten sie nicht. Sie wütete, tobte in seiner fesselnden Umarmung, bis er sie von sich stieß. Kraftvoll fuhr sie herum, funkelte ihn an.

»Warum tust du mir das an?«

Cedric schlenderte entspannt zum Tisch, ergriff die kurze, dünne Peitsche, die er wohl zuvor neben Obstschale und Umschlag deponiert hatte, und entrollte sie.

»Es sollte sich echt anfühlen. Du warst eine Hure, und hast dich genauso benommen. Es war erregend für dich, du bist mehrfach gekommen, egal wie sehr du dich dagegen gesträubt hast. Ich wusste, du würdest es genießen, wie alles andere, was heute Nacht mit dir geschehen ist.«

Emmas Augen starrten auf das Leder in seiner Hand, und sie wich zurück.

»Zum Abschluss werde ich die Wachsspuren von deinem Körper entfernen.«

»Das tust du nicht.«

Er holte aus, und noch bevor sie flüchten konnte, zuckte das Leder über ihre Haut, traf ihren Schenkel, und sie schrie. Wieder holte er aus, näherte sich ihr, doch dieses Mal wickelte sich die Peitsche um ihren Hals. Trotzig und nach Atem ringend, riss sie daran. Cedric holte die Peitsche ein, erwiderte Emmas zornigen Blick. In seinen Augen lag Bewunderung und Faszination. Emma hob ihre Hand und ohrfeigte ihn, wofür sie ein dunkles Lachen erntete. Zu einem zweiten Schlag ließ er es nicht kommen, wehrte ihre Hand ab und zog sie an dem ergriffenen Handgelenk zu sich.

»Und ob ich das tun werde. Du gehörst mir. Jeder Atemzug, der deine Lungen füllt, ist mein. Jeder Herzschlag, der dein Blut bewegt, ist mein Besitz, jedes Gefühl, das dich durchdringt, geschieht für mich. Du bist mein, und das weißt du. Egal was ich von dir fordere, du wirst es tun.«

Das Grün seiner Augen war dunkel wie Moos nach einem langen Regen, und das Grübchen an seinem Kinn verführte sie dazu, danach zu lecken, es zu küssen und sich daran festzusaugen.

»Du bist ein Mistkerl.«

»Und genau deswegen liebst du mich.«

Emma stöhnte verzweifelt auf, senkte ihren Kopf und fühlte heiße Tränen in ihre Augen steigen. Cedric senkte seine Stimme zu einem bezaubernden Flüstern.

»Du hast mir heute so viel gezeigt: Frust, Lust, Verzweiflung, Wut, Hingabe, Gehorsam, Vertrauen, Hemmungslosigkeit, Gefügigkeit, Widerwille, Zorn, Enttäuschung, Ausgelassenheit. Jetzt will ich dich weinen sehen.«

Der Schreck über die geflüsterte Ankündigung spannte jeden Muskel in ihr. Mit der Hand um ihren Hals, schob Cedric Emma von sich. Seine Mimik war eine Maske aus Neugier und Kälte.

»Ich werde dich als mein Eigentum zeichnen, und meine Spuren dieses Mal deutlich sichtbar auf dir hinterlassen.«

Cedric raspelte mit dem Peitschenknauf einige Wachslinien von ihrer Haut.

»Sie werden dich für eine Weile daran erinnern, was heute Nacht passiert ist.«

Mit kräftigen Schritten schob er sie am Genick zu einem Wandteppich, trat einen Meter zurück und wartete. Emma presste die Hände an das weiche Gewebe. Das Peitschenleder biss sich hart und voller Qual in ihre Haut, pflückte rotes Wachs von ihrem Rücken. Wieder küsste die Peitsche ihren Körper, bis Tränen heiß über ihre Wangen rollten. Emma schluchzte und jammerte. Das Knallen der Peitsche durchfuhr sie wie Blitze. Das Gerät, das sie so sehr fürchtete, zwang sie in die Knie, brannte sich nicht nur in ihre Haut, sondern tief in ihr Bewusstsein. Mit jedem neuen Knall flossen weitere Tränen, verschwand die Reue über ihr Handeln, die Scham über ihr Verhalten und die Bedenken, sich hinzugeben. Das Leder grub sich in sie. Etwas in ihr zersplitterte, brach wie dünnes Glas, und pures weißes Licht strahlte warm und süß durch ihre Adern. Ein Hochgefühl ergriff Besitz von ihr. Emma lachte wie von Sinnen unter den salzigen Tränen, die ihre Augen füllten. Sie drehte sich auf Knien Cedric zu, bewunderte seinen schönen Körper, die nackte Brust, die sich unter den Anstrengungen mit kräftigen Atemzügen hob und senkte.

Die Peitsche glitt aus seiner Hand, und sie begriff, was so einfach und rein schien wie Atmen, Leben und Begehren. Emma streckte die Arme nach ihm aus. Die Zärtlichkeit, die sie umfing, die Liebe, die er ihr schenkte, war kristallklar und reichte weit über das hinaus, was sie jemals empfunden hatte. Er gehörte ihr, sie besaß ihn, hatte ihn sich zum Eigentum gemacht, mit allem, was er von ihr verlangte. Cedric war ein Gefangener seines Verlangens nach ihr, seiner Liebe zu ihr. Er war ihr verfallen, gefesselt durch die Lust, die sie ihn ihm weckte. Diese dunkle Fantasie in ihm, der sie heute Nacht Realität eingehaucht hatte, machte ihn als Dominanten zu ihrem Sklaven.

»Ich besitze dich und du gehörst mir.«

Ihre Stimme klang überraschend fest und beeindruckend klar. Cedric sah ihr in die Augen und nickte.

»Mit jedem verfluchten Atemzug.«

Sie lächelte, spürte einen Hauch von Macht und Überlegenheit. Ihre Fingerspitzen gruben sich in sein Haar und rissen seinen Kopf in den Nacken.

»Das ist alles mein.«

Er keuchte unter ihrem schmerzhaften Griff, ließ sie jedoch gewähren. Ihre Zunge hinterließ eine feurige Spur auf seinem Hals, und er stöhnte, als sie ihm schmerzhaft die Zähne hineinbohrte. Er glaubte, Sterne zu sehen, als sie den Biss verstärkte, um seine Qual hören zu können. Mit unerwarteter Härte stieß sie seinen Oberkörper zu Boden.

»Jetzt beherrsche ich dich.«

Ihre Hände pinnten seine Gelenke auf den Boden, während ihr Körper sich über ihn schlängelte. Ihre Hüften schoben sich über seinen Schoß, und sie lächelte ihm mit einer wohligen Zufriedenheit ins Gesicht, als sie seine Härte spürte. Hastig öffnete sie seine Hose, umschloss mit der Faust seinen Schaft und ließ nur die Eichel in sich gleiten. Ihr Gesichtsausdruck faszinierte ihn. Cedric stöhnte auf, als sie ihn endlich tief in sich aufnahm. Aus ihrem Mund drang ein laszives, finsteres Lachen. Mit jeder quälend langsamen Welle ihres Unterleibs, bäumte er sich unter ihr auf, keuchte frustriert, dass er nicht kontrollieren konnte, was sie tat. Sie biss ihm in die Brust. Ihr Ritt wurde schneller, und Emma folgte allein der eigenen Begierde nach Sättigung, und Cedric war so gelähmt von ihrer Gier nach ihm, dass er sich ihr überließ. Ihre Hände pressten sich auf seine Brust, drängten die Luft aus seinen Lungen, und ihre spitzen Fingernägel bohrten sich tief in seine Haut. Cedric verzog das Gesicht und spürte doch die zähe Süße des Schmerzen, die ihm eine Gänsehaut bescherte. Er schob seine Finger in ihr Haar und zog sanft ihren Kopf zu sich hinunter. Seine Lippen berührten ihren Mund. Seine Zunge forderte Einlass und Emma keuchte in den Kuss, saugte sich wie verzweifelt an seinen Lippen fest, und er fühlte die Anspannung in ihren Muskeln.

»Nein, halt dich nicht zurück, gib mir alles.«

Sein heiseres Flüstern streichelte ihr Haar. Ihre Nägel kratzten sein Fleisch, und sie ritt ihn hart, sodass er kaum in der Lage war, sich selbst zu beherrschen. Emma schrie auf, senkte sich ein letztes Mal mit aller Kraft auf seinen Schoß und explodierte so hart und heftig über ihm, dass auch er den Höhepunkt erreichte. Emma sank kraftlos auf seine Brust und zitterte unter der sich lösenden Anspannung in seiner Umarmung.

18

»Das brennt wie die Hölle!«

Kichernd stieg Emma in die gefüllte Wanne von heißem Wasser und duftigem Schaum. Die kleinen Wellenbewegungen umspülten seine Brust, und Cedric verzog sein Gesicht.

»Du sagst es. Komm her und leck meine Wunden, Sklavin.«

Erneut lachte Emma auf, als er ihren Rücken an sich zog und das Badewasser über den Rand schwappte. Die tiefen Kratzspuren ihrer Nägel hatten sogar Blutzoll gefordert, aber seine Spuren auf ihrem Rücken waren ebenfalls nicht zu verachten. Sie ebenso wie er würde noch eine Zeit die Markierungen des anderen auf der Haut tragen. Seine Finger verschränkten sich in ihren, und er betrachtete sie.

»Feilst du sie extra spitz?«

»Nur für dich.«

Ihre Provokation brachte ihr ein neckisches Knabbern im Nacken ein. Hier und da lösten sich letzte Wachsreste, und auch diese Spuren machten sich bemerkbar, wenn sie mit der Temperatur des Wassers in Berührung kamen. Cedric schöpfte mit den Händen Badewasser über ihre Schultern.

»Warum hast du mir nicht gesagt, dass es doch ein Spiel ist?«

»Weil ich wollte, dass du all das empfindest, was in dir vorgegangen ist. Du hast mich um eine Session gebeten. Du wolltest wissen, wie es ist, mit mir zu spielen. Ich hatte damit gerechnet, dass du gehen würdest, wenn ich dir davon erzähle. Was hat dich zum Bleiben bewegt?«

»Du. Zuerst dachte ich, ich würde dich verlieren, wenn ich ablehne. Aber mir wurde klar, dass du mir deswegen nicht den Rücken kehrst … Cedric?«

»Hm?«

»Es war nicht nur deine Fantasie.«

Emma stockte, als sie die Beichte aussprach, und in seinem Schweigen lag Überraschung. Sie schloss die Augen und legte ihren Kopf an seine Brust, um seinen Herzschlag zu hören.

»Es gibt Träume, die so verboten sind, so unmoralisch und verrucht, dass ich mich niemals getraut hätte, sie real werden zu lassen.«

»Ich glaube, davon musst du mir irgendwann einmal mehr erzählen.«

»Als du den Boten mit dem Umschlag erwähnt hast, ist mir fast das Herz stehen geblieben. Ich habe mich meiner Fantasie geschämt, und deswegen bin ich auch wütend geworden. Deine Kälte hat sich echt angefühlt, und ich habe dich nicht wiedererkannt. Deine Worte waren so ernst und so real. Ich habe Angst bekommen, weil ich mich ertappte fühlte.«

»Also war es nicht ich, dem du gefallen wolltest, sondern deiner Fantasie?«

»Ich kann mir keinen anderen vorstellen, dem ich meine Fantasie in die Hände lege. Jedem anderen hätte ich meine Faust ins Gesicht geboxt.«

Er lachte leise.

»Nun, für eine Weile hast du gewirkt, als wolltest du mich verprügeln.«

Emma seufzte leise, lauschte auf seinen Herzschlag, das kräftige Klopfen unter seiner Haut.

»Ich will nicht, dass du gehst.«

»Ich muss. Jonathan schafft die Aufträge nicht allein. Ich hätte längst zurück sein müssen. Im Sommer ist Hochsaison, und viele Promis machen Urlaub auf ihren Yachten oder auf den Inseln.«

Er vergrub seine Nase an ihrem Hals und küsste sie.

»Mach den Umschlag auf.«

Er lag golden glitzernd auf dem Rand der Wanne. Emma zögerte und öffnete ihn dann doch aus reiner Neugier. Was war ihm wohl der letzte Teil der Nacht wert gewesen. Ein Schmunzeln glitt über ihre müden Gesichtszüge. Das Flugticket war auf ihren Namen ausgestellt und der Zielort Miami, doch sie fand kein Datum darauf eingetragen.

»Mir ist klar, dass du nicht von heute auf morgen deine Zelte abbrechen kannst. Ebenso will ich, dass du dir Zeit nimmst und mit klarem Kopf deine Entscheidung triffst.«

»Ich muss darüber nicht mehr nachdenken.«

»Doch. Zwischen dir und deinem Leben, bevor wir uns trafen, liegen nur drei Tage. Drei wundervolle Tage, aber nur drei. Es kann sein, dass du morgen schon wieder anders denkst, wenn ich nicht mehr da bin, und wenn sich ein wenig Zeit dazwischen gelegt hat, wirst du vielleicht …«

»Nein …«

»Emilia, gib mir eine Chance. Für uns beide ist wichtig, dass alles, was geschehen ist, sich für eine Weile setzt. Ich kann in deiner Nähe nicht klar denken. Wenn ich jetzt entscheiden müsste, würde ich dich sofort packen und mitnehmen.«

Er bezog es auf sich. Vielleicht meinte er es so, aber sie lächelte trotzdem dankbar.

»Ich mache mir Sorgen um Joe, und was mache ich mit Sonya und Max. Max liebt Buddy, und ich will ihn nicht hier lassen. Dir ist schon klar, dass du mich nur im Doppelpack bekommst, oder?«

»Lenox wird sich über einen kleinen Leckerbissen namens Buddy garantiert freuen.«

»Lenox?«

»Er gibt vor, ein Hund zu sein, aber manchmal frage ich mich, ob der Bernhardinerzüchter mich nicht doch übers Ohr gehauen hat.«

Emma drehte sich mit hochgezogenen Augenbrauen zu ihm um.

»Du hast einen Bernhardiner namens Lenox und erzählst mir das erst jetzt?«

»Ich hatte bis vor kurzem auch noch einen Kater namens Paris, der die Regentschaft über meinen Haushalt an sich gerissen hat, als sich kürzlich herausstellte, dass er kein er ist, sondern ein Katzenluder, das meine Küche mit Nachwuchs erfreut hat. Ich weiß nicht, wo sich das Vieh ständig rumtreibt. Und nicht zu vergessen Budkus.«

»Und wer ist das?«

»Budkus ist ein Koi, der ständig heiß verliebt durch die Aquariumscheibe mit Lenox knutscht.«

»Gibt es noch mehr Familienmitglieder, über die du mir nichts erzählt hast? Oh, du bist soooo …«

»Nein, sag es nicht.«

»Warum nicht? Ich finde, du bist wirklich so …«

Er legte seine Hand über ihren Mund. Sie bog seine Finger von ihren Lippen.

»Süß!«

Kopfschüttelnd sank er zurück ins Schaumbad.

»Sag niemals einem Dom, dass er süß ist. Das ist unmännlich.«

Ihr Lachen klang fröhlich, dann lehnte sie sich seufzend wieder an seine Brust.

»Ich weiß, was du meinst. Ich kenne dich eigentlich gar

nicht und habe das Gefühl, als würden wir schon ein ganzes Leben miteinander verbringen. Du hast mich verändert, und ich kann nicht mehr zurück. Ich weiß nicht einmal mehr, wie es ohne dich war. Also gut, ich bleibe. Es müssen eh viele Dinge geregelt werden. Kündigung der Wohnung, mein Job.«

Emma ließ Badewasser von ihren Fingerspitzen auf seine Arme tropfen.

»Mir wird nur schwerfallen, meine Freunde zurückzulassen. Du würdest Joe mögen, und Sonya hat es nicht so gemeint. Ich muss mir dann in Miami eine Bleibe suchen, es sei denn du sperrst mich in dein Haus ein.«

»Apartment, mein Schatz, ein Haus in Miami Beach zu kaufen ist nur was für Millionäre. Das kann ich dir nicht bieten.«

»Aber du kannst doch wohl anständig für mich sorgen, oder, junger Mann? Ich brauche dringend einen Job.«

»Emilia! Lass dir Zeit. Fang nicht an, Pläne zu schmieden, ohne dir sicher zu sein.«

Ihr Lachen verstummte, und die Stille im Bad wurde vom Tropfen des Wasserhahns rhythmisch unterbrochen. Emma spürte die Schwere ihrer Glieder und die Müdigkeit in ihrem Körper.

»Du hast recht, ich kann im Moment nicht mehr klar denken.«

Sie murmelte schläfrig an seiner Brust und bemühte sich, die Augen offen zu halten. Der Morgen graute bereits, als Cedric sie ins Bett brachte und in eine warme Decke hüllte. Sanft streichelte er ihr Gesicht, küsste ihre Wange.

»Ich muss jetzt gehen.«

Blind tastete sie nach seiner Hand.

»Noch nicht.«

»Mein Flug geht in drei Stunden, und ich habe noch nicht gepackt.«

»Gib mir fünf Minuten und ich begleitete dich wenigstens zum Flughafen.«

»Nein, Schatz, bleib hier, schlaf ein wenig.«

»Ich liebe dich, Cedric.«

Es fiel ihm schwer, sie zu verlassen. Sie hatte seine Antwort nicht mehr gehört, denn Emma schlummerte schon wieder tief und fest. Leise zog Cedric sich an, legte das Strafbuch auf den Wohnzimmertisch und ging durch die Tür. Alles oder Nichts. Der Gedanke schoss ihm schmerzhaft durch den Kopf. Er wusste genau, sobald einige Stunden vergangen waren, würde sie die Dinge nüchterner betrachten, und die Entfernung würde Klarheit über Gefühle, Gedanken und Empfindungen bringen. Mit dem Mietwagen fuhr er zurück zu Rubens Haus, schlich die Treppe hinauf zu dem Gästezimmer. Ihm blieb beinahe das Herz stehen, als Ruben noch vor ihm ein Licht einschaltete.

»Du warst bei ihr.«

Ruben saß auf dem Bett wie ein gebrochener Mann, wischte sich mit beiden Händen durch das Gesicht und den dunklen Schatten der unrasierten Stellen um sein Kinn herum.

»Ich will sie zurück.«

»Das ist ihre Entscheidung, Ruben.«

»Ich kenne dich, Cedric. Du hast ein paar Tage Spaß gehabt und jetzt gehst du wieder. Spätestens in einer Woche ist sie aus deinem Kopf verschwunden. Das habe ich schon so viele Male gesehen. Und du sagst, ich wäre nicht gut für sie.«

»Dieses Mal ist anders.«

Ruben lachte bitter.

»Was ist diesmal so anders, Cedric? Für dich sind Frauen

Gebrauchsgegenstände. Du legst sie flach, nutzt sie aus und lässt sie fallen wie heiße Kartoffeln.«

»Der Abschnitt meines Lebens ist lange her. Emilia bedeutet mir etwas.«

»Sie ist eine O, Cedric. Sie braucht einen Mann, der weiß, wie man sie formt und führt. Ohne einen Herrn ist sie verloren.«

Diesmal war Cedric derjenige, der lachte.

»Du hast eine fixe Idee, was dieses Buch betrifft. Die Geschichte der O ist ein Liebesbrief, eine Fiktion, die nie reell war. Hör auf damit, ein Ideal zu suchen, das nicht existiert. Emilia ist keine Romanfigur. Du hast dich in diesen Gedanken verrannt, weil deine Ehe schon vor dem Ja-Wort den Bach runterging. Weil du zu feige bist, Kelly die Wahrheit über dich zu erzählen, greifst du nach einem Strohhalm. Natürlich willst du Emilia zurück. Du bist BDSMler. Bei ihr kannst du so sein, wie du wirklich bist. Ich sagte dir bereits, dass du nicht ohne kannst. Es ist schneller passiert, als ich dachte. Ich hatte dich gewarnt. Hättest du Kelly von Anfang an reinen Wein eingeschenkt, wäre es ihre Entscheidung gewesen, ob sie bleibt oder nicht, und du hättest deine Frau nicht mit einer Lüge in diese Ehe gezogen. Dieses Schauspiel eines braven und moralisch einwandfreien Ehemanns hat sie nicht verdient. Selbst wenn sie Menschen wie uns als pervers betrachtet, du hast ihr keine Chance gelassen. Wieso hast du sie überhaupt geheiratet? Warum eine Vanilla? Wieso nicht eine Sub?«

»Man heiratet keine Sklavin, man besitzt sie.«

Rubens Atem roch sogar aus der Entfernung nach Scotch. Cedric atmete geräuschvoll aus.

»Du bist ein verdammter Snob. Ich habe eine Menge Scheiße gebaut in meinem Leben. Ich habe Frauen gewechselt wie

Unterwäsche, und es war mir egal, ob sie mich geliebt haben oder meinen Schwanz oder das Geld meines Vaters. Ich hatte meinen Spaß mit ihnen und habe sie dann links liegen lassen. Keine von ihnen hat es ein zweites Mal in mein Bett geschafft. Aber ich war ehrlich zu mir und zu ihnen, selbst wenn sie mir lächelnd die schönsten Liebesschwüre vorgelogen haben. Du versuchst einen Spagat zwischen Sitte und Sex, bei dem du dir nur die Eier abreißen kannst. Mir war scheißegal, was andere über mich dachten, und ich habe meinem Vater ins Gesicht gespuckt. Du versuchst, nach außen den braven Bürger abzugeben, während du heimlich in der Nacht eine Sub benutzt und dich einen Dreck um ihre Gefühle scherst. Hauptsache du hast eine moralisch einwandfreie Vanillabraut zuhause als Alibi.«

»Gerade du verurteilst mich, du!«

Er lachte über Cedric.

»Was weißt du schon?«

»Was gibt es zu begreifen? Fürchtest du, Kelly könnte dich in der Öffentlichkeit bloßstellen? Oder sich von dir angewidert abwenden? Sie hat dich geheiratet, weil sie irgendetwas in dir gesehen hat. Vielleicht ist dein sauberes Frauchen gar nicht so rein und süß wie du denkst?«

Cedric hob die Augenbrauen, als sich Rubens Gesicht in Ekel verzog.

»Hab ich in ein Hummelnest gestochen?«

»Sie ist eine verdammte Nutte, Cedric.«

»Und du bist betrunken.«

»Nicht annähernd betrunken genug. Dieses Miststück hat es nur auf meine Kohle absehen. Sie fickt einen anderen, wusstest du das? Nein, natürlich nicht. Woher auch, ich hab es ja auch erst rausgefunden.«

Ruben warf Fotografien auf den Boden, die Kelly noch im

Brautkleid in enger, eindeutiger Umarmung mit einem wesentlich jüngeren Kerl zeigten. Cedric hob die Fotos auf.

»Weißt du, wer er ist?«

»Ein Student an ihrer Uni. Sie war sein Tutor. Er arbeitet seit einigen Wochen in der Firma als Laufbursche. Daniel Stevens.«

»Und was willst du tun?«

Ruben lachte bitter auf und schüttelte seinen Kopf.

»Ich will sie ans Bett fesseln und auspeitschen, dem Scheißkerl den Schwanz abreißen und ihn dem Miststück tief in den Allerwertesten stecken. Ich weiß nicht, was ich tun soll! Ich dachte, es wäre besser, wenn ich sie davor schütze, dass ich zu den Perversen gehöre. Das hier hab ich in ihrer Aktentasche gefunden.«

Handschellen baumelten an seinem Zeigefinger und klimperten leise vor sich hin.

»Ich bin so ein Idiot. Du hattest recht, ich bin oberflächlich geworden, vielleicht wollte ich die Wahrheit gar nicht wissen.«

Er erhob sich vom Gästebett und lachte kalt auf.

»Du fehlst mir, Mann.«

Ruben klopfte seinem alten Freund auf die Schulter und verließ das Zimmer. Cedric sog den Atem tief in die Lungen. Als er vor einem Jahr New York den Rücken gedreht hatte, war er sich der Konsequenzen nicht bewusst gewesen. Jahrelang war Ruben der Einzige, der seinen Hintern immer wieder aus dem Dreck gezogen hatte. Cedric fühlte sich miserabel, weil er die Hilfe nie zurückgezahlt hatte. Er betrachtete das Bild der Braut, die den falschen Prinzen küsste. Nachdenklich raffte er alle Bilder zusammen, verließ das Gästezimmer und blieb im lichtdurchfluteten Wohnzimmer beim Kamin stehen.

»Wo ist sie jetzt?«

Ruben starrte auf die trockenen Holzscheite und zuckte mit den Schultern.

»In einem Hotel? Auf seiner Studentenbude? Es ist mir egal.«

»Liebst du sie?«

Er schnaubte und leerte das Glas in seiner Hand.

»Ist das noch wichtig?«

Cedric schlug dem Freund das Scotchglas aus der Hand und rammte seine Hände links und rechts in die Armlehnen des Sessels.

»Wo sind deine verdammten Eier? Denk verdammt noch mal nach. Ist das die Art von Leben, das du führen willst? Dich von einer Frau an der Nase herumführen lassen?«

Plötzlich öffnete sich die Haustür.

»Honey, bist du zu Hause?«

Cedric gebot Ruben, still zu bleiben, indem er einen Zeigefinger auf die Lippen legte.

»Kein Wort! Wir klären das jetzt!«

Kelly legte ihren Mantel ab, legte die Tasche auf den Schuhschrank im Flur, und ihr Schlüssel landete in der Glasschüssel daneben.

»Honey? Scheiße.«

Auf dem Boden verteilt führte eine Spur von Bildern zur Küche. Kelly sammelte die Fotos eins nach dem anderem auf, bis sie das Wohnzimmer erreichte. Cedric lehnte am Kamin, während Ruben im Sessel saß.

»Honey, ich kann das erklären.«

»Fang an.«

»Er ist ein …«

»Student an deiner Uni, ich weiß.«

»Er bedeutet nichts, er ist nur …«

Als die Handschellen auf den Boden klirrten, über das Parkett schlitterten und zu ihren Füßen stoppten, erschrak sie.

»Er ist nur was?«

»Honey, es tut mir leid.«

»Ihr solltet reinen Tisch machen.«

Cedric wandte sich um, um zu gehen.

»Bleib.«

»Das ist eine Sache zwischen euch, Ruben. Es wird Zeit, dass ihr euch aussprecht.«

Er schloss die Schiebetür zwischen Wohnzimmer und Diele hinter sich, kehrte zurück in das Gästezimmer und begann zu packen. Etwas ging unten zu Bruch, doch er kümmerte sich nicht darum. Mit dem Koffer in der Hand schlich er leise nach unten, lauschte und schmunzelte. Die Geräusche aus dem Zimmer klangen eindeutig. Kopfschüttelnd verließ Cedric das Haus des besten Freundes und fuhr zum Flughafen. Kurz bevor er eincheckte, meldete sich sein Handy. Eine SMS von Ruben.

Er ist ihr verdammter Lustsklave! Ich habe eine Domse geheiratet.

Das herzhafte Lachen aus Cedrics Kehle irritierte die freundlich lächelnde Flugbegleiterin, die sein Handgepäck prüfte.

»Ich wünsche Ihnen einen angenehmen Flug, Mister Seymour.«

»Vielen Dank.«

Tränen lachend suchte er seinen Sitzplatz und machte es sich gemütlich. Er dachte an Emma, schloss die Augen und hoffte, sie würde noch immer dasselbe empfinden, wenn ein wenig Zeit vergangen war.

Als sie aufwachte, war das Bett neben ihr schon kalt, und auch das Halsband lag nicht mehr an seinem Platz. Es zu tragen, fehlte ihr. Emma lag flach auf dem Rücken und starrte gegen die Decke. Sie fühlte sich nicht danach, aufzustehen, sich anzuziehen und zur Arbeit zu gehen. Alles wirkte falsch. Mit Schwung zwang sie sich aus dem Bett und öffnete den Kleiderschrank. Es war seltsam, wieder Hosen zu tragen. Die Unterwäsche engte sie ein und zwickte. Emma schüttelte den Kopf, zog sich die Bluse an, und ein süßer Schauer rieselte über ihren Rücken, als sie die Wunden spürte. Bevor Emma die Knöpfe schloss, lockerte sie den weißen Stoff, bis er über ihre Schulter fiel, und drehte sich vor dem Spiegel den Rücken zu. Ein schaurig schönes Muster an Striemen, die sich dunkel gefärbt hatten, zierte ihre Rückseite. Wärme erfüllte sie, weil sie an Cedric denken musste. Das seichte Brennen besaß ein Gefühl, als würde er sie berühren. Allerdings würden die Spuren, die er auf ihrer Haut zurückgelassen hatte, irgendwann verblassen und heilen. Schon jetzt bedauerte sie es, wünschte, diese Male würden niemals vergehen. Emma schloss die Bluse auf dem Weg in die Küche und schenkte Kaffee in die für Joe bestimmte Thermotasse. Das Sandwich schnitt sie in zwei Hälften und packte es ein. Auf dem Weg zur Arbeit blieb sie an der Ecke stehen, an der er sonst immer saß. Doch dieses Mal wartete er nicht auf sie. Ihr Herz schlug schneller. War ihm etwas zugestoßen? Verwirrt sah Emma sich um. Sie hoffte, ihn in dem Strom von Menschen, der an ihr vorüberzog, zu entdecken. Jeden Morgen saß Joe genau hier, mit einer Büchse, um ein wenig für Essen zu sammeln. Das Einzige, was noch da stand, war der leere Hocker. Emma hockte sich hin, betrachtete die Leute, lauschte den Geräuschen der Straße, und wieder überkam sie das Gefühl, wie falsch das alles war.

Sie ließ das Sandwich zurück und hoffte, dass Joe sich einfach nur verspätet hatte. Im Büro kamen ihr die Gesichter fremd vor, die sie seit zwei Jahren kannte. Donna musterte sie, runzelte ihre Stirn und folgte ihr ohne eine Begrüßung.

»Schätzchen, du siehst aber nicht gut aus.«

»Es ist alles okay.«

Emma klang kühler als gewollt, doch sie schaffte es nicht, mehr zu sagen. Donna verzog sich hinter ihrer Arbeitsplatzwand. Wie hatte Emmas Alltag eigentlich ausgesehen, bevor sie Cedric getroffen hatte? Ihre tägliche Routine kannte sie, doch irgendetwas schien nicht daran interessiert zu sein, dass sie in ihr altes Leben zurückfand. Ständig tauchten Bilder vor ihrem inneren Auge auf und ständig schien Cedric ihre Gedanken zu beherrschen. Emma erinnerte sich an das wohlige Gefühl, auf diesem Stuhl zu sitzen, den rauen Stoff unter ihrem blanken Hintern zu spüren, das Halsband zu tragen und Cedric in jedem Moment so zu erleben, dass sie es kaum erwarten konnte, ihn wiederzusehen. Heute würde er nicht auf sie warten oder sie treffen. Er saß in einem Flugzeug auf dem Weg nach Hause. Als ob Emma die Entfernung spüren konnte, schien sein Einfluss zu verblassen. Sie rieb ihren Rücken an der Stuhllehne, nur um das Brennen der Spuren seiner Peitsche wieder zu empfinden.

Die Kollegen um sie herum bewegten sich im Zeitraffer, während Emma sich in einem Nimbus aus Leere, Sehnsucht und Überflüssigkeit gefangen sah. War sie krank? Hatte sie den Verstand verloren? Als Emma das nächste Mal auf die Uhr sah, war es später Nachmittag, und sie konnte sich nicht daran erinnern, die Briefe in ihrer Ablage geschrieben zu haben. Als wäre sie eine Maschine, die nur noch funktionierte. Sie fühlte sich grauenvoll, betäubt und unwirklich.

Panisch verließ sie das Büro und verschloss ihre Wohnungstür. Unruhig wippte Emma mit angewinkelten Knien auf dem Sofa, schaltete durch die TV-Programme, ohne wirklich zu realisieren, was dort lief. War sie noch bei Trost? Plötzlich drang pure Wut über sich selbst durch ihren Körper. Mit wenigen Handgriffen trug sie all die Dinge, die in den letzten Tagen ihr Leben bestimmt hatten, zusammen. Als letztes landete das Strafbuch in der Mülltüte. Sie hielt inne, nahm das Buch wieder an sich, öffnete es und fand Cedrics Handschrift darin.

Du wirst dich nicht gut fühlen, wütend sein, verzweifelt und traurig. Ein Absturz nach einem Hochgefühl, aber du musst da durch. Finde dich selbst und treffe eine Entscheidung. Ich werde warten.

Woher wusste er das? Emma setzte sich auf den Boden. Wo war ihr Selbstbewusstsein? Wo war ihre Stärke? Wann hatte sie aufgehört, sie selbst zu sein? Emma begriff, was Cedric meinte, als er sie darum bat, sich Zeit zu geben. Ohne ihn! Ohne seinen Einfluss! Ohne seine Nähe! Tränen rollten über ihre Wangen und endlich, endlich fühlte sie etwas, spürte ein kleines Stück von sich selbst wieder. Mit dem Buch an ihre Brust gepresst, lag sie auf dem Rücken, weinend, lachend, und es war so gut.

»Emma? Bist du da?«

Jetzt erst hörte sie Sonyas Klopfen an der Tür.

»Komm rein.«

Mit dem Ersatzschlüssel öffnete die Freundin die Tür und sah geschockt aus.

»Was ist passiert? Warum weinst du?«

Wieder lachte Emma und setzte sich auf. Buddy hüpfte um sein Frauchen, froh darüber, sie wiederzusehen, und leckte ihre nassen, salzigen Wangen. Sonya schloss die Tür und wirkte noch immer besorgt.

»Erzähl mir, was geschehen ist.«

Sonya wischte ihr sanft die Tränen aus dem Gesicht, bis Emma ihre Hände ergriff.

»Es ist in Ordnung. Mir war einfach mal danach, hemmungslos zu heulen.«

»Nennst du mir auch den Grund?«

»Cedric ist weg, und ich habe das Gefühl, ohne ihn nichts mehr zu sein.«

»Oh, bitte. Das ist doch nicht wahr. Emma, was hat der Mann nur mit dir angestellt?«

»Er liebt mich.«

»Na toll, nennst du das Liebe?«

»Das verstehst du nicht.«

»Ist das so ein BDSM-Ding?«

Emma schmunzelte, schwieg, stand auf und ging in die Küche. Sie entkorkte eine Flasche Wein, nahm einen großen Schluck und setzte sich wieder auf den Wohnzimmerboden, nachdem sie die Flasche an Sonya weitergereicht hatte. Emma erzählte ihr jedes Detail, das sich aus den Tagen mit Cedric in ihr Bewusstsein eingeprägt hatte. Manchmal erkannte sie Bestürzung im Gesicht der Freundin, dann wieder sanftes Mitfühlen und einen Schimmer von Neid, der Sonyas Wangen rosig färbte. Sonyas Umarmung fühlte sich ehrlich an und berührte Emma.

»Ich weiß nicht, was ich sagen soll. Das ist ziemlich heftig.«

»War es auch, und weißt du was? Ich bereue nicht eine Sekunde davon. Ich will mehr, aber ich weiß nicht, ob ich diesem Gefühl trauen kann. Ich denke Cedric hat genau das gewusst.«

»Er hat ein Chaos hinterlassen und sich aus dem Staub gemacht.«

»Ihm geht es wie mir. Wir sind beide mit Vollspeed in diese Geschichte gerast, ohne Rücksicht auf Verluste.«

»Du hast mir erzählt, was für ein Gigolo er früher war. Bist du dir sicher, dass er nicht schon morgen aufwacht und du für ihn nur eine verblasste Erinnerung bist?«

»Absolut.«

»Das ist ziemlich abgefuckt, wenn du mich fragst.«

Sonya sagte, was jeder denken würde, wenn er von einer solchen Geschichte hörte. Es war gut, dass sie kein Blatt vor den Mund nahm, anstatt hinterrücks über Emma den Kopf zu schütteln.

»Wie würde so was enden? Was, wenn er plötzlich merkt, du bist es doch nicht. Oder er verfällt wieder in sein altes Verhaltensmuster. Was würde dann aus dir? Wo bleibst du dann?«

Emma lächelte.

»Du hast es noch nicht begriffen.«

Die Nacht, in der Cedric sie in seiner Fantasie prostituiert hatte, war anders als von ihm geplant geendet. Doch wie sollte Emma ihrer Freundin begreiflich machen, was sie in diesem Moment erlebt und erfahren hatte? Sie hatte ihm ihr eigenes Zeichen aufgedrückt, ihm Wunden geschlagen, die er genoss und noch immer trug. Genau wie sie.

»Das ist ungesund, Emma. Wie soll so eine Beziehung funktionieren? Mal ehrlich. Diese Sydney redet sich wahrscheinlich ihr Leben auch nur schön. Na gut, sie hat meine Neugier geweckt, aber ich kann mir nicht vorstellen, dass alles so Friede, Freude, Eierkuchen ist und sie mit einem seligen Lächeln hinnehmen würde, dass ihr Mann ihr den Beruf verbietet oder was weiß ich von ihr verlangt. Kannst du dir so ein Leben vorstellen?«

»Mit Cedric? Ja.«

»Emma, komm wieder zu dir. Ich kenne mich zwar nicht mit BDSM aus, aber sich einem Mann hin und wieder aus Leidenschaft zu unterwerfen, okay, aber das ganze Leben so gestalten? Bist du völlig aus dem Ruder geraten?«

Sonya griff nach Emmas Gesicht und zwang sie, in ihre Augen zu sehen.

»Du musst den Mann aus dem Kopf kriegen.«

Sorge zeichnete das Gesicht der Freundin.

»Liebes, vielleicht solltest du überhaupt die Finger davon lassen. Es gibt so viele nette Männer auf dieser Welt. Was hast du zu mir gesagt? Auf jeden Topf gibt es einen passenden Deckel? Ich habe eine Idee. Lass uns ausgehen. Wir beide.«

»Was bezweckst du damit?«

»Ganz einfach, es wird Zeit, dass du dich von diesem Sadomasozeugs abgrenzt. Vielleicht triffst du ja einen Mann, der wirklich lieb und nett ist und mit dem du dir eine Zukunft vorstellen kannst.«

»Sonya, ich will keinen lieben, netten Mann ...«

»Woher willst du das wissen? Hast du es schon mal ernsthaft versucht? Wann hast du das letzte Mal mit einem Mann geschlafen, ohne dass er mit Handschellen gerasselt hat?«

Emma dachte sofort an die Nacht auf der Hochzeitsfeier mit Cedric. Sonya fasste ihr Schweigen als Antwort auf.

»Siehst du, du hast keine Ahnung mehr, wann es sich mal nicht um BDSM gedreht hat.«

Sonya verließ die Wohnung, um den Babysitter anzurufen, damit Max versorgt war. Es dauerte keine fünfzehn Minuten, bis sie zurückkehrte. Die Blondine trug ein hellblaues Minikleid, einen breiten, schwarzen Miedergürtel, der ihre schlanke Taille in Szene setzte und hohe Riemchenpumps.

»Na los, auf geht's, zieh dich um, mach dich ausgehschick.«

Emma fand es niedlich, dass Sonya die Hoffnung nicht aufgab und alles versuchte, um sie von Cedric und vielleicht sogar ihren Neigungen an sich abzulenken. Plötzlich schlich sich eine eigene Idee in Emmas Kopf.

»Okay, ich gehe heute mir dir aus, aber nur unter einer

Bedingung: Quid pro quo. Du wirst mich danach in einen BDSM-Club begleiten.«

Sofort färbten sich Sonyas Wangen knallrot. Emma sah ihr an, dass sie ablehnen wollte, doch wusste sie, wenn sie Nein sagte, würde die Freundin ebenfalls nicht mitgehen.

»Na gut, aber nur zum Gucken.«

Lachend suchte sich Emma ein Outfit aus dem Schrank, entschied sich für ein luftiges Sommerkleid in ihrer Lieblingsfarbe. Der Stoff des leuchtend blauen Kleides fiel weit und weich um ihre Beine, während das Oberteil eng und trägerlos an ihrem Körper lag. Emma steckte sich mit wenigen Handgriffen das Haar hoch und drehte sich vor dem Spiegel. Einige der Striemen waren deutlich zu sehen, und sie würde sie mit Stolz zeigen. Es waren Cedrics Spuren, die den Männern, ob Vanilla oder nicht, klar machen würden, dass sie zu jemandem gehörte. So sehr sie das Halsband um ihre Kehle vermisste, sie brauchte es nicht mehr, um ihn zu spüren.

»Ich weiß, wo wir hingehen werden. Du wirst den Club lieben, und dort tummeln sich garantiert keine BDSMler.«

Emma verließ hinter Sonya das Haus und winkte nach einem Taxi. Als Sonya den Namen des Nachtclubs ihrer Wahl nannte, presste Emma beide Hände auf ihren Mund, um nicht laut aufzulachen. Der Fahrer nickte, fuhr los und hielt am genannten Zielpunkt an. Sogar unter der Woche schien *The Jaw* überfüllt zu sein.

»Das Warten lohnt sich wirklich, der Club ist einfach toll.«

Emma nickte, sah an der Warteschlange vorbei und erkannte den Türsteher wieder. Sie griff nach Sonyas Hand und ging an den wartenden Menschen vorbei.

»Was hast du vor? Die lassen dich da nicht einfach rein.«

»Hi, ich war gestern schon einmal hier.«

Der breitschultrige Rausschmeißer musterte sie von Kopf bis Fuß.

»Ich war in Begleitung von Cedric Seymour.«

Er nickte prompt, öffnete die Seilabsperrung, und Sonya starrte darauf, als würde Sesam sich vor ihr öffnen. Der Türsteher lächelte, hielt Emma mit sanften Druck an der Schulter davon ab, weiterzugehen.

»Cedric ist heute nicht hier, aber wenn ihr beiden Hübschen die Katakomben nutzen wollt: Ihr seid herzlich eingeladen.«

Aus seiner Hosentasche zog er ein Bündel schwarzer Magnetstreifenkarten. Auf der glänzenden Oberseite prangte eine blutrote Rose. Sie sah aus wie die Karte, die der Umschlagbote genutzt hatte, um die erste Eisentür aufzuschließen. Emma bedankte sich und nahm zwei der Karten in Empfang.

»Keine BDSMler, hm?«

Sie wedelte mit den Schlüsselkarten vor Sonyas Nase.

»Treiben die sich etwa überall rum?«

»Es steht niemandem auf die Stirn geschrieben, was er im Bett mag. Sogar dein Boss könnte einer von uns sein. Weißt du es?«

»Und wo befinden sich diese Katakomben?«

Emma hielt ihren Zeigefinger senkrecht auf den Boden gerichtet.

»Neugierig?«

Sonya schüttelte heftig mit dem Kopf, doch ihre Augen sagten etwas anderes.

19

Für einige Stunden in diesem Club war es wie in der Nacht zuvor. Manchmal hatte Emma das Gefühl, sie müsste sich nur zur Bar umdrehen, um Cedric zu finden. Natürlich war er nicht hier, und dennoch fühlte sie sich wohl. Sie vergnügte sich damit zu beobachten, wie Sonya jeden Mann, der sich beim Tanzen an sie schmiegte oder an der Bar neben ihr stand, misstrauisch beäugte. Die Frage, wie viele der Clubbesucher von den Katakomben unter ihren Füßen wussten, wer von ihnen zur Szene gehörte und wer nicht, stand ihr ins Gesicht geschrieben. Jedes Lächeln in Richtung der hübschen Blondine machte sie unsicher. Emma griff nach einem Reagenzglas, das ihr ein Vampirkellner auf einem Haltebrett anbot. Sonya nahm gleich zwei Gläser und leerte sie.

»Ich gebe zu, ich bin dumm, blöd und blind durchs Leben gerannt, aber ich habe das Gefühl, jeder hier mustert mich wie ein Stück Frischfleisch.«

»Du bist weder dumm noch blöd. Es ist eben nicht alles schwarz oder weiß. Manche glauben das bis zum Ende ihrer Tage und andere machen zwischendurch die Augen auf und sehen nach, was sich rechts und links neben ihnen befindet.«

»Herzchen.«

Sie erkannte die Stimme hinter sich sofort wieder und drehte sich zu Jonah um. Er presste sie strahlend an sich. Als er an ihr hinabsah, schmunzelte er anzüglich.

»Du siehst noch heißer aus als gestern. Und wer ist deine hübsche Freundin?«

Die blauen Augen der Freundin starrten den Barkeeper des Swingerclubs hingerissen an und schienen sich kaum an seinem Gesicht sattsehen zu können.

»Das ist Sonya.«

Sie reichte ihm die Hand. Jonah griff danach und drehte Sonya einmal um ihre eigene Achse. Sein Blick musterte sie genau so, wie Sonya dachte, dass andere sie begutachten. Wie Frischfleisch. Doch es schien sie plötzlich nicht zu stören, nicht bei ihm. Emma überlegte, ob sie ihre Freundin vorwarnen sollte, entschied sich aber dagegen. Jonah legte seine Arme um die beiden Frauen und lud sie zu einem Drink an der Bar ein, doch sein Interesse galt ausschließlich der blonden Freundin. Emma zupfte an dem Ärmel seines Hemdes.

»Sei nett zu ihr, sie kennt sich noch nicht aus.«

Er verstand. Sie hauchte ihm einen Kuss auf die Wange, und er zwinkerte ihr verschwörerisch zu.

»Ich werde ganz sanft zu ihr sein, versprochen.«

Emma verließ den Nachtclub an diesem Abend allein. Sie fuhr heim, und als sie auf ihrer Etage aus dem Lift stieg, hämmerte jemand wie von Sinnen an ihre Tür. Sie erkannte Ruben nicht sofort.

»Was machst du hier'?«

Sie kam vorsichtig näher. Er fuhr überrascht zu ihr herum.

»Wo zum Teufel treibst du dich rum?«

»Das geht dich nichts an.«

Sie rollte mit den Augen und schob ihn von der Wohnungstür weg. Er folgte ihr ungebeten in das Apartment.

»Ich will wissen, wo du warst!«

»Und ich will, dass du gehst. Mein Leben geht dich nichts an.«

Die Tür fiel krachend ins Schloss, und seine Schritte überbrückten die Distanz zwischen ihnen.

»Mit wem warst du zusammen?«

Emma lachte leise auf, ignorierte seine herrische Eifersucht.

»Geh, wir sehen uns morgen im Büro.«

Er packte sie, drehte sie mit dem Rücken zu sich, und der Stoff ihres Kleides riss unter seiner Kraft.

»Du lässt dich von ihm peitschen, aber nicht von mir?«

»Ruben, ich will, dass du gehst.«

Sie hatte keine Angst vor ihm. Emma drehte sich um und betrachtete ihn, wie er vor ihr stand. Wütend, eifersüchtig und besitzergreifend. Sie lachte, als er mit fahrigen Händen den Gürtel aus den Laschen seiner Hose löste.

»Was willst du tun? Mir Cedric aus dem Leib prügeln in der Hoffnung, dass ich zu dir zurückkrieche? Mach dich nicht lächerlich.«

Das Leder knallte mit Wucht gegen die Wand, an der sie vorbeiging. Sie zuckte nicht einmal mit der Wimper. Sie ließ das Kleid an Ort und Stelle von ihrem Körper gleiten. Nackt drehte sie sich um, zeigte ihm Cedrics Spuren auf ihrem Rücken und schüttelte den Kopf.

»Du bist verheiratet, Ruben. Geh nach Hause zu deiner Frau.«

»Sie weiß alles, und sie weiß auch von dir.«

»Es ist mir egal.«

»Du kommst zurück, weil du mir gehörst.«

Er folgte ihr in das Schlafzimmer, das er zuvor nie betreten hatte. Rubens Hand griff nach ihrem Nacken und zog sie an sich.

»Du gehörst mir allein. Ich werde dich zur Ausbildung aufs Land schicken. Die werden dort schon wissen, wie sie dich formen müssen. Ich werde dich brandmarken lassen, und mein Name soll auf deinem Arsch stehen. Ich werde dich benutzen, und du wirst mir zur Verfügung stehen.«

Emma warf ihren Kopf zurück und lehnte sich gegen seine Schulter.

»Was willst du von mir, Ruben?«

Seine pralle Männlichkeit rieb sich gegen ihre nackten Pobacken, und seine Hände spannten den Gürtel um ihre Brüste.

»Ich will dich haben, so wie Cedric dich hatte. Was hat er mit dir gemacht? Sag es mir.«

»Das ändert nichts daran. Du bist nicht Cedric.«

Sie legte ihm sanft die Hände um sein Gesicht und schüttelte traurig ihren Kopf.

»Ich bin dir dankbar, dass du der Erste warst, der mir diese Welt gezeigt hat. Und ich bin froh, dass du mich deinem Freund vorgestellt hast. Es war dein Wunsch, dass er mein Eigentümer wird, und er ist in Erfüllung gegangen. Ich liebe Cedric, und ich gehöre ihm. Du kannst das nicht ungeschehen machen.«

Rubens männliches Ego schien gekränkt. Die Unsicherheit in seinen Augen flackerte hilflos.

»Ich schmeiß dich aus der Firma, wenn du mir nicht gehorchst.«

Seine Stimme klang leise, denn er wusste, dass auch das sie nicht wiederbringen würde. Er wirkte verzweifelt und jämmerlich. Händeringend kämpfte er um etwas, das er nicht mehr besaß.

»Das spielt keine Rolle, weil ich morgen sowieso gekündigt hätte.«

»Er wird nicht auf dich warten. Ich bin sogar sicher, dass gerade jetzt in diesem Moment …«

»Hör auf damit, Ruben. Du weißt, dass es nicht stimmt.«

Er trat zurück und setzte sich auf die Kante ihres Bettes.

»Ich liebe dich, Emma. Ich kann dich nicht gehen lassen.«

Ruben wirkte so verwundet und so verletzlich, dass sie ihm sogar für einen Moment lang glaubte.

»Ich habe mir das nie eingestehen können. Cedric hatte recht, ich bin ein Heuchler. Ich habe Kelly geheiratet, weil ich dachte, sie wäre die perfekte Tarnung für mein Geheimnis. Sie ist schön, sie ist nett, und sie ist eine gute Schauspielerin. Wir sind beide Idioten. Ich konnte nicht über meinen Schatten springen, dir zu sagen, was ich für dich empfinde. Submissive heiratet man nicht, man spielt mit ihnen, man lebt aber nicht mit ihnen zusammen.«

Er hob bitter lächelnd seinen Kopf.

»Kelly ist eine Dominante und hat mich aus demselben Grund geheiratet wie ich sie.«

Mit einer Hand griff er nach Emmas Fingern, küsste jeden einzelnen Knöchel und seufzte.

»Ich habe mich nie geoutet und Kelly ebenso wenig. Die Öffentlichkeit ist so vorurteilsbehaftet. Sieh dir Cedric an, sein Vater hat ihn enterbt und spricht seit Jahren kein Wort mit seinem Sohn. Ich könnte meinen Job verlieren, und ich könnte es nicht ertragen, wenn die Leute mit dem Finger auf mich zeigen. Deswegen habe ich mir nicht vorstellen können, eine Beziehung mit dir zu führen. Ich will dich nicht verlieren, Emma.«

Sie strich ihm durch das Haar.

»Du zeigst mit dem Finger auf andere und bist selbst so voller Vorurteile. Verlangst Toleranz ohne eine Gegenleistung. Spielst mit Sklavinnen und hältst Distanz. Die eine Seite gibt es nicht ohne die andere. Wenn du etwas erwartest, musst du bereit sein, zu geben.«

Ruben hob sein Gesicht und sah sie traurig an.

»Du bist gefeuert.«

Emma lächelte und küsste ihn sanft auf die Lippen. Selbst sein rauer Bart störte sie nicht.

»Du liebst nicht mich, sondern die Idee von mir in deinem Kopf.«

»Was macht er anders als ich?«

»Er zeigt mir, wer er ist. Cedric verstellt sich nicht, weder um mir noch um anderen zu gefallen. Er liegt mir zu Füßen und unterwirft mich damit. Es gibt nichts, was er zurückhält. Er fesselt mich, weil er nach mir süchtig ist. Er besitzt keine Scheu davor, mich in seine dunkelsten Geheimnisse blicken zu lassen. Weil er mir vertraut und weiß, ich würde ihn niemals verletzen. Er schenkt mir sich selbst und erwartet nicht mehr als Gegenleistung.«

Ruben erwiderte ihren direkten, offenen Blick.

»Geh nicht.«

Emma löste sich von ihm, seine Hand hielt sie zurück.

»Ich kann mich ändern. Ich kann so sein, wie du mich haben willst. Gib mir eine Chance, bitte. Was immer du auch verlangst. Ich oute mich, ich zeige mich in der Öffentlichkeit, ich heirate dich. Alles. Was immer du willst. Ich tue es. Emma, bitte.«

Ihren ehemaligen Dom gebrochen zu sehen, war ebenso beeindruckend wie mitleiderregend.

»Nichts, was du ändern oder tun könntest, würde mich zu dir zurück bringen, Ruben. Ich werde dir immer dankbar dafür sein, dass du ein Teil von dem warst.«

»Ich habe Fehler gemacht, das weiß ich jetzt.«

»Ich liebe ihn, Ruben. Du warst nur mein Dominus, nicht mehr.«

»Du musst etwas für mich empfunden haben.«

Sie schüttelte ihren Kopf. Ruben erhob sich von dem Bett und sah zu Boden.

»Du kannst dir deine Papiere morgen im Büro abholen.«

Er klang beleidigt und verletzt. Er blieb an der Tür stehen.

»Was hättest du getan, wenn ich mir einfach genommen hätte, wozu ich hergekommen bin?«

»Das hättest du nicht gekonnt.«

Ein Lächeln zuckte um seine Mundwinkeln, bevor er ging. Emma setzte sich auf das Bett, betrachtete ihr Spiegelbild und sah zum ersten Mal klar und deutlich, wer sie war. Emilia! Nicht mehr und nicht weniger. Mit allen Facetten, die sie ausmachten. Sie war lüstern und verdorben. Leidenschaftlich und gefügig. Hingebungsvoll und besitzergreifend. Fesselnd und gebunden. Liebevoll und machtergreifend. Cedric sah alles an ihr, wollte alles von ihr, und sie forderte nicht weniger von ihm. Doch all das hatte nur einen einzigen Ursprung: Liebe! Bedingungslos, unverfälscht und unerschrocken.

Emilia hatte sich durch ihn und mit ihm verändert und war doch immer noch sie selbst. Cedric würde sie auch nicht anders wollen.

Eine Woche später …

Lenox und Buddy leckten hingebungsvoll die Scheibe des Aquariums ab, in dem Budkus das Maul öffnete und schloss. Paris herrschte in der Küche seinen Dosenöffner an und biss ihm ungeduldig in die nackten Zehen, um ihn anzutreiben, das Futter schneller in die Schüssel zu transportieren.

Cedric fluchte leise über die Katze und schob sie dennoch behutsam mit dem Fuß von sich. Emilia lächelte und beobachtete das Szenario, ohne ein Geräusch von sich zu geben. Sein Rücken war übersät von ihren lustvollen Kratzspuren und bot ihr einen sinnlichen Anblick, der ein heißes Gefühl in ihren Unterleib schickte. Lautlos glitt das Laken zu Boden, und sie schlich sich von hinten an Cedric heran. Unter dem ersten Kuss, der zwischen seinen Schulterblätter landete, zuckte er sanft zusammen.

»Die Mieze hat dich gut im Griff.«

»Nicht nur die, Schatz.«

Ihre Fingerspitzen schoben sich unter den Bund seiner engen Shorts und umschlossen sein Geschlecht. Er stöhnte leise, noch immer bemüht, sich auf die Raubtierfütterung zu konzentrieren. Kaum stellte er die Schüssel auf den Boden, drehte er sich zu Emma um, griff in ihr Nackenhaar und presste seine Lippen fest auf ihren Mund.

»Du kannst es dir nicht leisten, an deinem ersten Arbeitstag zu spät zu kommen.«

Er hob tadelnd seine rechte Augenbraue, löste sich widerwillig von ihr und schmunzelte. Emilia senkte ihren Blick und nickte.

»Du hast recht.«

Gehorsam kehrte sie in das Schlafzimmer zurück und zog das durchgeknöpfte blaue Kleid an, das Cedric für sie herausgelegt hatte. Die Schuhe passten wie angegossen, und mit einem provokanten Lächeln schlenderte sie ins Esszimmer. Sie hob das Kleid, um sich auf dem mit Leder bezogenen Stuhl niederzulassen, straffte ihre Schultern und blickte auf die Grapefruit auf ihrem Teller. Ihr Gesicht verzog sich, bevor sie die bittere Frucht nur gekostet hatte. Stumm zog sie das Strafbuch zu sich und schrieb hinein, packte es in ihre Tasche und erhob sich wieder. Cedric lächelte, als er in seinem Anzug um die Ecke bog.

»Fertig?«

»Ja.«

Gemeinsam verließen sie Cedrics Wohnung, die in einem Apartmenthaus am Strand lag. Die Sonne war hier viel angenehmer als in New York, und der salzige Geruch vom nahen Meer ließ Emma seufzen. Cedric fuhr in die Stadt, parkte im Untergeschoss eines riesigen Bürogebäudes.

»Dein Chef erwartet dich um 12 in seinem Büro.«

Sie nickte, stieg aus und ging zum Fahrstuhl. Sie nahm am Empfang Platz, der ab heute ihr neuer Arbeitsplatz in Miami Beach war. Wenn sie über die Theke blickte, sah sie durch die riesige Glasfront direkt auf das türkisblaue Meer. Das Telefon klingelte, und Emilia setzte sich das Headset auf und drückte die Taste.

»S&M Inc., Sie sprechen mit Emilia, was kann ich für Sie tun? Guten Morgen, Mister Lanewood. Mister Monroe erwartet bereits Ihren Anruf. Einen Moment, bitte.«

Gerade betrat der Angesprochene das Büro.

»Guten Morgen, Jonathan. Edgar Lanewood ist am Apparat.«

»Hi, Emilia, äh, gib mir fünf Minuten und stell ihn dann durch.«

Bevor er hinter der Glastür seines Büros verschwand, zwinkerte er ihr zu.

»Willkommen bei uns. Wenn du etwas brauchst oder Fragen hast, meld dich einfach, okay?«

Sie nickte und lächelte ihm dankbar zu. Der Tag war stressig, bis auf ein paar kleine Hindernisse mit der ungewohnten Technik jedoch nicht unangenehm. Zu Mittag verließ Jonathan das Büro, um mit einem neuen Kunden essen zu gehen. Emma wartete, bis er die Tür hinter sich geschlossen hatte, dann erst erhob sie sich und ging den Flur entlang. Sie öffnete die Glastür eines weiteren Büros und schloss sie hinter sich.

»Sie wollten mich sehen, Boss?«

Cedric legte die Füße auf den Tisch und schmunzelte.

»Setz dich.«

Sie nahm auf dem Schreibtisch mit dem Rücken zu ihm Platz.

»Öffne dein Kleid.«

Knopf für Knopf wanderten ihre Hände das Kleid hinab. Emilia ließ es über ihre Schultern gleiten, stützte ihre Hände hinter sich ab und lehnte sich zurück. Cedric stand auf und blieb vor ihr stehen.

»Du hast heute Morgen nicht gefrühstückt.

»Ich hasse Grapefuit.«

Er hielt ein langes Lineal in der rechten Hand und berührte damit ihr linkes Knie.

»Du hast sie nicht einmal angerührt.«

Er klang streng, dennoch schmunzelte sie. Es verging ihr

sofort, als der flache Maßstab auf die Innenseite ihres Schenkels traf. Emilia zuckte zusammen, biss sich auf die Unterlippe. Der nächste Hieb landete auf dem rechten Innenschenkel. Es zwirbelte, wo er hinzielte, und rötete sich langsam mit jedem präzise geführten Schlag. Sie kämpfte gegen den Reflex, die Beine zu schließen.

»Was ist an einer Frucht so scheußlich, dass du mir ungehorsam bist?«

»Ich mag den Geschmack einfach nicht!«

»Wirklich?«

Er ging zu dem Sideboard vor dem Panoramafenster und öffnete den Kühlschrank daneben. Mit einem Messer schnitt er die große, runde Frucht in zwei Hälften. Auf einem Teller trug er sie zum Schreibtisch, stellte sie neben Emma ab. Cedric befahl ihr, aufzustehen. Er nahm ihr das Kleid ab. Dann drehte er sie mit dem Rücken zu seinem Schreibtisch, presste ihren Rücken auf die Tischplatte und schob ihre Knie empor, bis ihre Füße auf der Kante Halt fanden.

»Du wirst sie lieben lernen.«

Eine Hälfte der Frucht hielt er in die Höhe und quetschte sie, bis der Saft auf Emma träufelte. Emilia spürte die Kälte auf ihrer Haut, fühlte wie der Fruchtsaft über ihren Bauch floss. Cedric presste seine Lippen auf ihren Bauchnabel, lutschte und saugte die Flüssigkeit mit Hingabe ab. Ein Schauer rann durch ihren Körper, und das Brennen auf den Schenkeln war längst nicht mehr so wichtig. Seine Lippen folgten der Fruchtsaftspur tiefer. Ein ganzer Schwall ergoss sich über ihrer Scham.

»Du wirst sie nicht mehr missen wollen.«

Sie lächelte darüber, wie amüsiert und sicher er klang. Ihre Finger strichen durch sein seidig glänzendes Haar und forderten seine Zunge, als sie ihre Füße in die Tischkante presste und ihre Hüften anhob. Stöhnend wandte sie sich unter dem leidenschaftlichen Lecken und Saugen, weil er in jeder Falte und jeder kleinsten Rundung ihres Schoßes nach dem Fruchtgeschmack suchte. Sie presste seinen Kopf noch tiefer zwischen ihre Schenkel, bewegte lustvoll ihr Becken vor Gier.

»Noch nicht, mein Schatz.«

Enttäuscht fluchte sie auf, weil er ihr den Höhepunkt verweigerte, sie bei den Hüften packte und umdrehte. Der Saft floss zwischen ihre Pobacken, und seine Zunge folgte ihm. Vorgebeugt über den Tisch, umfasste sie die Kante auf der anderen Seite. Ein Schrei löste sich aus ihrer Kehle, als sie ihn an ihrem Anus spürte, die reizenden, lockenden Kreise und wie sich die Zungenspitze sanft hineinpresste. Noch nie zuvor hatte sie etwas Derartiges empfunden und wollte mehr. Cedric beugte sich über ihre linke Schulter.

»Ab heute wirst du diese Frucht nicht mehr verschmähen.«

»Nie wieder.«

Seine Fingerkuppen pressten sich auf ihre Klitoris und seine Zunge kehrte zu ihrem Anus zurück. Emilia wiederholte ihr Versprechen und stöhnte laut auf, als seine Zungenspitze sich erneut in die Vertiefung senkte. Die empfindlichen Nervenenden strahlten Hitze durch ihren gesamten Unterleib, und sie zerfloss unter der Reibung seiner Fingerkuppen. Emma warf den Kopf in den Nacken, wölbte ihre Schultern und fegte mit den Unterarmen den Schreibtisch leer. Ungezügelt räkelte sie sich unter diesem herrlichen Zungenspiel, das jegliche Form von oraler Erregung in den Schatten stellte. Sie kam heftig und lang, als wollte der Höhepunkt nicht mehr enden. Nach Atem ringend, blieb sie liegen.

»Die andere Hälfte kannst du an deinem Arbeitsplatz essen.«

Sein Lachen war unüberhörbar, und sie hätte ihn am liebsten dafür geschlagen. Emilia war kaum in der Lage, sich überhaupt zu bewegen. Cedric küsste ihre Wange und strich ihr das Haar aus der Stirn. Er half ihr, sich aufzurichten und schmunzelte über ihren wackeligen Gang.

»Das war …«

»Eine sehr schmackhafte Grapefruit.«

Er küsste sie, und er schmeckte bitter, süß und frisch. Fürsorglich knöpfte er ihr Kleid zu, schob sie auf den Stuhl und setzte sich ihr gegenüber in seinen Schreibtischsessel.

»Heute Nachmittag kommt ein neuer Landschaftsgärtner vorbei. Ich werde ihn persönlich instruieren.«

Sie nickte, stand noch völlig unter dem Rausch, den er ihr geschenkt hatte. Ihr Schoß pulsierte heftig, dass sie nicht genug hatte. Ihre Augen funkelten.

»Ich will dich.«

»Er wird auf Star Island eingesetzt. Ich war sehr begeistert von seinen Ideen.«

»Hast du mich gehört?«

»Der Mann wird dir gefallen.«

Emilia entging sein Schmunzeln nicht, denn Cedric genoss ihre Ungeduld in vollen Zügen.

»Danach möchte ich, dass du Sonya anrufst und sie einlädst.«

Emilia legte fragend die Stirn in Falten.

»Ich werde die Flugtickets per E-Mail schicken, für sie, Max und eine Begleitung ihrer Wahl. Sie soll sich das Wochenende in drei Wochen freihalten. Wenn du willst, kannst du den Landschaftsgestalter gern auch einladen.«

»Wozu?«

»Morgen Abend werde ich mich mit einem Freund treffen, der alles arrangieren wird.«

»Was?«

Sie verstand kein Wort, und es missfiel ihr, dass er in Rätseln sprach. Er schob ihr die halbe Frucht auf dem Teller entgegen.

»Du kannst jetzt gehen.«

»Ich hasse es, wenn du so geheimnisvoll tust.«

Eine Stunde später lag die Grapefruit noch immer unberührt neben ihr, und wenn nicht gerade das Telefon klingelte, dann starrte sie die Frucht an.

»Hallo, Emma!«

Als sie die Stimme hörte, schoss ihr Kopf empor.

»Joe?«

Sie rannte außer sich vor Freude um die Empfangstheke herum und warf sich an die Brust des Kriegsveteranen.

»Langsam, ich bin ein alter Mann.«

»Was machst du hier? Du siehst gut aus. Wo warst du? Wie bist du hergekommen, und wie hast du mich gefunden?«

Sie lachte leise.

»Entschuldige, aber ich freu mich so, dich zu sehen.«

»Cedric erwartet mich.«

»Du bist sein neuer Landschaftsgestalter?«

Sie hob ihre Hand.

»Würdest du mich einen Augenblick entschuldigen?«

Joe zuckte mit den Schultern und nickte. Emilia riss die Tür zu Cedrics Büro auf, warf sich ihm um den Hals und bedeckte sein Gesicht mit Küssen.

»Ich liebe dich. Du bist der tollste Mann der Welt.«

Cedric lachte über sie und nickte.

»Ich schätze, du willst mir mitteilen, dass der neue Landschaftsgestalter eingetroffen ist?«

Diesmal küsste sie ihn so innig auf die Lippen, dass es ihm den Atem verschlug.

»Ich werte das als Zustimmung.«

Sanft schob er sie von seinem Schoß und bat sie, Joe in sein Büro zu schicken. Emilia drehte sich an der Tür noch einmal um.

»Muss ich das bittere Zeug wirklich essen? Es ist okay, wenn du sie magst und von mir aus auch von meinem Körper schlürfen willst …«

»Du wirst sie essen.«

»Okay.«

Sie rollte mit den Augen. Er sah amüsiert hinterher, als Emilia zurück zum Empfang kehrte und Joe zu ihm schickte. Emilia strahlte über das ganze Gesicht, zog den Teller an sich heran und stach den Löffel in die Fruchthälfte. Alles in ihr sträubte sich, auch wenn Grapefruit von seinen Lippen viel köstlicher schmeckte. Sie hielt inne.

»Was zum Teufel …«

Zuerst glaubte sie, auf ein Samenkorn gestoßen zu sein, löffelte vorsichtig das Fruchtfleisch beiseite und hielt den Atem an. Der Stein an dem Ring funkelte, und Emilia leckte sich die nassen Finger ab. Sie betrachtete den diamantbesetzten Verlobungsring fassungslos, rang nach Atem. Jetzt ergab seine Geheimniskrämerei einen Sinn, all seine Kommentare fügten sich wie ein Puzzle zusammen. Hitzewellen schossen durch ihren Körper, und eine Gänsehaut breitete sich auf ihr aus.

Ab heute würde sie nie wieder etwas gegen die herrlichste, köstlichste Frucht sagen.

Ende